D.

Elemente der Psychiatrik

Anatiposi

D.G. Kieser

Elemente der Psychiatrik

Unveränderter Nachdruck der Originalausgabe von 1855.

1. Auflage 2023 | ISBN: 978-3-38200-850-5

Anatiposi Verlag ist ein Imprint der Outlook Verlagsgesellschaft mbH.

Verlag: Outlook Verlag GmbH, Zeilweg 44, 60439 Frankfurt, Deutschland
Vertretungsberechtigt: E. Roepke, Zeilweg 44, 60439 Frankfurt, Deutschland
Druck: Books on Demand GmbH, In de Tarpen 42, 22848 Norderstedt, Deutschland

Nothwendig tritt auch die räumliche Erscheinung des Lebens, die materielle Bildung, hier der Hirnorgane, zurück, daher Schwinden und Abmagerung des abgestorbenen Organes und veränderte chemische Mischung, um so mehr, je vollkommener und anhaltender der Zustand ist. — Diese gleichzeitig geminderte organische Bildung und chemische Mischung kann bei den besonderen Formen des Blödsinns, wie bei den Zuständen des psychischen Krankheitsprocesses (§. 38.) und der allgemeinen und besonderen höheren psychischen Krankheitsanlage (§. 39), nur in den, den einzelnen psychischen Functionen vorstehenden Hirntheilen, Hirnfasern und Hirnbläschen gesucht werden. Die specielle Nachweisung ist aber noch Desiderat.

Verschiedene Grade des Blödsinnes sind:

Geistesschwäche, Imbecillitas animi, der niedere Grad. — Blödsinn, Amentia, der höchste Grad, und, wenn angeboren, Cretinismus.

Beim vollkommenen Blödsinn fehlt die moralische Freiheit und rechtliche Zurechnungsfähigkeit (§. 18.). Gleicherweise die disciplinarische Zurechnungsfähigkeit (§. 19.), die nur selten noch vorhanden ist. — Im niederen Grade des Blödsinnes kann rechtliche Zurechnungs- und Dispositionsfähigkeit noch vorhanden sein und der Grad derselben ist im concreten Falle besonders, aber oft schwer zu bestimmen. Die disciplinarische Zurechnungsfähigkeit findet sich aber gewöhnlich noch beim unvollkommenen und zuweilen auch beim vollkommenen Blödsinn.

Der Zustand kann örtlich auftreten, in dem Organe es Gefühlslebens: Gefühlslosigkeit, Anaesthe-ia psychica; eben so örtlich in dem Organe des Er-enntnisslebens: Vernunftlosigkeit, Dummheit, tupiditas; er kann bald mehr in der handelnden, bald ehr in der empfangenden Richtung des psychischen ebens vorhanden sein, und giebt dann die hiernach erschiedenen Formen der Willenslosigkeit und der Ge-ühlslosigkeit (s. §. 115.).

Jeder psychische Krankheitsprocess (Verrücktheit . 38.) muss stetig zunehmend, endlich in psychischen od endigen, daher wenigstens $^2/_3$ der Irren Blödsinnige ind. — Ist der frühere psychische Krankheitsprocess och theilweise vorhanden (wie Entzündung bei Brand), o entsteht Complication mit demselben. Moria.

Bildet sich mit dem Absterben einzelner Hirnorgane ntagonistisch ein anderer psychischer Krankheitspro-ess, also secundär, so entsteht ebenfalls Complication er Amentia mit demselben: Moria; daher Blödsinn omplicirt mit Irrdenken oder Irrfühlen, mit Mania; wie it Epilepsie u. s. w. Ebenso kann örtlicher psychischer od mit allgemeiner höherer Krankheitsanlage in andern rganen gefunden werden.

§. 41.

Die Sinnestäuschungen, Hallucinationes isus, auditus, odoratus, gustus, tactus, sind hrem Wesen nach abnorm erhöhte Thätigkeit, sensitive

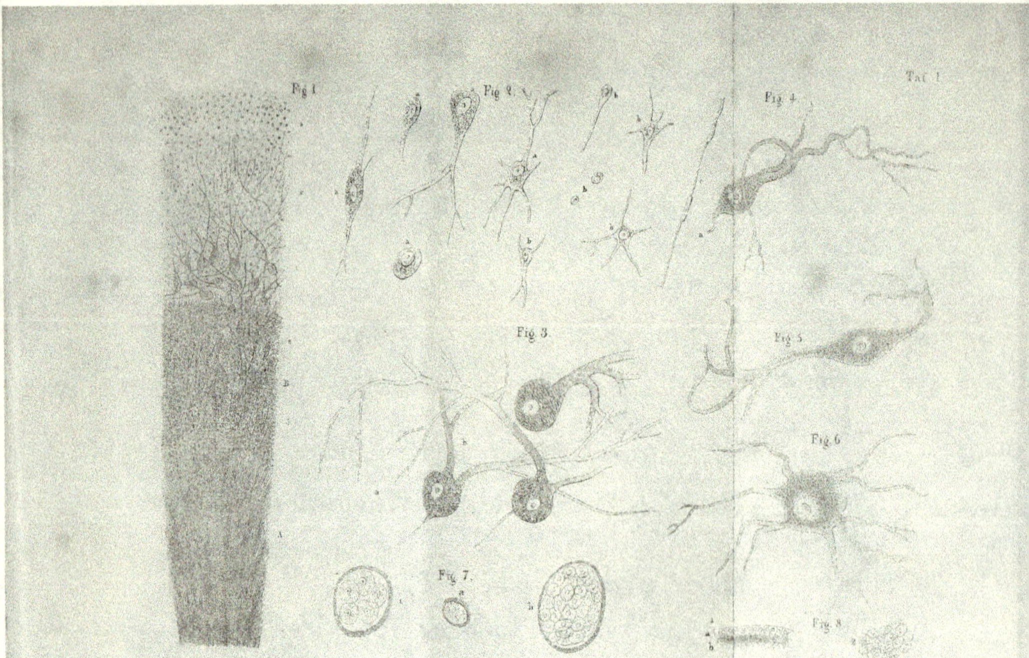
Taf. I
Fig. 1
Fig. 2
Fig. 3
Fig. 4
Fig. 5
Fig. 6
Fig. 7
Fig. 8

Taf. II.

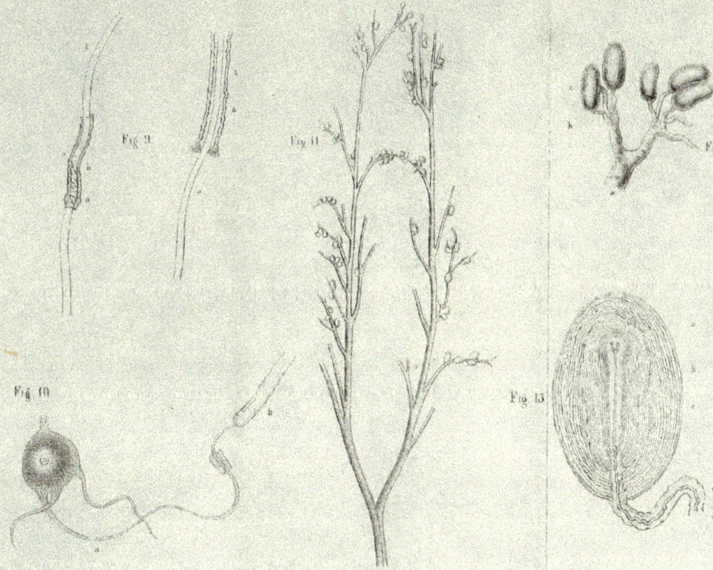

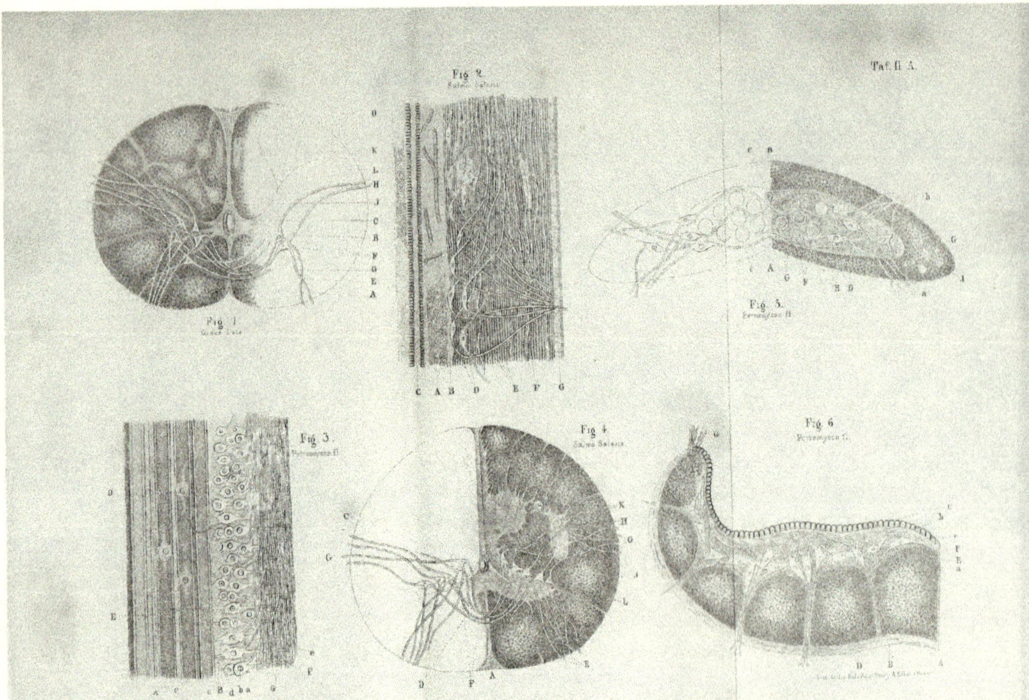
Taf. II A.
Fig. 1
Fig. 2
Fig. 3.
Fig. 4
Fig. 5.
Fig. 6

Taf. III.

Melancholia maniaca furibunda

Fig. 1.

Fig. 2

Blodsinn. Amentia.

Fig. 3.

Fig. 4

Blodsinn. Amentia.

Fig. 5.

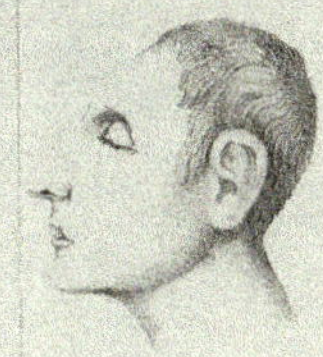

Fig. 6

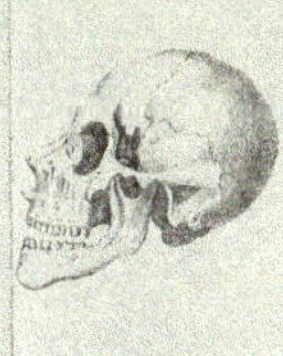

ELEMENTE

DER

PSYCHIATRIK.

ELEMENTE
DER
PSYCHIATRIK.

GRUNDLAGE KLINISCHER VORTRÄGE

VON

Dr. D. G. KIESER,

COMTHUR DER GROSSHERZOGLICH UND HERZOGLICH SÄCHSISCHEN ORDEN, GROSSHERZOGLICH SÄCHSISCHEM GEHEIMEN HOFRATHE, O. Ö. PROFESSOR UND SENIOR DER MEDICINISCHEN FACULTÄT AUF DER UNIVERSITÄT JENA, DIRECTOR EPHEMERIDUM DER KAISERLICH LEOPOLD.-CAROLIN. AKADEMIE DER NATURFORSCHER, DIRECTOR DER GROSSHERZOGLICHEN IRRENANSTALT UND DER AKADEMISCHEN PSYCHIATERISCHEN KLINIK, MEHRERER AKADEMIEEN UND GELEHRTEN GESELLSCHAFTEN MITGLIEDE.

MIT 11 STEINDRUCK-TAFELN.

BRESLAU UND BONN,
VERLAG DER KAISERL. L.-C. AKADEMIE
IN EDUARD WEBER'S BUCHHANDLUNG IN BONN.
1855.

Vorrede.

Eine Vorrede soll über Form und Inhalt eines Werkes vorberichten. Wir suchen dieser Forderung zu genügen.

Zuvörderst hinsichtlich der Form bemerken wir, dass die wissenschaftliche Erkenntniss der Welt, die Offenbarung der Weltgesetze im Geiste des Menschen, auf zwiefachem Wege dargestellt werden kann, welcher der oscillatorischen centro-peripherischen und peripherisch-centralen Urthätigkeit alles Lebens entspricht, nämlich auf dem Wege der Induction und dem der Deduction.

Der erste Weg ist der sogenannte empirische, wiederholend die peripherisch-centrale Thätigkeit. Er erscheint in jedem Menschenleben in der allmählig zunehmenden Offenbarung der Aussenwelt im menschlichen Geiste, und in der Geschichte der Entwickelung sowohl des individuellen Lebenslaufes des Kindes, Jünglinges und Mannes, als auch in der geschichtlichen Entwickelung des menschlichen Geistes in den Perioden der Geschichte der Menschheit. Vom Besonderen beginnend und zum Allgemeinen aufsteigend, fragt der zur Vernunft herangereifte Mensch nach dem Grunde der seinen Sinnen erscheinenden Dinge, sucht damit die Erklärung der Entstehung und Qualität derselben, und gleicherweise der Geist des Menschengeschlechts mit steigender Ausbildung desselben, im einzelnen Volke, wie in der Weltgeschichte. Auf diese Weise von Grund zu Grund aufsteigend, das unendliche Besondere in einem höheren Allgemeinen auflösend, gelangt der menschliche Geist endlich zu dem Urgrunde alles Seins, zur Erkennung dessen, was die Welt in ihrer Mannigfaltigkeit bewegt, zusammenhält und erklärt. Der menschliche Geist kehrt vom Abfall zum Besonderen der Peripherie, zum Centrum des Alls, zur Gottheit zurück, auf dem Wege der Induction.

Der zweite Weg ist der weltgeschichtliche, entsprechend der centro-peripherischen Urthätigkeit, wie er sich in der Geschichte der Schöpfung der Welt, so wie der Erde und aller ihrer Producte des anorganischen und organischen Lebens darstellt. „Der Geist Gottes schwebete über dem Wasser,“ es schieden sich die Elemente aus dem Chaos der Dinge, und in successiver Entwickelung der Realwerdung des göttlichen Geistes bildete sich aus dem anorganischen Reiche das organische der Pflanzen- und Thierwelt, und als höchste Stufe der Mensch mit seiner geistigen, den göttlichen Geist offenbarenden Welt. Vom Urcentrum der Gottheit aus gestaltete sich peripherisch in unendlichen Zeiten in immer zahlreicheren individuellen Bildungen das unendliche Reich der

Weltschöpfung, auf der Erde bis zum Culminationspuncte im Instinctleben des thierischen und im gläubigen und vernünftigen Leben des menschlichen Geistes, in welchem, zum Ausgangspuncte zurückkehrend, die Offenbarung des Göttlichen, als Glauben und Wissen, den oscillatorischen Schöpfungsact schliesst.

Auf gleiche Weise entsteht die Form der wissenschaftlichen Darstellung, wenn sie, vom wissenschaftlich erkannten Centrum alles Seins ausgehend, das Walten desselben in allen einzelnen Erscheinungen des Lebens und die Gesetze des schaffenden göttlichen Geistes nachweiset. Es ist der Weg der Deduction, vom Allgemeinen zum Besonderen, vom Centrum zur Peripherie.

Beide Wege jedoch ergänzen sich wechselseitig, und treffen zusammen in der Erkenntniss Gottes und der Welt, im Weltgefühl und Weltbewusstsein, im religiösen Gottesgefühl und philosophischen Gottesbewusstsein.

Unserer Natur gemäss haben wir in unseren Darstellungen und in Erklärung der Dinge von jeher den zweiten Weg, a Deo principium, einschlagen, und so auch in den nachfolgenden Blättern wählen müssen, und bitten den Leser, ihn mit uns verfolgen zu wollen. — Liegt hierbei indessen eine mehr als funfzigjährige eigene Beobachtung und Welterfahrung zu Grunde, so möge der geneigte Leser auch hieraus entnehmen, wie überall und so auch hier Centrum und Peripherie sich durchdringen und zu einem Ganzen vereinigen.

Soweit das Allgemeine und die Form Betreffende. Zum Speciellen und dem Inhalt übergehend, bringen wir zuvörderst in Erinnerung, dass, dem Titel unseres Werkes gemäss, wir nur die Elemente der erst seit einem Semisäkulum geborenen Wissenschaft haben geben wollen, die Ausführung und die ergänzende Nachweisung der allgemeinen in der Psychiatrik herrschenden Gesetze im Einzelnen dem wohlwollend forschenden Leser überlassend und in unseren klinischen Vorträgen diesen vorbehaltend. Wir hätten, in dem unendlichen Felde der neuen Wissenschaft unsere vieljährigen Erfahrungen benutzend, mehrere Bände schreiben können. Wir haben uns begnügt, das Princip auszusprechen, nach welchem kommende Zeiten mit Hülfe einer wissenschaftlichen Psychologie und einer bevorstehenden Anatomia und Chemia psychologica ein innerhalb der Begränzung des menschlichen Wissens vollendeteres Ganze ausbilden mögen.

Wir haben ferner in unserer Darstellung das selbst Erfahrene und selbst Erlebte fremder Erfahrung und Beobachtung vorgezogen, indem bei der oft trügerischen Ueberlieferung des letzteren nur das als sicheres Eigenthum zu betrachten ist, was man selbst erlebt und worin man sich eingelebt hat. Eine polemisirende Widerlegung abweichender Ansichten hat nicht in unserem Plane gelegen und ist daher auch nur sparsam berührt worden. Wir nehmen aber in unserer Darstellung die Consequenz unserer Ansichten und der Ableitung des Besonderen vom Allgemeinen für uns in Anspruch, wie wir — „semper idem" — sie früher theoretisch in unserem Systeme der Medicin, und später in unserer 17 Jahre hindurch geführten akademischen Klinik mit ihren mehr als 20,000 behandelten Kranken, von denen nur 2 % starben, practisch bewährt haben. Die ersten sechs Paragraphen der nachfolgenden Schrift, als der Wahrheit entsprechend anerkannt, sichern uns die Beistimmung der Leser für die ganze nachfolgende Ausführung.

Instauratio est facienda ab imis fundamentis, nisi libeat perpetuo circumvolvi in orbem, cum exili et quasi contemnendo progressu, sagt der grosse Baco von Verulam. Wollen unsere günstigen Leser diesen Spruch an die Spitze unserer Schrift setzen, so haben wir nichts dagegen einzuwenden, ausser, dass wir nur die Elemente dieser Instauration im Auge gehabt haben.

Neu dürfte die wissenschaftliche Begründung der disciplinarischen Zurechnungsfähigkeit des Gewissens in §. 19, im Gegensatze der rechtlichen der Vernunft, auch für die forensische Psychiatrik sein.

Die Aufnahme der microscopischen Hirnanatomie in §. 27 und der Morphologie des Gehirns in §. 28—31, so wie Bergmann's, in der Psychiatrik bisher vernachlässigten Chordensystems in §. 34. schien uns vom Stande der Wissenschaft geboten.

Der Begriff der psychischen Krankheit und die Systematik derselben in §. 36—43 schliessen sich als nothwendige Folgerungen den psychologischen Aphorismen in §. 2—5. an.

Im zweiten Kapitel des speciellen Theiles haben wir Verhältnisse des psychischen Lebens abgehandelt, die, auch für den Laien nicht ohne Interesse, für die Psychiatrik die wesentlichsten Folgerungen einschliessen.

Die Lehre vom Blödsinne im dritten Capitel desselben Theiles möchte das Verdienst einer schärferen Begriffsbestimmung und Scheidung desselben von den übrigen Geisteskrankheiten in Anspruch nehmen dürfen.

Die pathologische Anatomie der Geisteskrankheiten im vierten Capitel hat dagegen ohne unsere Schuld nur eine spärliche Ausbeute geben, und die pathologische Chemie, gleich der psychologischen Chemie, nur ein leeres Feld zum künftigen Anbau abstecken können.

Das der psychiaterischen Klinik gewidmete fünfte Capitel hat wohl erst in späteren Zeiten seine ausreichende Würdigung zu hoffen.

Der jungen Wissenschaft der Psychologie und Psychiatrik steht als geschichtliche Nothwendigkeit die grosse Zukunft einer höheren Entwickelung ihres Inneren noch bevor, die sie in Förderung der Bedingungen derselben zu erreichen streben wird und muss. Allein sie hat noch einen Kampf zu bestehen mit den ehrwürdigen Traditionen früherer Zeiten und mit den Schwankungen der Gegenwart und ihrer Genossen zwischen den Extremen des Materiellen und Ideellen, bis sie in der Harmonie beider das Ziel ihrer fortschreitenden Entwickelung erreichen und eine Wissenschaft des geistigen Lebens und seiner Störungen darstellen wird. Eine gleiche nothwendige

Zukunft kann ihr im Aeusseren, in ihrer practischen Beziehung zum Staatsleben verheissen werden, in welcher sie bisher noch als aufgedrungener, aber unentbehrlicher Fremdling erscheint. Mögen die nachfolgenden Blätter zu dieser zwiefachen Entwickelung einen Beitrag liefern und in der Geschichte dieser Wissenschaft und ihrer Wirksamkeit im Staatsleben sich eine bescheidene Stelle erwerben.

Zu den dieser Schrift hinzugefügten Krankheitsgeschichten haben wir vorzugsweise diejenigen Formen der psychischen Krankheiten ausgewählt, deren Wesen bisher weniger wissenschaftlich erkannt ist, und welche demgemäss nur practisch behandelt worden sind, wohin die Melancholia attonita und die Incitabilitas aucta psychica gehören. — In den anatomischen Abbildungen aber haben wir die Resultate der neuesten microscopischen Entdeckungen aufgenommen, welche, das materielle Substrat des geistigen Lebens betreffend, ein neues fruchtbringendes Feld der Untersuchung eröffnen; und die photographischen Portraits zeigen complementarisch in der lebendigen Physiognomie, was die Krankheitsgeschichten mit Worten gegeben haben.

Schliesslich können wir mit innerer Genugthuung auf Anfang (§. 1—6.) und Ende (Nachtrag S. 400.) unserer Schrift zurückblicken, wo der Organismus des Weltalls sich im Grössten und Kleinsten bewährt, sich Allgemeines und Besonderes berühren, wechselseitig durchdringen und bestätigen, und die „graue Theorie" der Wissenschaft sich mit dem „grünen Baum des goldenen Lebens“ friedlich vereiniget,

„Wo Alles sich zum Ganzen webt,
Eins in dem Andern wirkt und lebt;
Harmonisch all' das All durchklingt.“

Jena, 1. Juli 1855.

Dr. D. G. Kieser.

Inhalt.

Vorrede . . . . Seite V—XII.

Allgemeiner Theil.

§. 1—46. Allgemeine Pathologie und Therapie der psychischen Krankheiten . . . . — 1—140

1. Kapitel.

— 1—24. Psychologische Grundlage der Psychiatrik — 1—68

1. Artikel.

— 1. Theistisch-kosmologische Aphorismen . — 1—9

2. Artikel.

— 2—6. Wesen und Begriff der menschlichen Seele. Psychologische Aphorismen . . — 10—26

3. Artikel.

— 7—17. Eintheilung der Seelenvermögen . . . — 27—45

— 18. Rechtliche (juristische) Zurechnungs- und Dispositionsfähigkeit der Vernunft.

— 19. Disciplinarische (moralische) Zurechnungsfähigkeit des Gewissens . . . — 45—51

— 20. Correctives Verhältniss des Gefühls- und des Erkenntnisslebens . . . . — 51—57

— 21. Gedächtniss . . . . — 57—59

4. Artikel.

— 22—24. Wechselwirkung des psychischen Lebens mit dem Leben und Leibe der Systeme und Organe des übrigen Körpers . . . . — 60—68.

2. Kapitel.

§. 25 — 35. Physikalische Grundlage der Psychiatrik Seite 69 — 10

1. Artikel.

— 26 — 34. Anatomische Eintheilung des Gehirns . — 69 — 10

— 27. Anatomische Elemente des Gehirns . . — 71 — 7

— 28 — 33. Morphologie des Gehirns . . . . . . — 79 — 9

— 34. Bergmann's Chordensystem . . . — 98 — 10

3. Kapitel.

— 36 — 46. Begriff der psychischen Krankheit und Eintheilung derselben . . . . . — 107 — 140

1. Artikel.

— 36 — 41. Begriff der psychischen Krankheit. Hauptformen derselben . . . . . . — 107 — 124

— 42. Veränderung der Form und der Mischung in den Hirnorganen bei den psychischen Krankheiten . . . . . — 125 — 127

2. Artikel.

— 43. Eintheilung und Systematik der psychischen Krankheiten . . . . . . — 128 — 133

3. Artikel.

— 44 — 46. Unterscheidung zwischen Verrücktheit (Dementia) und Sünde (Peccatum); zwischen Irrdenken (Vecordia) oder Irrfühlen (Melancholia) und Irrwahn (Error); zwischen psychischem Krankheitsprocess (Dementia) und besonderer höherer Krankheitsanlage zu demselben; in gerichtsärztlicher Beziehung . . . . — 134 — 140

Specieller Theil.

— 47 — 134. Specielle Pathologie und Therapie der psychischen Krankheiten . . . — 143 — 307

1. Kapitel.

— 47 — 100. Specielle Pathologie und Therapie der

psychischen Krankheitsprocesse. Verrücktheit. Insania, Phrenesia . . Seite 143 — 307

1. Artikel.

§. 47 — 63. Diagnostik und Symptomatologie der Verrücktheit und ihrer verschiedenen Formen . . . . . — 143 — 209
— 52 — 59. I. Irrfühlen. Melancholia . . . . . — 154 — 200
— 53. Graduelle Verschiedenheit d. Melancholie — 160 — 162
— 54. Formelle Verschiedenheit der Melancholie . . . . — 163 — 170
— 56 — 58a. 1. Melancholia tranquilla, occulta, attonita . . . . — 175 — 186
— 56. a. Melancholia tranquilla . . . . — 175 — 176
— 57. b. Melancholia occulta . . . . — 176 — 178
— 58a. c. Melancholia attonita . . . . — 178 — 186
— 58b — 59. 2. Melancholia maniaca s. Mania ex Melancholia . . . . — 186 — 200
— 60 — 63. II. Irrdenken. Vecordia . . . . — 200 — 209
— 61. Graduelle Verschiedenheit der Vecordia — 204 — 205
— 62. Formelle Verschiedenheit der Vecordia — 205 — 208
— 63. Vecordia tranquilla et maniaca . . . — 208 — 209

2. Artikel.

— 64 — 77. Aetiologie und Pathogenie der Verrücktheit . . . . — 210 — 234
— 64 — 71. 1. Aetiologie der Verrücktheit . . — 210 — 224
— 72 — 77. 2. Wirkungsweise der Schädlichkeiten zur Pathogenesis psychischer Krankheiten . . . . — 225 — 234

3. Artikel.

— 78 — 99. Indication, Heilmittellehre und Cur der Verrücktheit . . . . — 235 — 293
— 78 — 82. 1. Prognose und Indication der Verrücktheit . . . . — 235 — 246
— 83 — 97. 2. Heilmittellehre und Cur der Verrücktheit . . . . — 246 — 276
— 98 — 99. Irrenanstalt, Organisation derselben — 276 — 293

4. Artikel.

§. 100. Von den Sinnestäuschungen. Hallucinationes . . . . . . Seite 294—307

2. Kapitel.

— 101—112. Specielle Pathologie und Therapie der allgemeinen und besonderen höheren psychischen Krankheitsanlage . . . . — 309—333

1. Artikel.

— 102—109. Allgemeine höhere psychische Krankheitsanlage. Incitabilitas aucta psychica. Ecstasis . . . . — 309—321

2. Artikel.

— 110—112. Besondere höhere psychische Krankheitsanlage. Propensio major ad Dementiam . . . . — 322—330

3. Kapitel.

— 113—127. Specielle Pathologie und Therapie des psychischen Todes. Blödsinn. Amentia und Moria . . . . — 331—365

— 123. Otitis externa paralytica . . . . — 353—354

— 124. Cretinismus . . . . — 355—356

4. Kapitel.

— 128—132. Pathologische Anatomie und Chemie der psychischen Krankheiten . — 366—384

5. Kapitel.

— 133. Psychiaterische Klinik . . . . . . — 385—395

6. Kapitel.

— 134. Angeschuldigte, vorgegebene, verheimlichte, verkannte Verrücktheit und Blödsinn . . . . — 396—399

Nachtrag . . . . — 400—408

Krankheitsgeschichten . . . . — 409—471

Erklärung der Tafeln . . . . . — 472—483

Register der citirten Schriften — 485—490.

Elemente der Psychiatrik.

Allgemeiner Theil.

Allgemeine Pathologie und Therapie der psychischen Krankheiten.

Ἐμοὶ δ᾽ ἀνδάνει ἐν πάσῃ τῇ τέχνῃ
προσέχειν τὸν νόον.
Hippocrates.

Allgemeiner Theil.

Allgemeine Pathologie und Therapie der psychischen Krankheiten.

Erstes Kapitel.

Psychologische Grundlage der Psychiatrik.

Erster Artikel.

Theistisch-kosmologische Aphorismen.

Welche wohl bleibt von allen den Philosophieen?
Ich weiss nicht;
Aber die Philosophie, hoff' ich, soll ewig besteh'n.
Nach Schiller.

§. 1.

a. Geist (Spiritus, Πνεῦμα) an sich, absolut gedacht, ist der ideale, zeit- und raumlose Ausdruck der Gottheit, des Göttlichen, des Urgrundes alles Lebens, daher, als Idee, ewig und unsterblich.

Indifferenz des Gedankens und der Ausdehnung (cogitatio et extensio) bei Spinoza. Monas bei Leibnitz. Absolutes der Neueren.

b. In der Beschränkung der Zeit und des Raumes, in der räumlichen und zeitlichen Wirklichkeit, in der Natur, erscheint die ewige Idee, die Gottheit, das göttliche Leben, in gegensätzlicher schaffender und geschaffener, subjectiver und objectiver Form, unter dem Ausdrucke Gott und Welt; aber gleich den Polen des Magnets, in steter, unzertrennlicher Durchdringung.

Daher Gott nicht über und ausser der Welt (Spiritualismus), und die Welt nicht ausser und über Gott (Materialismus). Gott ist überall in der Welt und die Welt stetig in Gott. „Im Anfang war der *Λόγος* (die schaffende Thätigkeit), und der *Λόγος* war bei Gott, und Gott war der *Λόγος*.“ Evangel. Johannis 1, 1. „In Gott leben, weben und sind wir.“ Paulus, Apostelgesch. 17, 28. *῞Εν καὶ πᾶν. Πάντα πλήρη θεῶν.* Thales.

c. In dieser zeitlichen und räumlichen Beschränkung und einzeln betrachtet, ist Gott die handelnde, in der unendlichen Zeit sich bewegende und schaffende Idee des göttlichen ewigen Lebens, der *Λόγος*; Welt die materielle, im unendlichen Raume real gewordene (geschaffene) Idee der ewigen Gottheit. — Aber Gott ohne Welt ist raumlose Zeit, daher irrational; Welt ohne Gott (Atheismus) ist zeitloser Raum, Chaos, daher ebenfalls irrational.

d. Die Idee Gottes, als des ewig Lebendigen, in der Unendlichkeit der Zeit und des Raumes Schaffenden und Wirkenden, ist daher ein stetes, ruheloses Realwerden (Schaffen), durch welches die zeit- und raumlose Idee Gottes sich in Zeit und Raum immer vollkommener nach bestimmten Gesetzen, aber unendlich realisirt. Diese Gesetze können, da die höchste Form der Realwerdung Gottes auf der Erde die menschliche Vernunft ist (§. 3.), menschlicher Weise gesprochen nur Vernunftgesetze sein.

Ruhe = Tod = Negation des Göttlichen.

e. Das unendliche Weltall, die Natur, ist dagegen die unendliche, nach bestimmten Gesetzen der Vernunft fortschreitende Realwerdung (Schöpfung), Objectivirung und Erscheinung Gottes in Raum und Zeit, in stetig höherer Form, ein stetes Gewordensein eines höheren, mit Aufhören (Absterben) des niederen Lebens, daher in räumlicher und zeitlicher Beziehung unendlich.

Die besonderen Formen der Realwerdung Gottes in Raum und Zeit, als unendliche, auf eine Zahl beschränken wollen, widerspricht daher der Unendlichkeit Gottes in der Welt.

f. Die einzelne Form der Realwerdung Gottes ist das Individuum, deren Zahl also unendlich ist. Jedes individuelle Leben hat Antheil an dem ewigen Leben Gottes, in verschiedenem Masse nach der verschiedenen Stufe der Entwickelung, der Realwerdung Gottes (d.).

Unendliche Zahl der Weltkörper und der Organismen auf der Erde u. s. w.

g. In den verschiedenen individuellen Formen des Lebens als immer vollkommener werdenden Formen der Realwerdung Gottes in Zeit und Raum (d.), giebt der zeitliche Ausdruck derselben die Seele, der räumliche den Leib derselben.

Weltseele — Weltkörper. Erdseele — Erdkörper.

Pflanzliche, thierische, menschliche Seele — Leib.

h. Auf unserer Erde ist der Mensch das Product der höchsten und letzten Entwickelungsstufe des Erdlebens, also die höchste Form der Realwerdung Gottes auf derselben. Im menschlichen Gehirn kommt das Erdleben und seine Seele zum Selbstgefühl und Selbstbewusstsein, so wie zum Gottesgefühl und Gottesbewusstsein (§. 3.).

Mineralien (Krystalle), Pflanzen, Thiere sind niedere Realwerdungsformen Gottes auf unserer Erde. (Vgl. die Paläontologie, welche die in den Hieroglyphen der fossilen Pflanzen- und Thierwelt geschriebene Geschichte der fortschreitenden Schöpfung der Erde entziffert. H. Burmeister, Geschichte der Schöpfung. 5te Aufl. Leipzig, 1854. 8.) Andere Weltkörper haben andere Formen der Realwerdung Gottes, deren höchste Entwickelung ebenfalls Gottesbewusstsein ihrer Geschöpfe giebt und deren Harmonie im göttlichen Selbstbewusstsein aufgeht.

In nicht gemessenen Zeiträumen hat sich das organische Reich der Erde in zwei Richtungen, als Pflanze und Thier, vom Niederen zum Höheren ausgebildet. Die Pflanze von der microscopischen Alge bis zur Palme, das Thier von dem microscopischen Infusionsthiere bis zum Menschen. — Wie in kurzen Zeiträumen sich die frazzenhafte Larve der Phryganeen zum Lichtorganismus der

Libelle metamorphosirt, so in ungemessenen Zeiträumen die Molluske zum Säugethiere und auf höchster Stufe zum Menschen, unter Einfluss der verschiedenen Zeiten der successiven Ausbildung des Erdlebens und der verschiedenen Regionen der Erde.

i. Jede Form der Realwerdung Gottes in der Schöpfung erscheint aber nothwendig, weil in Raum und Zeit beschränkt (b. c.), daher nicht in zeit- und raumloser, sonder zeitlich und räumlich beschränkter, aber stetig vollkommenerer (d.) Entwickelung, in zwei Richtungen, die sich im räumlichen Ausdruck als centro-peripherische (centrifugale) und peripherisch-centrale (centripetale), im zeitlichen Ausdruck als Ausgang und Rückkehr darstellen. In der ersten als Abfall vom Centrum: Subject = Objectivirung Gottes (Schöpfungsact), in der zweiten als Zurückkehr zu demselben: Object = Subjectivirung Gottes. Beide in ruheloser, sich stetig wiederholender Oscillation, also in stetig fortschreitender, vollkommenerer Realwerdung des Göttlichen (d.). Die zeitliche Beschränkung giebt die gesetzliche Zeitdauer der einzelnen Oscillation, und diese erscheint in der Zeitbewegung der Weltkörper als stete Oscillation zwischen Aphhelium und Perihelium, in der elliptischen Bahn derselben. Im Thätigen derselben als Schwere und Licht, Magnetismus und Electricität (?); als Schaffen und Vergehen. Im Organischen als Geborenwerden und Sterben. Die räumliche Beschränkung erzeugt in dieser Oscillation die gesetzmässige Gestaltung der räumlichen Erscheinung der Weltkörper und jeder besonderen Form der Realwerdung Gottes (f.), und diese Oscillation stellt sich dar als Bildung und Rückbildung, als Entstehen und Vergehen der materiellen Gestaltung.

Alle bisherige Philosophie entbehrt der Kenntniss dieses Gesetzes sammt seinen nothwendigen Folgerungen.

Irrthümliche Annahme einer Attractiv- und Repulsivkraft der Weltkörper in der Astronomie.

Symbolisch: Gutes und böses Princip. Anthropomorphisch: Gott und Teufel. In der Ethik: Sünde als Abfall von Gott, und Busse und Versöhnung durch die Erlösung. In der Pathologie: Krankheitsprocess = Erkrankung und Genesung. Die altsymbolische Schlange der Ewigkeit bildet daher in der Zeit oscillirend ein Ellipse, deren Formenzahl (Individuen) so unendlich ist, als die Unendlichkeit der Realwerdung Gottes (e.); im Materiellen gestaltend die Eiform, daher auch das Urbläschen Eiform hat (vergl. §. 27.).

Pflanzliches und thierisches Leben oscillirt zwischen Sonnenlicht und Erdfinsterniss; das menschliche Leben ethisch zwischen Gott und Teufel, Himmel und Hölle.

Ohne diese Beschränkung der Realwerdung Gottes in Zeit und Raum, der Schöpfung, fände die centro-peripherische und peripherisch-centrale (oscillatorische)

Richtung derselben, des Ausganges und der Rückkehr zum Centrum nicht statt; das Geschaffene würde an die Stelle des Schöpfers treten und ihn aufheben. Das Aphhelium der Bahn der Weltkörper würde dieselben in den unendlichen Raum verschwinden machen. Im Ethischen würde der Teufel Gott gleich, und der Sünder ohne Busse und Erlösung sein. Im leiblichen Leben würden ohne räumliche Beschränkung „die Bäume in den Himmel wachsen", der Krankheitsprocess stets in Tod endigen. Der Endzweck der Schöpfung (k) würde negirt werden.

k. Der Endzweck alles Lebens und Schaffens kann daher (e.) nur sein: immer vollkommenere Realwerdung Gottes in der Natur, aber in der Unendlichkeit nie erreicht, weil unendliches Werden (d.).

Hierin liegt die Wurzel des Wissensdurstes und der religiösen Sehnsucht, als des angebornen Strebens nach Erreichung des göttlichen Lebenszweckes; des Moralprincips, als der Uebereinstimmung des nach freier Selbstbestimmung handelnden Menschen mit den göttlichen Naturgesetzen; des Begriffs der Sünde, als freiwilligen Beharrens im Abfall von Gott, und der Erlösung, als Rückkehr zum Centrum (wie der Planet und Komet im Perihelium von der Sonne angezogen in deren Nähe zurückkehrt, so der Sünder durch Reue und Busse zur Gottheit); eben so der Begriff des Rechts und Unrechts, des Rechtsprincips im Staatsleben.

Optimismus. Der Pessimismus führt consequent zur Negation alles Seins des göttlichen Lebens.

Zweiter Artikel.

Wesen und Begriff der menschlichen Seele. Psychologische Aphorismen.

> Welche Psychologie ich bekenne? Keine von allen,
> Die du mir nennst, und warum keine? Aus Psychologie.
>
> Nach Schiller.

§. 2.

Der organisch-lebendige Ausdruck der nach polaren Gesetzen real gewordenen Uridee des Lebens, Gottes und der Welt (§. 1. b.), die im Reiche des organischen Lebens auf der Erde zur höchsten organischen Besonderheit (§. 1. f.) gewordene, in Zeit und Raum erscheinende göttliche Idee des besonderen Organismus bildet im Menschen von idealer Seite die menschliche Seele (Ψυχή, Anima) als die handelnde, in der Zeit erscheinende Idee des menschlichen Lebens; von realer Seite den menschlichen Leib, als die materielle, im Raume gewordene Idee des menschlichen Lebens (Abbild Gottes und der Welt §. 1. b. c.). Aber beide sind in der Idee des menschlichen Lebens, als Abbild der Gottheit, vereinigt, unzertrennlich in Zeit und Raum, wie im organischen Leben der Weltkörper zeitlicher und räumlicher Ausdruck derselben = Bewegung und Raumerfüllung, und nur in der Beschränkung, im Abfalle von der Idee, getrennt, wie Gott und Welt (§. 1. b.). Wie jedoch die Welt die reale, im Raume und in der Zeit objectiv gewordene (geschaffene) Idee der Gottheit ist (§. 1. b. c.), so ist der menschliche Leib die reale, im Raume und in der Zeit objectiv gewordene Idee der menschlichen Seele, und nach der besonderen Form der göttlichen Natur derselben gebildet. — Ebenso bei allen besonderen Formen des Lebens (§. 5.).

Von der Seele und dem Leibe ist keines das Prius und das Posterius, sondern beide sind unà, und in jedem Organismus und jedem Organe ist weder die in der Zeit erscheinende Thätigkeit (Function) das erste, und das im Raume erscheinende Materielle das zweite, noch umgekehrt. Die Seele ist das im Raume Thätige, der Leib das in der Zeit Gewordene, jene die Kraft, dieser die Materie.

Materie ist das Abstractum der Raumerfüllung; Kraft das Abstractum der Zeitbewegung. Beide als Urproducte der im steten Werden erscheinenden Realwerdung Gottes in Raum und Zeit (§. 1. d. e.) sind unendlich, unzerstörbar, und nur als stetig Werdendes, in centrifugaler und centripetaler Richtung (§. 1. i.) sich Bewegendes, in steter zu höherer Realwerdung Gottes strebender Formwandlung begriffen.

Jede Veränderung des Lebens geschieht zugleich in der Zeit und im Raume, im Handeln und im Sein, in der Function und im materiellen Organe. Das Leben ist ein steter Bildungs- und Rückbildungsprocess (§. 1. i.) zugleich im Leiblichen und im Geistigen; und in jedem Acte des Denkens oder Fühlens, der Gedanken- oder Gefühlsbildung entspricht der veränderten Thätigkeit eine Veränderung des Leiblichen, der organischen Metamorphose, wie bei jedem Acte des Sehens, Hörens, Athmens oder jeder anderen Function.

Die menschliche Seele ist ohne den Leib raumlos = leiblich todt; der menschliche Leib ohne die Seele zeitlos = zeitlich todt.

Die Idealphilosophie geht von der raumlosen Idee aus, und construirt die Welt aus der Idee der Zeit = Idealismus. Die religiöse Anschauung geht vom zeitlosen Raume aus und bildet die Welt aus der Idee des Raumes, stellt Gott ausser und über die Welt (1. Mosis 1, 1.: „Im Anfange schuf Gott Himmel und Erde."). Die wahre Philosophie (Naturphilosophie, Identitätsphilosophie) erkennt die Identität des Idealen und Realen. (Spinoza: Cogitatio et extensio attributa Dei sunt.)

Irrige metaphysische Ansicht der absoluten Trennung der Seele vom Körper. („Nach dem metaphysischen

Begriffe der Seele ist die Verbindung zwischen Seele und Körper keine andere und innigere, als zwischen der ersten und jedem von ihr beherrschbaren Gegenstande der übrigen Natur obwaltet." R. H. Lotze, Medicinische Psychologie u. s. w. Leipzig, 1852. S. 27.)

§. 3.

Diese höchste Form der Realwerdung Gottes, der Schöpfung, auf der Erde in der Seele des Menschen schliesst aber ebenfalls (§. 1. i.) zwei Richtungen ein, eine centro-peripherische und eine peripherisch-centrale. In der ersten Richtung wird Gott in der Natur real, deren höchste Form auf der Erde der Mensch ist, in der Bildung der menschlichen Seele. In der zweiten Richtung geht die Subject-Objectivirung Gottes in die Object-Subjectivirung über. In der wissenschaftlichen Erkenntniss und in der gläubigen Anschauung Gottes durch die menschliche Seele kehrt sie vom Abfalle nach der Peripherie zum Centrum zurück. — Im Schöpfungsacte des Menschen ist Gott in der centro-peripherischen Richtung auf unserem Planeten objectiv geworden, Abfall vom Centrum; in der Vernunfterkenntniss und in der religiösen Gefühlsanschauung (im Wissen und im Glauben) wird die centro-peripherische Richtung des göttlichen Lebens zur peripherisch-centralen. Erlösung vom Abfall, Re-ligion (von religare). Das bisherige Mysterium der Schöpfung wird in der menschlichen Seele offenbar, daher Offenbarung. Vergl. §. 8.

Die mit der höheren Entwickelung des Lebens entstehenden Stufen dieser Object-Subjectivirung (Offenbarung) Gottes in der menschlichen Seele sind in der Gefühlsseite derselben Selbstgefühl (Familiengefühl, Volksgefühl), Weltgefühl (im hellsehenden Somnambul) und Gottesgefühl (in der religiösen Andacht und Glaubensseligkeit); in der Erkenntnissseite: Selbstbewusstsein (Familien,- Volksbewusstsein), Weltbewusstsein (in der Physik und Astronomie) und Gottesbewusstsein (in der Philosophie).

Diese peripherisch-centrale Richtung des Seelenlebens (die Offenbarung Gottes in der Seele) findet jedoch nur auf der höchsten Stufe des Erdlebens, im seelischen Leben des Menschen, statt. In der thierischen Seele, selbst der höchsten Entwickelung, erscheint nur ein Analogon dieser Offenbarung im dunkeln Selbstgefühl (Instinct, auf höherer Stufe Familiengefühl), während das intelligente Selbstbewusstsein und die höheren Stufen der Vernunftoffenbarung so wie die höheren Stufen der Gefühlsoffenbarung im Weltgefühl und Gottesgefühl der Thierseele noch fehlen. In dem seelischen Leben der Pflanze und des Minerals ist selbst diese erste Stufe der peripherisch-centralen Richtung der Realwerdung Gottes noch nicht entwickelt, ebenso nicht im seelischen Leben der Erde und aller Weltkörper, und die niedere „Creatur harrt noch auf die Offenbarung der Kinder Gottes" (Paulus an die Römer 8, 19.), auf die Erlösung vom Abfalle.

Zwiefache Form der Erlösung, durch den Glauben in dem Gottesgefühl der religiösen Andacht, durch die Wissenschaft in dem Gottesbewusstsein der Philosophie.

Das ewige Leben Gottes im seelischen Menschen ist ein stetes Wechseln, Oscilliren, der centro-peripherischen und peripherisch-centralen Thätigkeit, ein stetes Schaffen und stetes Selbsterkennen (Wissen) und Selbstgefühl (Glauben).

Wie Gott und die Welt sich durchdringen, überall sind, so verhalten sich göttliches Handeln (Schaffen) und göttliches Wissen und Glauben der menschlichen Seele.

F. v. Sallet, Layenevangelium S. 348.

§. 4.

Alles in Zeit und Raum Gewordene, das Besondere (§. 2.) und Abgefallene, die besondere Lebensform (§. 1. e.), ist, als Ausdruck des Allgemeinen im Besonderen, als in Zeit und Raum beschränkte Idee, nothwendig endlich, vom Abfall zum Centrum zurückkehrend, daher vergänglich (§. 1. i.). Ebenso der menschliche Leib und Leben. Das unendlich Werdende, als Ausdruck des Besonderen im Allgemeinen, als das der Beschränkung in Raum und Zeit Entnommene, Göttliche, die Idee, der Geist (§. 1. a.) ist ewig lebend und unsterblich. Die menschliche Seele, als Ausdruck der ewigen Idee Gottes im Menschen, als Geist, ist daher unsterblich, wie die Urmaterie und die Urkraft unzerstörbar (§. 2.), im steten Werden zu höherem Sein (§. 1. d. e.).

§. 5.

Jedes Leben, als besondere Form der Realwerdung Gottes in Raum und Zeit (§. 2.) hat daher (§. 1.) einen seelischen (handelnden, zeitlichen) und einen leiblichen (materiellen, räumlichen) Ausdruck; und jedes besondere Individuum (§. 1. f.) hat einen besonderen, qualitativ verschiedenen, seelischen und leiblichen Theil — verschiedene Thätigkeit und Form. Es giebt eine qualitativ verschiedene Seele und Leib des Planeten, des Minerals, der Pflanze, des Thieres, des Menschen, deren materieller (räumlicher) Ausdruck = Leib der verschiedenen Qualität der Idee derselben = Seele entspricht (§. 2.) und umgekehrt.

Organisches und Anorganisches sind in dieser Beziehung nur durch höheres und niederes Leben verschieden. Anorganische Stoffe sind nur integrirende Bestandtheile eines grösseren Organismus. Organismus ist der Inbegriff der Seele und des Leibes in einer bestimmten Einheit, Individuum (§. 1. f.). Organ ist eine besondere Einheit, deren Mehrheit eine grössere Einheit bilden, Complemente derselben sind.

Der Endzweck alles Lebens: stete höhere Entwickelung des Göttlichen (§. 1. d. k.), kann aber nur statt finden und bewirkt werden durch Uebergang und Aufgang der niederen Lebensform in die höhere. — Hieraus folgt nothwendig (welches inhaltschwere Gesetz die neueren physiologischen Theorieen übersehen), dass überall mit Auftreten der höheren Lebensform die niedere durch dieselbe beherrscht, in ihr zwar vorhanden, aber latent und schlafend wird, ihre freie Selbstständigkeit verliert, und der höheren Lebensform dienen muss. Daher, wie das pflanzliche Leben das mineralische auch materiell sich assimilirt und pflanzlich metamorphosirt einverleibt, das thierische den pflanzlichen Organismus verzehrt, und der Mensch vom pflanzlichen und thierischen Lebensstoffe, ihn sich assimilirend, sich ernährt; so beherrscht das pflanzliche, thierische und menschliche Leben das anorganische des physikalischen, mineralischen und chemischen Lebens auch dynamisch, und macht dessen Thätigkeit latent. Daher das geistige Leben des Menschen die Erde mit allen ihren Thätigkeiten in seinen Herrscherkreis zieht.

Nothwendige Folgen der Verkennung dieses Gesetzes s. unten S. 22 Note.

Im Weltkörper (Sonne und Planeten, Kometen) erscheint das Seelische (Thätige) in der Schwerkraft und im Lichte, im Abfall vom und in der Rückkehr zum Centralkörper (der Abstossungs-

und Anziehungskraft der Astronomen) in der elliptischen Bahn. — Daher auch die Doppelsterne nur elliptisch kreisen können.

Im Erdleben als magnetisches Leben der Erde, in der Inclination und Declination der Magnetnadel; im Nordlicht. Ebenso in der tellurischen Kraft, welche im Menschen Somnambulismus erzeugt, und gleich dem Lichte und der Wärme von glatten Flächen zurückgestrahlt wird, auch dem gesteigerten Gefühlsleben des Somnambuls sinnlich objectiv und von ihm percipirt wird. (Vgl. Kieser, System des Tellurismus. Leipzig, 1826.)

Dasselbe gilt von der lunaren Kraft des Mondlebens, als Theil des Erdlebens, in ihrer Wirkung zur Erzeugung der Ebbe und Fluth des Meeres und gleich der tellurischen Kraft dem Somnambul sinnlich objectiv werdend. (Vgl. Kieser a. a. O.)

Das Sonnenlicht ist Thätigkeit der Sonnenseele, wie sie durch den Aether oscillirend auf dem Planeten besonderes Leben erzeugt, in dessen Laufbahn das Aphhelium hervorruft; im Kometen ihn belebend seinen von der Sonne abstrebenden Schweif vergrössert. In der Wärme erlischt die Thätigkeit der Licht erzeugenden Sonnenseele in der der dunkeln Erdseele, während die Mondseele Kälte strahlt, wie eine künftige Physik auch experimentell beweisen wird.

Im Mineral erscheint das Seelische als Cohäsionskraft; im Krystall als die die bestimmte mathematische Form seines Leibes erhaltende Krystallisationskraft. Im Leuchten der Krystallaxen nach von Reichenbach.

Vergl. Carl Freiherr von Reichenbach, Untersuchungen über die Dynamide des Magnetismus, der Electricität, der Wärme, des Lichts, der Krystallisation, des Chemismus, in ihrer Beziehung zur Lebenskraft. 2 Bde. 2. Aufl. Braunschweig, 1850.

Derselbe: Der sensitive Mensch und sein Verhalten zum Ode. 2 Bände. Stuttgart und Augsburg, 1854.

Das Reichenbach'sche Od ist die in polarer Entgegensetzung wirkende tellurische und solare Thätigkeit, wie sie von dem reizbareren, besonders dem somnambulen Menschen auch sinnlich empfunden wird.

Im Metall als Magnetseele im Magnet.

Der Ton ist Product der Seelenthätigkeit des klingenden Körpers, im Aether schwingende Krystallisationskraft, wenn sie die durch mechanische Kraft bedrohte Einheit ihres Körpers zu erhalten, die mechanische Störung der Elementartheile (Atome) desselben aufzuheben, die Harmonie ihres Leibes herzustellen strebt; daher nur zu organischer Einheit krystallisirte Körper tönen (wahrscheinlich aber nicht eine galvanoplastisch gebildete Glocke).

Im chemischen Elemente als chemische Kraft.

In der Pflanze, deren Hirn das Blüthensystem ist, in dem Streben des Stengels nach dem Sonnenlichte, der Wurzel nach dem Dunkel der Erde = Perihelium und Aphhelium. Das Perihelium erscheint im Pflanzenstengel bis zur Blüthe in successiver höherer Ausbildung (Metamorphose); worauf dann im Samenkorn das Aphhelium beginnt (Anamorphose), wie Runge (Neuste phytochemische Entdeckungen. 2. Lieferung. Berlin, 1822) nachgewiesen hat. Daher im stets ovalen Samenkorn der Keim an dem spitzen Ende liegend in, dem Stengel entgegengesetzter Richtung wächst und, wie jener nach der Sonne, so der Erde zu treibt.

Im Thiere in den mannichfaltigsten Erscheinungsformen des Thätigen und der Bewegung, hinauf bis zum Gefühlsinstinct als Vorstufe der menschlichen Vernunft, welche die Blüthe des Erdlebens ist.

Im Worte der menschlichen Sprache erscheint die höchste Form der handelnden (centro-peripherischen) Richtung (§. 1. i. 3.) des psychischen Lebens, der Vernunft. Daher ohne Vernunft keine Sprache. (S. unten: Blödsinn.)

Ebenso hat jede individuell verschiedene Pflanze,

jedes Thier, und jedes Organ (als besondere Einheit des pflanzlichen, thierischen und menschlichen Organismus) einen zeitlichen (seelischen) und einen räumlichen (leiblichen) Ausdruck der Realwerdung des Göttlichen (§. 1. f. — h.), wobei die niederen Lebensformen latent und beherrscht werden. Ebenso selbst jede individuelle Bildung des anorganischen Lebens. Das Mineralindividuum krystallisirt nach der Idee (Seele) desselben, und die chemischen Kräfte der ihm zukommenden chemischen Elemente werden latent. Die Pflanze baut ihren Körper nach der Idee der pflanzlichen Seele, zieht die nöthigen chemischen Elemente in ihren Lebenskreis, und beherrscht sie während ihres Lebens. Im Thiere herrscht die thierische Seele (Idee des Thieres), sie assimilirt sich die chemischen Stoffe und macht die mineralische und pflanzliche Seele latent. Im Menschen entwickelt sich die menschliche Seele, die früheren Stufen des pflanzlichen und thierischen Lebens in den verschiedenen Systemen und Organen des Körpers wiederholend, und im Gehirn die höchste Stufe der göttlichen Realwerdung im Leiblichen (Schöpfung) auf der Erde erreichend.

Gleicherweise in der Krankheit, wo die Seele des betroffenen Organismus oder Organes nach der Idee derselben von der normalen Stufe ihres Lebens abweicht, nach Oben (allgemeine höhere Krankheitsanlage) oder nach Unten (Krankheitsprocess).

Irrige Ansicht, das organische Leben nur aus den Gesetzen des anorganischen Lebens (der Physik und Chemie) erklären zu können, indem mit Entwickelung der höheren Lebensformen die niederen beherrscht, deren Kräfte (Seelen) also latent werden, die mechanischen und chemischen also im organischen und psychischen Leben zurücktreten, und erst wieder thätig werden, wenn das organische Leben erloschen ist (Verwesung)*).

---

*) Neuere materialistische Theorieen, welche die göttliche Idee der menschlichen Seele ignoriren, erklären in consequenter Schlussfolge die menschliche Seele bald für ein Product der verschiedenen Stellung und Verbindung der Hirnbläschen und Fasern (mechanisches Uhrwerk); bald für ein Product electrischer Ströme in und um die Hirnfasern, also für eine electrische Maschine; bald für ein Product der chemischen Elemente, besonders des Stickstoffes im Gehirn, also für einen chemischen Process. Im Culminationspuncte des consequenten Materialismus versinkt die Seele in die Kloake der Materie und wird für einen Auswurfsstoff (Excrement) der Hirnbläschen und Hirnfasern, gleich dem Secretum und Excretum der Niere und der Leber, im Harne und in der Galle, angesehen; nach welcher Ansicht, wenn sie consequent auf den geistigen Grund alles Seins angewendet wird, die Gottheit ein Excrement des materiellen Weltalls ist. — Ueberall wird aber hierbei die Angabe vermisst, welches Princip das mechanische Kunstwerk, die electrische Maschine, den chemischen Process, oder die excernirende Kraft der Hirnfasern und Bläschen in Thätigkeit versetzt, um nicht blos mechanische, oder chemische Producte, oder thierische Excremente, sondern die eigenthümlichen geistigen Functionen zu erzeugen.

Allein das πρῶτον ψεῦδος des tadelnden Vorwurfs, den man

Dagegen folgt nothwendig aus §. 2.: dass, wie im Mineral einer veränderten (krystallisirenden) Thä-

---

den ganz in ihrem Rechte befindlichen, von ihrem Standpuncte alle philosophische Anschauung als Mystik und Mysterium betrachtenden, oder die Existenz aller nicht aus ihrer Ansicht zu erklärenden Lebenserscheinungen läugnenden materialistischen Theorieen macht, ist die Unkenntniss, dass (nach §. 3.) alle verschiedenen Lebensprocesse nur verschiedene Schöpfungsformen Gottes sind, deren Qualität der Entwickelungsstufe des göttlichen Lebens auf der Erde entspricht, und in denen die nothwendige Object-Subjectivirung, Offenbarung Gottes (§. 3.) verschiedene Producte geben muss, die mit der Natur des Producirenden in Harmonie stehen; dass hier also nur eine Naturnothwendigkeit, ein göttliches Gesetz sich darstellt, dem das Individuum mit seiner theoretischen Anschauung unterworfen ist.

Wie daher die verschiedene Form einer Spiegelfläche das Object verschieden wiedergiebt, und die von der Planform abweichende das Spiegelbild verzerrt, so bildet sich hier in der Offenbarung Gottes im menschlichen Geist nach der verschiedenen Entwickelungsstufe des seelischen Lebens auch ein verschiedenes Product seiner object-subjectivirenden Thätigkeit, seiner Anschauungs- und Erkenntnissform des Göttlichen in der Natur und im Menschen; und hieraus erklärt sich die Differenz der theistisch-psychologischen Ansichten und Theorieen.

Das schlafträumende Gefühlsleben entlehnt seine Symbole des Geistigen und Göttlichen der materiellen Welt und schafft sich seine anthropomorphosirten Traumbilder, und die Intelligenz des Tagwachenden sucht gleichfalls ihrer Individualität gemäss so lange nach sinnlich wahrnehmbaren Symbolen des Idealen und Göttlichen und erliegt der Beschränktheit ihrer Erkenntniss, bis sie zu der Vollkommenheit ihrer Entwickelung gelangt, und das Wesen des Göttlichen erkennt.

Die gläubige Seele schaut Gott anthropomorphisch (§. 10. 16.) in der realen Form, als Ideal des menschlichen Körpers (der Chinese mit Schweinsaugen, der Neger in schwarzer Farbe), und gleicherweise die menschliche Seele als eine ätherische materielle Lichtgestalt; während die wissende Seele Gott als ewige Idee, eine tigkeit desselben eine Mischungsveränderung der chemischen Elemente parallel geht, und in der

---

raum- und zeitlose Gottheit erkennt (§. 15. 16.) und ebenfalls der menschlichen Seele das Reich der Ideen reservirt.

Wenn dagegen die Offenbarung des Göttlichen im Menschen sich nicht über das Materielle erhebt, so bewegt sich die Theorie des psychischen Lebens auch blos im Kreise des entsprechenden Lebens und deren Thätigkeiten. Die nur das physikalische und chemische Leben kennende Psychologie und Theosophie erhebt sich nicht über die physikalische und chemische Natur, hält Gott und Seele für das Product der mechanischen Form und chemischen Elementarmischung der Dinge, und misst oder wägt sie nach Millimetern oder Milligrammen; und wenn die psychologische Theorie die Koth und Harn producirende Lebensform als die höchste anerkennt, so kann sie in Harmonie mit sich selbst das Göttliche in der Natur und das Seelische des Menschen nur als Secretum ihrer eigenen Natur, als Deus cloacinus und anima cloacina schauen und erkennen. Hätte sich die letztbezeichnete materialistische Theorie, anstatt in der Richtung zum Niederen sich zu verlieren, sich zur Offenbarung des Göttlichen im menschlichen Leben (§. 3. 8.) erheben, und das Abbild der göttlichen Weltgesetze auch in dem allgemeinen Gesetze der oscillatorischen Bildung des Allgemeinen zum Besonderen und der Rückkehr des Besonderen zum Allgemeinen (§. 1. i.) erkennen können; so hätte sie sagen müssen: wie auf einer niederen Lebensstufe in der Secretion das besondere Leben des Organes in peripherisch-centraler Richtung zum allgemeinen Leben oscillirend zurückkehrt (§. 3), und das Organ sich ins Allgemeine auch materiell auflöset; so geht in der höchsten Sphäre des Lebens nach gleichem oscillatorischen Gesetze die frühere centro-peripherische Richtung des höchsten irdischen Lebens in der intellectuellen Erkenntniss (Gedankenbildung) und in der Gefühlsoffenbarung (der religiösen Anschauung) des Göttlichen in die peripherisch-centrale Richtung über (§. 9.), vermittelt durch einzelne Hirnorgane. — Hiermit wäre die philosophische Ansicht gewonnen gewesen, während die auf dem blos materiellen Standpuncte beharrende Theorie aus der höchsten Erscheinung des irdischen Lebens nur eine mephistophelische „Spott-

Pflanze und im Thiere, und in jedem Organe derselben jede veränderte Function eine veränderte Mischung des materiellen Substrates bedingt, auch mit jeder Veränderung, Steigerung oder Minderung des organischen und psychischen Lebens, mit jeder Gedankenbildung und Gefühlsanschauung, auch eine materielle Veränderung in dem materiellen Substrate, beim geistigen Leben in dem entsprechenden Hirnorgane (Hirnbläschen, Fasern), in mechanischer und chemischer Beziehung statt finde (und also auch bei den psychischen Krankheiten). Ebenso, dass bei Einwirkung äusserer Potenzen, welche die Seele oder deren einzelne Thätigkeiten zu erhöhter oder geminderter Action veranlassen, eine Veränderung der mechanischen Form und der chemischen Mischung in dem entsprechenden Hirnorgane entstehe, aber gemäss der Idee (Seele) dieses Organes, daher nicht rein mechanisch oder chemisch. Dasselbe gilt also auch sowohl von den krankmachenden als von den heilenden Potenzen (s. unten Aetiologie und Materia medica).

§. 6.

Die Darstellung der Gesetze, nach denen der leibliche Ausdruck des Lebens (Materie, Körper) sich

---

geburt" erzeugen konnte, die noch auf die Erlösung vom Abfall harrt (§. 1. 3.).

im Raume formt und gestaltet, und der seelische Ausdruck in der Zeit handelt und sich bewegt, giebt in der Sphäre des sogenannten anorganischen Lebens die Physik und Chemie, in der Sphäre des organischen Lebens die Physiologie und die Psychologie, das Ganze die Philosophie.

Dritter Artikel.

Eintheilung der Seelenvermögen.

§. 7.

Wie im menschlichen Leben und Leibe sich die in der Pflanze und im Thiere früher erschienenen Formen der Realwerdung Gottes auf der Erde (§. 1. h.) (die früheren Bildungsstufen des organischen Lebens) auf höherer Potenz wiederholen und als Systeme und Organe des Körpers erscheinen (§. 5.), so wiederholen sich in der menschlichen Seele und im Gehirn — der Blüthe des menschlichen Lebens und Leibes — ebenfalls die früheren Bildungsstufen des organischen Lebens in höherer Potenz; und diess giebt das Wesen und die Bedeutung der verschiedenen Seelenvermögen. Sie sind verschiedene Realwerdungsformen Gottes in der Sphäre des psychischen Lebens und Leibes.

Der psychologischen Eintheilung der Seelenvermögen sollte nun die encephalotomische Eintheilung der Hirnorgane und die Angabe der Functionen derselben parallel gehen. Da jedoch die psychologische Encephalotomie noch nicht die Bedeutung und die Function der einzelnen Hirntheile kennt, so hat man von jeher blos eine psychologische Eintheilung versucht. Vergl. §. 26.

Schon in den ältesten Zeiten, bei den griechischen Philosophen (6 — 800 J. v. Chr.), nahm man an, dass die menschliche Seele aus drei Hauptvermögen (Seelenkräften) bestehe. Sie enthalte eine pflanzliche, eine thierische, eine menschliche Seele.

In neuerer Zeit gleichfalls, parallel der Architectonik des menschlichen Leibes, wie er in drei Systeme (vegetatives, animalisches, sensitives), und in drei Leibeshöhlen (Bauch-, Brust- und Kopfhöhle) zerfällt.

Die Hauptvermögen der Seele sind nach dieser Ansicht: Willensvermögen (Wille), Gefühlsvermögen (Gefühl), und Erkenntnissvermögen (Vernunft); und die ihnen entsprechenden leiblichen Ausdrücke (Organe) im Gehirn: kleines, mittleres, und grosses Gehirn, welche bei den niederen Thieren (Fischen, Amphibien, Vögeln) sich allmählig ausbilden, und von denen bei den Säugethieren und den Menschen das mittlere Gehirn weniger entwickelt wird, und grosses und kleines Gehirn die Hauptabtheilungen darstellen.

Wie die vergleichende Anatomie lehrt, sind die Hauptabtheilungen des Gehirns zuerst nur vollkommener ausgebildete Ganglien, und das Nervensystem entwickelt sich zu höheren Bildungen, so dass das Nerven- und Hirnsystem des Menschen im Nervensystem und Gehirn der verschiedenen Thierklassen seine Vorstufen hat.

Der Wurm hat noch kein Gehirn, sondern im Centralpuncte des Körpers ein System von Ganglien. — (Bauchganglien.)

Die Schnecke, der Krebs bis zu den Fischen, haben nur ein aus Central - Ganglien bestehendes Nervensystem, die um den Magen liegen, eigentlich ein Bauchgehirn.

Höher hinauf, von den Amphibien und den Fischen an, scheiden sich diese Ganglien bestimmter, oder vielmehr es tritt dem Kopfgehirn (mit dem Rückenmark) gegenüber das Bauchgehirn individueller entwickelt auf, und erhält nun theils eine höhere materielle Bildung, theils höhere psychologische Bedeutung (vgl. §. 29. 31). Es entsteht nun Hirnsystem und Gangliensystem, Kopfgehirn und Bauch- oder Rumpfgehirn, und ersteres, als die Blüthe der im Rückenmarke an einander gereihten Ganglien, deren jedes seine knöcherne Umgebung — Wirbel — hat, zerfällt in der Schädelhöhle wieder in die Hauptabtheilungen des Gehirns, höhere und niedere Gehirnganglien. —

Eine vergleichende, durch Zeichnungen erläuterte Anatomie des Gehirns als Blüthe des Nervensystems, sowie der Genesis des Bauchgehirns der höheren Thiere und des Menschen ist noch Desiderat.

Ob nun beim Menschen drei, oder nur zwei Hauptabtheilungen des Gehirns, und als deren Functionen drei oder nur zwei Hauptseelenthätigkeiten angenommen werden müssen, ist noch nicht entschieden.

§. 8.

In psychologischer Hinsicht ist jedoch schon früher (Kieser, System des Tellurismus. Leipzig, 1822. 1. Bd. S. 227.) ausgesprochen, und die philosophische Ansicht des Lebens, sowie die vergleichende Psychologie fordert, und die Erfahrung bei psychischen Krankheiten bestätigt es, dass es nur zwei Hauptvermögen der menschlichen Seele giebt. Sie erscheinen als höhere und niedere Entwickelungsstufe des psychischen Lebens, von denen die niedere schon im Thiere vorhanden, die höhere nur Eigenthum des Menschen ist. Sie sind Gefühl und Erkenntniss, und der Wille ist nur die untergeordnete centro-peripherische (schaffende §. 1. i.) Thätigkeit beider, der die peripherisch-centrale Thätigkeit beider, die wir aus Mangel einer bestimmteren Sprachbezeichnung Offenbarung des Göttlichen (der Aussenwelt in der Seele) nennen, gegenüber steht (vgl. §. 3.) *).

Diese psychologische Eintheilung entspricht der anatomisch-räumlichen Eintheilung des Körpers in Kopf- und Rumpfsystem; des Nervensystems in Hirnsystem und Gangliensystem; des Gehirns in grosses und kleines Gehirn; der peripherischen Nerven in sensible und motorische Nerven.

---

*) Newton sagt: Nature does everywhere γεωμετρεῖν. Alle Geometrie = Gesetz des Räumlichen, beruht aber auf dem Gegensatz = Polarität.

Ihr entspricht ebenfalls die Urpolarität aller zeitlichen Bewegung, die im Leben der Weltkörper den elliptischen Umlauf derselben als Sommer und Winter; in der Rotation der Planeten Tag und Nacht; und im organischen Leben dem entsprechend Tag- und Nachtseite, Wachen und Schlafen giebt; und die in den höchsten Producten des geistigen Lebens sich ebenfalls in dem Gegensatze des Wissens und des Glaubens, der philosophischen Erkenntniss und der gläubigen Offenbarung ausspricht.

Beide Pole des psychischen Lebens sind aber unzertrennlich in demselben vereint und nur wechselnd vorwaltend thätig. Im Wachen und in der philosophischen Erkenntniss ist das Gefühlsleben gedeckt vom intelligenten Leben und dieses vorherrschend, im Schlaf und in der gläubigen Offenbarung ist das intelligente Leben gedeckt vom Gefühlsleben und dieses vorherrschend. (Vgl. §. 20.)

§. 9.

Die Thätigkeit des psychischen Lebens und so auch die der zwei Hauptvermögen der menschlichen Seele hat ferner, wie die polare Thätigkeit der Gangliennerven, eine zweifache Richtung, welche der Urthätigkeit Gottes in ihrer zweifachen Richtung, als Schaffen und Rückkehr zum Schöpfer, als Schöpfung der Welt und Offenbarwerdung der göttlichen Welt im menschlichen Geiste (§. 1. i. §. 3.) (Subject-Objectivirung, Object-Subjectivirung) entspricht; nämlich eine centro-peripherische von Innen nach Aussen, die niedere (im Ganglienystem die motorische Richtung im motorischen Nerven, der nach vorn und unten, der Erde zugekehrt liegend das besondere, niedere Princip, den Abfall vom Centrum, die Nachtseite der psychischen Thätigkeiten ausdrückt), welche als peripherisches Handeln, Subject-Objectivirung, erscheint; und eine peripherisch-centrale, von Aussen nach Innen, die höhere Richtung, die Erlösung vom Abfall (im Ganglien-system die sensible Richtung im sensiblen Nerven, der nach hinten und oben, der Sonne zugekehrt liegend, das allgemeine höhere Princip, die Tagseite der psychischen Thätigkeiten darstellt), welche als psychische Offenbarung der Aussenwelt im psychischen Leben (Innewerdung, Er-Innerung, Object-Subjectivirung) erscheint. (Die Bezeichnung: Erkennen gilt nur hinsichtlich des Offenbarwerdens der Aussenwelt in der Seele durch's Erkenntnissvermögen, welche unsere Sprache, die des wachenden Vernunftlebens, gebildet hat, während die Sprachbezeichnung der Offenbarung durch's Gefühlsvermögen noch fehlt.)

In der zweifachen Richtung der zwei Hauptvermögen der menschlichen Seele erscheint daher ein Abbild des unendlichen, in centro-peripherischer und peripherisch-centraler Richtung (Schaffen und Selbsterkennen und Selbstfühlen) oscillirenden Realwerdens Gottes, wie es sich in der höchsten Form auf der Erde, in der Seele des Menschen in Raum und Zeit beschränkt (§. 1. i.) darstellt.

Der im Handeln erscheinende Wille ist das Abbild der centro-peripherischen schaffenden göttlichen Thätigkeit (des *Λόγος*), wie sie in der beschränkten Realwerdung Gottes in der menschlichen Seele auftritt; und im Wissen und Glauben erscheint die peripherisch-centrale, den Kreis des göttlichen Lebens der Erde schliessende Thätigkeit der in der menschlichen Seele in beschränkter Form offenbar werdenden Gottheit (vgl. §. 3.).

§. 10.

Hiernach entsteht folgendes Schema der Hauptseelenvermögen:

1. Gefühlsseite, Gefühlsvermögen, deren Thätigkeit bei der Pflanze und beim Thier als Instinct, beim Menschen als Ahnung, Glaube (vernunftlose, bewusstseinlose, psychische Thätigkeit) erscheint. — Gemüth — Animus (*Θυμὸς*, *Μένος* bei Homer ist Wille). Die niedere, frühere Stufe der Entwickelung; die Nachtseite des psychischen Lebens; — vorwaltend im weiblichen Geschlecht *).

(Unterscheidung des psychischen Gefühlsvermögens vom Gefühlssinne.)

Unsere bisherige Psychologie, die nur erst Psychologie des Taglebens, Tagseelenlehre, ist, hat diese

*) Bergmann (Damerow's Zeitschr. XI. Bd. 1. Heft. S. 38.) sagt: „Den Instinct möchte ich nennen den blinden Verstand der Natur. Er ist die Unterlage, die Begleitung des sehenden Verstandes, des Geistes.“

Nachtseite des psychischen Lebens noch nicht wissenschaftlich anerkannt, nur als Gemüth in der Praxis behandelt; und das Gefühlsvermögen kann sich nicht selbst erkennen, weil es nicht Erkenntnissvermögen hat, sondern sich nur unbewusst fühlen kann (Selbstgefühl, Instinctsgefühl); daher die scheinbare Unerkennbarkeit, Unerklärlichkeit (Wunder) des Nachtlebens im Traume und in der reinsten und höchsten Form desselben, im Somnambulismus. (S. Kieser, System des Tellurismus.)

§. 11.

Die centro-peripherische, handelnde Richtung (§. 9.) der Gefühlsseite erscheint im vernunftlosen Instincthandeln; beim Thiere (wo die Erkenntnissseite noch nicht entwickelt ist) unter den mannigfaltigsten Formen, in denen die Naturgesetze der Aussenwelt im psychischen Gefühlsleben des Thieres offenbar werden und seine Handlungen bestimmen (Wandern der Zugvögel, Winterschlaf. — Schon beim neugebornen Thiere: Suchen und Finden der mütterlichen Brust. Verstehen der warnenden Stimme der Henne beim Küchlein); und als erstes Rudiment des psychischen Lebens im Organischen tritt es in der Pflanze auf, wenn die Wurzel nach dem dunklen Centrum der Erde, der Stengel nach dem Lichte der Sonne treibt. Ebenso in der nach nothwendigen mathematischen Gesetzen rhombendodekaedrischen Urform der Pflanzenzelle (gleich der Urform der Bienenzelle), welche unter allen geometrischen in ihrer Zusammenfügung aus kugelförmigen Bläschen keinen Zwischenraum lassenden Körpern mit der geringsten Masse des Umkreises den grössten Raum einschliesst, daher der Kugel am nächsten steht, also ein Vernunftgesetz darstellt (§. 1. d.). (Vgl. Kieser in Verhandl. der Leopold.-Carolin. Akademie. 1. Band. Erlangen, 1818.) In der die Felsen sprengenden Baumwurzel erscheint die höchste materielle Kraft des handelnden Instincts der Pflanze. (Irrige Ansicht älterer und neuerer Pflanzenphysiologen, dass die Schwerkraft das Würzelchen zur Erde ziehe.)

Beim Menschen als unbewusstes, intelligenzloses unmittelbar durch's Gefühlsleben bestimmtes Handeln, Gefühlshandeln, Gemüthstrieb; beim vernunftlosen Kinde und handelnden Somnambul in der reinsten Gestalt. (Im wachenden Leben ist es selten ohne Begleitung der Vernunftthätigkeit.)

§. 12.

In der peripherisch-centralen, empfangenden Richtung (§. 9.) erscheint die Gefühlsthätigkeit, auf's eigne Leben bezogen, als unbewusstes Selbstgefühl; in Beziehung auf die Aussenwelt als bewusstseinlose und nicht durch Sinnesperception vermittelte Gefühlsoffenbarung: Ahnung, Innewerdung, deren einzelne Momente und vermittelnde Organe, da die Tagsinnesorgane nicht diese Function haben können, noch unbekannt sind und nur in noch zu entdeckenden, mit den Gangliencentris in nächster Beziehung stehenden Hautnerven gesucht werden möchten, deren Thätigkeit aber nicht zum Vernunftbewusstsein kommt (wie bei der Thätigkeit der sogenannten vegetativen Nerven). Die Beziehung auf die höchsten Lebensverhältnisse zum Göttlichen erscheint als Gottesgefühl, Glauben. Vergl. §. 3.

Ohne Thätigkeit der Erkenntnissseite, ohne Denken, Begreifen und Wissen, und wahrscheinlichst ohne Sinnes- und ohne bewusste leibliche Empfindung gelangen hier die Naturgesetze zur Offenbarung, Innewerdung, im psychischen Leben. Sobald aber das Gefühl zum Bewusstsein kommt, geht es schon in's Denken, in's Erkennen über, daher ist es ebenfalls selten rein beim wachenden Menschen. — Diese peripherisch-centrale Gefühlsthätigkeit erscheint in der Pflanze und im Thier als Fühlen der Naturgesetze, welches das Instincthandeln (§. 11.) motivirt; im Menschen beim Kinde, im Schlafe, als warnende, die Handlung leitende innere Stimme, Dämon, Schutzengel u. s. w., im Fernfühlen der Zeit und des Raumes beim sogenannten hellsehenden Somnambul, welches nicht durch die Sinne und deren Potenzen (z. B. die Gesichtsfunction durch's Licht, die Gehörsfunction durch den Schall, sondern durch die auf's Gangliensystem vermittelst noch unbekannter peripherischer Nerven wirkende, auch physikalisch (im Zurückstrahlen) erscheinende tellurische Kraft vermittelt wird. (S. Kieser, System des Tellurismus.) — Die, besonders in der Hand- und Fussfläche sich findenden Pacinischen Körperchen, deren Function bisher noch ganz unerforscht ist, könnten auf die Perception der tellurischen Kraft und ihr vorzügliches Ausstrahlen von der vorderen Handfläche im sogenannten thierischen Magnetismus untersucht werden. Die Bedeutung dieser räthselhaften Organe zum Nachtleben überhaupt (Katzengeschlecht), wenn sie vorhanden, dürfte aber im Experiment denen des Taglebens ganz entgegengesetzte Reagentien in Anspruch nehmen. Vergl. §. 27.

(Irrige Behauptung, dass alle Offenbarung der Aussenwelt im Innern des Menschen durch die Sinne, als sinnliches Erkennen und Wissen, geschehe. Vergl. §. 3.)

Die Producte der Offenbarwerdung der Naturgesetze in den Instincthandlungen des Thieres und des Menschen können daher denen der intelligenten Erkenntniss der Vernunft des Menschen gleich sein. Daher die scheinbare Vernunftfreiheit und Zweckmässigkeit vieler Instincthandlungen der Thiere, und die Uebereinstimmung derselben mit vernünftigen Handlungen, die sich indessen immer von den letzteren des Menschen dadurch unterscheiden, dass sie ohne Vernunftbewusstsein Statt finden.

Wenn daher der Mensch auf der höchsten Stufe des Erkenntnisslebens Gott als ewige Idee mit Bewusstsein **erkennt**, so **fühlt** der Mensch auf der höchsten Stufe des Gefühlslebens unbewusst Gott. — Gottesgefühl (§. 3.), **Schauen** des Göttlichen, göttliche Anschauung, **Glauben**, religiöse Anschauung, sogenannte **unmittelbare** Offenbarung, weil nicht durch die Tagsinne und die Vernunft vermittelt, oft irrig als unmittelbar von Gott gegeben angesehen. (Es giebt aber auch eine Unmittelbarkeit der

Erkenntniss, d. h., welche nicht durch die Sinne vermittelt ist, in der mathematischen Erkenntniss.)

Der Glaube des Göttlichen ist daher bewusst- und gedankenloses Offenbarwerden, Innewerden, des Göttlichen im Gefühlsleben. —

Wenn das dem Endzweck alles Lebens (§. 1. k.), den höchsten göttlichen Gesetzen Entsprechende oder Widerstreitende der eigenen Handlung zu dieser Gefühlsanschauung gelangt, entsteht das Gewissen.

Im Gewissen unterscheidet das psychische Gefühl das Recht und das Unrecht ohne Vernunftbewusstsein und Urtheil, wie durch's Vernunfturtheil in der Erkenntnissseite die psychische Erkenntniss das Wahre und Unwahre. Daher auch bei Thieren, besonders den höheren (Hund, Pferd), bei Kindern und bei vielen Seelenkranken ein Gewissen vorhanden ist.

Analogie des Gewissens mit dem Instinctgefühle des Thieres bei Auswahl gesunder, und Abscheu vor ungesunder Nahrung.

Die psychischen Gefühlsgesetze sind gleich den physiologischen des Gefühlsganglienlebens noch unbekannt, die Logik des bewusstseinlosen Gefühlslebens ist noch nicht gegeben. Sie treten am reinsten im Schlaftraume und im Somnambulismus auf. (Es gehört hierher die Hypostasirung innerer Gefühle. S. Melancholie §. 52.)

(Die neuere Bezeichnung „Unmittelbarkeit" des Charakters, der Anschauung, der Dichtungsweise, des Lebens überhaupt u. s. w. gilt von diesem vorwaltenden Gefühlsleben, welches des Vernunftbewusstseins entbehrt. — „Naiv“ im Gegensatze des „Sentimentalen“ drückt dasselbe aus.)

Einseitig und übermässig auftretende Thätigkeit des Gefühlsvermögens giebt die Affecte und Leidenschaften oder Suchten, erstere mehr die empfangende, letztere mehr die handelnde Richtung. (Liebe, Hass, Zorn, Ehrgeiz, Neid, Habsucht, Geschlechtslust, Heimweh, Furcht, Angst, Schwärmerei, Gefallsucht, Spielsucht, Trinksucht u. s. w..)

§. 13.

2. Erkenntnissseite, Erkenntnissvermögen. Sie fehlt noch bei der Pflanze und beim Thier, erscheint erst beim erwachsenen Menschen. — Vernunft. Ratio. *Νοῦς.* (Mens ist der Inbegriff beider Urvermögen.)

Die höhere, die Tagseite des menschlichen Lebens; — vorwaltend im Manne ausgebildet. Sie erscheint in der Sprache, als der höchsten Form der handelnden Richtung des Vernunftlebens (§. 4.) und macht den Menschen daher im juristischen Sinne mündig. Daher der Mensch unmündig ist, und eines Vormundes bedarf, wenn die Vernunft noch nicht entwickelt (beim Kinde), oder unterdrückt (bei Geisteskrankheitsprocessen), oder abgestorben ist (beim Blödsinn). Auch sie hat eine zweifache Richtung (§. 9.).

§. 14.

In der centro-peripherischen, handelnden Richtung erscheint sie als selbstbewusstes, mit freiem Vernunfturtheil und Wahl verbundenes Handeln, vernünftige, freie, Selbstbestimmung, vernünftiges Handeln, bei welchem der Mensch sich des Zweckes, der Mittel und des den göttlichen Gesetzen Entsprechenden (Wahren) oder nicht Entsprechenden (Unwahren) bewusst ist.

§. 15.

In der peripherisch-centralen, empfangenden Richtung erscheint die Erkenntnissthätigkeit als Vernunfterkenntniss (vernünftiges Denken), in welcher die Naturgesetze ebenfalls zur Offenbarung im psychischen Leben gelangen, aber, wenn sie beim Gefühlsvermögen ohne Vernunftbewusstsein gefühlt werden, so werden sie hier mit Vernunftbewusstsein erkannt. — Sie setzt vernünftiges Selbstbewusstsein voraus, wodurch das vernünftige Ich als Gegensatz der Aussenwelt, und diese als Object des Erkennens ihrer Gesetze erscheint, die Aussenwelt im intelligenten Leben offenbar und erkannt wird.

(Daher noch nicht beim Kinde, ehe das Selbstbewusstsein und Gefühl des Ichs auftritt, das Kind „ich“ sagt.)

Die Offenbarung der Aussenwelt wird hier vermittelt durch die Sinne, und die einzelnen Momente sind: Sinnesempfindung und Vorstellung, geistige Vorstellung, selbstbewusste Reflexion und Schluss, vernünftiges Denken und Wissen. — Sinneserkenntniss, Verstand, Vernunft. —

Die Darstellung der Gesetze, nach denen das Denken geschieht, ist Gegenstand der Logik. —

Insofern dies Offenbarwerden des Aeussern im Innern der denkenden Seele das eigene psychische Leben zum Gegenstand hat, entsteht Selbsterkenntniss und Selbstbewusstsein; insofern es später die ganze Welt und deren Gesetze, das Allgemeine und Ideale, wie das Besondere und Reale auffasst, wird es Weltbewusstsein und Gottesbewusstsein, und Gegenstand der Philosophie. Philosophische Erkenntniss (§. 3.).

Wenn der Mensch auf der höchsten Stufe des Gefühlslebens an Gott glaubt (§. 12.) und ihn in der religiösen Andacht, unvermittelt durch die Sinne schaut, so erkennt er hier auf der höchsten Stufe des Erkenntnisslebens Gott, Gottesbewusstsein (§. 3), und weiss die göttlichen Gesetze unter Vermittelung der Sinnes- und Erkenntnissthätigkeit; und wenn im ethischen Leben dort das Gewissen unmittelbar über Recht und Unrecht entscheidet (§. 12.), so unterscheidet hier die wissenschaftliche Erkenntniss durch logische Schlüsse das den göttlichen Gesetzen der fortschreitenden Realwerdung Gottes (§. 1.) Conforme oder Widerstreitende, als Wahres und Unwahres.

(Unsicherheit der Bestimmung des Rechts und Unrechts, des Wahren und Unwahren s. § 45.)

Die Freiheit der Vernunft ist daher das Vermögen des selbstbewussten vernünftigen Menschen, innerhalb der Gränzen der göttlichen Natur- und Vernunftgesetze (§. 1.) seine Handlungen bestimmen (freie Selbstbestimmung) und wählen zu können (freie Vernunftwahl). Diese Vernunftfreiheit des Handelns fehlt daher dem Instinct und dem Gefühlsleben des Menschen und seiner handelnden Thätigkeit (§. 10—12.).

Mit dieser Freiheit der Vernunft entsteht sodann die rechtliche Zurechnungsfähigkeit der Handlungen (§. 18.), indem nur der vernünftige Mensch mit Bewusstsein das den göttlichen Gesetzen Gemässe, das Wahre und Unwahre unterscheiden und wählen kann. Die rechtliche Zurechnungsfähigkeit fehlt daher nothwendig noch dem Instinctleben der Pflanze und des Thieres. Sie ist dagegen noch vorhanden, selbst bei erblicher oder angeborner Anlage zu Geisteskrankheiten, bei angebornen Leidenschaften und Affecten, bei welchen eine erbliche oder angeborne Abnormität der Hirnorgane (Form und Mischung derselben, der Hirnzellen und Fasern) als zugleich vorhanden angenommen werden muss (§. 2. 64.), so lange das intelligente Hirnorgan und dessen intelligente Function noch normal, die Freiheit der Vernunft und die Fähigkeit, die abnorme Thätigkeit zu erkennen und zu beherrschen, nicht aufgehoben ist. Hiermit ist der Vorwurf des Materialismus, den man der wissenschaftlichen Psychologie oft zu machen pflegt, beseitiget, und hiernach ist bei Verbrechervirtuosen (§. 111.), die sich durch erbliche Anlage zu entschuldigen versuchen, die rechtliche Zurechnungsfähigkeit derselben (§. 18.) zu beurtheilen.

Auch hier in der Sphäre des intelligenten Lebens kann einseitig oder übermässig auftretende Thätigkeit zum Affect und Leidenschaft oder Sucht werden, z. B. als Wissenssucht im einseitigen Philosophiren, in der Mathematik, Logik. Processsucht. Hartnäckiger Irrthum. (Vgl. §. 45.)

§. 16.

Die Form der gläubigen Anschauung und der philosophischen Erkenntniss ist aber wesentlich verschieden und bisher in der Psychologie nicht hinlänglich gewürdiget. Die erste geschieht in der realen Form, mehr im räumlichen Ausdruck, seiend, als im zeitlichen Ausdruck, handelnd, wobei ohne Selbstbewusstsein das Object der Gefühlsanschauung seiner Idee nach nicht erkannt werden kann, sondern in materieller Gestalt objectiv wird, daher plastisch, hypostasirt, bildlich, als Anthropomorphismus, Prosopopoiie des Göttlichen (vgl. Kieser, Klinische Beiträge. Leipz., 1834. S. 263.), als Traumbild, Traumsymbolik.

Die zweite geschieht in der idealen Form, als Erkenntniss der Idee des Göttlichen; im Objectivwerden der idealen Gestalt.

Der Glaube schaut alles Ideale als real, räumlich, leiblich; glaubt an einen persönlichen, in Raum und Zeit beschränkten Gott; die Philosophie erkennt das

Ideale als ideal, geistig, in der Zeit handelnd, erkennt Gott als ewige Idee. (Vgl. Sallet, Laienevangelium. 3. Aufl. S. 213.)

Alte Welt = vorwaltendes Gefühlsleben. Götterlehre der Alten.

Neue Welt = vorwaltendes intelligentes Leben.

Das gläubige Leben in seiner höchsten Potenz giebt in der centro-peripherischen Richtung die Kunst, in seiner peripherisch-centralen die Religion; das intelligente Leben die Wissenschaft in der handelnden und empfangenden Form.

Symbol in der Kunst ist die plastische Darstellung der dem Gefühlsleben objectiv gewordenen Idee im Raume.

Allegorie dieselbe in der Zeit, im Handeln.

§. 17.

Die Willensseite der bisherigen Psychologie (§. 7.) ist daher nur die handelnde Richtung der Thätigkeit, sowohl der Gefühls- als der Erkenntnissseite. Ein Handeln, Wirken, Schaffen ohne handelnde, wirkende, schaffende Thätigkeit ist logisch undenkbar. Schöpfung nicht ohne Gott. (Vgl. §. 9.)

Es giebt daher

1) einen ohne Vernunftbewusstsein und Freiheit der Vernunft entstehenden Gefühlswillen (vgl. P. W. Jessen, Beiträge zur Erkenntniss des psychischen Lebens im gesunden und kranken Zustande. Schleswig, 1831. 1. Band. S. 379 ff. Seine Ansicht ist aber nicht auf die

Psychiatrik consequent durchgeführt), in der Instincthandlung des Thieres und in den Gefühlshandlungen des Menschen (auf der höchsten Potenz künstlerisches Handeln — Kunst §. 16.); am Einfachsten im Schlafhandeln des Somnambuls. Im Tischrücken, Tischklopfen und im Psychographen tritt es momentan im wachenden Leben aus der Deckung durch dasselbe (§. 8.) auf, aber ohne Bewusstsein und der bisherigen Psychologie unerklärlich, daher noch als Mysterium für dieselbe.

Die Ursache des bewusstseinlos handelnden Gefühlswillens nennt man Trieb; daher Kunsttrieb der Thiere; Geschlechtstrieb, Nahrungstrieb. Der Trieb wird zum bewussten, wenn er aus Vernunfterkenntniss entspringt, z. B. Wissenstrieb.

Es giebt 2. einen Erkenntnisswillen in der von der Vernunfterkenntniss und vom Vernunfturtheil geleiteten, daher mit Freiheit der Vernunft verbundenen vernünftigen Handlung (§. 15.).

§. 18.

Rechtliche (juristische) Zurechnungs- und Dispositions-Fähigkeit der Vernunft. Disciplinarische (moralische) Zurechnungsfähigkeit des Gewissens.

Im vernünftigen Staatsleben (§. 1. k.), wo das Rechtsbewusstsein der Vernunft herrscht, die Vernunft über Recht und Unrecht, über Gesetzlichkeit und Ungesetzlichkeit frei urtheilt, und der vernünftige Mensch allein der Freiheit geniesst (§. 15.), entsteht im rechtlichen (juristischen) Sinne, im Criminalrecht, beim vernünftigen Menschen die rechtliche Zurechnungsfähigkeit unrichtiger, gesetzwidriger, sündiger Handlungen, der Vergehen und Verbrechen, also die Zurechnungsfähigkeit des intelligenten Lebens. (Sie findet aber im Criminalrechte nur Statt, wenn das psychische Leben thätig wird, sich in Handlungen äussert, nicht beim blossen Gedanken oder Vorsatz der That (Gedankenfreiheit), wohl aber im Innern des Menschen, in seinem Vernunfturtheile und seinem Gewissen.) Der Verbrecher, als geistesgesund, hat Erkenntniss und Bewusstsein seiner unrichtigen Handlung. Er begeht sie mit freiem Vernunftbewusstsein und freiem Vernunftwillen, daher dieselbe seinem Vernunftwillen zugerechnet wird, und die Strafe ist die äussere Sühne des verletzten und nicht geachteten intelligenten Bewusstseins des begangenen Unrechts, im ethischen Sinne der Sünde. In der Busse des Sünders wird dagegen im Innern desselben der Abfall vom Centrum, vom Göttlichen, durch die Erlösung in der Absolution aufgehoben, und der Sünder kehrt gesühnt zur Gottheit zurück (S. 1. k.).

Falscher Gebrauch der Vernunft, den der Verbrecher hätte verhüten können, daher bei strafbaren Handlungen aus Irrthum der Vernunft (§. 45.), schliesst daher die rechtliche Zurechnungsfähigkeit nicht aus, so lange nicht Unterdrückung oder völlige Beherrschung der Vernunft durch die abnorme Idee oder das abnorme Gefühl nachgewiesen ist, wodurch der Verbrecher seine Vernunft zu gebrauchen verhindert wird. (Vergl. F. J. Stahl, Philosophie des Rechts. 2. Band. Rechts- und Staatslehre. 3. Aufl. Heidelberg, 1854. S. 138., welcher eine exclusivere Ansicht aufstellt.) Eben so wenig auch angeborene oder erbliche Anlage zu leidenschaftlichen und verbrecherischen Handlungen (§. 15).

Der verschiedene Grad der rechtlichen Zurechnungsfähigkeit wird dann bestimmt von dem Grade der Unterdrückung oder Beherrschung des Vernunft- und Rechtsbewusstseins, z. B. bei Schlaftrunkenheit, Imbecillitas mentis. (Vgl. F. J. Stahl a. a. O. S. 140.)

Der moralische Werth der Gefühls- (Instincts-) Handlung im Gegentheil, wenn sie ohne Thätigkeit der Vernunft geschieht, obgleich sie im Gewissen gerichtet werden kann (§. 19.), wird im Vernunftstaate und vom rechtlichen Standpunkte aus der Vernunft des Thäters nicht zugerechnet; die unrichtige Handlung erscheint als ohne Freiheit des Vernunftbewusstseins und des Vernunftwillens entstanden, als unfreie Handlung, und ist rechtlich nicht strafbar. Die rechtliche Zurechnungsfähigkeit des intelligenten Lebens findet daher im handelndem Subjecte nicht statt bei Handlungen des Thieres, des Kindes, des blödsinnigen Greises, im Schlafe und Somnambulismus, beim Delirium im Nervenfieber und andern somatischen Krankheiten. Eben so bei Geisteskranken, denen freies Vernunfturtheil und Bewusstsein fehlt; und folgeweise ist in allen diesen Zuständen kein Vergehen und Verbrechen im rechtlichen Sinne und keine Strafbarkeit schädlicher, unrechtlicher Handlungen anzunehmen.

Gleicherweise wie der vernünftige Mensch im Criminalrecht zurechnungsfähig ist, kann der seines Vernunftbewusstseins nicht beraubte Mensch, als freier Mensch auch über sich und sein Eigenthum eine Bestimmung treffen, disponiren; er kann mit freiem, ungestörtem Vernunftbewusstsein gerichtliches Zeugniss ablegen, ist eidesfähig, kann testamentarisch verfügen, Schenkungen vornehmen u. s. w.; und diess giebt im Civilrecht die rechtliche Dispositionsfähigkeit des vernünftigen Menschen. Sie fehlt ebenfalls in allen den Zuständen, in denen die Zurechnungsfähigkeit der Vernunft nicht Statt findet.

Der des Vernunftgebrauches beraubte, der Vernunftnunftsprache (§. 5.) nicht mächtige Mensch ist daher auch juristisch unmündig (§. 13.), und bedarf also gleich dem unmündigen Kinde eines Vormundes, der die fehlende Vernunft ersetzt. Daher jeder Geisteskranke unter Vormundschaft zu stellen ist.

§. 19.

Eine andere Zurechnungsfähigkeit ist die des Gefühlslebens, des Gewissens (§. 12.), welche, wenn die Zurechnungsfähigkeit des intelligenten Lebens fehlt, noch vorhanden sein kann, aber im rechtlichen (juristischen) Sinne, im Vernunftstaate (§. 18.) nicht berücksichtiget wird, weil das Correctiv der Vernunft nicht vorhanden ist (§. 20.), daher die unrichtigen Handlungen des Gefühlslebens rechtlich (juristisch) nicht strafbar sind. Wir nennen sie die moralische Zurechnungsfähigkeit des Gewissens, und insofern sie die patriarchalische Zucht (Disciplin) zum Correctiv hat, die disciplinarische Zurechnungsfähigkeit. Sie ist bisher in der Psychiatrie nur angedeutet (vgl. E. v. Feuchtersleben, Lehrb. d. ärztl. Seelenkunde. Wien, 1845. S. 404. Damerow, Sefeloge. Halle, 1853. S. 190.), nicht wissenschaftlich erörtert, und findet überall statt, wo bei mangelndem Vernunftbewusstsein und unterdrückter Freiheit des Vernunftwillens das Gefühlsleben im Gewissen (§. 12.) noch über das Recht und Unrecht der Handlung entscheidet. Sie ist schon vorhanden in manchen Hausthieren, Hunden, Pferden; beim Elephanten; selbst bei anderen gezähmten Thieren als Instinctsgefühl des Rechts und Unrechts. Ebenso beim noch nicht zur Vernunft herangewachsenen Kinde, und gleicherweise im Schlafwandeln und Handeln, beim Irrdenken, Irrfühlen und Blödsinn, wenn das Rechtsgefühl des Kranken nicht völlig von der kranken Idee oder Gefühl beherrscht wird oder nicht erloschen ist.

In der Geschichte findet sich diese Zurechnungsfähigkeit des Gefühlslebens practisch dargestellt bei allen Völkern, in welchen die patriarchalische Staatsverfassung des Gefühlslebens sich noch nicht zu der Verfassung des Vernunftstaates erhoben hat. Daher bei allen ungebildeten Völkern. Eben so im Alterthume, wo die gesetzgebende und richtende Gewalt bei den Priestern war, vom Gefühlsleben ausging. Gleicherweise in der Kirche, wo Reue und Busse absolviren und das verletzte Gewissen aussöhnen.

Die abnorme Handlung bei dieser disciplinarischen Zurechnungsfähigkeit, die rechtlich nicht strafbar ist, weil die Zurechnungsfähigkeit des vernünftigen Menschen fehlt, ist daher nur disciplinarisch strafbar, und die Strafe ist hier nicht Sühne des verletzten Vernunftbewusstseins (§. 18.), sondern der vernünftige Zweck der Strafe ist Ergänzung der schlafenden Vernunft, Unterstützung des Rechtsgefühls des Gewissens, zur Erweckung oder Stärkung des Gefühls der Schuld. Sie wird daher nothwendig und mit Recht angewendet, wie bei den gezähmten Thieren und bei Kindern, so auch bei Geisteskranken (Verrückten und Blödsinnigen), so lange das Gefühlsleben noch im Gewissen Recht und Unrecht unterscheiden kann.

Diese moralische Zurechnungsfähigkeit des Gewissens fällt daher gleichfalls weg, wo das Gefühl des Rechts und Unrechts fehlt, daher bei Mania furibunda, wo der abnorme, vernunftbewusstseinlose Trieb (§. 16.) sich dem Rechtsgefühl des Gewissens entzieht; eben so bei der Epilepsie, wo alles Hirnleben von der Nervenkrankheit unterdrückt ist; beim Fieberdelirium; beim vollkommenen und allgemeinen Blödsinn, wo das psychische Leben erloschen ist, und bei allen niederen und wilden Thieren, wo das Instinctgefühl noch nicht Recht und Unrecht unterscheiden kann.

Ob und wie weit bei dieser Gefühlszurechnungsfähigkeit auch juristische Dispositionsfähigkeit vorhanden ist, hängt davon ab, ob und wie weit zugleich Vernunftgebrauch anzunehmen, der Kranke als mündig zu betrachten ist, oder ob er in dieser Beziehung eines vernünftigen Stellvertreters, eines Vormundes bedarf.

§. 20.

Correctives Verhältniss des Gefühls- und Erkenntnisslebens.

Diese beiden Hauptvermögen (§. 10. 13.), Gefühl (Gemüth) und Vernunft (beide im leiblichen Reflex Kopf und Herz) sind aber, als nothwendige Formen des psychischen Lebens, im gesunden Menschen stets thätig vorhanden, Gefühl als das Niedere, Erkenntniss als das höhere, wenn gleich bald jenes vorwaltend (im Schlafe, in der religiösen Andacht, in der Künstlerextase), bald dieses (im Wachen, in der wissenschaftlichen Forschung); jeder Gedanke erregt ein Gefühl und jedes Gefühl ein Denken; ersteres als gefühlvoller Gedanke, letzteres als bewusstes Gefühl, und beide Vermögen werden einseitig unterdrückt bei den psychischen Krankheitsprocessen, sterben einseitig oder allseitig ab im Blödsinn.

Was die Theorie der Vernunft in der Erkennung der Weltgesetze trennen und neben und gegenüber einander stellen muss, vereinigt das Leben wieder, und gleicht die Gegensätze zur harmonischen Einheit aus.

Wissen und Glauben, Erkennen und Schauen, und deren Producte: Philosophie und Religion (Kunst), sind die beiden Pole, um welche das höchste psychische Leben rotirt, und von denen mit dem Tage der erste, mit der Nacht der zweite nur vorwaltend wird.

Die Versöhnung beider sich oft feindlich gegen einander gedachten Lebensformen, der Seelenfriede des individuellen Lebens, beruht in der Erkenntniss oder dem Gefühl der inneren Nothwendigkeit beider, und nur die Einseitigkeit — Egoismus — derselben macht intolerant und stellt sie feindselig gegen einander, während diese Einseitigkeit sich selbst nicht befriediget, und nur die Erkenntniss oder das Gefühl der Harmonie beider Befriedigung giebt. Das einseitige Wissen wird zum Nichtwissen = Unwissenheit, der entweder atheistisch das Wesen Gottes und seine Beziehung zum Weltall, und eben so das Wesen der Seele ein Problem, eine stetig offene Frage ist, oder die, der Wissenschaft eine willkürliche Gränze setzend, das göttliche und seelische Leben in ein mystisches unerklärbares Dunkel hüllt und die Psychologie der Wissenschaft entziehen möchte, oder aber im anderen Extreme des Irrthums das beschränkte Ich der menschlichen Vernunft zur Gottheit erhebt; und der einseitige Glaube wird zum unbefriedigenden, blinden Irr- und Aberglauben, der, das Wesen der Gottheit nicht kennend, Gott ausser der Welt sucht, aber dort nie findet, daher sich im Atheismus verliert. (Beispiele in der älteren und neueren Geschichte.)

Das vollkommene psychische Leben ist daher Harmonie des Glaubens und des Wissens, der religiösen Anschauung und der philosophischen Erkenntniss, wie vollkommenes körperliches Leben in der Harmonie aller körperlichen Functionen besteht.

In beiden Richtungen (§. 9.) des psychischen Lebens bildet das eine dieser Hauptvermögen die Controle und das Correctiv des anderen, und religiöser Glaube und philosophische Erkenntniss haben nur ein Object ihres Strebens: Offenbarung, Objectivwerden der Gottheit im Innern, wie Instincthandlung und vernünftiges Handeln zum Endzweck haben die Darstellung, das Objectivwerden des Göttlichen im Aeusseren*).

Die Abweichungen und Schwankungen von dieser vollkommensten Form des psychischen Lebens treten im socialen Leben als Gefühlsmenschen und Verstandesmenschen auf.

Der Mensch mit vorwaltendem Gefühle, der Gefühlsmensch, ist im höheren Sinne moralisch unfrei, da das Vernunfturtheil seinen Handlungen fehlt;

---

*) Bergmann (Damerow's Zeitschr. XI. 1. S. 39.) sagt: „Gott gab uns zum Complemente unseres beschränkten Verstandes das Gemüth, um wenigstens zu fühlen, was wir nicht wissen.“ Man muss hinzusetzen: Gott gab uns zum Complemente unseres beschränkten Gefühles die Vernunft, um zu erkennen, was wir nicht fühlen.

er ist unmündig, da Mündigkeit Vernunftbewusstsein voraussetzt. (Kopflos in der Volkssprache.)

Es fehlt ihm die vernünftige Welterkenntniss, und er ist vereinzelt in seinem Gefühlsindividuum; daher Mangel der Erkenntniss und der Bedeutung der Ehe, der Familie und des Staates.

Tritt das Gefühl einseitig höher ausgebildet auf, als Gemüthsaffect und Leidenschaft, so fehlt ihm das CorrCorrectiv der Vernunft, und die Leidenschaft geht in blinden Trieb über, die aller Einsprache der Vernunft spottend endlich sich selbst zerstört. (Goethe's Werther.)

Da das Gefühl die höhere Stufe des geistigen Lebens, die Vernunft, nicht erreicht hat, und sie als solche nicht erkennen kann, so stellt es sich über die Vernunft und geht leicht in Hochmuth und Eitelkeit über, die handelnd auftretend gegen die Vernunft fanatisch wüthet. (Egoismus des Gefühlslebens.)

Der Mensch mit vorwaltender Vernunft dagegen, welche nur als Verstand ausgebildet ist (da vernünftige Erkenntniss das Einseitige erkennen würde), daher der Verstandesmensch, entbehrt des Correctivs des Gefühls in seinem Denken und Handeln, als Gewissen, in seiner vollen Kraft. (Herzlos in der Bezeichnung der Volkssprache.)

Tritt Irrthum der Vernunft ein, und geht er in Handlungen über, so wird der Irrthum nicht durch's Gewissen corrigirt, daher dann im höheren Grade Gewissenlosigkeit entsteht.

Da er sich über dem Gefühlsmenschen stehend erkennt, aber nicht Gefühl hat, so überhebt er sich ebenfalls in seiner Stellung als einseitiger geistiger Mensch. (Egoismus des intelligenten Lebens.)

Er lebt nicht in der Einheit und Harmonie des Gefühls und der Vernunft des vollkommenen Menschen, daher seine Einseitigkeit ihn nicht befriediget; er ist ebenfalls vereinzelt und ausgeschlossen aus der Harmonie des Daseins, und für alle Formen des harmonischen geistigen Lebens in Ehe, Familie und Staat. Daher das Zerrissene und Unbefriedigte des Lebens, und wenn der Gefühlsmensch in Hochmuth und Selbstüberschätzung untergeht, so endet der Verstandesmensch in der Verzweiflung des unbefriedigten Verstandeslebens. (Goethe's Faust.)

Dasselbe complementäre Verhältniss findet sich auch im Staatsleben der gebildeten Völker. Im Vernunftstaate, als höchster organischer Einheit des Menschenlebens, sind Kirche und Schule, als praktische Repräsentanten des Gefühls- und des intelligenten Lebens (deren Producte Glauben und Wissen, Religion und Philosophie bilden) nothwendige und integrirende Bestandtheile desselben. Beide sind daher im Staate, und keine von beiden kann ausser und neben dem Staate, und noch weniger über dem Staate bestehen und gedacht werden. Wenn die Kirche sich neben oder über den Staat stellen will und die Vernunft verbannt, so verkennt sie, in Hochmuth verfallend, das Gesetz ihrer

Existenz; und dasselbe entsteht, wenn die Schule (das Wissen) sich über oder neben den Staat stellen will. Im ersten Fall entsteht der Fanatismus der Hierarchie, der alles Wissen (Philosophie) verdammt und im Aberglauben endiget. Im zweiten Fall bildet sich die Frechheit der Afterphilosophie, welche kein gläubiges Leben kennt und in ungläubiger Verzweiflung sich selbst mordet.

Obgleich nun Gefühl und Erkenntniss, Glauben und Wissen, die beiden Pole des psychischen Lebens sind, deren Durchdringung und Ineinanderwirkung erst die Einheit und Vollkommenheit des psychischen Lebens giebt; so kann doch diese, als vollkommene, ideale Form, die auf Erden nach beiden Seiten stetig oscillirt, nur erstrebt, nie erreicht werden. — Auf jedem Menschen lastet die Einseitigkeit des irdischen Daseins. Nur Gott ist allseitig.

Es ergiebt sich hieraus die grosse Wahrheit: dass philosophisches Wissen ohne Gefühlsoffenbarung, Philosophie ohne Gefühlsanschauung, und umgekehrt, einseitig sind; dass die philosophische Erkenntniss durch Gefühlsoffenbarung unterstützt wird, und manche Wahrheit zuerst instinctmässig geschaut (genialer Blick) und erst später wissenschaftlich erkannt (als nothwendig deducirt) wird, wie umgekehrt die Kunstanschauung späterhin wissenschaftlich bewiesen werden kann. Es ist daher Unrecht, dem Philosophen Phantasieanschauung vorzuwerfen, wie gleicherweise dem Künstler Theorie seines Kunstproductes. Dasselbe gilt in jeder besonderen Sphäre des geistigen Lebens, z. B. in ler Medicin. Der wahre Arzt erkennt die Krankheit ınd ihr Heilmittel, während er die Instinctanschauung lerselben achtet. Jedes Recept ist ein Kunstwerk, Product beider Functionen. Einseitige Wissenschaft giebt Einseitigkeit der Philosophie. (Spinoza, der die Religion ıicht achtet, die Kunst verwirft.) Einseitige Phantasie erzeugt Missgeburten derselben (Paracelsus.) — Gefühlsphilosoph ist Platon. Der frühere Schelling in seiner Naturphilosophie. Philosophischer Dichter ist Schiler, Goethe mehr der anderen Richtung zugewendet.

§. 21.

Gedächtniss.

Das Gedächtniss, die Rückerinnerung (Memoria, Mnemosyne) ist keine besondere Seelenthätigkeit, da ıier keine vom Gefühl oder Denken qualitativ verschielene Thätigkeit auftritt, sondern es ist das Vermögen, lieselbe frühere Seelenthätigkeit auf denselben Einfluss ıder consensuell (durch Ideenassociation, wie es durch onsensuelle Affection der Empfindungs- und Bewegungsıerven Mitempfindung und Mitbewegungen giebt) zu wielerholen, und um so leichter, je öfter dieselbe wiederıolt, also geübt wird (wie im Muskel des Klavierspieers, — im Auge, im Ohr), was beim Denken mit Bewusstsein, beim Gefühl ohne Bewusstsein geschieht, ınd wobei also dasselbe Hirnorgan zu derselben rüheren Thätigkeit aufgerufen wird.

Es giebt daher ein Gedächtniss des Gefühlsvermögens (Instinctgedächtniss), welches schon beim Thiere eintritt, ohne Vernunftbewusstsein, ebenso beim Kinde, im Schlafe; — und ein Gedächtniss des Erkenntnissvermögens mit Bewusstsein beim wachenden und vernünftigen Menschen. — Man kann daher auch nicht annehmen, dass dem Gedächtniss ein besonderes Hirnorgan vorstehe, und die Erfahrung, dass nach Verletzung einzelner Hirntheile Verlust des Gedächtnisses entsteht, spricht nicht dagegen, indem durch organische Verletzungen die Harmonie des ganzen psychischen Lebens gestört wird, Lähmung einzelner Hirntheile vorhanden ist.

Den sichersten Beweis für diese Ansicht giebt das Schlafgedächtniss des Somnambuls, welches nicht im Wachen vorhanden, nur im neuen Somnambulismus wieder eintritt, wo also nur, wenn das im Schlafe vorwaltende Nachthirnorgan wieder thätig wird, auch Rückerinnerung entsteht; sowie die Erscheinung, dass Rückerinnerung aus dem Somnambulismus entstehen kann, wenn im Schlafe die denkende, selbstbewusste Thätigkeit auf einen äussern Gegenstand gerichtet und angespannt wird, wo dann bei Erblickung desselben im Wachen auch Wiedererinnerung aus dem Schlafe eintritt (Kieser, Syst. d. Tellur.).

Merkwürdig dagegen ist, dass die meisten Verrückten nach der Genesung völlige Rückerinnerung aus ihrer Krankheit haben, mit Ausnahme der Mania furibunda.

Man unterscheidet: Sachgedächtniss, Ortsgedächtniss, als durch Thätigkeit des Gesichtssinnes und räumlicher Anschauung vermittelt, und Wort- und Namengedächtniss, welches durch Anschauung zeitlicher Verhältnisse durch den Gehörssinn vermittelt wird. Jedoch giebt es auch ausser dem durch den Gesichts- oder Gehörssinn vermittelten Gedächtniss ein Geruchs- und Geschmacksgedächtniss, in welchem frühere Sinnes-Perceptionen dieser Art im Gehirn reproducirt werden.

Die Fähigkeit der Reproduction früherer Gedanken, Begriffe und Sinnes- oder Gefühlsanschauungen wird vermehrt durch Uebung des Gedächtnisses (Mnemonik), welche als Kunstübung die Mnemotechnik lehrt. In derselben wird die Erinnnerung (Wiedererzeugung) der früheren Gedanken- oder Gefühlsthätigkeit consensuell, durch sogenannte Ideenassociation vermittelt, nämlich durch die Thätigkeit der Hirnfasern in den Ursprüngen der Sinnesnerven, und zwar am häufigsten durch Erinnerung an frühere Perceptionen durch den Gesichtssinn, also räumlicher Verhältnisse (Sachgedächtniss), seltener durch Wiederholung früherer Perceptionen der übrigen Sinne.

Stirbt diese Fähigkeit des Gedächtnisses ab, so entsteht Amnesia.

Vgl. O. Domrich, Die psychischen Zustände, ihre organische Vermittelung und ihre Wirkung in Erzeugung körperlicher Krankheiten. Jena, 1849. 8. S. 90.

Vierter Artikel.

Wechselwirkung des psychischen Lebens und Leibes mit dem Leben und Leibe der Systeme und Organe des übrigen Körpers.

Vgl. C. G. Carus, Vorlesungen über Psychologie. Leipzig, 1831.

H. Klenke, System der organischen Psychologie. Leipzig, 1842. 8.

C. G. Carus, Psyche, zur Entwickelungsgeschichte der Seele. Pforzheim, 1846. 8.

O. Domrich, Die psychischen Zustände u. s. w. Jena, 1849. 8.

§. 22.

Wie das Gehirn die Blüthe der Entwicklung aller Organe des Körpers ist, so ist die Seele die Blüthe der Entwicklung aller körperlichen Functionen.

Die Gliederung des menschlichen Leibes und Lebens wiederholt sich sowohl im ganzen Nervensystem als auch im Kopftheil desselben, im Gehirn, und die verschiedene physiologische Bedeutung der übrigen Organe ınd deren Functionen wiederholt sich in der psychoogischen Bedeutung der einzelnen Hirnorgane und deen Thätigkeit.

Man kann sagen: alle übrigen Organe haben einen eelischen Ausdruck im Gehirn, und alle seelischen Thäigkeiten einen körperlichen Ausdruck in den übrigen)rganen des Körpers.

Das Centrum aller dieser Thätigkeiten bildet die ıenschliche Seele, deren Centralorgan das Gehirn ist, nd deren peripherische Organe alle Organe des übrigen Körpers sind.

Aus gleichem Grunde, weil der Mensch genetisch der ıusdruck der höchsten Entwicklung des Erdlebens ist, nd alle verschiedenen Qualitäten des Erdlebens in sich viederholt, entsteht die Verwandtschaft und besondere Beziehung einzelner Qualitäten der Aussenwelt zu einelnen Systemen und Organen des menschlichen Körers, die also auch ihren seelischen Ausdruck in den Oranen des menschlichen Körpers reproducirt finden; woaus sich die specifische Wirkung einzelner äuserer Potenzen auf einzelne Organe in der Pathologie nd Therapie erklärt (z. B. Licht auf's Auge, Schall uf's Ohr, Electricität auf die motorischen Nerven, Salze uf den Geschmack und den Darmkanal, Eisen auf's lut. — Specifica der Lunge, der Haut, der Geschlechtsrgane u. s. w.).

§. 23.

Auf diesem Wechselverhältnisse des psychischen Lebens und Leibes zu dem Leben und Leibe des übrigen Körpers, des Centralen zu dem Peripherischen, beruht die besondere Verwandtschaft und der Consensus einzelner Hirnorgane und deren Thätigkeit mit einzelnen Organen und Systemen des übrigen Körpers, nach welcher sympathisch (durch sogenannten Reflex) theils Veränderungen im psychischen Leben und deren Hirnorganen Veränderungen in einzelnen Organen des Körpers nach sich ziehen, theils umgekehrt Veränderungen in diesen peripherischen Organen Störungen des psychischen Lebens hervorrufen; wo dann auch diese ursprünglichen Veränderungen in andern Organen als ursächliche Momente der psychischen Krankheit betrachtet werden können. Eine nothwendige Vermittelung dieser Wechselwirkung der centralen und der peripherischen Organe durch verbindende Nervenfäden ist nicht anzunehmen, indem sie auch bei niederen Thieren vorhanden ist, die noch kein Nervensystem haben, z. B. bei Polypen.

Wirkt auf diese Weise eine abnorm erhöhte psychische Thätigkeit consensuell auf das ihr entsprechende körperliche Organ, so entsteht zuerst in demselben ebenfalls besondere (contractive) erhöhte Thätigkeit (primäre Wirkung) (wie erhöhte Thätigkeit des motorischen Nerven Contraction des entsprechenden Muskels erzeugt), der dann nothwendig nach oscillatorischen Gesetzen das Gegentheil, geminderte besondere Thätigkeit (Expansion) folgt (secundäre Wirkung), die in den Secretionsorganen vermehrte Secretion (Thränenerguss nach Zorn, Saamenerguss nach Geschlechtstrieb, Gallenerguss nach Aerger, Durchfall nach Furcht), in anderen Organen Schwäche, Erschlaffung, grössere Reizbarkeit zur Folge hat. —

In der Pathogenie der psychischen Krankheiten giebt dies consensuelle Verhältniss die consensuelle Entstehung derselben; in der Therapie die consensuelle Heilung durch consensuelle Wirkung der Heilmittel; und wenn das idiopathische Leiden anderer Organe als ursächliches Moment des consensuellen Hirnleidens betrachtet wird, die Indicatio causalis zur Entfernung derselben.

Verschieden vom Consensus ist der Antagonismus. Dieser beruht in dem (antagonistischen) polarisch entgegengesetzten Verhältniss einzelner Organe zu einander (z. B. Gefühls- und Erkenntnissseite, Haut und Darmkanal, Leber und Lunge, — Expansoren und Flexoren der Muskeln) und er erscheint, wenn mit Erhöhung der Thätigkeit eines Organes die eines anderen antagonistisch verwandten Organes gemindert wird, und umgekehrt; was ebenfalls im psychischen Leben stattfinden kann, z. B. Krämpfe bei Hirnlähmung; Irrfühlen bei örtlichem Hirntod in der Moria; eben so bei Metastasen; und welcher in der antagonistischen

Heilung von besonderem Werthe bei psychischen Krankheiten ist.

Da nun die den verschiedenen Seelenfunctionen vorstehenden Hirnorgane noch unbekannt sind, so kann hier nicht von der Sympathie oder dem Antagonismus der verschiedenen Hirnorgane, sondern nur nach Erfahrung und Combination von der der verschiedenen Seelenfunctionen und Thätigkeiten mit einzelnen Körperorganen geredet, und über die betheiligten Hirnorgane muss die Frage offen gelassen werden.

Jede Veränderung des Thätigen hat aber nothwendig Veränderung des Organischen (Materiellen der Form und der Mischung) zum Begleiter (§. 2.), und hier um so mehr, je länger der Zustand dauert, oder je öfter er ohne Zwischenräume wiederkehrt, chronisch wird. Daher chronische psychische Krankheiten auch consensuell und antagonistisch organische Veränderung in den consensuell afficirten Organen erzeugen, z. B. Leberverhärtung nach anhaltendem Aerger; organische Herzfehler nach Kummer. Umgekehrt müssen organische Krankheiten, die consensuell psychische Krankheiten erzeugen, organische Veränderung in dem entsprechenden Hirnorgane zur Folge haben.

§. 24.

Die specielle Nachweisung dieser Wechselwirkung ist aus mangelhafter Kenntniss der physiologischen Bedeutung der verschiedenen Körperorgane noch unvollständig. Von den Hauptvermögen steht die Gefühlsseite in näherer Beziehung und Wechselwirkung mit dem Ganglienleben des Bauchnervensystems, weil beide den tellurischen Ausdruck des Erdkörpers (gegenüber dem solaren des Hirnsystems) darstellen. Daher mit dem vegetativen Nervensystem, dem Sympathicus und besonders dem Plexus solaris u. s. w., daher auch mit der Respiration, Circulation, Assimilation, Geschlechtsfunction. — Die Melancholie entsteht häufig sympathisch bei Leiden der Unterleibsorgane als Melancholia gangliosa (s. unten §. 74). Die Thätigkeit des Gangliensystems, welche nicht zum Bewusstsein gelangt und bei der psychischen Gefühlsthätigkeit vorzüglich in Betracht kömmt, steht nicht durch Sinnes- oder Empfindungsnerven des Taglebens (Schliessung aller Tagsinne wird im Orient zur Erzeugung der Gefühlsextase anempfohlen), sondern durch die auf die (noch unbekannten) Empfindungsnerven des Nachtlebens wirkende tellurische Kraft mit der Aussenwelt in Wechselwirkung, steht aber nicht blos, wie Einige annehmen, der Vermittelung des Gefühls des eignen Körpers vor, sondern auch der Vermittelung des Gefühls der Aussenwelt. — Beispiel beim fernsehenden Somnambul.

Die Erkenntnissseite dagegen steht in näherer Beziehung und Wechselwirkung mit dem Hirnleben des Kopf- und Rückenmarksystems, daher mit den Sinnes-, Empfindungs- und Bewegungsnerven des Taglebens (sogenannten animalischen Nerven), welche die Wechselwirkung mit der Aussenwelt durch die Erkenntnissseite der Seele vermitteln.

(Beiderlei Beziehung drückt das practische Leben als Herz und Kopf aus).

Der centro-peripherischen Thätigkeitsrichtung sowohl der Gefühls- als der Erkenntnissseite entsprechen die motorischen Nerven; der peripherisch-centralen Richtung die sensiblen Nerven.

Von den Organen der Sinnesfunctionen gehört das des Gesichts allein zur Erkenntnissseite, daher das Auge im Schlafe und Somnambulismus völlig unthätig ist; das des Gehörs aber auch zur Gefühlsseite, daher jeder Schlafende gleich dem Somnambul mit den Ohren hört (daher das Ohr früher als das Auge entwickelt wird, letzteres bei manchen Thieren noch nach der Geburt geschlossen ist; das neugeborene Kind eher hören als sehen lernt); gleicherweise, wie es scheint, Riechen, Schmecken, Tasten.

Durch consensuelle Wirkung auf's Gehirn erzeugen Gesichts-, Gehörs- und andere Sinneshallucinationen Melancholie oder Irrdenken, als Sinnestraumbilder häufiger Melancholie —; oder umgekehrt, Irrfühlen überträgt seine psychischen Hallucinationen (Traumbilder) auf die Sinne und erzeugt consensuell Hallucinationen derselben.

Einzelne Affecte und Leidenschaften, als abnorm gesteigerte Gefühlsthätigkeit, reflectiren ebenfalls ihre abnorme psychische Thätigkeit in einzelnen Organen.

Geschlechtslust in den Geschlechtsorganen; Angst in der Circulation und im Herzklopfen; in der Haut als Angstschweiss; Furcht im Darmkanal und dessen Secretionen; Schrecken in den Nieren; Zorn in den Muskeln und in der Leber und deren Gallensecretion; Rührung und Schmerz in der Thränendrüse; Freude im Auge, in den Lachmuskeln; das Gefühl der offenbar gewordenen Schuld, Scham, in der Congestion der Wange bei der Schamröthe. Auf einen besonderen Consensus des reichen Nervengeflechts in den Nebennieren mit psychischen Krankheiten hat Bergmann aufmerksam gemacht. (C. G. H. B. Bergmann, Diss. de glandulis suprarenalibus. Adjecta est tabula. Goett., 1839. 8.)

Umgekehrt erzeugen chronische Leiden und organische Fehler einzelner Körperorgane consensuell Affecte und Leidenschaften oder psychische Krankheiten, die ebenfalls in den entsprechenden Hirnorganen bei längerer Dauer organische Abnormitäten der Form und Mischung zur Folge haben.

Störungen des Lebens des Bauchgehirns der vegetativen Unterleibsorgane reflectiren sich am häufigsten im psychischen Gefühlsvermögen, und die Melancholie hat am häufigsten ihren Ursprung im Gangliensysteme (nach Zeller bei Guislain). Herzkrankheiten bilden Melancholia und Taedium vitae; Verhärtungen der Leber, der Milz erzeugen Melancholia hypochondriaca; Krankheiten der Geschlechtsorgane können Satyriasis und Melancholia libidinosa zur Folge haben.

Reizbarkeit der Unterleibsganglien giebt Anlage zur Melancholie; — Lähmung der männlichen Geschlechtsorgane, besonders in der ersten Jugend (Castraten) hat unvollkommene Entwicklung des psychischen Lebens (psychischen Hermaphroditismus), weibische Stimme, Gemüthlichkeit, grösseren Kunstsinn, Bartlosigkeit, Fettsucht u. s. w. zur Folge.

Zweites Kapitel.

Physikalische Grundlage der Psychiatrik.

§. 25.

Die physikalische Grundlage der Psychiatrik, im Gegensatze der psychologischen (§. 2—24.), begreift die materiellen Verhältnisse des geistigen Lebens, also die mechanische Form und chemische Mischung des körperlichen Substrates des Seelenlebens, und da das Gehirn das Centralorgan desselben ist, die Anatomie und Chemie des Gehirns. Die erste ist noch im Beginnen, die zweite erwartet noch ihren Schöpfer. Es kann daher hier nur von der ersten gehandelt werden.

Erster Artikel.

Anatomische Eintheilung des Gehirns.

§. 26.

Zeit ist Bewegung im Raume, und nicht ohne denselben denkbar, daher Thätigkeit nicht ohne Sein, Seele nicht ohne Körper, Gott nicht ohne Welt.

Der reale, organische, körperliche, also räumliche Ausdruck der menschlichen Seele ist daher im Allgemeinen der ganze Leib, im Besonderen aber, da das Gehirn das höchste Organ der leiblichen Entwickelung des menschlichen Lebens ist, ist auch das Gehirn das Centralorgan der seelischen Thätigkeit (daher der Leib ohne Kopf beim Menschen nicht leben kann; dagegen bei niederen Thieren, Würmern, Schnecken, Insecten, die kein Kopfgehirn, sondern nur Bauchgehirn haben, das Leben auch ohne Kopf eine Zeitlang fortdauert, sogar einzelne Theile reproducirt. (Theilung der Polypen u. s. w.)

Die einzelnen Organe des menschlichen Gehirns sind die Träger und Organe der verschiedenen Thätigkeiten der Seele, und die anatomische Eintheilung der Hirnorgane muss, wenn Hirn - Anatomie und Psychologie vollendet sind, der psychologischen Eintheilung der Seelenvermögen (§. 7.) entsprechen.

In der Morphologie des Gehirns hat man aber bisher die einzelnen Organe desselben nur nach ihrer Gestalt, Lage, nach ihrem Entdecker (Pons Varolii, Aquaeductus Sylvii u. s. w.), nach ihrer vermeintlichen Function (Thalamus nerv. opticorum u. s. w.) verschieden benannt, ohne dass diese Namen die seelischen Functionen derselben bezeichneten. Die psychologische Morphologie bietet daher noch eine Tabula rasa, auf welche erst eine zukünftige psychologische Anatomie die Namen schreiben und die Hirn-Anatomie zum complementären Theil der Hirn-Physiologie (Psychologie) erheben wird.

§. 27.

Anatomische Elemente des Gehirns.

Das menschliche Gehirn als Centralorgan des Nervensystems (dessen Umhüllungen: Schädelknochen, Häute, Blutgefässe, Antheile der übrigen Systeme des Körpers sind) enthält in seinen anatomischen Elementen zwei functionelle Gebilde, Gewebe, zu denen, als nicht functionell, die aus feinen Fasern bestehende Molecularmasse hinzukömmt, welche beide Gebilde umgiebt. (Vergl. A. Kölliker, Microscopische Anatomie oder Geweblehre des Menschen. 2. Band. Leipzig, 1850. 8.)

Hinsichtlich der physikalischen Verhältnisse dieser beiden anatomischen Elemente des Gehirns lässt sich einstweilen Folgendes annehmen, wobei, nebst unsern eignen Beobachtungen, wir Domrich's neueste, noch ungedruckte Resultate seiner Untersuchungen zu benutzen die Erlaubniss haben. Der höchst schwierige Gegenstand wird jedoch noch vielfache Untersuchungen fordern und demgemäss in Zukunft mancher Erläuterung bedürfen und Verbesserung der Darstellung erleiden. S. Taf. I. II.

1) Das erste Element sind die microscopischen Nervenkörper (Corpuscula nervea s. Globuli nervosi nucleati, Nervenzellen, Cellulae nerveae, Ganglienzellen oder Ganglienkugeln), die man auch nach hypothetischer Analogie mit der galvanischen Säule Belegungskörper, Globuli explementorii, genannt hat.

Sie finden sich vorzugsweise in der grau aussehenden Masse des Hirns und Rückenmarkes, in den Nervenknoten der Hirn- und Spinalnerven, des grossen Gränzstranges und der Pars plexuosa des Sympathicus, ferner hier und da in den Nervenstämmen und deren peripherischen Ausbreitungen. Die Nervenzellen sind höchst verschieden sowohl hinsichtlich ihrer Gestalt als ihrer Grösse und ihres Inhaltes. Sie sind indess alle wirkliche Zellen mit bläschenförmigem Kern und Kernkörperchen. Ihre Zellenmembran ist meist scharf und resistent, so namentlich in den peripheren Nervenknoten; an vielen Stellen des Hirns aber umgekehrt sehr leicht zerstörbar und zart, und scheint stellenweis später sogar schwinden zu können, während der consistentere Inhalt mit seinen Fortsätzen noch fest zusammenhält. Der Inhalt der Nervenzellen, die Grundmasse derselben, welcher bei vielen eine wachsähnliche Consistenz hat, ist bei andern so leichtflüssig wie eine dünnflüssige Eiweisslösung. Ihre Grösse schwankt zwischen 0,04''' bis 0,008'''. Ihrer Gestalt nach stellen sie im Allgemeinen sphärische oder etwas abgeplattete Blasen dar, kreisrund, länglich, spindelförmig oder selbst sternförmig. Sie besitzen meist, vielleicht sogar sämmtlich, Fortsätze oder sogenannte Ausläufer in verschiedener Anzahl, einen, zwei, drei, viele. Darnach bezeichnet man sie als apolare, unipolare, bipolare u. s. w., multipolare (deren polare Function aber hypothetisch, nicht nachgewiesen ist). In den Nervenknoten des Sympathicus nden sich meist unipolare oder bipolare Nervenzellen, multipolare nur selten. Ob apolare Zellen vorkommen, st allerdings unentschieden, aber nach Domrich's eigenen Untersuchungen sehr wahrscheinlich.

In der Grundmasse der Zelle liegt ausserdem der Zellenkern (Nucleus), zuweilen mehrere, als ein rundes ovales) Bläschen, mit hellem, flüssigem Inhalte, und mit inem, selten mehreren dunkeleren Kernkörperchen Nucleolus), von 0,0005''' bis 0,003''' Durchmesser. Der ucleolus liegt stets excentrisch; wie denn diese Excenricität sich in allen Urbläschen, z. B. der Knorpelkerne s. Taf. I.), der Pflanzenzelle u. s. w. findet, indem abolute Kugelform hier, wie überall im organischen Leen unmöglich, zur Eiform wird (vergl. §. 1. i.).

(Da Knorpelkerne und Hirnbläschen denselben Bau vie Nucleus und Nucleolus haben, so geht hieraus hervor, ass die wesentlich verschiedene Function derselben nicht llein von der mechanisch verschiedenen Form derselben, nd auch wohl nicht allein von dem verschiedenen chemichen Inhalte abhängt, sondern von der verschiedenen Idee Seele) des Hirn- und des Knorpelorganes.)

Alle Nervenfasern hängen mit Nervenzellen zusammen, o zwar, dass die ersteren von den letzteren ihren Ausang nehmen, von ihnen entspringen oder in ihnen endien, oder dass die Nervenzelle in die Bahn der Faser eingeschoben ist und den Verlauf derselben unterbricht. Ob lle in die centralen Cerebrospinal-Organe eintretenden Nervenfasern hier mit Zellen im Continuitätszusammenhange stehen, ist zwar höchst wahrscheinlich und auch vielfach thatsächlich erwiesen. Es liegt aber in der Natur derartiger Untersuchungen, dass nur das Verhalten einzelner weniger Theile sich wirklich beobachten lässt, und aus diesen auf die übrigen ein Rückschluss gemacht werden muss. (Vergl. R. Wagner, Handwörterbuch der Physiologie. 3. Bd. 1. Abth. Braunschweig, 1848. Bidder, Zur Lehre von dem Verhältniss der Ganglienkörper zu den Nervenfasern. Leipzig, 1847. 4. R. Wagner's Icones physiologicae etc., neu bearbeitet und herausgegeben von A. Ecker. Dritte Lieferung. Leipzig, 1854. Fol. Taf. XV.)

Die psychologische Bedeutung der Primitivkörper ist unbekannt; wenn indessen die Primitivfasern im Gehirn und in den Nerven nur leitende Organe sind, worauf ihre lineare Form hindeutet, so haben die Primitivkörperchen des Gehirns wahrscheinlich eine höhere (die Erzeugung der psychischen Thätigkeit vermittelnde) Function. Da sie auch in den Ganglien des übrigen Körpers sich finden, so kann man annehmen, dass, wenn sie eine seelische Function vermitteln, auch die Ganglien eine solche Function haben müssen, wenn gleich anderer Art, als die des Gehirns, als Gefühls- oder Instinctsfunction (vergl. §. 30—32.).

2) Das zweite Element bilden die Primitivfasern oder Röhren, Nervenfasern, Nervenröhren (Fibrae nervosae primitivae, Fila nervea, Tubuli nervei). (Vergl. Kölliker a. a. O. S. 391.)

Sie sind lange, runde, weiche und so feine Fäden, ass sie nur dem bewaffneten Auge erkennbar sind. Die icke oder der Umfang der einzelnen ist sehr ungleich, da ır Durchmesser zwischen 0,01''' bis 0,0005''' schwankt. benso ist ihre Länge verschieden; die längsten reichen om Hirn oder Rückenmark bis in die Spitzen der Ex- emitäten. Sie bilden, mit sehnigem Gewebe umhüllt, ie peripheren Cerebro-Spinalnerven und machen den auptbestandtheil der weissen Substanz der Centralor- ane aus. Sie finden sich jedoch auch in der grauen irnsubstanz und in den Ganglien. In den Sinnes-, Em- findungs- und Bewegungsnerven liegen sie in Nerven- ündeln vereinigt (Fasciculus nervosus) neben einan- er, und die wiederum neben einander gelagerten Ner- enbündel geben den Nervenstrang (Funiculus ner- osus), deren mehrere, von der Zellengewebshülle Neurilema) umschlossen, einen Nerven (Nervus) bilden. ı der Hirnsubstanz fehlt den ebenfalls zu Bündeln, trängen und Geflechten zusammentretenden und mit Pri- ıitivkörpern vermischten Primitivfasern das Neurilem.

Ganz frisch und bei durchfallendem Lichte microsco- isch untersucht erscheinen die Nervenröhren gleich- ıässig durchscheinend, wasserhell, mit einfacher schwach arkirter dunkler Umgränzung; bei auffallendem Lichte ɔhen sie hell aus, weiss, silberähnlich glänzend, ähn- ch dem Fett. Nach einiger Zeit, die sich durch ver- chiedene Reagentien beschleunigen lässt, verändert sich ber dies gleichmässige Aussehen und gerade dadurch ist man in den Stand gesetzt, die zusammengesetzte Structur der Primitivfasern zu erkennen.

Sie sind entweder markhaltige oder marklose; erstere finden sich nur bei den Wirbelthieren und dem Menschen, letztere in allen Thierklassen.

Die markhaltigen Primitivfasern werden aus drei differenten Theilen zusammengesetzt: zu äusserst aus einer zarten Hülle, Scheide oder Begränzungshaut der Primitivfaser; zu innerst aus einem im Centrum der Röhre befindlichen weichen Faden, Axenfaser oder Axencylinder der Primitivröhre; zwischen Axencylinder und Begränzungshaut ist eine zähe Flüssigkeit befindlich, Nervenmark, Markscheide. —

Die Begränzungshaut ist structurlos, wasserhell durchscheinend, elastisch, an ganz frischen Nervenfasern nicht unterscheidbar. An den allerfeinsten Fasern wird sie nur nach Analogie und desshalb angenommen, weil das flüssige Mark doch durch eine umschliessende Membran zusammengehalten werden muss.

Das Nervenmark umzieht den Axencylinder. In ganz frischen Nervenfasern ist es vollkommen homogen, schwerflüssig, wie zähes Oel, bei durchfallendem Lichte klar durchscheinend, bei auffallendem glänzendweiss aussehend. Nach dem Tode gerinnt die Markscheide successiv in der Richtung von der Peripherie gegen das Centrum der Nervenröhre. Die Gerinnung erfolgt entweder vollständig in der ganzen Dicke des Nervenmarkes oder bleibt lange Zeit auf die periphere Schicht desselben beschränkt. Im letzten Falle entstehen die doppelten dunklen Conturen, welche der markhaltigen Nervenröhre die viel gebrauchte Bezeichnung der doppelt conturirten verschafft haben.

Der Axencylinder (die Axenfaser) ist an ganz frischen Nervenröhren nicht zu unterscheiden, da er, rings vom Marke umflossen, das Licht ebenso bricht, wie das Mark. Ist letzteres aber geronnen oder ausgetreten, dann lässt er sich selbst isolirt aufweisen. Er ist drehrund, weich, biegsam, elastisch, lässt sich aus allen Nervenröhren darstellen, den dicken wie den feinsten, und scheint das wesentlichste Element der Nervenprimitivröhre zu sein, obgleich es noch immer nicht über alle Zweifel sicher gestellt werden konnte, dass er nicht etwa ein in Folge der eingeleiteten Veränderung des Inhaltes der Nervenröhren erst entstehendes künstlich erzeugtes Gebilde ist.

Die marklosen Nervenröhren besitzen die beiden andern Formbestandtheile der doppelt conturirten Nervenfasern, führen aber kein Mark. Sie finden sich beim Menschen als Endigungen markhaltiger Primitivfasern in den verschiedenen Organen, Geruchsorgan, Netzhaut, Gehörorgan, in den Pacinischen Körperchen, in der Hornhaut des Auges, an manchen Stellen des sympathischen Nervensystems und als die sogenannten Fortsätze der Nervenzellen in den Ganglien und Centralorganen.

Ihre physiologische Verrichtung besteht in den Centralorganen ohne Zweifel in der Leitung der Functionsverrichtung der Zellen. Ueber ihren näheren Verlauf im

Hirn und Rückenmark sind die Beobachtungen noch lückenhaft, doch steht so viel fest, das ein Theil jener blassen sogenannten Zellen vielmehr in ihrem ferneren Verlaufe sich zu markhaltigen Nervenröhren umgestaltet, während ein anderer Theil derselben die einzelnen Nervenzellen unter einander der Continuität nach verbindet und sie dadurch in Wechselwirkung setzt.

Bezüglich der chemischen Zusammensetzung der histologischen Formbestandtheile ist nur zu bemerken, dass die Begränzungshaut der Nervenröhren dem elastischen Gewebe nahe steht, das Nervenmark derselben eine eiweissartige Substanz ist, welche reichlich Fett enthält, so dass fast der gesammte Fettgehalt der Nervenröhren dem Marke zugehört, und dass der Axencylinder aus einer geronnenen weichen eiweissartigen (Protein-) Substanz gebildet wird. Die Nervenzellen werden ihrem grössten Theile nach gleichfalls aus einer geronnenen weichen Proteinverbindung zusammengesetzt, welche mit jener der Axenfasern nahe übereinzukommen scheint, ausserdem etwas Fett enthält, doch so, dass sich beide Substanzen inniger durchdringen, als im Marke der Nervenröhren.

Die Thätigkeit beider Elemente (Hirnbläschen und Hirnfasern) kann indessen auf die göttliche Urthätigkeit, welche in jedem individuellen Leben sich wiederspiegelt, als schaffende und geschaffene (§. 1. b.) zurückbezogen werden.

Da in der vorzugsweise Primitivkörper enthaltenden

;rauen Corticalsubstanz des Gehirns die Blutgefässe deselben ihre letzte Anastomose finden, auch die graue 'ärbung der Corticalsubstanz auf Reduction des Kohenstoffes hinweiset, so kann wohl mit Recht angenomaen werden, dass der Process der Oxydation und des ;toffwechsels mehr in der Cortical- als in der Markubstanz stattfindet, also die Primitivkörper auch den hemischen Process des Hirnlebens vermitteln. (Vergl. :. Huschke, Schädel, Hirn und Seele des Menschen und ler Thiere, nach Alter, Geschlecht und Raçe. Jena, 1854. ;. 172.)

Als ein Fragezeichen für die physiologische und psyhologische Anatomie erscheinen bislang noch die Painischen Körperchen, als ovale, aus zwiebelörmigen Scheiden gebildete Körper, in welche ein Nerenfaden eintritt, denselben in seiner Längenaxe durchäuft und mit mehreren kolbenförmigen Anschwellungen ndiget. Zuweilen sind zwei Körperchen an einander ;ereiht. (Vergl. §. 12.) S. Taf. II.

§. 28.

Morphologie des Gehirns.

Morphologisch besteht das centrale Nervensystem aus ier Haupttheilen:

dem Rückenmark (Medulla spinalis); dem verängerten Mark (Medulla oblongata); dem kleinen Gehirn (Cerebellum) und dem grossen Gehirn Cerebrum); von denen die letzten Gebilde das Gehirn

(Encephalum) ausmachen und die Schädelhöhle ausfüllen, welche aus drei Wirbelkörpern gebildet wird.

Im Innern des Gehirns bilden sich vier mit einer serösen aus Pflasterepitelium bestehenden Haut ausgekleidete und mit einem eigenen Blutgefässsystem (Plexus choroideus) versehene mit einander verbundene Höhlen (vier Hirnhöhlen), die erweiterte Fortsetzungen des Rückenmarkskanals sind, eine wässerige Flüssigkeit absondern, und als die Centralregion des psychischen Lebens, um welche sich die Hauptorgane desselben lagern, angesehen werden können. Vergl. §. 30.

Die Genesis des Gehirns sowohl bei den verschiedenen Thierklassen, als auch im menschlichen Embryo reicht noch nicht aus, den Urtypus des Gehirns festzustellen, und nach demselben die verschiedenen Functionen der Haupthirnorgane zu bestimmen; daher, wenn auch unbezweifelt das grosse Gehirn den höchsten Seelenkräften entspricht, doch die Function des beim Thier mehr entwickelten und beim Menschen zurücktretenden Mittelgehirns, sowie die des kleinen Gehirns noch unbekannt ist.

Nach der Ansicht Einiger (C. G. Carus, Grundzüge der Cranioskopie. Stuttgart, 1841. E. Huschke a. a. O. S. 177.) ist das kleine Gehirn das Organ des Willensvermögens, also entsprechend den motorischen Nerven des peripherischen Nervensystems und vorzüglich motorische Nervenfasern enthaltend, wo dann der sensible (complementäre) Theil des Gehirns im grossen Gehirn gesucht werden müsste; welcher Ansicht aber, ausser der Gene-

ɩis des Gehirns bei den niederen Thierklassen, die Ver-
ɩuche an lebenden Thieren widersprechen, obgleich die-
ɩen allein, als gewaltsam die Harmonie der Organe stö-
ɩend, kein entscheidender Werth beizulegen ist.

Neuere Untersuchungen, welche Domrich angestellt
ɩnd deren Resultate uns mitgetheilt hat, stellen die An-
ɩicht auf, dass Medulla oblongata, Cerebellum, Pons, das
System der Corpora quadrigemina, die Grosshirnschenkel
ɩit den ihnen anhängenden Thalamus und Corpus stria-
um die Organe sind, welche theils für die durch die sen-
ibeln Nerven centripetal zugeleiteten Eindrücke die erste
lunkle Perception vermitteln (Crura cerebri und Thala-
ɩus), theils die Erregungen sensueller Nerven in die eigen-
hümlich specifischen Formen ihrer physiologischen Wirk-
amkeit umsetzen (Corpora quadrigemina und vorderer
Theil der Rautengrube die nervösen Organe für die leuch-
ende und schallende Empfindung), theils Centraltheile für
ɩie organisch-mechanische Coordination der vielfachen
inzelnen motoren Elemente zu geordneten Bewegungs-
ruppen darstellen (Medulla oblongata, Cerebellum, Cor-
ɩus striatum), theils automatische Erregungscentra und
ɩöher entwickelte Reflexorgane unwillkürlicher Bewe-
ungen sind (Medulla oblongata für die rhythmischen Be-
vegungen des Athmens, der Speiseröhre u. s. w.), und
ndlich eine Anzahl blos einfach leitender Nervenapparate
nthalten, durch welche einerseits die Zuleitung der Ein-
rücke von den genannten untergeordneten Centralorga-
en zu den Hemisphären des Grosshirns, welche für die

deutlich bewusste Perception und fernere psychische Umarbeitung derselben nothwendig ist, bewirkt wird, andererseits die von den Hemisphären des Grosshirns mit Bewusstsein ausgehende willkürliche Erregung der bezüglichen motoren, sensibeln und sensuellen Nervenapparate vermittelt wird. Die Hemisphären des Grosshirns vermitteln die deutliche Perception aller Empfindungen, Wahrnehmungen, Gefühle und Vorstellungen, und die bewusst willkürliche Erregung motorer und empfindender Nerven. (Vergl. O. Domrich, a. a. O. S. 78—85.)

Nach anderer Ansicht könnte man, wenn das psychische Leben in zwei Hauptformen (Gefühlsseite und Erkenntnissseite) zerfällt, auch die beiden diesen entsprechenden Hauptorgane des menschlichen Gehirns im grossen Gehirn, als Organ der Erkenntnissseite, und im kleinen Gehirn, als Organ der Gefühlsseite, suchen, von denen beim Thiere vorzugsweise das kleine Gehirn, beim Menschen aber das grosse Gehirn entwickelt würde, und wo dann jedes wieder einen centro-peripherischen (motorischen) und einen peripherisch-centralen (sensiblen) Factor haben müsste, wie jeder Rückenmarksnerv aus einem hintern (sensiblen) und einem vordern (motorischen) Nervenstrang gebildet wird. Huschke (a. a. O. S. 180.) hält das „Stirnhirn“ für das Hirn der Intelligenz, das „Scheitelhirn“ für das des Gemüths, welche beide die zwei Hauptbezirke des grossen Gehirnes bilden. — Adhuc sub judice lis est.

Die Duplicität aller Hirnorgane in den beiden Hirnhälften (die selbst in der Zirbel vorhanden ist) beweiset, wie bei allen paarigen Organen des Körpers, dass jede Hirnhälfte und deren Organe besonders thätig sind, also ein einseitiges Denken, Fühlen und Wollen möglich ist, welches aber (wie im Auge) durch die Decussation aller Hirnfasern in den Commissuren wieder zur Einheit des psychischen Lebens gebracht wird. Daher auch ein einseitig zerstörtes Gehirn (durch Substanzverlust, Tuberkeln, Eiterung, Verwachsung) durch die vikariirende Thätigkeit der Organe der gesunden Hirnhälfte noch denken, fühlen, wollen kann, jedoch dann die Vollkommenheit der psychischen Function immer gestört werden muss; auf gleiche Weise, wie ein einäugiger Mensch zwar noch sieht, aber unvollkommen. (Vgl. §. 42.; auch F. B. Friedreich, Allgem. Diagnostik der psychischen Krankheiten. 2. Aufl. Würzburg, 1842. S. 368. und A. L. Wigan, The duality of the mind proved by the structure, functions, and diseases of the brain etc. London, 1844. 8. *).

---

*) Wigan nimmt Nachstehendes als anatomisch und pathologisch erwiesen an, aber mit gänzlicher Nichtbeachtung des psychischen Gefühlsvermögens und seiner Eigenthümlichkeiten, dessen Wechselwirkung mit dem intelligenten Vermögen manche, hier auf diese Duplicität bezogene Erscheinung erklären dürfte. Es giebt nach ihm nicht zwei Hemisphären, sondern zwei Gehirne, wie zwei Augen. Jedes Gehirn ist ein besonderes und vollkommenes Ganzes, als Organ des Denkens. In jedem der beiden Gehirne kann ein besonderer und verschiedener Denkprocess statt finden. Jedes Gehirn hat seinen Willen, der so-

Ob ferner, wenn Erkenntniss- und Gefühlsthätigkeit die beiden Hauptformen des psychischen Lebens sind, die sich gegenseitig corrigiren und complementiren (§. 20.), ein Organ des Gehirns gesucht werden soll, in welchem die Einheit der Seele als Fühlen und Erkennen repräsentirt wird, könnte in Frage stehen.

---

gar dem des anderen Gehirns entgegengesetzt sein kann. Im gesunden Zustande ist eines der Gehirne vorherrschend, controlirt das andere. Bei Functions- oder Structurstörungen des einen Gehirns, die Krankheit erzeugen, kann das gesunde Gehirn den Willen des andern bis auf einen gewissen Grad beherrschen, und dieser hängt ab theils von der Ausdehnung der Krankheit, theils von dem Grade der Selbstbeherrschung des allgemeinen Gehirns. Geisteskrankheit entsteht, wenn die Krankheit des einen Gehirns so gross wird, dass das andere seine Controle aufgeben muss. Bei Verrückten kann man fast immer die Vermischung zweier gleichzeitiger Gedankenreihen verfolgen, von denen die eine vernünftig, die andere unvernünftig sein kann, oder auch beide, wodurch die Incohärenz der Rede entsteht, und bei Mania furibunda oft ein Gespräch zwischen dem gesunden und kranken Gehirn statt findet. Sind beide Gehirne ergriffen, so giebt es keine Lucida intervalla, und der Zustand ist gewöhnlich unheilbar. Uebung und moralische Bildung kann die Fähigkeit der höheren Organe der Intelligenz in Beherrschung des Instincts und der Neigungen, so wie des krankhaften Willens des andern Gehirns steigern; sie kann durch Mangel an Uebung aber auch verloren gehen. Ein Gehirn kann ganz zerstört und dennoch der Geist unzerstört sein. Zerstörung beider Gehirne ist unverträglich mit gesunder Seelenthätigkeit. Von den drei Hirnlappen hat jeder seine besondere Function, wie aber zwei Augen besser sehen, als eines, so geschehen die Hirnfunctionen besser mit zwei gesunden Gehirnen; und wie wir nur einen Ton hören und einen Gegenstand sehen, so bilden beide Gehirne nur einen Gedanken, wenn ihre Thätigkeit zu gleicher Zeit auf denselben Gegenstand gerichtet ist. Jeder Mensch kann in sich zwei sich oft widersprechende Willen beobachten, die in Hirnkrankheiten deutlich auftreten. (Vergl. Damerow's Zeitschrift für Psychiatrie u. s. w., 2. Bd. S. 170.)

Bergmann glaubt (s. unten §. 131) es im Aquaeductus Sylvii gefunden zu haben. Da es jedoch keine einheitliche Function der Seelenorgane giebt, und die seelische Function der Organe nur als Denken und Fühlen gedacht werden darf, die genetisch als niedere (schon beim Thiere als Instinct vorhandene) Seelenfunction im Gefühl, und als höhere (nur dem Menschen zukommende) in der Intelligenz erscheint (§. 31.), so kann es so wenig, wie im Magnet ein stabiles Centrum, ein einheitliches Organ der Seele geben, und dem die Intelligenz vermittelnden Hirnorgane (grosses Gehirn) ist nur dem Werthe nach die Priorität zuzusprechen.

Dieselbe Ungewissheit herrscht sowohl hinsichtlich der Bedeutung als der Function der einzelnen Hirntheile.

Da die Hirnursprünge der die Sinnesnerven bildenden Primitivfasern unbekannt sind, so sind nicht einmal die den Sinnesfunctionen vorstehenden Hirntheile zu bestimmen, noch weniger die der höheren psychischen Functionen.

Es kann daher nur folgende Andeutung gegeben werden.

§. 29.

An der vorderen (unteren, terrestrischen) Fläche des Gehirns und Rückenmarks treten die zwölf Hirnnerven (und die übrigen Nervenpaare) heraus, die die Wechselwirkung mit der Aussenwelt, und deren Beherrschung durch die Vernunft vermitteln. — Die Wurzeln derselben erstrecken sich bis in die Höhle des Rückenmarks und des Gehirns.

Die vordere (untere) Fläche des Gehirns bildet also (wie im Rückenmark die vorderen Nervenstränge die motorischen, die hinteren die sensiblen sind) den besonderen, centro-peripherischen Pol, der Aussenwelt zugekehrt, — dem der allgemeine die Aussenwelt in sich aufnehmende, peripherisch-centrale Pol (sensibler Nerv im Rückenmark) gegenüber stehen muss. Im Gehirn fehlt hierüber eine Nachweisung. Man könnte daher, da die Architectonik des Rückenmarks in dieser Beziehung auch im Gehirn vorgebildet sein dürfte, schon hiernach versucht werden, die das Willensvermögen vermittelnden Hirnorgane an der vorderen (unteren) Fläche des Gehirns zu suchen. Dieser Ansicht entspricht das Factum, dass bei den Gliederthieren und Wirbelthieren die Organe der Ortsbewegung sich an der unteren (terrestrischen) Seite des Körpers befinden, also alles Handeln (Willensthätigkeit) von der vorderen Körperhälfte vermittelt wird. Eben so die Thatsache, dass die thierisch-magnetische (tellurische) Wirkung gleicherweise von der Vorderfläche (Handfläche u. s. w.) vorzugsweise ausgeht.

Guislain (Leçons 2, 171.) sucht den Sitz des Willensvermögen zwischen den Oliven und den Vierhügeln. (Le noeud vital c'est l'espace nerveux compris entre les olives et les quadrijumeaux.) Er unterscheidet auch die erregende und die bewegende Thätigkeit. Die reine Manie wäre dann die selbstische Thätigkeit (Krampf) des Bewegungsorgans der Seele, daher auch ohne abnormes Gefühl oder Idee denkbar, obgleich sie auch consensuell bei Irrfühlen und Irrdenken entstehen kann.

Was die Genesis des Gehirns der verschiedenen Thierklassen bis zum Menschen betrifft, so lehrt die vergleichende Anatomie Folgendes. (Vgl. S. Solly, The human brain; its structure, physiology and diseases. 2. Edition. London, 1847. 8.)

Das Gehirn (vgl. §. 27.) besteht aus immer höher sich entwickelnden und individualisirenden Ganglien — kleinen Gehirnen — (Primitivkörper und Fasern enthaltend). — Sie stellen bei den Mollusken, Würmern und Insecten nur ein Bauchgehirn dar, dessen seelische Function vorzugsweise Ernährung und Fortpflanzung ist und bei den Schnecken und Krebsen in ein höheres Kopf- und niederes Bauchganglion geschieden ist, die um den Magen liegen. Jedes Ganglion, daher auch die bei den höheren Thieren erscheinenden Ganglien des Rückenmarks und des Bauchnervensystems überhaupt, hat eine empfindende und eine bewegende Thätigkeit und deren materielles Substrat, sensible und motorische Nerven, und Wechselwirkung beider (in der sogenannten Reflexthätigkeit), die aber erst, wenn das Kopfgehirn erscheint, zur Offenbarung im Gehirn (§. 8. 9.), des Gefühls- oder des Intelligenzbewusstseins, gelangen, daher in den vom Kopfe getrennten Theilen in den Ganglien um so mehr vorhanden sein können, je niederer das Thier ist, allein ohne Hirngefühl und Bewusstsein.

(Irrige Behauptung von mit Bewusstsein sich bewegendem kopflosem Frosch, abgeschnittenem Aalschwanz u. s. w. — E. Pflüger, Die sensorischen Functionen des Rückenmarks der Wirbelthiere u. s. w. Berlin, 1853. — kopflosem, fressen wollendem Truthahn.)

Mit höherer Entwickelung des psychischen Lebens treten, parallel mit der Scheidung des Körpers in Kopf und Rumpf, Kopfgehirn mit dem Rückenmark einerseits und Bauchgehirn andererseits mehr in Gegensatz, und bilden sich individueller aus.

Das erste mit dem Rückenmarke vereinigt die Ursprünge der verschiedenen sogenannten animalischen Nerven, während das letzte, durch den Nervus sympathicus mit dem ersten verbunden, das vegetative Nervensystem darstellt, welches im Plexus solaris, renalis etc. centralisirt und unabhängiger vom Gehirn, seine Thätigkeit nicht zum Hirnbewusstsein bringt, — also nicht dem Erkenntnissleben, sondern dem Gefühlsleben angehört. Jedes Ganglion, Hirnzellen und Fasern enthaltend (§. 27.), muss dann ebenfalls als auch seelischer Function dienendes besonderes Gehirn angesehen werden, aber den grösseren Centris untergeordnet, gleichwie die Monde den Planeten, diese der Sonne u. s. w.

Im Rückenmark, dessen einzelne Ganglien wohl eine peripherisch-centrale und central-peripherische Thätigkeit (Empfindung und Bewegung) und deren Nerven, aber ohne Hirnbewusstsein, besitzen, und dessen knöcherne Umhüllung der Zahl der an einander gereihten Ganglien entspricht und die Wirbelkörper darstellt, bilden dann bei den höheren Thieren die obersten Ganglien in grösserer auch materieller Entwickelung und von den Wirbeln der Schädelhöhle umschlossen, das Gehirn, mit welchem dann auch Hirnoffenbarung (§. 8.) (im Gefühl bei Thieren, im Gefühl und in der Intelligenz beim Menschen) entsteht, während das Ganglienleben des Bauchgehirns mit dem Gefühlsvermögen und dem Nachtleben in näherer Beziehung steht.

Das Gewicht des menschlichen Gehirns ist beim Weibe : 40—44, beim Manne 1: 41—42 des Gewichts des ganzen Körpers, und im Gehirne überwiegt das grosse Gehirn alle übrigen Hirntheile an Volumen, im Allgemeinen wie 8: 1 zum kleinen Gehirn. Das Gewicht des Gehirns selbst ist jedoch nach Geschlecht, Alter, geistiger Begabung, selbst Grösse des Körpers sehr verschieden, im Maximum 1500—1600 Grammen, im Minimum 880 Grammen (Huschke a. a. O. S. 58.). Das Gewichtsverhältniss des grossen Gehirns zum kleinen schwankt ebenfalls nach verschiedenen Angaben zwischen : 1 und 12: 1, und ist das kleine Gehirn im männlichen, das grosse Gehirn im weiblichen Geschlechte dem Gewichte nach bervorzugt. (Huschke a. a. O. S. 67.)

Die Bedeutung und Function der Cortical- und Marksubstanz des Gehirns, welche in alle Hauptorgane desselben eingehen, ist ebenfalls mit Sicherheit nicht anzugeben. Erstere enthält vorzugsweise Primitivkörper, letztere Fasern, von denen die ersten die frühere, die zweiten die spätere Stufe der Entwickelung darzustellen scheinen, und die beide auch in den Ganglien (kleinen Gehirnen) vorkommen. In den höheren Thieren nimmt die Marksubstanz an Masse zu. Die specifische Schwere der grauen Substanz ist 1,034, der Marksubstanz 1,041 gefunden worden. (R. Leubuscher, Pathologie und Therapie der Gehirnkrankheiten. Berlin, 1854. S. 23.)

Der polare Gegensatz und die Wechselwirkung beider Hirnsubstanzen scheint zur Erzeugung der psychischen Thätigkeit nöthig zu sein (wobei jedoch wohl nicht an eine blos galvanische Wechselwirkung zu denken ist) *).

§. 30.

Die Frage nach dem Centralpuncte des Gehirns, als dem materiellen Sitze, der Residenz der Seele, ist daher müssig und unstatthaft, gleich der Frage nach

---

*) Dass eine Electricitätsentwickelung jeden, und so auch den psychischen Lebensprocess begleite, wie schon Ritter vor Decennien nachgewiesen, leidet keinen Zweifel. Es scheint uns jedoch irrig, den psychischen Lebensprocess mit dem electrischen für identisch zu erklären und auf denselben zu reduciren, indem die höchste Lebensthätigkeit auf unserer Erde alle übrigen beherrscht und latent macht. (Vgl. §. 5.) Die Erscheinung bei den electrischen Fischen spricht anstatt für, gegen diese Hypothese, indem der Fisch sein electrisches Organ willkürlich gebraucht, sein psychisches Organ und dessen Willensthätigkeit also ausser und über dem elektrischen Organe zu suchen ist. Eben so die Beobachtung, dass durchschnittene Nerven, deren Schnittenden sich berühren, zwar wohl Electricität leiten, aber für die physiologische Nervenleitung unfähig sind. (Vgl. Kölliker a. a. O. S. 544.)

ler Wohnung Gottes und nach dem Mittelpuncte des Veltalls. Sie setzt das Wesen der Seele (und der Gottheit) als räumlich und zeitlich beschränkt voraus, und ignorirt die zeit- und raumlose Natur beider (§. 1—3.).

Wie Gott in der ganzen Welt gegenwärtig ist, so hat die menschliche Seele im ganzen Körper ihren Sitz. Wie aber auf der Erde die Realwerdung Gottes im Menschen am vollkommensten ist, so ist auch die höchste Entwickelungsstufe des Körpers und das edelste Organ desselben das Centralorgan des seelischen Lebens, ohne deshalb alleiniges Organ der Seele zu sein.

Daher die innere Fläche der Hirnhöhlen als die Centralregion des Gehirns und also des psychischen Lebens angesehen werden kann. Man dürfte vielleicht annehmen, dass es in den Hirnhöhlen und wahrscheinlich in den vorderen einen Raum giebt, in welchem beim wachenden Menschen die Erkenntniss der Aussenwelt in ihrer unendlichen astronomischen Ausdehnung zum Bewusstsein kommt, also zur intelligenten Offenbarung der Gottheit wird, während in der dritten Hirnhöhle die Instinctoffenbarung des Gefühlslebens und des schlafenden Menschen vermittelt wird. Die angenommene psychologische Bedeutung der Nervenzellen, welche vorzugsweise die Corticalsubstanz des Gehirns bilden, steht dieser Annahme nicht entgegen, da diese Elementarorgane auch in den inneren Hirntheilen vorhanden sind. Die Wurzeln aller Hirnnerven haben mit der Fläche der Hirnhöhlen Beziehung, so dass der Mensch durch dieselbe mit der Aussenwelt sinnlich in Wechselwirkung steht. In den Hirnhöhlen reflectiren und wiederholen sich ferner (wie im Auge und in jedem individueller ausgebildeten Organe) auf bedeutungsvolle Weise alle Systeme des Körpers; das vegetative in der, wässerige Flüssigkeit (Fluidum cerebro-spinale) secernirenden, eine Fortsetzung der die Arachnoidea bildenden serösen Haut, und in der von Einigen als Fortsetzung der gefässreichen Pia mater betrachteten, nach Anderen für sich bestehenden, aus einem Flimmerepitelium gebildeten Bekleidungshaut derselben, Ependyma ventriculorum cerebri (s. Taf. I.), sowie in den aus kohlen- und phosphorsaurem Kalk bestehenden Granulationen, Acervulus plexuum choroideorum, der Plexus choroidei und den Corpusculis amylaceis des Ependyma als Excretionsproducten (Kölliker a. a. O. S. 501.). — Das animalische System wiederholt sich im Plexus choroideus; das sensitive System in Bergmann's Chordensysteme. Bergmann findet gleicherweise die dem optischen Apparate zugehörenden Chorden in den beiden Seitenventrikeln des grossen Gehirns; die acustischen in der vierten Hirnhöhle des kleinen Gehirns, und hält den Aquaeductus Sylvii für den Centralpunkt beider.

§. 31.

Nach allem diesen könnte man Folgendes annehmen, was eine spätere Hirnphysiologie (psychologische Anatomie) bestätigen oder widerlegen wird:

a) dass, wie sich das menschliche Gehirn, nachdem es früher ein Hirnganglion dem Bauchganglion gegenüber (bei Schnecke und Insect) darstellte, durch die verschiedenen niederen und höheren Thierklassen hindurch allmählig aus den oberen Rückenmarksganglien entwickelt, so auch die psychischen (seelischen) Functionen sich in den verschiedenen Thierklassen bis zum Menschen allmählig höher ausbilden und beim Menschen in den oberen Rückenmarksganglien, als ihren Centralorganen, sich concentriren. Bei den kopflosen Thieren, selbst noch bei den Insecten, fehlt das Kopfgehirn, und die psychischen Functionen, des noch reinen Instinct = Gefühlslebens residiren in dem dem Bauchganglion gegenüber stehenden Hirnganglion. Bei den Schnecken und Insecten ist das obere Ganglion, von dem die Sinnesnerven ausgehen, der Repräsentant des späteren Kopfgehirns. Mit Erscheinen des Rückenmarks, in welches die früheren zwei Centralganglien der Schnecke eingehen, und mit welchem das frühere Hirnganglion sich noch mehr von den Bauchganglien abscheidet, welche nun in bestimmterem sowohl anatomischen als psychologischen Gegensatze gegen das Kopfgehirn auftreten, und in dem Plexus coeliacus, dem Plexus renalis und anderen Gangliencentris ihre Centralpuncte finden, werden die oberen Rückenmarksganglien, indem sie sich auch materiell mehr entwickeln, im Raume ausdehnen, und ihre knöcherne Umgebung, die Wirbel, in den drei Wirbeln des Schädels, als Schädelhöhle abschliessen, die Centralorgane des psychischen Lebens. In den Fischen,

Amphibien, Vögeln und Säugethieren erscheint durch Concentrirung der oberen Rückenmarksganglien in der Schädelhöhle, in der höchsten Entwickelung nun vorderes, mittleres und hinteres (kleines) Gehirn der Schädelhöhle in gleicher Ausdehnung. Beim Menschen bleibt das mittlere Gehirn in der materiellen Bildung zurück, und grosses und kleines Gehirn bilden die Hauptabtheilungen des menschlichen Gehirns.

b) Das seelische Leben — die Seele, untheilbar wie die Gottheit, und dieselbe in ihrer Gefühls- und Erkenntnissseite nur in niederer und höherer Form offenbarend (§. 7.) — hat bei den Wirbelthieren ihren Centralsitz — Organ — in jedem Hirnganglion des Schädels und in den Centralgebilden der Höhlen desselben, aber nach der Entwicklungsstufe des Thieres und des Menschen mit Vorwalten des Gefühls- (Instinct-) oder des Erkenntnisslebens. Im Vogel und im Säugethiere (wie schon im Fisch und Amphibium) hat jedes Schädelganglion alle Seelenfunctionen, aber das Gefühlsleben (Instinctleben) überwiegt (ob im mittleren oder im kleinen Gehirn, und in der dritten oder vierten Hirnhöhle, ist noch nicht zu bestimmen), und das intelligente Leben schläft hier noch unentwickelt im grossen Gehirne. Sie haben nur eine fühlende, aber noch keine intelligente Seele. Eben so beim Fötus und Kinde. Im vollkommenen Menschen überwiegt das intelligente Leben, vorwaltend im grossen Gehirne, während das Gefühlsleben nur m Schlafe desselben wieder vorwaltend auftritt (daher uch der vom früheren Bauchgehirn ausgehende Plexus oeliacus), und eine spätere Hirnphysiologie muss die 'unction des mittleren und kleinen Gehirns des Menchen (wie beim Thiere) erörtern. Für die Annahme, ass die vierte Hirnhöhle das Centralorgan des Gefühlsebens enthält, spricht die Beziehung desselben zu dem Gehörnerven, der auch im Schlafe noch thätig ist.

c) Hat nun jedes Hirnganglion alle Hirnfunctionen, so st das Organ der centro-peripherischen und der eripherisch-centralen Thätigkeit der Seele (hanlelnde und empfangende Richtung, §. 9.) auch in jedem Iirntheile (Ganglion) der Schädelhöhle, wie in jedem Ganglion der niederen Thiere und in jedem Rückenmarksganglion der Wirbelthiere zu suchen.

d) In den Rückenmarksganglien finden sich ferner die notorischen und die sensitiven Nerven, jene an ler unteren (vorderen, tellurischen), diese an der beren (hinteren, solaren) Seite des Körpers. Und gleicherweise ist einstweilen theoretisch anzunehmen, lass die psychischen Organe dieser verschiedenen Richtung, die in der menschlichen Seele in der ersten Richtung das Abbild des göttlichen Handelns (Schaffens), in der zweiten die Gefühls- und Vernunftoffenbarung des Göttlichen vermitteln, und von denen die erste Richtung als Wille bezeichnet wird (§. 9.), in jedem Hauptganglion des Schädels sich finden, wie die Bewegungs- und Empfindungsnerven von jedem Rückenmarksganglion ausgehen. Ferner ist einstweilen hypothetisch anzunehmen, dass, wie in den Rückenmarksganglien die obere und untere Seite den tellurischen und solaren Pol des psychischen Lebens darstellen, in den Hirnhöhlen, als dem Centralpuncte des Gehirns und des psychischen Lebens (§. 30.), die Organe der verschiedenen Richtung des psychischen Lebens, und zwar die Willensorgane an der unteren Fläche, die Organe der Gefühls- und Vernunftoffenbarung an der oberen Fläche derselben ihren Sitz und Centralpunkt haben.

Andeutungen zur Bestätigung dieser Theorie liegen theils in Bergmann's Chordentheorie und pathologisch-anatomischen Beobachtungen, theils in manchen Ergebnissen der neueren Hirnanatomie vor. Vergl. Huschke a. a. O. S. 175.

§. 32.

Hinsichtlich der chemischen Mischung der verschiedenen Hirntheile hat die Chemie noch nichts für die Psychologie und Psychiatrik zu Benutzendes. Dass grosses und kleines Gehirn, Cortical- und Marksubstanz, Hirnbläschen und Hirnfasern, und selbst die verschiedenen Theile des grossen und kleinen Gehirns eine verschiedene stöchiometrisch-chemische Mischung haben müssen, ist eben so gewiss, als Zellengewebe, Muskelsubstanz und Nerven, oder Drüsen, Lunge, Gehirn verschiedene chemische Elemente enthalten. Die bisherigen Angaben der verschiedenen näheren Bestandtheile des Gehirns überhaupt haben daher keinen praktischen Nutzen. Kölliker führt (a. a. O. S. 409.) nach Lassaigne folgende chemische Zusammensetzung des Gehirns eines Wahnsinnigen an:

	Graue Substanz:	Weisse Substanz:
Wasser	85,2,	73,9.
Eiweiss	7,5,	9,9.
Farbloses Fett . . .	1,0,	13,9.
Rothes Fett	3,7,	0,9.
Fleischextract, milchsaure Salze . .	1,4,	1,0.
Phosphorsaure Salze .	1,2,	1,3.

Die microchemische Analyse der psychischen Organe, die Chemia psychologica, als Complement und Gipfel der Chemia organica s. physiologica, ist also noch Desiderat in der Chemie.

§. 33.

Da die Krankheiten nur Abweichungen des Lebens sind, die sich in abnormer Thätigkeit und Bildung (Zeit und Raum) ausdrücken, und ihre besondere Form von der besonderen Form des Lebens erhalten, in welcher sie entstehen, so hat man aus den Ergebnissen der pathologischen Anatomie, welcher aber die pathologische Chemie parallel steht, auch bei den Geistes-Krankheiten Aufschluss über die Function sowohl der Elementarorgane, als auch der grösseren Hirntheile zu erhalten gesucht, die pathologische Chemie des Gehirns aber noch ganz vernachlässigt.

Die Veränderungen der Nervenzellen und Röhren bei Hirnkrankheiten, in atrophischen Nerven u. s. w., welche man beobachtet hat, haben bisher kein Licht über die Function derselben verbreitet (vgl. Kölliker a. a. O. S. 541.) und die ganze bisherige pathologische Anatomie (s. spec. Theil. Kapitel 4.) hat noch kein ausreichendes Resultat gegeben, weil man die Beziehung einzelner Abnormitäten in der Form und Bildung (Verdickung, Verhärtung, Verwachsung, Schwinden) zu vorhanden gewesenen psychischen Krankheiten nicht nachzuweisen vermochte. Erst in neuerer Zeit hat Bergmann nach dem Ergebnisse einer fünfundvierzigjährigen Erfahrung hiernach die Functionen einzelner Hirntheile nachzuweisen versucht (G. H. Bergmann, Untersuchung über die innere Organisation des Gehirns. Hannover, 1831), indem er die psychologischen Hypothesen durch pathologische Erscheinungen bestätigt gefunden haben will. Das Ergebniss ist jedoch noch fragmentarisch.

§. 34.

Bergmann's Chordensystem.

In den Hirnhöhlen auf deren Oberfläche und Wänden, die von der feinen Markhaut (Ependyma) bedeckt sind, aber auch an der Basis cerebri und neben der Zirbel finden sich faser- oder fadenförmige Gebilde in bestimmter Zahl und Gestalt, in allen Lebensaltern und Geschlechtern, die in den Thierklassen allmählig hervorkeimen und durch ihre stereotypische Gleichförmigkeit für ihre organische Individualität sprechen (sie haben also keine „variable Existenz und Anordnung," wie Valentin in Sömmerring's Anatomie S. 226 annimmt. —) Bergmann nennt sie Markfäden, Chorden.

Sie ähneln auf den Wänden der Hirnhöhlen im Aeussern den Lineamenten der Handfläche, besonders der Fingerspitzen, ragen oft auf der Markhaut hervor, so dass man sie zuweilen abziehen kann, sind meistentheils mit blossen Augen sichtbar, erscheinen in bestimmter Reihen- und Zahlenordnung (Chordensystem), deutlicher bald nur im frischen Gehirn, bald wenn es in Wasser oder Weingeist ausgedehnt oder verhärtet worden.

Nach Wagner (Gött. g. Anz. 1850. Febr. Nr. 4. S. 41—56. ausgezogen in Damerow's Zeitschr. 7. B. 3. Hft. S. 546.) sind die Chorden Stränge von Primitivfasern, die oberflächlich zwischen grauer Substanz gelagert sind. Im Gehirne alter Personen, bei schon etwas macerirtem Zustande sind sie zur Untersuchung am geeignetesten.

Nach der Aehnlichkeit mit andern Naturkörpern hat Bergmann sie besonders bezeichnet.

Bergmann hält sie für die „Leitungsfäden des psychischen Lebens, Bacon's Essentia tangibilis zwischen äusserem und innerem Sinne."

Bei den verschiedenen psychischen Krankheiten, wenn sie dauernd die organische Bildung verändern, erscheinen dann nach Bergmann die mannigfaltigsten Störungen der Chordensysteme (Schwinden, Verwachsen derselben) und leiten auf deren psychologische Bedeutung.

Die vorzüglichsten Chordensysteme sind folgende:

1) Im ersten und zweiten Hirnventrikel des grossen Gehirns.

a) Der Fächel, Flabellum. Vom vorderen Rande des Grenzstreifs, Stria terminalis, laufen, zuweilen in mehreren Abtheilungen, 20—24 gedoppelte Fäden aufwärts fächerartig ausstrahlend; jeder 2—8 Linien lang.

b) Der Pinsel, Penicillus, am untern Ende des Grenzstreifens, als feines, lockeres Fasergewebe.

Das Flabellum setzt den Grenzstreifen mit dem Gewölbe (Fornix) in Verbindung, der Penicillus mit dem Ammonshorne.

Bergmann glaubt, dass beide die Gesichtsfunction vermitteln.

c) Der Kamm, Pecten, unter der vorderen Commissur. 8—12 transversale Fäden einige Linien lang, die von unten nach oben an Länge abnehmen, durch eine perpendiculäre Furche in 2 Hälften geschieden.

d) Foveola chordularum (s. Scala minima), Chordulae contortae (s. Supercilia).

An der Monroischen Oeffnung liegen 8—12 parallele Fasern, Scala minima, und daneben feine in einander verschlungene Markfäden: Supercilium. — Findet sich nur beim Menschen.

e) Die Garbe, Spicarum fascis, die Wellen,

Flucticuli s. Undae, der Pfeilbündel, Fasciculus radiorum. An den inneren Seitenwänden der Sehhügel. Sich durch die Hirnsubstanz nach der Basis cerebri erstreckend. Beim verticalen Durchschnitt des Gehirns als aufsteigende Garben sichtbar, daher von den nur an der Oberfläche der Wandungen der Hirnhöhlen liegenden Gebilden wesentlich verschieden.

Die Garbe besteht aus 7—8 doppelten Markfäden, an deren Spitze sich ährenförmiges Gekräusel findet, die senkrecht mit den Aehren nach vorn gebogen von der Basis cerebri aufsteigen. Die hintersten berühren die Corpora candicantia s. mammillaria. Länge 4—8‴. — Eines der schönsten Gebilde.

Die Wellen, Undae, liegen vor der Garbe und der Commissura anterior als zarte, wellenförmige Linien von 4—10‴ Länge. — Finden sich nicht beim Thiere.

Der Pfeilbündel, Fasciculus radiorum, erscheint an der innern Wand der Sehhügel 2‴ breit und 4‴ lang, als strahlendes Fasergewebe, aus 7—8 Fasern bestehend. — Findet sich nicht beim Thiere.

f) Die Sacculi dichotomi fossae conchoideae lobi medii und Lineae tangentes neben dem Ammonshorne, erstere sind 7 Markfäden, die sich dichotomisch spalten. Letztere bogenförmige Linien; stehen mit den Riechnerven in Verbindung.

2) Neben der Commissur der Zirbel und zwischen dieser und den vorderen Hügeln liegt das weiche

schwebende Dreieck, Trigonon molle s. pensile s. pendulum, sowie das Trigonon durum.

Das erste besteht aus 5 — 8 horizontalen Fasern, die in stufenweiser Ordnung, die längsten an der Zirbel, liegen.

Das letzte (Trigonon durum) stösst an die hintere Fläche des Trigonon molle und besteht ebenfalls aus feinen Querstreifen, die längsten am Trigonon molle. —

Beim Pferd, Esel, Schaf, Ziege, Katze sehr deutlich 8 — 12 Streifen zu zählen.

3) Im Kanal der Vierhügel (Aquaeductus Sylvii) liegen:

a) die Richtschnur, Amussis, zwei von vorn nach hinten laufende Markfäden.

b) der Kegel, Conus, Acus, Carina, ein keilförmiger Körper an der obern Decke des Kanals 5''' lang liegt an einer länglich dreieckigen Grube, Scrobiculus calceoides, die zu beiden Seiten des Conus mit zahlzeichen (über 40) querlaufenden Chorden bedeckt ist: Sistrum s. Harmonometer. — Conus und Sistrum fehlen bei Thieren.

c) zur Seite des Aquaeductus Sylvii liegt das Organon pneumaticum s. Psalterium verborgen. —

Es besteht aus mehr als 40 höchst feinen Doppelchorden, die querliegend einen Raum von 6 — 8''' Länge und 1''' Breite bedecken.

Fehlt bei allen Thieren, nur beim Pferd eine Anlage dazu.

4) In der Rautengrube, Fossa rhomboidalis, des vierten Ventrikels liegen:

a) die geschlängelten Chorden, Chordae tortuosae, am vordern Theile der Rautengrube zu beiden Seiten, als gedoppelte gebogen verlaufende Fäden zum Theil auf der graubläulichen Substanz des Kanaleinganges, gegen 24 an der Zahl.

b) die Wirbelchorden, Chordae verticillatae, 6—7, stossen an die Chordae tortuosae und gehen in sie über.

c) der Klangstab, Conductor sonorus, ein am vordern Theil des Nervus acusticus schräg nach aussen laufender Nervenfaden.

d) die Tonleiter, Scala rhythmica, bildet Ausläufer des innern Hörnerven, enthält 20—30 kurze Querfasern.

Alle diese Chorden der Rautengrube haben nach Bergmann mit der Gehörfunction Beziehung. — Ebenso die folgenden.

5) An der untern Hirnfläche nach dem kleinen Gehirn zu liegen:

a) die Tela filipendula, ein zartes Gewebe feiner querlaufender Fasern, zu beiden Seiten über den Schenkeln des kleinen Gehirns zu den Vierhügeln. Nur im frischen Zustande zu sehen.

b) die Filamenta lateralia, 2—3 an der untern äussern Seitenwand der Schenkel des kleinen Gehirns, in der Länge laufend.

c) die Lyra veli anterioris, feine Querstreifen in der Mitte des Segels.

d) die Filamenta noduli perpendicularia, an beiden Seiten des Knopfes, Nodus, Capitulum.

e) Chordulae contortae um den obern Rand des Knopfes.

„Die Natur hat (sagt Bergmann in Damerow's Zeitschr. für Psych. 4. Bd. 3. Hft. S. 381.) hier in diesen Archetypen im buchstäblichen Sinne ihr Alphabet und ihre Grammatik der Erkenntniss dem Geiste zum Lesen und Auslegen vorgelegt. Ohne sie kein Behalten, kein Erinnern, kein Zählen, keine Unterrichtsfähigkeit."

„Ohne die genaueste Kenntniss dieser höchsten organischen Gebilde ist alle Physiologie des Hirns eine Unmöglichkeit und alle gesunde Psychologie ein eitles Ding."

„Sie bilden die höchste Aufgabe der Anatomie und Physiologie, eine höhere, als die, welche die centrale Endfaserung nur erspähen kann."

Dass diese in den Hirnhöhlen unter dem Ependyma und an anderen Stellen in der Marksubstanz liegenden Chorden Bündel von Nervenfäden (Fasciculi nervosi) sind, leidet keinen Zweifel; ebenso, dass ihre bestimmte Anordnung, Richtung, Zahl nicht zufällig und bedeutungslos sein kann. (Vgl. die Garbe, Spicarum fascis.) Mit Unrecht hat daher die neuere microscopische Anatomie und die Psychopathologie sie vernachlässigt, und sie noch nicht microscopisch hinsichtlich ihrer Zusammensetzung, Verbindung und Uebergang in die Nervenfaserbündel der inneren Hirnorgane und der Ursprünge der Hirnnerven untersucht; was auch bei **Bergmann** vermisst wird, der nur auf die Veränderungen der äussern Form und Zahl derselben bei den verschiedenen Formen psychischer Krankheiten und auf das Vorkommen derselben bei einigen Thieren seine Aufmerksamkeit gerichtet hat. —

Bündel von Nervenfasern durchziehen das ganze Gehirn, von denen die Chorden als die nach den Hirnhöhlen und der Basis cerebri gerichteten Ausstrahlungen angesehen werden möchten, deren immanente Thätigkeit mit der Seelenthätigkeit in nächster Beziehung steht.

Ihr eigenthümliches Hervortreten an der **Fläche der Hirnhöhlen**, deren Umgebung wir als die Centralregion des Hirn- und psychischen Lebens betrachten zu müssen glauben (§. 30.), die grosse **Regelmässigkeit** ihrer Bildung (deren Zartheit keinen Einwurf giebt) und ihr allmähliges Erscheinen in den höhern Thierklassen, sowie deren mit den Lebensaltern des Menschen zunehmende Ausbildung, so dass sie nur beim **vollendeten Menschen** vollkommen vorhanden sind; — dürfte für ihre grosse psychologische Bedeutung sprechen.

Vorläufiges Desiderat und Aufgabe der microscopischen und pathologischen Anatomie in dieser Beziehung ist also: Nachweisung des **innern microscopischen** Baues der Chorden und Nachweisung der Verbindung derselben mit den innern Nervenbündeln des Gehirns, sowie des **Verlaufs** ihrer Nervenbündel in den grösseren Hirnorganen beim gesunden Menschen und ihrer Beziehung und Verbindung mit den Nerven des Rückenmarks und besonders mit den motorischen und sensitiven Nervensträngen desselben, auch mit dem N. sympathicus und übrigen vegetativen Nerven. Endlich speciellere Angabe ihres Baues und Verhaltens bei den verschiedenen Thierklassen aus der vergleichenden Hirnanatomie, und Nachweisung ihrer Metamorphose bei den einfachen Formen der psychischen Krankheiten (vgl. Cap. 4. pathol. Anatomie).

§. 35.

Die Gall'sche Schädellehre, wenn auch im Princip richtig, ist in der Ausführung fehlerhaft, theils weil die von ihr angenommenen Seelenkräfte nicht psychologisch sind; theils weil die Form des Schädels nur unsicher die grössere oder geringere Ausbildung einzelner Hirnorgane erkennen lässt.

Die neueren cranioscopischen Bestrebungen von Carus (a. a. O.) u. s. w. haben zwar wissenschaftliche Ansichten zu Grunde gelegt, jedoch, wegen der Schwierigkeit der Bestimmung der Functionen auch nur der Haupttheile des Gehirns, noch ohne befriedigendes Resultat.

Drittes Kapitel.

Begriff der psychischen Krankheit und Eintheilung derselben.

Erster Artikel.

Begriff der psychischen Krankheit, Hauptformen derselben.

---

§. 36.

Wenn man nach Heinroth's Vorgange noch selbst n den neusten Schriften (Griesinger, Morel I., 125., Leubuscher, Path. und Therapie der Gehirnkrankheiten. S. 82.) die psychischen Krankheiten im Brown'schen Nachklange eintheilt nach Zuständen der Depression und Exaltation, und bei ersteren die psychischen Krankheitsprocesse mit der Lähmung verwechselt, so liegt bei diesem Irrthum die Unkenntniss der Gefühlsseite zu Grunde, und dass man symptomatisch bei der Melancholie blos die Störung des intelligenten psychischen Lebens und die secundäre Unterdrückung der körperlichen Functionen berücksichtigte. Bei allen von jenen Autoren als Depression bezeichneten Zuständen der Melancholie lässt sich practisch nachweisen, dass primär nur das psychische Erkenntnissleben und secundär die körperlichen Functionen deprimirt sind, das Gefühlsleben hingegen, selbst bei dem höchsten Grade der scheinbaren Depression in der Melancholia attonita einseitig, aber in der niederen Richtung erhöht ist. Daher nach dieser Ansicht die Melancholia attonita mit dem Laien zur Lähmung gestellt wird. (Vgl. R. H. Lotze, Medicinische Psychologie u. s. w. Leipzig, 1852. S. 612. „Wir müssen uns hüten, die Melancholie zu den Depressionsformen der Seelenstörungen zu zählen.“ Guislain (Leçons, II. 131.) behauptet andrerseits einseitig, dass bei jeder Verrücktheit das Gemüth ursprünglich leide, es also kein Irrdenken gebe.)

§. 37.

Psychische Gesundheit des Menschen, Mens sana in Corpore sano, ist vorhanden, wenn alle psychischen Thätigkeiten (und Organe) gemäss der Idee des menschlichen Lebens in Harmonie wirken, also im Menschen die Vernunft, in welcher sich die Realwerdung des göttlichen Lebens am reinsten darstellt, in Harmonie mit dem Gefühle in ungestörtem Selbstbewusstsein nach freier Vernunftwahl alle Handlungen leitet, der Mensch also in ethischer Beziehung, in der Vernunftwahl des Guten und Bösen, moralisch frei ist, in rechtlicher

juristischer) Beziehung hinsichtlich der Strafbarkeit un-
echter Handlungen zurechnungsfähig und in Be-
iehung auf die Freiheit der Selbstbestimmung dispo-
itionsfähig erscheint (§. 18.).

Psychische Krankheit (Morbus mentis, Phreno-
athia, Geisteskrankheit, Seelenkrankheit) in der allge-
neinsten Bedeutung entsteht nun, wenn die der Idee
ler menschlichen Seele entsprechende Harmonie aller
sychischen Thätigkeiten und Organe gestört wird,
lie Συμμετρία des psychischen Lebens in Ἀμετρία über-
eht.

Wird im gesunden psychischen Leben die Gottheit
eal in der höchsten irdischen Entwickelung (§. 1.), und
rscheint diese göttliche Realwerdung auf der Erde als
tetes Werden (§. 1. d.), also innerhalb der gesetz-
ichen Schranke des irdischen Lebens, in zwiefacher
Richtung, nach Innen (peripherisch-central), als har-
nonisches Gefühl und Erkenntniss Gottes, und nach
Aussen (centro-peripherisch) als göttliche, d. h. der
öttlichen Idee gemässe Handlung (§. 7—17.), so wird
n der psychischen Krankheit diese Realwerdung Gottes
othwendig getrübt, in beider Richtung, als getrübtes
efühl und Erkenntniss Gottes und als getrübtes gött-
iches Handeln beider, = Geistesverwirrung.

§. 38.

Diese Trübung und Disharmonie des psychischen Le-
ens kann nach allgemeinen pathologischen Gesetzen

auf dreifache Weise geschehen, und giebt, wie bei der Krankheit überhaupt (vgl. Kieser, System der Medicin. Halle, 1817. 1819. Allgem. Pathologie.), die Hauptformen und die Haupteintheilung der psychischen Krankheiten.

(Die Nomenclatur der psychischen Krankheiten ist höchst schwierig und in babylonischer Verwirrung *). Sie zeugt von der Unklarheit und Verwirrung der Begriffe der psychischen Krankheit und ihrer verschiedenen Formen. Die meisten griechischen, lateinischen und deutschen Bezeichnungen geben blos ein Symptom, oder sind ganz falsch (z. B. Melancholia). Auch ist in der griechischen und lateinischen Sprache das psychische Gefühlsleben unbekannt, daher auch die Krankheiten desselben; und ebenso in den alten wie neuen Sprachen die dreifache Verschiedenheit des disharmonischen Lebens. Nur wenige Namen sind richtig, z. B. Amentia.

Fast jeder bedeutende psychiche Arzt hat daher seine eigne Nomenclatur; und bei der Verwirrung der Ansichten über das Wesen der verschiedenen Formen der psychischen Krankheiten muss gleiche Verwirrung in der Bezeichnung derselben herrschen.)

---

*) Lateinisch: Phrenesia, Phrenopathia, Insania, Insanitas, Vesania, Melancholia, Dementia, Amentia, Fatuitas, Paranoia, Ecphronia, Desipientia, Insipientia, Mens alienata. Holländisch: Verstandesloosheit, Onzinnigheit. Italienisch: Pazzia. Französisch: Vésanie, Déraison, Absence de la raison, Maladie de l'ésprit, Aliénation mentale, Folie, Démence, Frénésie. Englisch: Mental derangement, Mental alienation, Mental disorder, Insanity, Madness, Lunacy, Craziness, Crazedness, Frency, Hallucination.

Erste Hauptform. Psychischer Krankheits-rozess. Verrücktheit. Vesania, Dementia. *Παράνοια.*

Das Wesen desselben ist: In irgend einem Hirnor-ane entwickelt sich, als psychische Reaction auf einen ussern Reiz, die besondere Thätigkeit, die Idee des esonderen Lebens, die centro-peripherische Richtung des ebens des einzelnen Organes (§. 1. i.), übermässig und dem Grade, dass ein besonderer niederer Lebens-rocess erscheint, und hierdurch die Harmonie des psychi-chen Lebens aufgehoben wird.

Der Krankheitsprocess, als besonderer Lebensprocess, erläuft typisch in bestimmten Zeiträumen, und bildet der Erkrankung, als Ueberwiegen des besonderen ols, bis zur Acme die erste Hälfte des als Reaction des rganismus auf äussere reizende Einflüsse erscheinenden rankheitsprocesses; in der Genesung, als Ueberwiegen es allgemeinen Pols, die zweite Hälfte desselben, worauf ieder Gesundheit eintritt. Beide zusammen geben die esetzliche Zeitdauer (Typus) der einzelnen Krankheits-scillation (s. Allgem. Pathologie).

Nach allgemeinen Lebensgesetzen ist die Zeitdauer er einzelnen Lebensoscillationen um so kürzer, je höher die tufe des Lebens ist. — So auch im Leben des Krank-eitsprocesses der verschiedenen Organe.

Die Zeitdauer der Erkrankung und Genesung des inzelnen vegetativen Krankheitsprocesses kann Monate, elbst Jahre umfassen; die des Nervenfiebers ist 8—12 Vochen, die des Scharlachs, der Masern, der Blattern

4—6 Wochen, die der Entzündung 3—4 Wochen. Bei den sensitiven Krankheitsprocessen, den Krämpfen und Algieen ist der Verlauf der einzelnen Krankheitsoscillation oft in einigen Minuten, selbst Secunden beendigt. Noch mehr bei den psychischen Krankheitsprocessen, wo jede einzelne abnorme Ideenbildung im Irrdenken, und jede Gefühlsanschauung im Irrfühlen, die in unendlicher Zahl auf einander folgen können (wie bei klonischen Krämpfen die einzelnen Krampfoscillationen) schon eine Krankheitsoscillation darstellt.

Erscheinen die einzelnen psychischen Krankheitsoscillationen, oder eine ununterbrochene Reihe derselben mit freien, scheinbar gesunden Zwischenräumen, was besonders bei der Manie der Fall ist, so heissen die einzelnen Anfälle Paroxysmi, und die freien Zwischenräume Lucida intervalla. In letzteren ist aber noch nicht Gesundheit vorhanden (wie auch nicht im Tempus intercalare der Febris intermittens), daher bei Verrücktheit mit Lucidis intervallis in letzteren auch die moralische Freiheit und Zurechnungsfähigkeit (§. 18.) der Handlungen wenigstens fraglich ist. (S. unten.)

Die Lucida intervalla müssen aber unterschieden werden von völlig gesunden Zwischenräumen zwischen Recidiven, die nach Monaten, Jahren entstehen; ebenso von secundär mit gesunden Zwischenzeiten abwechselnd eintretender Verrücktheit bei Epilepsie, Menstrualfehlern u. s. w., welche Unterscheidung jedoch oft schwierig, in rechtlicher Beziehung aber sehr wichtig ist.

Sind die Paroxysmen nur kurz anhaltend, und nicht iederkehrend, so werden sie leicht verkannt, der Maiacus für zurechnungsfähiger Verbrecher gehalten.

Wiederholen sich diese oscillatorischen Krankheitsproesse stetig nach einander, so entsteht chronischer Krankheitsprocess (wie chronische Entzündung, chronicher Krampf); und jede sich ohne Unterbrechung oder ı typischen Zwischenräumen (Lucidis intervallis) wieerholende abnorme Ideenbildung im Irrdenken, und jees stetig wiederkehrende abnorme Gefühl im Irrfühlen st chronischer psychischer Krankheitsprocess.

Da zeitlicher und räumlicher Ausdruck des Lebens nzertrennlich sind (§. 2. 5.), so entspricht jeder abnorıen Thätigkeit eine abnorme Bildung, und mit jedem Krankheitsprocess, als besonderer niederer Thätigkeit, st nothwendig auch besondere niedere Bildung verbunen, — Afterorganisation. —

Sie ist vorwaltender, daher sinnlich bemerkbarer, in en niederen, mehr im Materiellen erscheinenden Lebensormen, daher bei den vegetativen Krankheiten, wo sie cheinbar allein auftritt; weniger dargestellt (und nachuweisen) bei den höheren, z. B. Krämpfen und Algieen, o sie scheinbar gar nicht vorhanden ist; daher noch weiger bei den psychischen Krankheitsprocessen. — Sie ntsteht in der Erkrankung und verschwindet in der Geesung. Man muss nach allgemeinen Gesetzen des orgaischen Lebens (§. 2.) annehmen, dass bei jeder psychihen Krankheit einzelne, die besondere Hirnthätigkeit vermittelnde Hirnbläschen und Fasern (§. 27.) in ihrer mechanischen Form und chemischen Mischung verändert sind, gemäss der Abweichung der Idee, der Seele, hier der Idee des Krankheitsprocesses, daher als erhöhte niedere Bildung und Mischung (§. 5.), die in der Genesung wieder verschwindet und zur Normalität zurückkehrt.

Erscheint jedoch der Krankheitsprocess in chronischer Form; wird die Genesung nicht vollendet, sondern von neuer Erkrankung aufgenommen, so vermehrt sich nothwendig die Afterorganisation und tritt andauernd auf (so auch bei chronischer Entzündung, Krampf, Algie); daher bei chronischen psychischen Krankheitsprocessen nun auch Afterorganisation in dem leidenden Hirnorgane andauernd erscheinen muss und in der pathologischen Anatomie noch nachzuweisen ist (Verdickung, Verwachsung u. s. w.). —

Erscheint daher im getrübten geistigen Leben die Realwerdung Gottes getrübt, und ist jeder Krankheitsprocess, als durch einseitige Thätigkeit des besonderen Poles entstanden, ein niederer Lebensprocess, so drückt sich diese niedere Richtung auch im Zeitlichen und Räumlichen aus, als niederer Lebensprocess und niedere Bildung.

Da mit dem niederen Leben im Krankheitsprocesse die Vernunftthätigkeit unterdrückt wird, so tritt hier im rechtlichen Sinne moralische Unfreiheit und aufgehobene Zurechnungs- und Dispositionsfähigkeit (§. 18.) jedesmal ein, während die disciplinarische Zurechnungsfähigkeit (§. 19.) noch vorhanden sein kann.

Im Gefühlsleben erscheint der Krankheitsprocess

als Irrfühlen, Melancholia; im Erkenntnissleben als Irrdenken, Insania, Vecordia.

In der handelnden Richtung (§. 9. 11.) des psychischen Lebens entsteht die Vesania maniaca (Melancholia et Vecordia maniaca); in der empfangenden Richtung (§. 9. 12. 14.) als höchste Form die verborgene Verrücktheit (Vesania occculta, Melancholia et Vecordia occulta).

Zeigt sich die abnorme psychische Thätigkeit stetig in demselben Ausdruck, so dass beim Irrdenken stetig eine und dieselbe irrige Idee, beim Irrfühlen stetig ein und dasselbe abnorme Gefühl auftritt, so hat man den Zustand einseitig Monomania genannt, richtiger ist Monophrenesia, partielle Verrücktheit; bei Guislain Monopathie.

Dieser Zustand der Monophrenesie kömmt daher nicht blos bei der Manie, sondern sowohl beim Irrfühlen und Irrdenken, als auch in der empfangenden und in der handelnden Richtung vor.

Es entsteht hier die wichtige Frage: ob bei Monophrenesie ebenfalls rechtliche Unzurechnungsfähigkeit (§. 18.) für alle Handlungen eintritt, oder ob nicht für einzelne Handlungen rechtliche Zurechnungsfähigkeit und also auch Dispositionsfähigkeit vorhanden ist. Die Antwort kann nur folgende sein.

Im Allgemeinen tritt bei jeder Monophrenesie, sobald sie die Vernunft beherrscht, Unzurechnungsfähigkeit und Dispositionsunfähigkeit (unfreier Vernunftwille) ein, indem bei der Wechselwirkung aller

Hirnorgane mit einander jede örtliche Störung, wie sie bei der Monophrenesie angenommen werden muss, auf alle übrigen Hirnorgane einwirkt, also die harmonische Thätigkeit derselben stört (§. 37.). Dies Princip consequent durchgeführt, würde jedoch im Extrem dahin führen, dass auch bei jeder andern Krankheit des Körpers, wegen der Wechselwirkung desselben mit dem Gehirn (§. 22.), Unfreiheit des geistigen Lebens angenommen werden müsste.

Im concreten Falle ist daher zu untersuchen, ob die fixe Idee oder Gefühl in der Monophrenesie nicht dennoch ein richtiges Vernunfturtheil über einzelne Lebensverhältnisse bei den Kranken zulässt, ihm also ein relativ freies Vernunfturtheil und Dispositionsfähigkeit zugesprochen werden kann; daher in jedem besondern Falle diese Frage zu erörtern und zu entscheiden ist.

Ein anderes Verhältniss tritt bei der Zurechnungsfähigkeit des Gefühlslebens (moralische, disciplinarische Zurechnung §. 19.) ein, die auch bei Irrdenken und Irrfühlen stattfindet, so lange das Gefühl des Rechts und Unrechts, im Gewissen, nicht unterdrückt ist.

§. 39.

Zweite Hauptform. Allgemeine und besondere höhere psychische Krankheitsanlage (der lateinische und deutsche Name fehlt). Ist ihrem Wesen nach in der bisherigen Pathologie unbekannt, practisch mit Krankheitsprocess zusammengeworfen, zum grössten Nachtheil der Theorie und Praxis.

Sie erscheint in einer allgemeinen und in einer be- sonderen Form:

a) Allgemeine höhere psychische Krankheitsanlage. Incitabilitas aucta psychica s. cerebri.

Der Name bezeichnet aber nur die eine Erscheinung, ie der grösseren Reaction auf äussere Einflüsse, muss je- och einstweilen aushelfen. Der Zustand ist der noth- endige Gegensatz des psychischen Krankheitsprocesses §. 38). — Allgemeinste Erscheinung: Schwäche mit rosser Reizbarkeit.

Es entwickelt sich der allgemeine Pol des Lebens bermässig. Die Endtendenz alles Lebens: höhere Ent- ickelung der Realwerdung Gottes, als Streben zum Hö- eren, Allgemeinen (§. 1. k.), tritt in ihrer peripherisch- entralen Richtung (§. 1. i.) übermässig auf, mehr als ie nothwendige Schranke dieser Entwickelung auf der rde erlaubt, und zwar hier nach der Idee des gan- en Menschen. Die in dem Seelenleben des ganzen lenschen erscheinende Realwerdung des Göttlichen, das 'sychische, wird über die Norm ausgebildet. Es ent- teht damit grösserer Gegensatz gegen die Aussenwelt, nd grössere Reaction auf äussere reizende Einflüsse, aher als äussere Erscheinung (woher die deutsche Be- eichnung) grössere Reizbarkeit und grössere Möglich- eit der Entstehung des Krankheitsprocesses (hier in er psychischen Sphäre), während der besondere Pol es Lebens, daher auch die materielle Bildung zurücktritt, vermindert wird, also im Gegensatze der Afterproduction im Krankheitsprocesse (§. 38.) hier Abmagerung erscheint (Zehrkrankheit, Phthisis der Practiker). In Beziehung auf die den psychischen Thätigkeiten vorstehenden Hirnfasern und Bläschen muss also materielles Schwinden angenommen werden.

Räumliche und zeitliche Beschränkung des Lebens ist gemindert, daher neben der Abmagerung schnellere Oscillation des Lebens.

Dieser Zustand giebt also den empfänglicheren Boden, auf welchem der Krankheitsprocess leichter keimt und schneller vollkommen entwickelt wird.

Wegen der grösseren Möglichkeit der Entstehung des Krankheitsprocesses ist der Zustand gewöhnlich, früher oder später, mit Krankheitsprocess complicirt, der hier also secundär entsteht. (So im ganzen Körper bei den Phthisen mit Entzündung; im vegetativen Systeme bei den Profluvien mit Afterproduction; im Blutgefässsystem grössere Reizbarkeit mit Entzündung; in den motorischen und sensiblen Nerven als Complication mit Krampf und Algie in der Hypochondrie). —

Da hier im psychischen Leben die Vernunft nicht unterdrückt ist, so findet hier auch moralische Freiheit, und rechtliche wie disciplinarische Zurechnungsfähigkeit der Handlungen statt, die aber aufhören kann, sobald Complication mit Krankheitsprocess entsteht.

Dieser Zustand ist nicht typisch, hat keine bestimmte Zeitdauer, da er nicht als oscillatorischer Lebensprocess verläuft, nur übermässig auftretende Endtendenz alles Lebens ist. Tritt hingegen secundär Krankheitsprocess hinzu, so verläuft dieser typisch.

Allgemeine höhere psychische Krankheitsanlage kann örtlich entstehen, im Gefühlsleben, oder im Erkenntnissleben — und in deren noch unbekannten Hirnorganen; kann sich äussern in der empfangenden und in der handelnden Richtung.

Diese allgemeine höhere psychische Krankheitsanlage und deren Würdigung ist bei der Behandlung der hier häufig secundär entstehenden psychischen Krankheitsprocesse (Irrfühlen, Irrdenken, Manie) von der grössten Wichtigkeit, indem oft nicht diese secundären Krankheitsprocesse, sondern die Grundlage derselben, der primäre Zustand behandelt werden muss, wie bei Epilepsie durch grosse Nervenreizbarkeit, bei Febris intermittens, Hysterie. (Vergl. Zeller bei Guislain.)

b) Besondere höhere psychische Krankheitsanlage. Propensio major ad dementiam.

Sie ist Annäherung zum Krankheitsprocess. Wie in diesem wird der besondere Pol, das besondere Leben, die Idee (Seele) des einzelnen Organs (§. 4.) abnorm entwickelt, jedoch im niederen Grade als im Krankheitsprocess, nicht als besonderer, oscillatorischer Lebensprocess, und nicht typisch in bestimmten Zeiträumen verlaufend. Der Zustand ist ebenfalls abnorme Entwickelung der Realwerdung Gottes (übermässige Lebensbildung), aber nach der Idee des einzelnen Organes. Die in dem einzelnen Organe und dessen Idee erscheinende Realwerdung des Göttlichen (§. 1. 5.) wird über die normale Schranke ausgebildet, aber nicht bis zur Höhe des Krankheitsprocesses (§. 38.). Hinsichtlich der organischen Metamorphose und der chemischen Mischung gilt aber dasselbe wie beim Krankheitsprocess.

Es entsteht nun gleichfalls grössere Möglichkeit des Krankheitsprocesses, in welchen dieser Zustand bei höherer Entwickelung übergeht. — Allgemeinste Erscheinung ist: abnorm erhöhte Thätigkeit und Bildung. Moralische Freiheit und Zurechnungsfähigkeit ist vorhanden, so lange der Zustand nicht in Krankheitsprocess übergeht.

Im vegetativen Systeme des ganzen Körpers erscheint die besondere höhere Krankheitsanlage als Fettsucht des Fettgewebes, als Physconie der Drüsen, der Leber. Im Blutgefässsystem als Plethora und Congestion; im sensitiven Systeme des übrigen Körpers als übermässige Ausbildung einzelner Organe (Auge, Ohr, Bewegungs-, Empfindungsnerven). — In der höheren Sphäre des sensitiven Systems, im psychischen Leben, unter den bisher pathologisch unerkannten Formen der übermässig entwickelten Erkenntniss- oder Gefühlsthätigkeit.

Die höchste Stufe bilden die Leidenschaften und Affecte. Gehen sie mit fernerer Ausbildung und die Freiheit der Vernunft beherrschend in Krankheitsprocess über, so hört die moralische Freiheit und Zurechnungsfähigkeit auf. (Ira furor brevis est.)

War die allgemeine höhere psychische Krankheitsanlage (§. 39. a.) dem empfänglicheren Boden für psychische Krankheitsprocesse zu vergleichen, so sind die Affecte und Leidenschaften schon der erste Keim derselben, der, wenn er in diesen Boden fällt und durch äussere Einflüsse begünstigt wird, schnell emporwächst und in vollkommenen psychischen Krankheitsprocess übergeht.

§. 40.

Dritte Hauptform. Psychischer Tod. Allgemeinstes Symptom ist: Aufhören des psychichen Lebens mit aufgehobener psychischer Reizbarkeit.

Höchste und allgemeinste Form ist Blödsinn. Amentia. Ἄνοια. Ἀφροσύνη.

Das psychische Leben ist abgestorben, während vegetatives, animales und sensitives Leben, und bei örtlichem psychischem Tode, die übrigen psychischen Functionen noch vorhanden, jedoch consensuell gemindert sind. —

Das Göttliche der menschlichen Seele ist im Blödsinne nicht, wie im Krankheitsprocesse, durch einen niederen Lebensprocess unterdrückt oder getrübt, auch nicht abnorm entwickelt, wie in der allgemeinen und besonderen höheren psychischen Krankheitsanlage, sondern abgestorben, und der Mensch lebt nur noch thierisch und pflanzlich (örtlicher Tod in dem vegetativen Leben = Verwesung; im animalischen Leben = Brand; im sensitiven Systeme = Lähmung).

Krankheitsprocesse, der Sinnesnerven oder der Ursprünge derselben; sie gehören also, für sich betrachtet, nicht zu den psychischen Krankheiten, können daher auch ohne dieselben idiopathisch bestehen; sie können aber consensuell und secundär, insofern durch dieselben abnorme Gefühle oder Ideen erregt werden, welche das freie Vernunftbewusstsein und Urtheil stören, Irrfühlen und Irrdenken erzeugen.

Im Gegentheil entstehen sie auch symptomatisch, consensuell, als Symptome, sowohl beim Irrfühlen als Irrdenken. Jedes abnorme Phantasiebild ist schon Hallucination des Gefühls = Gefühlstäuschung. Gefühl der Verwandlung einzelner Körpertheile oder des ganzen Körpers ist als Hallucination des Gemeingefühls zu betrachten (s. Melancholia §. 52.)

Jedes Traumbild ist eine Sinnestäuschung im Nachtleben, indem ein oft körperliches Gefühl sich im Gefühlsleben des Gehirns reflectirt (z. B. erhöhte Geschlechtsthätigkeit wollüstiges Gefühl erregt) und das Traumbild erzeugt, welches die schlafende Vernunft nicht als solches zu erkennen vermag. Es entsteht hier also secundär Irrfühlen des Traumes, welches in's wachende Leben übertragen Melancholie giebt (s. unten Hallucinationes §. 100.).

§. 42.

Veränderung der Form und der Mischung in den Hirnorganen bei den Geisteskrankheiten.

Da Thätigkeit und Sein, zeitlicher und räumlicher Ausdruck des Lebens stetig zugleich vorhanden sind (§. 2. 33.), so erscheinen die Abweichungen des gesunden psychischen Lebens bei allen Geisteskrankheiten sowohl im zeitlichen als räumlichen Ausdruck des Lebens, in der abnormen Thätigkeit und in der abnormen Bildung, und letztere giebt dann die Form- und Mischungsveränderungen, die, wie bei jedem Krankheitszustande, so auch hier vorhanden sein müssen. Wie aber die Anatomie und Chemie noch nicht die verschiedenen, den verschiedenen Hirnthätigkeiten vorstehenden Organe und ihre verschiedene chemische Mischung hat nachweisen können, so noch weniger die bei den psychischen Krankheiten nothwendig entstehenden pathologischen Veränderungen des Lebens im Raume, nämlich die gleichzeitigen organischen Metamorphosen, und nur einzelne Andeutungen der gröberen Erscheinungen sind gegeben, z. B. des Schwindens der Hirnsubstanz bei angeborenem Blödsinn. Ihre Nachweisung ist Gegenstand der pathologischen Anatomie (s. unten 4. Cap.) und sie zeigen sich nicht blos morphologisch in der abnormen Bildung einzelner Hirntheile (psychischen Organe), sondern es muss angenommen werden, dass diese Veränderungen sich auch auf die Bildung der Elementarorgane dieser Hirntheile, der Hirnbläschen und Hirnfasern, und auf die chemischen Elemente derselben erstrecken. — Man darf jedoch annehmen, dass bei der zarten Organisation der inneren Hirntheile diese bei psychischen Krankheiten nothwendigen Formveränderungen nur microscopisch nachgewiesen werden können, und die abnorme Zusammensetzung ihrer chemischen Elemente kaum durch unsere bisherige Microchemie entdeckbar sein möchte. Die bisherige Microscopie und Microchemie ist daher noch nicht im Stande gewesen, über diese mit der abnormen psychischen Thätigkeit nothwendig zugleich vorhandene abnorme Bildung und Mischung weiteren Aufschluss zu geben. Dass aber dieselbe nicht Ursache der psychichen Krankheit sei, wie man wohl nach mechanischer und chemischer, das organische und psychische Leben verkennender Pathologie hat annehmen wollen, ergiebt sich aus dem Früheren, und aus dem Begriff des über dem mechanischen und chemischen Leben stehenden organischen und psychischen Lebens und dessen Lebensäusserung = Lebenskräften (§. 5.).

Die Forderung der Psychiatrik an die Microscopie und Microchemie und ein Desiderat in der Psychiatrik ist daher: die mechanischen und chemischen Veränderungen der Hirnbläschen und Hirnfasern bei den verschiedenen Hauptformen der psychischen Krankheiten und ihren Parallelismus mit denselben nachzuweisen.

Dass durch die Duplicität der Hirnorgane und durch die vicariirende Thätigkeit der beiden Hirnhälften (§. 28.) die wesentlichen Symptome der psychischen Krankheiten bei Affection einer Hirnhälfte modificirt werden, und dann nothwendig undeutlicher erscheinen, muss angenommen werden. Wenn aber von einigen neueren Beobachtern (bei Leubuscher, Path. u. Ther. der Geisteskrankheiten 1854. S. 28.) behauptet werden will, dass bei völliger Zerstörung der Hirnorgane einer Seite das psychische Leben geringe oder gar keine Störungen erlitten habe, so muss die Richtigkeit der Beobachtung in Zweifel gezogen werden.

Zweiter Artikel.

Eintheilung und Systematik der psychischen Krankheiten.

§. 43.

Da die Krankheiten nicht nach der sogenannten naturhistorischen Schule für sich bestehende Lebensformen, sondern nur Abweichungen gegebener Lebensformen sind (§. 37.), und auch nicht, wie bei den Homoiopathen, ein blosser, empirischer Symptomcomplex den organischen Begriff der verschiedenen Krankheiten geben kann, so ist, wie bei den Krankheiten des Menschen überhaupt (vgl. allgem. Pathologie), die anatomisch-physiologische, hier also die anatomisch-psychologische Eintheilung der Hirnorgane und des psychischen Lebens das Eintheilungsprincip der psychischen Krankheiten.

Hiernach ordnen sich die Hauptformen der psychischen Krankheiten in folgende Gruppen und Unterabtheilungen; welche letztere aber oft nur graduell oder symptomatisch verschieden sind, daher in einander übergehen *).

---

*) Wohin eine nicht auf allgemeine Pathologie und Therapie gegründete, sondern blos symptomatische Pathologie und Therapie der

I. Hauptform. Psychischer Krankheitsproess. Verrücktheit, Dementia, Insania. Krankeitsprocess der Seele.

1) Irrfühlen. Melancholia, Krankheitsprocess es Gemüths, Gemüthskrankheit. Abnorm gesteigerte iedere Gefühle, die die Erkenntniss unterdrücken der beherrschen und die Freiheit der Vernunft aufheben.

---

sychischen Krankheiten, und eine blos empirische, nach den Hauptmptomen zusammengestellte, nicht auf Physiologie und Psychologie ch stützende Systematik der psychischen Krankheiten führt, zeigt s Beispiel Guislain's Werk (Abhandlung über die Phrenopathien, ich dessen Leçons orales etc.), welches in dieser Beziehung ein indes Aggregat der in seiner grossen Anstalt zu Gent gemachten actischen Erfahrungen, aber wissenschaftlich ohne bedeutenden 'erth ist. Es ist ein Kaleidoscop brillanter Erscheinungen, dessen nalyse aber willkürlich zusammengestellte, gefärbte, todte Glasstücke ebt. —

Guislain (Leçons I, 94) führt 6 Elementarformen (formes élémentaires) der Geisteskrankheiten auf:

1. Mélancolie, Phrénalgie: exaltation des sentiments de tristesse.
2. Extase, Phrénoplexie: suspension des actes intellectuels avec roideur générale.
3. Manie, Hyperphrénie: exaltation passionnée du moral.
4. Folie, Paraphrénie: anomalies de la volonté impulsive.
5. Délire, Idéophrénie: anomalies dans les idées.
6. Démence, Aphrénie: déchéance, oblitération des actes moraux et intellectuels.

Die Verbindungen derselben unter einander geben dann die fores composées, binaires . . . quaternaires etc. und Heinroth's polyrénopathies, polymélancolies, manies, délires etc., deren Anzahl uislain auf 100 schätzt.

Andere Eintheilungen der Geisteskrankheiten geben Heinroth, riesinger u. s. w.

a) In der empfangenden Richtung: Melancholia tranquilla: abnorm gesteigerte Gefühle, die den Kranken blos innerlich beschäftigen.

Verschiedene Grade sind:

Melancholia occulta; Melancholia attonita.

b) In der handelnden Richtung: Melancholia maniaca. Abnorme Handlung, durch abnorme Gefühle erzeugt.

Verschiedene Grade sind:

Mania sine delirio; Mania sylvestris; Mania ferox.

Die besonderen Formen der Melancholie werden (da die den verschiedenen Gefühlen zu Grunde liegenden Hirnorgane unbekannt sind, empirisch) nach dem Grade der Krankheit und der verschiedenen Form der abnormen Gefühle bezeichnet, — als Melancholia hypochondriaca, Metamorphosis, libidinosa, Satyriasis et Nymphomania, Daemonomania, Melancholia religiosa, superba, thanatophobica, zelotypica, nostalgica, suicida, homicida, pyromaniaca, Kleptosyne etc. (Hallucinationes im speciellen Theil §. 100).

Sitz der Melancholie:

Mittleres oder kleines Gehirn?

2) Irrdenken. Vecordia, Vesania. Krankheitsprocess der Intelligenz (Verstandeskrankheiten?). Abnorme, daher irrige Ideen, die die Gefühlsthätigkeit und auch die freie Vernunft unterdrücken oder beherrschen, und also die Freiheit der Vernunft und die

Harmonie des intelligenten und des Gefühlslebens aufheben.

a) In der empfangenden Richtung: Vecordia tranquilla.

b) In der handelnden Richtung: Vecordia maniaca, Mania ex vecordia. Abnorme Handlung durch abnorme Ideen erzeugt.

Die besonderen Formen können auch hier nach Verschiedenheit der abnormen Ideen bestimmt werden, was jedoch noch nicht versucht ist, z. B. Vecordia mathematica, philosophica. Ebenso die verschiedenen Grade.

Rechtliche Zurechnungs- und Dispositionsfähigkeit mangelt im Allgemeinen bei der Verrücktheit. Die disciplinarische kann noch vorhanden sein.

II. Hauptform. Allgemeine und besondere höhere psychische Krankheitsanlage. (Bisher in der psychischen Pathologie nicht aufgeführt.) Kann sowohl in der Gefühlsseite, als in der Erkenntnissseite statt finden.

a) Allgemeine höhere Krankheitsanlage. Incitabilitas aucta psychica. Sie erscheint in der Gefühlsseite als grössere Reizbarkeit und Empfindlichkeit derselben und grössere Anlage zur Melancholie; in der Erkenntnissseite als in grösserer Reizbarkeit derselben begründete grössere Anlage zum Irrdenken.

b) Die besondere höhere psychische Krankheitsanlage, Propensio major ad Dementiam, giebt in der höchsten Ausbildung die Affecte und Leidenschaften.

Rechtliche Zurechnungs- und Dispositionsfähigkeit ist bei beiden vorhanden, so lange nicht psychische Krankheitsprocesse entstehen.

III. Hauptform. Psychischer Tod. Blödsinn. Amentia. Oertliches sensitives Absterben einzelner oder aller psychischen Organe und Functionen.

Die rechtliche Zurechnungs- und Dispositionsfähigkeit ist bei der vollkommenen und allgemeinen Form aufgehoben, bei der örtlichen vorhanden, so lange die Vernunft nicht gestört ist. Eben so die disciplinarische, so lange das Gefühlsleben nicht abgestorben ist.

Man kann unterscheiden:

a) Nach dem Grade des Absterbens: Imbecillitas animi, mentis, Schwäche des Gefühls, der Erkenntniss, des Willens, des Gedächtnisses. — Amentia, die vollkommene Form.

b) Nach den psychischen Hauptvermögen:

Oertlicher Tod der Gefühlsseite: Gefühllosigkeit, Anaesthesia psychica; der Erkenntnissseite: Dummheit, Stupiditas.

Bei beiden entweder blos in der handelnden Richtung: Athymia und Abulia psychica, oder in der empfangenden: Apathia psychica (Analgesia psychica).

Ist allgemeiner Tod aller Hirnorgane vorhanden: Amentia, Fatuitas; wenn der Zustand endemisch angeboren: Cretinismus.

Ist der Zustand des geistigen Absterbens mit Irrfühlen oder Irrdenken complicirt, so entsteht Narrheit, Moria. Anacoluthia. Alogia.

Nebenformen sind: Schwäche oder Absterben des Gedächtnisses: Amnesia, oft nur örtlich, des Zahlen-, Worts-, Orts-, Personengedächtnisses.

Dritter Artikel.

Unterscheidung zwischen Verrücktheit (Dementia) und Sünde (Peccatum); zwischen Irrdenken (Vecordia) oder Irrfühlen (Melancholia) und Irrthum oder Irrwahn (Error); zwischen psychischem Krankheitsprocess (Dementia) und besonderer höherer Krankheitsanlage zu demselben; in gerichtsärztlicher Beziehung.

---

§. 44.

Vorbezeichnete Zustände werden bei Beurtheilung der Zurechnungsfähigkeit der aus denselben entspringenden schädlichen Handlung häufig mit einander verwechselt, daher eine nähere Begründung des Unterschiedes nöthig ist.

Bei der Handlung aus Verrücktheit, und beim vorsätzlichen Unrechtthun, Sünde, ist das Product der abnormen psychischen Thätigkeit gleich, nämlich abnorme, niedere Handlung (§. 38.), ein Offenbar- und Realwerden des Innern im Aeussern.

Die Sünde setzt daher in rechtlicher Beziehung eine aus freier Vernunftwahl hervorgehende schädliche, die öffentliche Sicherheit gefährdende Handlung voraus, und so lange die bei der Sünde vorhandene abnorme psychische Thätigkeit nicht handelnd wird, ist sie rechtlich nicht strafbar. Jede andere Bestimmung im Criminalrecht, die auch den bösen Gedanken und unausgeführten Willen strafen will, ist unrichtig. (Glaubens- und Wissensfreiheit.) Vgl. §. 18.

Dagegen ist in Beziehung auf's innere Urtheil des Gewissens (§. 12.) und der Erkenntniss (§. 14.) auch die nicht in Handlung übergehende niedere Thätigkeit der freien Vernunft schon sündig, und wird durch Reue und Busse gesühnt, wie im öffentlichen Leben die Handlung durch Strafe.

Verrückte und sündige Handlung, im Producte gleich, unterscheiden sich aber dadurch, dass bei der ersten durch psychische Krankheit die moralische Freiheit und Vernunftwahl (§. 15.) der Handlung aufgehoben, bei letzterer aber vorhanden ist. (Wie abnorme Thätigkeit eines Muskels bald willkürlich (bei Gesunden) bald unwillkürlich (durch Krankheit) erzeugt werden kann.)

Bei dem Unrechtthun, der Sünde, gelangt die die Handlung bestimmende abnorme psychische Thätigkeit zum Selbstbewusstsein der Vernunft, wird von derselben als solche erkannt, und mit freier Selbstbestimmung gewählt; es geschehen also mit dem Bewusstsein des Unrechts und mit freier Wahl der Handlung durch die Vernunft (Freiheit des Vernunftwillens (§. 15.) abnorme, niedere Handlungen, mithin ist die moralische Freiheit in Beurtheilung und Wahl des Richtigen und Unrichtigen nicht aufgehoben, und die niederen Handlungen werden daher der moralischen Freiheit rechtlich zugerechnet, es tritt **rechtliche Zurechnung** und Strafwürdigkeit ein. (§. 18.)

Beim Kinde, ehe die Vernunft vollkommen entwickelt ist (der Mensch mündig geworden), beim Blödsinn und beim kindisch gewordenen Greise, wo sie abgestorben, ebenso im Fieberdelirium, im Somnambulismus, und bei allen psychischen Krankheitsprocessen, wo die Vernunft von einem fremden Einflusse beherrscht wird, ist daher auch keine Sünde mit ihren rechtlichen Folgen möglich.

Die gerichtsärztliche Untersuchung, ob ein Uebelthäter im Augenblicke der That seines Vernunfturtheils mächtig, moralisch frei, und also zurechnungsfähig war, oder nicht, und die Bestimmung der Grenze, wo die Freiheit der Vernunft aufhört und die Unfreiheit beginnt, ist im concreten Falle oft sehr schwierig, besonders da die psychische Krankheit oft mit Lucidis intervallis oder als Monophrenesie plötzlich und kurz anhaltend auftritt (§. 38.), und da vom rechtlichen Standpunkte aus Freiheit des Vernunftwillens zum Begriff der Sünde gefordert wird, die aber auch beim einseitigen Gefühlsmenschen nicht vollkommen vorhanden ist (§. 20.).

Irrig ist die nach zwei Extremen abweichende Ansicht, welche entweder bei jeder Uebelthat Freiheit der Vernunft und sündiges Wollen annimmt, also hypercriminalistisch keine psychische Krankheit kennt (Heinroth), oder gegentheils hyperphilanthropisch jede sündige That als unfreie, nicht durch freie Wahl der Vernunft bestimmte Handlung ansieht. — Die erste Anicht bringt jeden psychischen Kranken in die Strafantalt, die letzte jeden Verbrecher in die Irrenanstalt.

§. 45.

Eben so wichtig als oft schwierig ist die Unterscheidung zwischen Verrücktheit (als Irrdenken, 'ecordia, und Irrfühlen, Melancholia) und blosem Irrthum des Denkens (Error), oder Irrwahn es Gefühls, letzteres z. B. im Aberglauben (Supertitio). Beide sind sich gleich im Vorhandensein irriger Ideen oder Gefühle. Bei dem blos Irrenden nd Irrwähnenden ist aber die Freiheit der Selbstrkenntniss und des Selbstbewusstseins der Vernunft icht völlig aufgehoben, also die irrige Idee oder das irige Gefühl kann noch beherrscht und von der Verunft noch berichtigt werden, wenn gleich während es Irrthums oder Irrwahns die irrige Idee oder das rrige Gefühl nicht von der Vernunft berichtigt wird; agegen bei der Verrücktheit (als Irrdenken und Irrfühlen) nd während der Dauer derselben die Fähigkeit, diesen rrthum durch die Vernunft zu beherrschen und zu beichtigen fehlt. Beide unterscheiden sich also nur durch ie geringere oder grössere Intensität der abnormen Seeenthätigkeit.

Hieraus folgt, dass der blos Irrende oder Irrwähnende ntweder späterhin seinen Irrthum oder Irrwahn erennt, sei es durch eigene Vernunft- oder Gefühlsthätigeit, oder vermittelst des Einflusses einer fremden, durch Belehrung; oder dass er, wenn er sich während der

Dauer des Irrthums von seiner irrigen Idee oder Gefühl auch nicht zurückbringen lässt, doch für Belehrung über seinen Irrthum empfänglich ist, und die Möglichkeit des Irrthums oder Irrwahns zugiebt; dagegen der Verrückte hinsichtlich seiner irrigen Idee oder seines irrigen Gefühls für Belehrung keine Empfänglichkeit hat, die Möglichkeit des Irrthums nicht zugiebt, und dadurch seine Unfähigkeit, den Irrthum seiner Idee oder seines Gefühls zu berichtigen und zu beherrschen beurkundet.

Irrthum der Erkenntniss und Irrwahn des Gefühls verhalten sich also auch zu Irrdenken und zur Melancholie, wie besondere höhere Krankheitsanlage (§. 39.) zum Krankheitsprocess, und Irrthum und Irrwahn gehen in Irrdenken oder Melancholie über, wenn sie zur fixen, alle Geistesthätigkeit beherrschenden Idee oder Gefühl werden.

Das Urtheil, ob bei strafbaren Handlungen aus Irrthum der Intelligenz noch rechtliche Zurechnungsfähigkeit vorhanden ist, oder nicht, hängt von dem Grade der Unterdrückung der Vernunftthätigkeit ab. (Vgl. §. 18.)

Die Bestimmung, was wahr und was irrig, was Wahrheit und was Irrthum (§. 14.), und in der Sphäre des Gefühlslebens was Recht und Unrecht (§. 12.) ist, wird jedoch im concreten Fall oft schwierig. Sie hängt oft ab von der Volksansicht des practischen Lebens und von der Höhe der psychischen Ausbildung des Volkes, oder wird auch oft durch Staatsverhältnisse und Gesetze gegeben. (Der Anthropophag z. B. hält, gleich einzelnen Thieren, das Verzehren seines Gleichen für Recht und Sitte, bis richtigere Erkenntniss, beim Thiere die Strafe, das den göttlichen Gesetzen Widerstreitende, Vernunftwidrige, das Unwahre und das Unrecht desselben einsehen, beim Thiere fühlen lehrt. Der Wilde stiehlt, gleich dem unerzogenen Hunde, bis die Cultur und die Strafe das 7. Gebot erzeugt.) Daher, was früher als Irrthum erschien, oft erst späterhin Wahrheit wird (Copernikanisches System); im politischen Volksleben oft nur der Erfolg entscheidet, der Stärkere, der Recht behält, auch Recht hat; umgekehrt aber, früher angenommene Wahrheit sich bei richtigerer Erkenntniss in Unwahrheit, und Recht in Unrecht verwandelt.

§. 46.

Gleiche Schwierigkeit bietet die Unterscheidung zwischen Verrücktheit (psychischem Krankheitsprocess, als Melancholie oder Irrdenken §. 38.) und zwischen besonderer höherer Krankheitsanlage zu derselben (§. 39. b.).

In diesem Zwischenzustande zwischen Gesundheit und psychischem Krankheitsprocess, der auch als Uebergangsstufe zum letzteren erscheint, ist eine einzelne Hirnthätigkeit über ihre normale Grenze ausgebildet. Es tritt ein bestimmtes psychisches Gefühl oder Idee, zwar noch von der Vernunft beherrscht, aber mit grösserer Stärke und anhaltender auf, als die Idee des gesunden psychischen Lebens (§. 37.) zulässt, welche Harmonie aller psychischen Thätigkeiten fordert.

Der Zustand findet sich in der Sphäre des Gefühlslebens bei den Asceten und Mystikern, bei den Pietisten und Abergläubigen, in der Sphäre des Erkenntnisslebens bei einseitigen Mathematikern und Philosophen, bei streitsüchtigen Rechtsquerulanten. Im Allgemeinen bei jedem Affecte und jeder Leidenschaft.

Bei dieser einseitigen, „überspannten" Thätigkeit des Gefühls oder der Erkenntnissseite entsteht grössere Möglichkeit des Alleinherrschens derselben, also des psychischen Krankheitsprocesses, in welchen der Zustand übergeht, wenn durch innere oder äussere Einflüsse die bisher noch von der Vernunft zu beherrschende Einseitigkeit des psychischen Lebens bis zur Unterdrückung oder Beherrschung der Vernunft gesteigert wird, und hierdurch die moralische Freiheit beherrscht und aufhebt.

Wie alle Leidenschaften und Affecte hierher gehören, so auch jeder hartnäckige Irrthum (§. 45.). — Die Zurechnungsfähigkeit der Handlung ist in allen diesen Fällen noch vorhanden, aber die Brücke ist kurz, die von hier zum psychischen Krankheitsprocess und zur moralischen Unfreiheit führt, und das Urtheil über vorhandene Vernunftfreiheit oder Verrücktheit oft sehr schwierig (ἡ δὲ κρίσις χαλεπή).

Allgemeine Indication s. §. 82. Allgemeine Therapie s. §. 83.

Elemente der Psychiatrik.

Specieller Theil.

Specielle Pathologie und Therapie der psychischen Krankheiten.

Ist die Vernunft das Höchste im Leben und Wirken
der Gottheit,
Sei auch im Denken und Thun stetiges Ziel die
Vernunft.

Specieller Theil.

Specielle Pathologie und Therapie der psychischen Krankheiten.

Erstes Kapitel.

Specielle Pathologie und Therapie der psychischen Krankheitsprocesse. Verrücktheit. Insania. Phrenesia.

Erster Artikel.

Diagnostik und Symptomatologie der Verrücktheit und ihrer verschiedenen Formen.

§. 47.

Das Wesen der Verrücktheit im Allgemeinen ist früher (§. 38.) angegeben, und sie zerfällt nach §. 43. in 2 Gruppen: Irrfühlen, Melancholia, und Irrdenken, Vecordia, deren jede sich in der handelnden Richtung, als Melancholia et Vecordia maniaca, und in der empfangenden Richtung als Melancholia et Vecordia tranquilla et occulta äussern kann.

Die allgemeine und wesentliche Erscheinung, Symptom, ist: erhöhte, einseitige, die Thätigkeit der übrigen Seelenorgane unterdrückende im höhern Grade beherrschende niedere Thätigkeit des Gefühls- oder des Erkenntnissvermögens, welchem eine niedere Bildung (Afterorganisation) und abnorme chemische Mischung des kranken Hirnorganes oder der Hirnelementarfasern und Bläschen parallel geht, deren Nachweisung aber nur in der chronischen Form zu erwarten ist (§ 42.).

Werden durch das consensuelle Erkranken der übrigen Seelenthätigkeiten dieselben nicht blos unterdrückt, sondern beherrscht und in abnorme Thätigkeit versetzt, so entsteht bei der Melancholie consensuelles oder secundäres Irrdenken, bei dem Irrdenken consensuelles oder secundäres Irrfühlen, in welchen bei dem ersten die denkende psychische Thätigkeit nur dem abnormen Gefühle gehorcht, und demselben gemäss ihre Sinnesempfindung, Gedanken, Begriffe und Schlüsse ausübt, und bei dem letzten die fühlende psychische Thätigkeit ihre Instinctgefühle, Anschauungen und Phantasiebilder der abnormen Idee gemäss bildet. (Auf gleiche Weise, wie consensuell und secundär bei Entzündung Krampf entsteht, bei Krampf Algie sich bildet.) Dies consensuelle Erkanken ist daher nicht wesentlich, nicht idiopathisch und nothwendig, sondern kann fehlen bei unvollkommener Ausbildung der Krankheit.

Das Verkennen dieses consensuellen Verhältnisses hat zu grossen Verirrungen geführt, in denen das primäre Erkranken übersehen, und nur das secundäre aufgefasst und bezeichnet wurde, z B. bei der Mania sine delirio (§. 59.).

Auch kann die Diagnose schwierig sein, wenn das primäre Leiden in der centripetalen Richtung, als Melancholia oder Vecordia occulta auftritt, und das secundäre deutlichere Symptome giebt.

Unwesentlich und consensuell sind ferner alle Erscheinungen, die durch den allgemeinen oder besonderen Consensus der Hirnorgane mit den übrigen Systemen und Organen des Körpers (§. 22. 24.), und als Störung der Function und Bildung derselben erscheinen, die daher, im höheren Grade der psychischen Krankheit vorhanden, bei den niederen Graden fehlen können, zwar die Diagnose unterstützen, sie aber nicht entscheiden.

Hierher gehören die Functionsstörungen aller übrigen Organe, besonders aber derjenigen, die mit dem kranken Hirnorgane in besonderer Wechselwirkung stehen (§. 24.), z. B. Störung der Verdauung, Assimilation und Ernährung, der Secretion, der Circulation, der Respiration, der Sinnesfunction, Empfindung und Bewegung u. s. w., hinsichtlich des allgemeinen Consensus. — Hinsichtlich des besonderen Consensus z. B. abnorme Geschlechtsthätigkeit bei Satyriasis, Herzaffection bei Melancholie.

Diese secundären consensuellen Affectionen einzelner Organe sind aber zu unterscheiden von den primären Affectionen derselben, die, wenn sie consensuell psychische Affectionen erzeugen, als ursächliche Momente derselben auftreten (§. 24. Beispiele daselbst).

Das Delirium bei Nervenfiebern, Hirn- und anderen Entzündungen, bei heftigen Krämpfen und Algieen, welches bald als abnormes Gefühls-, bald als abnormes intelligentes Leben, und sowohl in der handelnden als in der empfangenden Richtung (Delir. mite, furibundum) auftreten kann, ist beim Nervenfieber Symptom eines örtlich hervorstechenden, entzündlichen oder nervösen Hirnleidens des allgemeinen Krankheitsprocesses, und bei der Hirnentzündung u. s. w. nur consensuelle Affection einzelner Hirnorgane, nicht idiopathisches, selbstständiges Leiden derselben, und es verläuft, als symptomatisch, mit der ursprünglichen Krankheit. Ebenso bei Delirium, Visionen, Hallucinationen im Somnambulismus (s. §. 51.).

Will man indessen blos die idiopathischen in ursprünglicher abnormer psychischer Thätigkeit begründeten Formen der Krankheit Verrücktheit nennen, und alle consensuellen bei anderen Krankheiten entstandenen Formen ausschliessen, z. B. Verrücktheit bei örtlicher Entzündung einzelner Hirnorgane, bei Tubercula cerebri, bei Myelitis, Herzfehlern u. s. w., so wird es schwer zu bestimmen sein, wie man die Krankheit benennen soll: ob Verrücktheit durch Entzündung u. s. w. entstanden, oder Hirnentzündung mit consensueller Verrücktheit. Die Dauer der Krankheit kann hier auch nicht entscheiden, indem diese zufällig ist. Es entscheidet dann practisch nur das Vorwalten der Symptome und die Kenntniss der Entstehung der Krankheit, so dass in dem Falle, wo die Verrücktheit vorwaltet und die Entstehung unbekannt ist, die Krankheit psychische Krankheit genannt wird, deren ursächliche Momente als Entzündung u. s. w., noch zu suchen sind; in dem Falle aber, wo die Symptome der Entzündung deutlich auftreten und diese bekannt ist, die Krankheit Entzündung heisst, als deren Symptom das Delirium oder die Verrücktheit erscheint. Nimmt man indessen in der Bezeichnung der Krankheit blos auf das Symptom und nicht auf das Wesen derselben Rücksicht, so ist die Bezeichnung oft nur ein Testimonium der Unkenntniss des wesentlichen Zustandes. (Vergl. §. 74.)

§. 48.

Da die gesteigerte Thätigkeit eines Organes die des anderen beschränkt, hier abnormes Auftreten einer einzelnen psychischen Thätigkeit die andere unterdrückt oder unterjocht, so ist Complication des Irrdenkens und Irrfühlens, als neben einander und für sich unabhängig bestehender idiopathischer Krankheitsprocesse, wie von einigen (Heinroth, Griesinger, Guislain u. s. w.), angenommen wird, nicht denkbar. Wohl aber kann bei allgemeiner höherer psychischer Krankheitsanlage sich psychischer Krankheitsprocess mit derselben compliciren (wie Lungenentzündung mit Phthisis pulmonum,

Krämpfe nach Verblutung, Saamenverlust), was sehr häufig geschieht, und in der Cur nur Beseitigung der ersteren, als der Grundlage fordert (wie bei grosser Nervenreizbarkeit mit complicirten Algieen und Krämpfen); ebenso entsteht häufig gewöhnlich durch Antagonismus (§. 23.) Complication örtlichen oder allgemeinen psychischen Todes mit psychischen Krankheitsprocessen (in der Moria und bei Fatuitas), wie Epilepsie bei Lähmung einzelner Hirntheile.

In den meisten Fällen ist nur ein bestimmtes Gefühl oder Idee abnorm, Monophrenesie (§. 38.), und es fragt sich, ob die Fälle, in denen Gefühl und Intelligenz in jeder Beziehung abnorm, alle Gefühle und Ideen falsch und irrig sind, nicht zur Moria (§. 43.) gehören, oder consensuelle Affectionen anderer Krankheiten (Entzündungen, Krämpfe u. s. w.) sind.

§. 49.

Zuweilen, bei heftiger Einwirkung der ursächlichen Momente, entsteht die Verrücktheit plötzlich, und dauert oft nur so kurze Zeit, dass sie leicht verkannt wird, z. B. Melancholia maniaca im Zorn, nach Schrecken, Kummer, bei der Melancholia maniaca homicida, pyromaniaca, die dann mit absichtlichem Mord oder Brandstiftung verwechselt werden kann. In anderen Fällen entsteht die Verrücktheit allmählig, wenn die ursächlichen Momente allmählig und längere Zeit einwirken und allgemeine oder besondere höhere psychische Krankheitsanlage die Entwicklung der psychischen Krankheit erleichert. In diesem Falle gehen oft dem Ausbruche der ollkommenen Verrücktheit sogenannte Vorboten, Proromi, vorher, die aber, wie beim Nervenfieber, bei der ntzündung u. s. w., nicht für sich bestehende krankhafte ustände sind, sondern in den allmählich mit der Entvicklung der Krankheit sich bildenden Erscheinungen er gestörten Function in den idiopathisch oder consenuell leidenden Organen bestehen, während die psychiche Harmonie noch nicht ganz aufgehoben, das kranke sychische Leben noch nicht alleinherrschend geworden, as Selbstbewusstsein der Vernunft noch nicht völlig ufgehoben ist; daher oft der Kranke seinen Zustand och richtig beurtheilt.

Diese Vorboten können in den mannigfaltigsten rscheinungen bestehen, und tragen schon den Charakter er beginnenden psychischen Krankheit, daher sie dann eim Irrfühlen und Irrdenken verschieden sind. Wenn ie in anderen Fällen denen der sich bildenden Krankeit entgegensetzte Erscheinungen darbieten, so sind sie ft als Symptome der allgemeinen höheren psychischen rankheitsanlage zu betrachten, z. B. abnorme Fröhlicheit vor maniacalischer Melancholie.

Die Prodomi erscheinen bei der Melancholie voruglich als Störung besonders der Functionen des Geühlslebens. Missstimmung im Gemeingefühl, abnorme eigung und Abneigung, plötzlicher Wechsel von Fröhichkeit und Trauer; Trägheit und Unlust zu geistiger eschäftigung; Neigung zu ohne Grund entstehenden

Affecten und Leidenschaften, Zornmüthigkeit, Geistesverstimmung, Eitelkeit, Hochmuth u. s. w.; bei Melancholie im Allgemeinen Seelenschmerz; zuweilen häufiges Selbstgespräch; bei durch abnorme Ideen erzeugtem Irrdenken tritt oft übermässige Fröhlichkeit ein. Ausserdem im Allgemeinen oft abnorme Bewegungen, Lichtscheue, Gesichts- und Gehörsphantasmen; Abnormitäten der Verdauung, des Appetits, Heisshunger; träger Stuhlgang; Congestionen und Blutwallungen in einzelnen Organen; zuweilen Trunksucht, um der abnormen Gefühle Herr zu werden. Gefühl von Hitze und Brennen über dem ganzen Körper, Schlaflosigkeit oder unerquicklicher Schlaf; Kopfschmerz, Schwindel, Herzklopfen; öfteres Seufzen und andere krampfige Erscheinungen der Respiration; zuweilen eigenthümlich riechender Schweiss und Harn. Eigenthümlich veränderter Ausdruck der Physiognomie und der ganzen Haltung des Körpers.

Indessen kann nur der Complex aller bei verschiedenen Kranken verschiedenen Erscheinungen, die einzeln auch bei anderen Krankheiten auftreten können, zuweilen auch nur Symptome der ursächlichen Momente sind, z. B. Menstrual-Hämorrhoidalfehler, schon jetzt die Diagnose der sich bildenden Krankheit geben. Da sie aber schon die psychische Krankheit, nur in unvollkommener Gestalt sind, so können sie auch Jahre lang bestehen, ohne in diese überzugehen, wie sie denn auch verschwinden können, ohne in Verrücktheit zu endigen. Entstehen diese Symptome bei einem Recidiv, so sind sie an dem der recidivirenden Krankheit eigenen Charakter leichter zu erkennen.

Diese Vorboten dauern oft längere Zeit, nehmen ab oder zu nach Verschiedenheit der äussern Einflüsse, bis endlich ein heftiger Affect oder Leidenschaft, oder eine andere äussere Schädlichkeit das schon einseitige oder abnorme psychische Leben zu stetig wiederkehrenden abnormen psychischen Lebensoscillationen, — Gefühl oder Idee — und mit Unterdrückung der Vernunft zur vollendeten Ausbildung der psychischen Krankheit steigert, womit dann moralische Freiheit, Vernunftbewusstsein und richtiges Selbstgefühl verloren gehen. Es giebt daher auch keine pathologische Grenze zwischen Vorläufern und der vollkommenen Krankheit.

Liegt grosse Schwäche und Reizbarkeit des Nervensystems, oder der Ganglien, oder des Gehirns als Complication (§. 48.) zu Grunde, so können auch schwächende Einflüsse, Blutverlust, Saamenverlust, Durchfall u. s. w. neben anderen die besondere Thätigkeit erregenden (reizenden) Einflüssen den vollkommenen Ausbruch befördern, also durch indirecte Wirkung.

Mit diesen sogenannten Vorboten der Verrücktheit selbst ist jedoch nicht zu verwechseln, wie häufig geschieht, der Zustand der allgemeinen höheren psychischen Krankheitsanlage (s. §. 39 und Kap. 2.) und deren Symptome der grösseren psychischen Reizbarkeit, welcher Zustand nicht selten längere oder kürzere Zeit vor dem Entstehen der Verrücktheit vorhanden ist, und obgleich für die Prophylaxis der Verrücktheit höchst wichtig, doch nicht genug gewürdigt wird (vgl. Guislain, Leçons, der practisch hierauf aufmerksam macht, den Zustand aber nicht wissenschaftlich erkennt und folgerecht erörtert).

§. 50.

Ausser den in kurzen Zeitmomenten verlaufenden einzelnen typischen Oscillationen der abnormen Hirnthätigkeit (§. 38.) giebt es in dem chronischen Verlaufe, der aus einer unendlichen Zahl solcher Oscillationen besteht, kein Zeitgesetz, keinen Typus (also keine bestimmte Dauer der Krankheit).

Die Paroxysmen und Lucida intervalla bei der Verrücktheit (§. 33.) erfolgen auch nicht in bestimmten Zeiträumen, — ausgenommen, wenn typische Lebensverhältnisse (Menstruation, Mondseinfluss) die ursächlichen Momente abgeben, — sondern die Paroxysmen entstehen nach Verhältniss der Einwirkung der die Krankheit steigernden Einflüsse.

In dem Verlaufe der chronischen Verrücktheit ist ebenfalls kein typisches, die physiologischen Hälften und Stadien des Krankheitsprocesses bildendes Gesetz vorhanden, sondern die Verrücktheit bildet sich höher aus bei Fortdauer der ursächlichen Momente, und geht in Genesung über, wenn durch die Heilmittel der abnorme Zustand beseitigt wird. Daher Verrücktheit oft nur momentan erscheint, in einem Paroxysmus beendigt ist, oft

10, 20, 30 Jahre ununterbrochen fortdauert und dennoch geheilt wird, also nicht in örtlichen psychischen Tod geendigt hatte.

§. 51.

Vom allgemeinen Somnambulismus, in welchem, wie beim Irrfühlen, ebenfalls das psychische Gefühlsleben abnorm gesteigert erscheint, unterscheidet sich Melancholie, dass bei jenem das Bauchgehirn Sitz der Krankheit ist, und das Kopfgehirn, dessen Thätigkeit ursprünglich unterdrückt ist (schläft), consensuell in Mitleidenheit gezogen, vom Bauchganglienleben beherrscht wird. (Vergl. Kieser, System des Tellurismus.)

Jedoch giebt es einen örtlichen sensitiven Somnambulismus gangliöser Hirnorane, der auch als Irrfühlen betrachtet werden mag; daher auch Somnambulismus in Verrücktheit übergehen kann; und ebenso giebt es Zustände der Melancholie, in denen der Kranke seine nächtlichen Traumbilder im Tagwachen für wahr hält.

Bei der Catalepsis, als simultanem, tonischem Krampf aller willkürlichen motorischen Nerven und deren Muskeln, ist das Gehirn primär unverletzt, daher völliges Bewusstsein vorhanden. Im höheren Grade kann consensuell dessen Thätigkeit, wie die des Blutgefässsystems unterdrückt werden, und der Zustand geht dann in Scheintod über.

(Unterschied des Deliriums im Nervenfieber, bei Entzündung, Epilepsie und anderen örtlichen Krämpfen, Algieen, von der Verrücktheit s. §. 47.)

Wie aus dem Zustande des vorherrschenden Gefühlslebens im vollkommenen Schlafe und im Somnambulismus keine Rückerinnerung (Wiederholung derselben psychischen Thätigkeit) im wachenden Leben vorhanden ist, so fehlt auch bei den ausgebildeteren Formen der Melancholie, besonders aus den Paroxysmen der Melancholia maniaca alle Rückerinnerung in den Lucidis intervallis. — Bei geringerer Ausbildung des Zustandes, wo das wachende Erkenntnissleben nicht ganz schlafend gewesen war, kann jedoch mehr oder weniger Rückerinnerung aus dem Anfalle vorhanden sein. Daher je heftiger der Paroxysmus, desto weniger Rückerinnerung. —

Rückerinnerung aus den Paroxysmen des Irrdenkens wird dagegen im Allgemeinen angenommen werden müssen.

I.

Irrfühlen, Melancholia. Schwermuth. Wahnsinn. Tiefsinn. Lypemania (Esquirol). Hypokinesis, Hyperaesthesia (Bergmann). Lyperophrenia (Guislain).

§. 52.

Allgemeine und wesentliche Symptome sind: Abnorme, niedere, daher drückende, schmerzende, psychische Gefühle, ohne ursprünglich abnorme Ideen, wie beim Irrdenken; also abnorme gesteigerte Thätigkeit der Gefühlsseite mit Unterdrückung und im höhern Grade Beherrschung der Erkenntnissseite, so dass diese jener dienen muss.

Das psychische Gefühlsleben erscheint als niederes Gefühl (§. 38.), daher, wie in der Algie die Thätigkeit des sensiblen Nerven als Schmerzgefühl auftritt, als Seelenschmerz, als Angstgefühl, Schwermuth, welcher den Kranken entweder im Innern beschäftigt (Melancholia tranquilla) oder sich in Handlung äussert (Melancholia maniaca).

Die Erkenntnissseite ist unterdrückt, daher der Kranke das Irrige seiner Gefühle nicht einsehen kann. — Im höheren Grade der Melancholie dient diese sogar dem abnormen Gefühle, und ist nur im Sinne derselben thätig; daher bei abnormen Handlungen diese oft von der scheinbar freien Vernunft geleitet werden.

Da jeder abnormen Thätigkeit abnorme Bildung parallel geht (§. 33), so ist letztere nothwendig auch hier vorhanden, wenn gleich gewöhnlich nicht nachweisbar.

Sie kann, als Afterproduction in den Hirnzellen und Fasern, nur in dem, dem Gefühlsvermögen vorstehenden Hirnorgane gesucht werden, also im mittleren oder kleinen Gehirn. Dasselbe gilt von der abnormen chemischen Mischung (§. 42.).

Wie jeder Krankheitsprocess, wenn er stetig zunimmt, endlich in Tod des kranken Organs übergeht, so endet die Melancholie, stetig zunehmend, endlich in psychischen Tod, Amentia, und zwar vorzugsweise in Absterben des Gefühlslebens (Anaesthesia, §. 40. 43.).

Characteristisch und in dem Wesen des Gefühlsvermögens begründet ist bei dem höheren Grade der Melancholie die bildliche Erscheinung, die Hypostasis, und der Anthropomorphismus der abnormen Gefühle. Wie es eine *Ποίησις*, eine in realen Gestalten des Marmors, der Farbe, des Tones, der Sprache real werdende Thätigkeit des unbewussten Gefühlslebens in der Kunst giebt, so giebt es auch eine Poesie des Irrfühlens, in welcher die abnormen Gefühle sich ebenfalls in objectiv erscheinenden Gestalten projiciren. Wie im Gefühlsleben des Schlafes die von der schlafenden Vernunft nicht ihrem Wesen nach erkannten Gefühle plastisch, als äussere, reale Gestalten in den Traumbildern erscheinen, so werden auch hier die subjectiv erzeugten Phantasiebilder für objectiv gegeben genommen (vergl. Kieser, Syst. d. Tellur. 2. Bd. §. 305.). Die Vernunfterkenntniss fehlt und das plastische Gefühlsvermögen herrscht allein, schliesst die Erkenntniss des Wesens der Traumbilder aus*).

*) Kieser, Klinische Beiträge 1. Band. S. 263: „Wie bei der intelligenten Anschauung, bei der wissenschaftlichen Erkenntniss das Product der Thätigkeit der Erkenntnissseite, diess Product des Denkens und Erkennens dem denkenden Subject als ein Aeusseres, als Object des denkenden Subjects erscheint (welcher Operation der Subjectobjectivirung sich aber der denkende Geist bewusst wird und sie erkennt, vermöge der Fähigkeit der Selbsterkenntniss); so erscheint der für sich und allein thätigen, daher einseitigen Gefühlsanschauung ebenfalls das Gefühlte, das Product ihrer eignen Thätigkeit, als ein Aeusseres, als ausser dem Fühlenden sich befindendes Object, aber ohne dass, wie bei der Operation des Denkens und Erkennens, das fühlende Subject sich selbst und das Product seiner Thätigkeit erkennen könnte, daher stetig das Gefühlte als ein Aeusseres, als Gefühls- oder Phantasiebild erscheint, und als solches erst erkannt wird, wenn die erkennende Thätigkeit zugleich vorhanden ist.“

Auf gleiche Weise entstand in der alten Welt durch Vorherrschen des Gefühlsvermögens die Personificirung der Naturgewalten in der Götterlehre der Alten; und nach gleichen Gesetzen bildet die Kunst symbolisch in der Raumgestaltung und allegorisch in der Zeithandlung ihre Gefühlsanschauung in plastischen Gestalten aus, und die religiöse Gefühlsanschauung schafft ihren persönlichen Gott.

Diese Hypostasirung der Gefühle (secundäre Hallucinationen §. 100), die in der bisherigen Psychologie nicht erklärt und in der Psychiaterie nicht hinlänglich gewürdigt worden ist, erscheint in der reinsten Form im gesteigerten Schlafe, in den Traumbildern und Visionen des Somnambulismus; daher auch nur die Theorie des Schlafes und des Somnambulismus hier die Erklärung geben kann.

Die Phantasiebilder der Melancholie sind stereotypirte, stets wiederkehrende Traumbilder.

Die Sinneshallucinationen der Melancholie entstehen durch die centro-peripherische Thätigkeit des Gefühlslebens, welche die Sinne afficirt, sich in ihnen darstellt. Alle Producte der abnormen Gefühlsthätigkeit in der Melancholie erscheinen dem Kranken als reale Gegenstände. Abnormitäten des Gemeingefühls im eigenen Körper werden für materielle Verwandlung gehalten (eingebildete Krankheiten), und ebenso erscheinen ihm, wenn die Poesie nach Aussen schaffend gerichtet ist, alle inneren Schmerzgefühle als von Aussen, durch äussere fremde körperliche Wesen erzeugt, die auf ihn einwirken oder seinen Leib in Besitz genommen haben (Besessene, Daemonomaniaci). Treibt das abnorme Gefühl den Kranken zu abnormen Handlungen (centro-peripherische Richtung §. 11), so handeln die den Kranken besitzenden, fremden Mächte (Dämonen) durch und in demselben. Ist das abnorm gesteigerte Gefühlsvermögen als magisches (magnetisches) Handeln thätig, so entstehen die Zauberer und Beschwörer. Erscheint das gesteigerte Gefühlsleben in der empfangenden (peripherisch-centralen) Richtung, §. 12., so tritt (was seltener ist) auch Fernfühlen in Zeit und Raum, Divination und Fernfühlen ein, welches ebenfalls durch Wahngestalten der Phantasie (Geister, Schutzgeister) vermittelt wird (krankhafter in Raum und Zeit fernfühlender Somnambulismus). Waltet die niedere Richtung im Gefühlsleben des Kranken vor, so ist er vom bösen Geiste (vom Teufel) besessen (Hexen); ist die höhere Richtung vorwaltend, so herrschen in ihm gute Geister (Heilige), die durch ihn handeln und Offenbarungen geben.

Im höheren Grade der Melancholie erweitert sich dann auch das Feld der krankhaften Poesie des Gefühlslebens. Die zur Gestaltung gewordenen Gefühle, die Phantasiebilder, erhalten ihre Geschichte, Lebenslauf; und wie es Romane der gesunden Poesie giebt, so Romane der Poesie des Melancholischen, z. B. der Geistliche aus Erfurt in Kieser's klinischen Beiträgen 1. Band. (S. auch Krankheitsgeschichte Nr. 17.)

Von den beiden Hauptformen der Verrücktheit, dem rrdenken und Irrfühlen, erscheint letzteres am häufigten, verhält sich zu ersterem vielleicht wie 10 zu 1, heils weil beim weiblichen Geschlechte, wo das Geühlsvermögen vorwaltet, fast nur Irrfühlen entsteht; heils weil auf der bisherigen Stufe der Entwicklung es Menschengeschlechtes noch die des Gefühlslebens orwaltend ist; theils weil Irrdenken häufig als Krankeit verkannt wird.

Verschiedene Species der Melancholie, als in dem eiden verschiedener Hirnorgane begründete Formen derelben giebt es nicht, ausgenommen, wenn die verschieenen Richtungen des Gefühlvermögens (§. 11. 12.) als on verschiedenen Hirnorganen ausgehend nachgewiesen vürden, wo dann die Melancholia maniaca von er Melancholia tranquilla sich als Species unterchiede. Alle anderen Verschiedenheiten entstehen nur ntweder durch den höheren oder niederen Grad der usbildung der Krankheit als graduelle Verschiedeneit, oder durch die verschiedene Form der abnormen efühle (deren Zahl unendlich ist, wie die der Traumilder des Schlafs), also als formelle Verschiedeneit.

Fehlerhaft ist daher die Eintheilung der Melanchoie, je nachdem sie mit oder ohne Manie, mit oder ohne rrdenken oder Blödsinn oder Lähmung eintritt (Heinoth, Guislain); die letzteren Formen gehören zur loria (§. 40. 122.).

§. 53.

Graduelle Verschiedenheit der Melancholie. Der niedere Grad grenzt an den hypochondrischen oder hysterischen Anfall, wenn er als abnormes Gefühl erscheint, und, was häufig der Fall, bei grosser Reizbarkeit des Ganglienlebens, als secundär entstehende abnorme niedere Thätigkeit des Ganglienlebens und consensuell des Gehirns auftritt. Melancholia hypochondriaca. Des Kranken Gefühl ist verstimmt, Seelenschmerz, ohne dass er eine Ursache anzugeben wüsste. Er leidet an ängstlichen Gefühlen, die ihn entweder innerlich beschäftigen oder zu abnormen Handlungen bestimmen.

Häufige Tadelsucht, Zanksucht, Misstrauen gegen alle Umgebungen, der Kranke findet Alles schlecht, verdorben — Pessimismus. Panphobia, wenn der Kranke sich überall fürchtet. Die Vernunft erkennt oft noch das Irrige des Gefühls, kann es aber nicht beherrschen, und der Gegensatz des irrigen Gefühls mit dem Vernunftbewusstsein erregt Zwiespalt im Inneren. Die Kranken haben hypostasirte Gefühle von Krankheiten, die nicht existiren, von äusseren drückenden Lebensverhältnissen, glauben sich verfolgt, verachtet, verarmt. Bilden sich consensuell Sinnestäuschungen, so sehen sie Wahngestalten, hören fremde Töne, Sprachen, oder entsteht die Melancholie consensuell durch Sinnestäuschungen, so erkennen sie zwar noch diese Sinnestäuschungen als solche, können ihrer aber nicht Herr werden, daher ie ihnen oft zu entfliehen suchen. Alles Denken, als Thätigkeit des Erkenntnissvermögens, wird von dem abormen Gefühle mehr oder weniger beherrscht, es beschäftigt ausschliesslich ihr Denkvermögen; fixe Idee älschlich genannt, richtiger fixes Gefühl.

Einflüsse, die eine andere Seelenthätigkeit erregen, virken oft antagonistisch, zerstreuend, daher geistige Beschäftigung, freudige Ereignisse, Leidenschaften und Affecte, aber nur momentan.

Die von Wigan (§. 28 Note) aufgeworfene Frage: b in solchen Fällen der Grund nicht in der Abnormität ur einer Hirnhälfte, während die andere noch gesund st, gesucht werden möchte, kann nur erst beantwortet verden, wenn das Verhältniss der Duplicität der Hirnrgane zum psychischen Leben mehr, als bisher geschehen, uch in der Psychiatrik berücksichtiget worden ist. Einstweilen erklären wir diesen Zwiespalt im Innern es Kranken aus dem Verhältniss des kranken Gefühlsermögens zu dem der Intelligenz.

Im höheren Grade der Melancholie beherrscht das bnorme Gefühl alle Seelenkräfte, daher auch die Verunft. Die Erkenntniss des abnormen Zustandes ist völlig ufgehoben, der Kranke hält seine Traumbilder für wahre Gestalten, und die Poesie des Gefühlslebens schafft eine Geschichte derselben, womit dann oft der Seelenschmerz ufhört (wie der Schmerz bei örtlicher Entzündung verchwindet, wenn Fieberdelirium eintritt). Im vollendeten Zustande dient sogar das Erkenntnissvermögen dem abnormen Gefühle; Sinneserkenntniss, logische Schlüsse u. s. w. werden von demselben beherrscht. Des Kranken Handlungen werden scheinbar von der Vernunft geleitet, mit Consequenz ausgeführt, aber immer im Sinne des kranken Gefühlslebens.

Da sich das ganze Leben im abnormen Gefühle concentrirt, so sind (wie das Erkenntnissvermögen) auch die übrigen animalischen und vegetativen Functionen unterdrückt, wenn nicht die Melancholie, in der handelnden Richtung auftretend, Blut- und Muskelsystem in erhöhte Thätigkeit versetzt; daher, wie häufig Störung der vegetativen Functionen, der Ernährung, Blutbereitung, Circulation, Respiration, Secretion entsteht, so auch der Sinnes-, Empfindungs- und Bewegungsnerven. Irrig hat man diese secundäre Erscheinung der Minderung der übrigen körperlichen Functionen für das Primäre gehalten, daher eine Depression auch des psychischen Lebens bei der Melancholie angenommen. (Vgl. §. 36.)

Daher häufig Mangel des Hungers und Durstes, Abmagerung, träge Stuhl- und Harnausleerung, trockene, kalte, blaue Haut, kohlenstoffigeres, venöseres Blut, langsamer, weicher Puls, erschwerte, geminderte Respiration, Unempfindlichkeit der Hautnerven gegen Kälte und Hitze, der Empfindungsnerven gegen Schmerz; im höheren Grade der Melancholia attonita völlige Unthätigkeit der vegetativen, der übrigen sensitiven und animalen Functionen, die man oft mit Lähmung verwechselt hat (s. Melancholia attonita §. 58). —

§. 54.

Formelle Verschiedenheit der Melancholie.

Sie entsteht nach individueller Verschiedenheit des Kranken durch die Verschiedenheit des abnormen Gefühls, daher bei jedem Kranken die Melancholie ihre besondere Form hat und die Zahl derselben unendlich ist. Da sie keine wesentliche Verschiedenheit giebt, so hat sie auf die nach dem Wesen der Krankheit verschiedene Behandlung nur hinsichtlich der ätiologischen und individuellen psychischen Behandlung Einfluss.

Sie wird gebildet, gleich der verschiedenen Form der Traumbilder, entweder (bei der consensuellen Melancholie) durch zugleich vorhandenes körperliches Leiden, welches sympathisch das psychische Organ afficirt, daher häufig durch andere vegetative, animalische oder sensitive Krankheitsprocesse, durch Störung des Ganglienlebens vermittelt, oder (und zwar in den meisten Fällen der idiopathischen Melancholie) durch die besondere höhere psychische Krankheitsanlage in den vorhandenen Affecten und Leidenschaften (§. 39.). Im ersten Falle wechselt oft die Form der abnormen sich zu Traumbildern gestaltenden Gefühle, wie im consensuellen Delirium bei Entzündung, Nervenkrankheiten u. s. w.; im letzten Falle nimmt die Melancholie gewöhnlich die Form des früheren Affects oder der Leidenschaft an, ist nur Leidenschaft bis zur Unterdrückung der Vernunft gesteigert; daher der Geizige sich verarmt glaubt, oder von Millionen träumt, der Hochmüthige und Ehrgeizige sich für König und Kaiser hält, der Furchtsame den Tod fürchtet, der Verliebte geschlechtliche Traumbilder hat, der Mystiker in Melancholia religiosa verfällt.

Trat die Leidenschaft in ganz specieller Form auf, als Leidenschaft für Pferde, Hunde, Vögel, schöne Kleider, Waffen, Hausgeräth u. s. w., so giebt sie häufig der nachfolgenden Melancholie die Färbung und Form derselben.

Nicht selten erzeugt eine ursprüngliche Leidenschaft consensuell eine andere, oder complicirt sich mit einer anderen später entstandenen; so dass die mannigfaltigste individuelle Verschiedenheit gefunden wird, z. B. Eitelkeit mit Verliebtheit, Hochmuth mit Verschwendungssucht, oder auch mit Geiz u. s. w.

Die abnormen Gefühle reflectiren sich dann häufig in den Sinnesorganen und bilden (durch Reflexthätigkeit) die consensuellen Hallucinationen (§. 100.), welche hier vom Gehirn aus entstehen, symptomatisch. Bilden sie sich im Gemeingefühl des eignen Körpers aus, als Hallucinationen des Gemeingefühls (§. 100.), so erscheinen sie unter der Form der Verwandlung der eignen Persönlichkeit oder einzelner Theile des Körpers; im höchsten Grade projiciren sie sich ganz nach Aussen, erscheinen als hypostasirte äussere Gestalten, die Kranken sehen und hören Geister, Personen.

Oft beziehen sich die abnormen Gefühle auf äussere Lebensverhältnisse, der Geschlechtsbeziehung, des

Staats, der Kirche, des Privatvermögens, der Familie. Daher in manchen Zeiten manche Formen vorherrschen (Hexen im Mittelalter, Gottesgesichte bei den alten Juden. Verschiedenheit bei Protestanten und Katholiken. Das Böse als Teufel im Mittelalter, als Polizei in der neueren Zeit. Endemische Verschiedenheit in verschiedenen Ländern. Don Quixote in Spanien.).

Häufig ist nur ein abnormes Gefühl vorhanden (Monophrenesie, Monopathie) und wenn Manie entsteht, Monomanie; doch kann metaschematisch ein anderes entstehen. — Wo aber steter Wechsel der abnormen Gefühle, wie der abnormen Ideen, vorhanden ist, muss, wenn derselbe nicht in anderen Krankheiten bedingt erscheint, Moria angenommen werden.

Man hat unterschieden den fröhlichen Wahnsinn von der Schwermuth. — Die Melancholie hat aber fast immer niedere, drückende Gefühle (§. 52.), und der schwermüthige oder fröhliche Wahnsinn hat entweder in niederdrückenden oder erhebenden Leidenschaften (vgl. §. 111.) seinen Grund, oder er gehört entweder zum Irrdenken, oder zur Moria.

Man kann die verschiedenen Formen der idiopathischen Melancholie auch als höher ausgebildete, die Vernunft völlig beherrschende und andauernde Leidenschaften ansehen. — Aberglaube, Pietismus, Hochmuth, Eitelkeit, Geiz, Liebe, Lebensüberdruss, Furcht u. s. w. (Ideler a. a. O. II. 453.). Sie sind Personificationen der durch Leidenschaften entstandenen Hauptsünden.

Esquirol (I. Bd. S. 246.) schlägt Eintheilung der Melancholie nach den Leidenschaften vor, was aber einseitig ist.

Die vorzüglichsten und auffallendsten Formen der Melancholie hat man besonders bezeichnet. Hierher gehören:

1. Melancholische Traumbilder des Gemeingefühls des eignen Körpers und der Persönlichkeit. Melancholia Metamorphosis.

Sind häufig als Hallucinationen des Gemeingefühls (§. 100.) zu betrachten, besonders wenn sie partiell, nur einen Theil des Körpers betreffen. Nicht selten in abnormen körperlichen Gefühlen begründet, die, wie im Traume, vom einseitigen psychischen Gefühle hypostasirt werden, also consensuell Wahnsinn erzeugen (§. 41.). Erscheinen in den mannigfaltigsten Formen. Die Kranken glauben, sie seien ganz oder zum Theil in leblose Körper umgewandelt, sie hätten Beine von Glas, von Wachs, und können deshalb nicht gehen; ihre Nase sei so gross, dass sie über dieselbe fallen müssten. Ihr Körper sei von Butter, Thon, doppelt, ohne Kopf, ihr Kopf habe Hörner. Sie hätten Schlangen, Mäuse und Frösche, einen Heuwagen mit Kutscher und Pferden im Leibe. In der höheren allgemeinen Form wird die ganze Persönlichkeit metamorphosirt. (P. Aymon du Moret glaubte bis an sein Lebensende im 40. Jahre, er sei ein Mädchen und nannte, kleidete sich, lebte demgemäss. Der neue Pitaval. 21. Theil. Leipzig, 1854. S. 478.) Ihre Seele habe in poetischer Metempsychose schon verschiedene thierische und menschliche Körper und Lebensläufe gehabt (s. Krankheitsgeschichte Nr. 17.). Andere leiden an Vergiftung, Knochenfrass, an venerischer Krankheit u. s. w. Ihr Körper sei mit einem anderen vertauscht. (Einer meiner Kranken glaubte in Armenien von einer Prinzessin empfangen, in St. Louis in Nordamerika geboren, von da scheintodt über Hamburg nach Halle gebracht, daselbst secirt, und nun seinem vermeintlichen Vater (Sachse) untergeschoben zu sein. Er heisse daher nicht Sachse, sondern Hyon Americus, der „Auferstehungsmord" erlitten.) Ein Kranker hatte das Traumbild, so viel Urin bei sich zu haben, dass, wenn er urinire, eine Sündfluth entstehe, daher er den Urin zurückhielt. Ein andrer hielt sich für todt und ass deshalb Nichts. Weiber, selbst Männer glauben, sie seien schwanger (Fürst Blücher bei Harnsteinen und wurde geheilt bei Belle alliance).

Ferner gehört hierher die Lycanthropie und Cynanthropie, wo die Menschen sich in Hunde, Vögel, Wölfe, Katzen u. s. w. verwandelt glauben, und diesen Thieren gleich heulen, beissen, singen.

2) Das hypostasirte Gefühlsbild wird objectiv, wie im Traume, nach Aussen projicirt; erzeugt äussere körperliche Geister, göttliche Personen, welche die Kranken zu sehen glauben, sich mit ihnen unterhalten; oder sie

glauben an böse Geister, böse Menschen, die auf sie einwirken, sie beherrschen, in ihnen wohnen und sie besitzen: Besessene, Daemonomaniaci, Bezauberte. Sind consensuelle Hallucinationen des innern Sinnes, des Gefühls. In den Sinnesorganen dargestellte centro-peripherische Thätigkeit des abnormen Gefühles. Objectivwerden der innern krankhaften Gefühlsthätigkeit des Gehirns im äusseren Bilde (s. §. 100.). —

Ebenfalls fällt hierher die Form, wo der Aberglaube andere Menschen für Zauberer, Hexen u. s. w. hält, die durch Zaubermittel, Hexerei u. s. w. auf die Kranken einwirken, sobald dieser Aberglaube die Vernunft beherrscht.

Gleicherweise jeder Aberglaube an böse Geister, Dämonen, an persönlich erscheinende Abgestorbene (beim Tischrücken und Psychographen), an Vampyre, solange die Vernunft den Irrglauben nicht einsieht.

Die verschiedenen Religionsformen und Ansichten, politische und andere Lebensverhältnisse geben dem objectiv erscheinenden Traumbild oft die besondere Form. Hierher gehören die Besessenen des neuen Testaments, die Hexen und Zauberer des Mittelalters (Kakodaemonomaniaci), die mit dem Teufel Unzucht zu treiben vermeinten, durch ihn weissagten, Kranke heilten (Somnambulismus in empfangender und handelnder Richtung). Krämpfe und Algieen werden von diesen Dämonen erzeugt, die aus ihnen reden und durch sie handeln, Melancholia sagarum). Inspirirte und Heilige, wenn sie nit guten Geistern, Engeln, der Gottheit verkehren (Meancholia ecstatica, Theomania); daher diese Kranten bei ungebildeten Völkern, im Orient für Heilige gealten werden. (S. Krankheitsgeschichte. Nr. 1. Taf. IV.)

In neuerer Zeit von Polizeidienern und bösen Menchen Verfolgte, wo dann die Poesie des Wahnsinns dem Vahngebilde eine Geschichte und Lebenslauf schafft, draatisirt, oft selbst graphisch darstellt (vergl. Kieser, Klinische Beiträge 1. Bd. Desselben Programm: Singul. lementiae species in femina daemoniaca wirtemb. illutratur. Jenae, 1830. 4. J. Haslam, Illustrations of madess etc. London, 1810. ausgezogen in F. Nasse, Zeitchrift für psychische Aerzte. 1. Bd. S. 141.).

Ist oft epidemisch oder ansteckend (nach Esquirol . S. 291 bei den Bezauberten von Loudun; in den Seennen. Neuerer Zeit die Predigerkrankheit in Lappland, Damerow's Zeitschrift XI. 1. S. 115.).

3. Traumbilder, die sich auf religiöse Gegentände beziehen, aber subjectiv bleiben, nicht objective Gestaltung haben, Melancholia religiosa.

Die Kranken glauben sich verdammt, verzweifeln an ler Gnade Gottes (Oedipus, Orestes). Geht der Zustand n Manie über, so begehen sie Mord an Anderen oder n sich, um die Versündigung abzubüssen. Sie morden Kinder, um sie dem Himmel zuzuführen. Zuweilen ist peinigendes Gewissen oder mystische Religionsansicht zu Grunde liegend.

Hierher sind zu stellen die Anachoreten des 4. und

5. Jahrhunderts, die in hohlen Bäumen u. s. w. wohnten. Simeon Stilites, der Säulenheilige, der 30 Jahre auf einer 50′ hohen Säule lebte. A. v. Haller, der sich wegen seiner Sünden verdammt glaubte (Zimmermann, Von d. Eins. II. S. 216. Ideler a. a. O. 2. 470.).

Unverstandene Lectüre mystischer Schriften, der Offenbarung Johannis, der Bibel, macht Viele verrückt (s. Krankheitsgeschichte Nr. 15.).

4) Traumbilder durch Hochmuth, Ehrgeiz, Eitelkeit erzeugt, Melancholia superba, ambitiosa. — Egoistischer Wahnsinn (Ideler), Melancholia autophila. Die Leidenschaft der Selbstsucht, Hochmuth, Eitelkeit beherrscht alle Seelenkräfte. Grössenwahn, Monomanie des grandeurs der Franzosen.

Die Kranken halten sich für göttliche Personen, den Messias, den heiligen Geist, Gott Vater, den Schöpfer der Welt und Beherrscher aller Dinge, für Könige, Fürsten, Pabst. Sie glauben, von Gott gesendet zu sein, um das Evangelium zu predigen, die Welt zu reformiren, Melancholia fanatica. Einer glaubte, er trage den Himmel auf dem emporgehobenen Zeigefinger.

Dieser Form verwandt ist der durch abnorme Eitelkeit erzeugte Trieb, sich durch Aufopferung, körperliche Leiden u. s. w. bekannt zu machen. Die Kranken unterwerfen sich Qualen; Matthaeus Lovat in Venedig kreuzigte sich selbst vor dem Volke (s. Reil und Hoffbauer, Beiträge zur Beförderung einer Kurmethode auf psychischem Wege. 2. Bd. 2. Stück). — Andere wollen an eingebildeter Krankheit operirt sein, verschlingen Nadeln, bringen Glasstücke u. s. w. in die Vagina, und die unterdrückte Vernunft simulirt Freiheit der abnormen Handlung. Melancholia ambitiosa soll häufig ihren Grund in chronischer örtlicher Entzündung der Hirnhäute und des Gehirnes haben. Der Grössenwahn bei Verwachsung in den vorderen Hirnhöhlen.

5. Traumbilder, die sich auf leibliche Güter, Vermögen u. s. w. beziehen. Der Kranke hält sich für reich, hat 400,000 Millionen Thaler im Vermögen (s. Krankheitsgeschichte Nr. 16.), oder er besitzt eine unendliche Zahl von Landgütern, Pferden, Wagen; oder er müsse Hungers sterben. Mit Nr. 4. verwandt, nur die realere auf materielle Güter gerichtete Form.

Geht das egoistische Gefühl in Habsucht, Aneignungssucht über, so entsteht Diebstrieb, Kleptosyne, Sammeltrieb, der im Handeln die Kleptomanie erzeugt. — (§. 59. 4.)

6. Verliebter Wahnsinn, Melancholia erotica, Erotopsychia, mit Traumbildern, Hallucinationen der Geschlechtsorgane. Entweder in der idealeren Form, wo der Gegenstand der Liebe ein eingebildeter oder abwesender ist, wenn Hochmuth im Spiele ist eine fürstliche Person, und sie geht dann in Melancholia superba über. Eine meiner Kranken glaubte, vom Könige Zwillinge geboren zu haben, nach sechswöchentlicher Schwangerschaft. Oder die Melancholie erscheint in der realeren Form und consensuell in den Geschlechtsorganen erhöhte

Thätigkeit derselben, Satyriasis und Nymphomanie erzeugend. Auch kann sie consensuell bei Satyriasis und Nymphomanie entstehen, mit Trieb zum Beischlafe, zur Onanie. Erzeugt die Melancholia erotica abnormes Handeln, so entsteht Erotomania (§. 59. 4).

Hierher gehören die Nonnen in der Geschichte, die mit Christus andächtige Unzucht trieben. Die heilige Catharina von Siena, Johanna von Cambray, Angelina von Foligny, Mechtildis von Sachsen u. s. w. (Vergl. Zimmermann, Von der Einsamkeit. Frankfurt und Leipzig, 1785. 2 Thl. S. 132 u. f.)

Mit Eifersucht verbunden, entsteht Melancholia zelotypa, die maniacalische Handlungen erzeugen kann. Ein Mann castrirte sich, um seine Frau auf die Probe zu stellen, ob sie von ihm schwanger werden könne.

Melancholia erotica endet späterhin nicht selten in Melancholia misanthropica oder Autocheiria.

7. Melancholia nostalgica. Heimweh, Sehnsucht nach dem Vaterlande, Instinkttrieb nach demselben in der Fremde, der die Vernunft beherrscht und, im höheren Grade handelnd auftretend, Selbstmord erzeugt. Am häufigsten bei ungebildeten Bewohnern eigenthümlicher Länder, denen Weltbildung und Weltbewusstsein fehlt, wenn sie die Heimath bis zum Mannesalter nicht verlassen haben, daher bei Bergbewohnern, aber auch bei Insulanern, Grönländern; daher vorzüglich im männlichen Alter, wo der Mensch, der in der Jugend centroperipherisch nach der Fremde strebt, sich wieder in

peripherisch-centraler Richtung von der Heimath angezogen fühlt. Heimathliche Töne (der Kuhreigen bei der Schweizergarde in Paris), Gerüche, Bilder erzeugen oft die Krankheit.

8. *Melancholia Autocheiria* s. anglica, desperans, Taedium vitae. Gefühl des Lebensüberdrusses, welches, die Vernunft beherrschend und handelnd auftretend, Selbstmord erzeugt. Oft in Folge erlittener Unglücksfälle, begangener Verbrechen (vergl. *Delbrück* in *Damerow's* Zeitschrift, 11. B. 1. Heft.), häufig bei Onanisten (s. Krankheitsgeschichte Nr. 10); consensuell bei körperlichen Leiden, besonders des Herzens, des Unterleibes. Zuweilen durch psychische Ansteckung, z. B. bei den Mädchen von Milet. — Taedium vitae ist zu unterscheiden vom Selbstmord durch Gehörshallucinationen erzeugt, welche Mord befehlen. Zum Theil gehört hierher die Weigerung, Nahrung zu sich zu nehmen, *Sitophobia*. Sie entsteht aber auch häufig bei Melancholia attonita, und ist nicht zu verwechseln mit Inedia, durch örtliche Krankheit des Bauchgangliensystemes vermittelt. (S. *Kieser*, Klin. Beiträge. 1. Band. S. 185.) In andern Fällen wird sie durch organische Krankheiten des Magens u. s. w. bedingt.

9. *Melancholia Thanatophobia*. Krankhafte Todesfurcht. Der Kranke glaubt ohne Grund, sterben zu müssen, vergiftet, von der Hundswuth u. s. w., angesteckt zu sein.

Hat mit Nr. 1. Verwandtschaft.

10. Das Delirium tremens, Säuferwahnsinn, entstanden durch Ueberreizung der Hirnorgane nach übermässigem Branntweingenuss, wodurch secundär Gesichts- und Gehörshallucinationen entstehen, kann ebenfalls zu den Formen der Melancholie gezählt werden, deren Heilung durch Behandlung des Grundzustandes der allgemeinen höheren psychischen Krankheitsanlage geschieht (vergl. §. 108. 109.). In der reinen Form des Triebes zu geistigen Getränken entsteht Dipsomania.

§. 55.

Wesentlicher ist der Unterschied der Melancholie, wenn sie mehr in der empfangenden, oder mehr in der handelnden Richtung des Gefühlsvermögens auftritt.

Die erste, Melancholia tranquilla, ist die gewöhnliche und einfache Form, und erscheint im höchsten Grade als Melancholia attonita; die letzte bildet die Melancholia maniaca.

Diese Verschiedenheit kann bei jeglicher Form (§. 54.) entstehen, und sie ist begründet in der vorwaltenden entweder handelnden oder empfangenden Richtung des individuellen somatischen und psychischen Lebens. Daher bei vollblütigen, muskulösen, thatkräftigen, leidenschaftlichen, cholerischen Subjecten die Melancholie sich leichter als Mania äussert, bei nervösen, in sich gekehrten, contemplativen phlegmatischen Individuen mehr als Melancholia tranquilla auftritt. Wie Algieen in Krämpfe übergehen können, so hier auch Wechsel beider Formen und Zwischenstufen zwischen beiden.

§. 56.

1. Melancholia tranquilla, occulta, attonita. Ruhiges, verheimlichtes, starres Irrfühlen.

Das abnorme Gefühl äussert sich mehr, oder ganz in der centripetalen Richtung, während die handelnde weniger thätig, oder verheimlicht und zurückgehalten, im höheren Grade ganz, selbst in den willkürlichen motorischen Nerven und deren Muskeln unterdrückt ist, und Mangel aller willkürlichen Bewegung entsteht.

Von Bedeutung ist hier nur der graduelle Unterschied, indem jede Form der Melancholie unter dieser Gestalt erscheinen und, wenn sie in der centro-peripherischen Richtung sich bildet, als Manie auftreten kann; daher alle möglichen abnormen psychischen Gefühle hier zu Grunde liegen können. Wir unterscheiden demnach:

a) Melancholia tranquilla,

die leichtere Form der Melancholie. Bei derselben beschäftigt das abnorme Gefühl den Kranken blos innerlich. Er hängt seinem Seelenschmerze, seinen Traumbildern nach, sein ganzes psychisches Sein ist von denselben absorbirt, ohne dass abnorme, durch dieselben erzeugte Handlungen entstehen, und ohne dass weder die willkürlichen, noch die unwillkürlichen motorischen Nerven in den gewöhnlichen Lebensverrichtungen gehemmt oder behindert wären. Daher Essen, Trinken, Körperbewegung, Excretionen, Blutumlauf auf normale Weise vor sich gehen. Auch die Sprachorgane werden wenig von seinen Traumbildern beherrscht. Der Kranke redet nicht von denselben, ausser auf äussere Anregung durch Fragen. Im höheren Grade sucht er die Einsamkeit, um nicht in seinen Träumen gestört zu werden, spricht wenig. Das Erkenntnissvermögen ist nach dem Grade der Melancholie mehr oder weniger unverletzt, daher im niederen Grade, bei der Melancholia hypochondriaca, die Vernunft wenig getrübt ist und, obgleich sie das Irrige des Gefühls einsieht, es nur nicht zu beherrschen vermag. Im höheren Grade und bei der Monophrenesie können sogar die intellectuellen Functionen in allen übrigen Beziehungen ungestört sein, und die Vernunft wird nur Unvernunft, wenn das eine abnorme Gefühl durch äussere Einflüsse erregt wird. Trieb zu schädlichen Handlungen fehlt.

Die Kranken sind gutmüthig, nur an stillem Seelenschmerz leidend, schwermüthig. Man kann sie oft als Wärter und sonst in Irrenanstalten gebrauchen, wenn man sicher vor dem Metaschematismus in Manie ist.

§. 57.

b. Melancholia occulta. Verborgenes, verheimlichtes Irrfühlen.

Ist die Parallele der Mania attonita (§. 58.). Der Kranke verbirgt und verheimlicht seine abnormen Gefühle (Melancholia dissimulata) gewöhnlich, wie es scheint, aus Misstrauen gegen Andere, und offenbart sie nur dem Arzte, oder zu wem er sonst noch Zutrauen hat.

Dauert oft Jahre lang und der Kranke wird für gesund gehalten, wenn der Zustand Monophrenesie ist, und die übrigen Körper- und Seelenfunctionen nicht bedeutend consensuell leiden und zur Diagnose führen.

Ein Kranker lebte Monate lang bei mir, besorgte Uebersetzungen aus fremden Sprachen, unterhielt sich über philosophische Gegenstände, studirte Psychologie, bis er mir endlich unter dem Siegel der Verschwiegenheit eröffnete: er sei Heiland der Welt, auf den schon Stellen des alten Testamentes hingewiesen, er sei mit göttlichen Eigenschaften, antidotischen Kräften u. s. w. begabt, er habe geschwiegen, bis jetzt die Zeit gekommen sey, seiner Berufung gemäss thätig in die Welt zu treten, wozu er sich meine Hülfe erbitte.

Ein Anderer, der an der reinsten Form einer mit Gehörshallucinationen verbundenen Melancholie litt, die ihn von Polizeidienern verfolgt darstellte (§. 54. 2.), welche ihm stets obscöne Worte in's Ohr riefen, und zu dem jeder Laut und jedes Geräusch sprach, weshalb er seine Stelle als Geistlicher aufzugeben sich genöthigt sah, war über 40 Jahre krank, ohne sich Jemanden mitzutheilen. Er lebte bei seinem Bruder als Lehrer der Kinder desselben, ohne dass dieser dessen psychische Krankheit kannte, die er nur mir, als Arzt, in brieflicher ausführlicher Darstellung beschrieb und Hülfe suchte. (Kieser in Damerow's Zeitschrift 10. Bd. 3. Heft.)

Ein Dritter entdeckte mir 1850 in einem pseudonymen

Briefe sein 53jähriges melancholisches Leiden, „was noch nie von seinem Munde gekommen.“

Erzeugt diese Melancholia occulta abnorme Handlungen, so giebt sie Gelegenheit zu Justizmord.

§. 58 a.

c. Melancholia attonita. Starres Irrfühlen. Melancholia cataleptica. Hyperplexia, Extase bei Guislain I. 47.

S. Krankheitsgeschichten Nr. 2. 3. 4. 5. Taf. V. VI. VII. VIII. IX.

Wird nicht selten mit Blödsinn verwechselt, ist von Esquirol II. 159. richtig erkannt und unterscheidet sich vom Blödsinn dadurch, dass nicht Absterben, weder der handelnden Richtung des psychischen Lebens (Abulia §. 43.), noch der peripherischen somatischen Bewegungsorgane (Paralysis musculorum), sondern nur völlige negirende Beherrschung der centro-peripherischen (motorischen) Richtung des psychischen Lebens, des Willens, durch das abnorme Gefühl (consensuelles Mitleiden) vorhanden ist.

Während die Thätigkeit des psychischen Gefühlslebens in der peripherisch-centralen (empfangenden) Richtung abnorm gesteigert ist, und der Kranke stets von den hypostasirten Producten seines kranken Gefühles beschäftigt wird, dabei aber die Thätigkeit des intelligenten Lebens in ihrer peripherisch-centralen Richtung, als Sinnesempfindung, Reflexion, Denken und Erkennen, nicht aufgehoben, obgleich von dem abnormen Gefühle unterjocht und beherrscht ist, ist die centro-peripherische (handelnde) Richtung des Gefühls und consensuell des intelligenten Lebens in der äusseren Erscheinung völlig ruhend, aber nicht abgestorben, auch nicht völlig unterdrückt und erschlafft, sondern beherrscht und dienend. Das abnorme Gefühl projicirt sich in dem motorischen Centrum des Gehirns (wie bei den secundären Hallucinationen in den Sinnesorganen §. 54). Wie in der Catalepsis alle willkürlichen Bewegungsorgane gleichzeitig von tonischem Krampfe ergriffen werden, daher in gleichmässiger dauernder Anspannung (mangelnder Oscillation zwischen Flexion und Expansion des einzelnen Muskels), nicht aber in völliger Unthätigkeit sind, und die Glieder nicht erschlafft, sondern in gleicher ruhiger Stellung erhalten werden, so findet dasselbe hier, aber in dem uns noch anatomisch unbekannten Centralwillensorgane (Centralorgan der bewegenden Richtung des psychischen Lebens) und durch enorme Steigerung der empfangenden Richtung des psychischen Gefühlslebens, also consensuell (durch Reflexbewegung auf das Willensorgan, welches tonisch gespannt wird) statt. Daher man den Zustand auch als Catalepsis des bewegenden Hirnorganes (des Willensorgans) bezeichnen kann. —

Bergmann nennt die starre Melancholie eine Hemmung der bewegenden Lebenskraft. „Der Wille kann nicht zu den Muskeln kommen."

Ein Kranker (bei Esquirol I. S. 248.) sagte: er habe nur Willen zum Nichtwollen.

Die bewegende Function ist scheinbar aufgehoben, weil die empfangende Form des Gefühlslebens abnorm gesteigert ist, und diese Steigerung auf's Centralwillensorgan reflectirt, Catalepsis desselben erzeugt. (Die Melancholia attonita könnte daher auch als secundär entstandene Melancholia maniaca angesehen werden.)

Diese durch abnorme Thätigkeit der empfangenden Richtung des Gefühlslebens erzeugte Hemmung der Oscillationen des Centralwillensorganes ergreift im höheren Grade dann auch consensuell die Erkenntnissseite, welche, beherrscht, dem abnormen Gefühle dienen muss. Die Kranken glauben, sich nicht bewegen zu wollen, wenn sie auch und obgleich sie könnten, aber sie dürfen nicht wollen, weil das abnorme Gefühl es nicht zulässt. Sie haben einen Vernunftwillen, aber nur einen negirenden, zum Nichtwollen, und vernünftige Vorstellungen, Willen zur Bewegung haben zu wollen, vermögen nicht, den beherrschten Vernunftwillen frei zu machen.

In diesem Grade der Beherrschung und Dienstbarkeit des intelligenten Lebens hat der Kranke also scheinbar freien Willen, sich nicht zu bewegen, meint sogar in diesem Zustande freiwillig zu beharren (bei einem meiner Kranken, um, wie er später geheilt angab, die Aerzte auf die Probe zu stellen, ob sie die Krankheit kenneten). Der Zustand wird dann leicht mit absichtlichem Betrug verwechselt.

Wie der Kranke in der Melancholia maniaca furibunda blos abnormen Gefühlswillen hat, der sich in steten

Oscillationen ergiesst, so hat er hier durchaus keine Willensäusserung, obgleich in den peripherisch-motorischen Organen kein Hinderniss der Bewegung, kein ursprünglich örtlicher Krampf vorhanden ist. — Da auch die Sprachorgane an der cataleptischen Ruhe Antheil nehmen, so spricht der Kranke seinen Zustand nicht aus (ausser in der Genesung), daher derselbe leicht verkannt wird.

Im höchsten Grade des Zustandes sitzt, steht, liegt der Kranke bewegungslos (nicht unbeweglich durch äussere Gewalt) Stunden, Tage, Wochen, Monate lang in der körperlichen Stellung oder Lage, in welche man ihn versetzt. Von aussen kommender Veränderung seiner Stellung, und also Bewegung der Muskeln, widersetzt sich sein von der Krankheit beherrschter, daher alle Bewegung negirender Wille. (Ein Kranker brach in Weinen aus, als sein negirender Wille durch Gewalt gebrochen und er gezwungen wurde, Kleider zu wechseln.) Der Körper giebt aber der Gewalt nach und beharrt dann in der ihm gegebenen Stellung (wie in der örtlichen Catalepsie bei der sogenannten cerea flexibilitas).

In seltenen Fällen des höheren Grades geht die Unthätigkeit der peripherischen Bewegung consensuell auch auf die unwillkürlichen Bewegungsorgane des vegetativen Nervensystems und des Ganglienlebens über, und weil ohne Bewegung keine Function möglich ist (§. 2. 5.), also auch keine Assimilation, Ernährung, Secretion und Excretion, Circulation, Respiration und Wärmeerzeugung.

so hat der Kranke weder Hunger noch Durst, nimmt oft Wochen lang keine Speise und Trank, widersetzt sich und schliesst Mund und Zähne, wenn man ihn zum Essen und Trinken zwingen will, weil äusserer Reiz den krankhaften Zustand steigert. Er magert bei chronischem Zustande enorm, oft bis auf Haut und Knochen ab (welcher Abmagerung in der Genesung oft die schnellste Reproduction folgt. S. Krankheitsgeschichte Nr. 5. Taf. VIII. im Vergleich mit Taf. IX.). Der Kranke hat keinen Schweiss-, Urin- und Stuhlabgang. Geht die Catalepsis auch auf die motorischen Gangliennerven über, so wird die Circulation gemindert, der Puls langsam, selten (40—45 Schläge in der Minute bei einem Kranken), klein, die Haut blass, kalt, trocken. Die Respiration langsam, gemindert, ohne Krampfbewegungen, ausser wenn sich der innere Seelenschmerz in Seufzen äussert. Im höchsten Grade ruhen alle, auch die unwillkürlichen Bewegungsorgane, während die peripherisch-centrale Thätigkeit des Gehirns unverletzt ist, der cataleptisch starre Kranke seine Umgebung sieht, hört, versteht, selbst reflectirt, denkt und scheintodt wird.

Bei der oft enormen Steigerung der empfindenden Thätigkeit der Centralorgane, daher der Kranke auch Schmerz empfindet, sind die Gangliennerven gewöhnlich ohne Reaction, ganz unerregbar. Reize des Darmkanals, der Haut, erzeugen geringe Reaction, daher grosse Dosen von Drasticis oft keinen Durchfall erregen.

Eigenthümlich ist häufig die Gesichtsphysiognomie im Gegensatze zur Physiognomie der Mania furibunda, wo die Extensoren (Levator superc.) vorwalten, die Augenlider abnorm geöffnet sind (§. 59). Sie entsteht durch anhaltende (tonische) Anspannung des Corrugator superciliorum, des Sphincter palpebrarum und der übrigen den Contractoren entsprechenden Gesichtsmuskeln, während gleicherweise die Contractoren des übrigen Körpers vorwaltend thätig sind. Daher dann die Physiognomie ganz der der Blödsinnigen gleicht, mit auf die Brust gesenktem Kopfe, vor dem Leibe zusammengeschlagenen Armen, contrahirten Fingern u. s. w. S. Taf. V. VI. VII. In anderen Fällen ist auch in allen Gesichtsmuskeln gleichförmige Anspannung, Catalepsis. S. Taf. VIII.

Dabei ist das intelligente empfangende Leben nicht unthätig, wenn gleich beherrscht und nicht vernunftfrei. Der Kranke sieht, hört, denkt, reflectirt, beobachtet Alles, kennt seine Umgebungen, berechnet das Zeitmaass der Stunden, Tage, reflectirt über Tagesereignisse, und hat nach Aufhören des Anfalls gewöhnlich völlige Rückerinnerung aus demselben (wie in der vollkommeneren Form der örtlichen peripherischen Catalepsis, des Scheintodes durch dieselbe). In anderen Fällen hat er keine Rückerinnerung, und der Zustand ist mehr gangliös, dem Somnambulismus verwandt (Guislain I. 159.).

Aeussere Reize, Zureden, gewaltsame Bewegung der Glieder durch andere, vermehren nur den Zustand durch Steigerung der Krankheit, dagegen in der Ruhe und

Einsamkeit der Nacht nicht selten Remission eintritt, die Kranken sich bewegen, herum gehen, Speise und Trank nehmen, und der Zustand irrig für simulirt gehalten werden kann.

Zuweilen tritt der Zustand blos örtlich in einzelnen Bewegungsorganen auf und giebt dann verschiedene Erscheinungen, z. B. in den Sprachorganen, der Kranke kann nicht zum Wollen kommen, zu sprechen, obgleich er sprechen kann (bei Guislain, Leçons 1, 263. Mutomonofolie). Demgemäss sind die Lippen zusammengekniffen, der Mund nur geöffnet zur Befriedigung des Hungers und Durstes. S. Taf. VII. Hierher gehört der Fall der Jahre langen (15 Jahre in einem Falle) Sprachlosigkeit, durch Schrecken entstanden, die sich löste, als eine über die Hand laufende Maus die Kranke erschreckte und die Kranke ausrief: „Eine Maus, eine Maus!"

Eben so der stumme Knabe in der alten Geschichte, der sprach, als man seinen Vater tödten wollte.

In anderen Fällen erscheint die Krankheit mehr örtlich in den Organen der Locomotion: der Kranke bewegt sich nicht, steht auf einer Stelle, spricht aber.

Die der Melancholia attonita zu Grunde liegenden Phantasiebilder sind nach Verschiedenheit der individuellen Anlage und der äussern Einflüsse verschieden, sind aber schwer und nur in der Genesung zu ermitteln, weil der Kranke im Anfalle keinen Willen hat, sie anzugeben, jedoch immer vorhanden, und werden in der Genesung vom Kranken selbst als Ursache des gehemmten Willens angegeben. Sie erscheinen ihm bald als hypostasirte Gestalten, Gesichtsphantasmata; bald ist es Furcht vor unglücklichen Ereignissen (Panphobia), die eintreten würden, wenn sich der Kranke bewege; wo also das Traumbild das Bewegungsorgan negativ beherrscht.

Die Melancholia attonita kann daher auch als Symptom der Melancholie angesehen werden, die bei jeder Form derselben entstehen und mit dem entgegengesetzten Symptome (Melancholia errabunda, maniaca u. s. w.), wechseln kann. Entsteht sie in anhaltendem Zustande in den Jahren der Pubertätsentwickelung, so bildet sich Unterdrückung derselben, Mangel an Barthaar, kindliche Gesichtszüge. Zuweilen zeigt sie sich metaschematisch nach Melancholia errabunda, wo also die Pole des Gefühlslebens — Empfindung, Bewegung, — wechselnd ergriffen werden; wie sie oft ebenfalls metaschematisch mit Epilepsie wechselt, welcher zuweilen an Lähmung grenzende Schwäche einzelner Bewegungsorgane folgt, oder mit krankhafter Geschwätzigkeit, Lalomania, in welcher die abnorm gesteigerte Thätigkeit die Sprachorgane ergreift. — In anderen Fällen sprechen die Kranken stetig dieselben Worte.

Der Zustand hat keine bestimmte Zeitdauer, lässt gewöhnlich nur allmählig nach, wenn die Erkenntnissseite, freier werdend, wieder zur Herrschaft über die Bewegungsorgane gelangt, hört zuweilen plötzlich auf, mit schneller Reproduction des abgemagerten Körpers (s. Taf. VIII. IX), macht aber nach psychischen Einflüssen, Leidenschaften und Affecten, oft Recidive, und die allgemeine Form endigt oft, stetig zunehmend, wie jeder Krankheitsprocess, in Lähmung und allgemeinen Tod.

Die Ursache liegt wahrscheinlichst im Gangliensystem des Unterleibes (bei einer Kranken, die später an Phthisis pulm. starb, war der Plexus solaris um das Doppelte vergrössert); daher die antagonistische Behandlung durch Drastica, scharfe Klystiere, Hautreize vorzugsweise heilsam ist. Dahin deutet auch die zurückbleibende Pubertätsentwickelung.

§. 58 b.

2. Melancholia maniaca s. Mania ex Melancholia. Hyperkinesis (Bergmann); Hyperphrenia (Guislain).

Nach dem früher (§. 8—15. 38.) Angegebenen können wir die ursprüngliche und idiopathische Manie nicht als neben dem Irrfühlen und Irrdenken bestehende Hauptform der psychischen Krankheitsprocesse ansehen, sondern nur als die centro-peripherische Richtung, sowohl des Irrfühlens als auch des Irrdenkens, indem psychologisch jede Handlung des Menschen (Aeusserlichwerden eines Innern) nur durch eine die Handlung bestimmende psychische Thätigkeit vermittelt gedacht werden kann, wie die Sprache nur Ausdruck eines Gefühls oder einer Idee ist, wie die Schöpfung einen Schöpfer, das Objectivwerden eine wirkende, subjective Thätigkeit voraussetzt.

Bei einer genauen Untersuchung und Beobachtung jeder idiopathischen Manie findet man daher, dass entweder ein abnormes Gefühl, oder eine abnorme Idee das die abnorme Handlung Bestimmende, das primum movens derselben ist, und dass man irrig den abnormen Trieb als ursprünglich auftretend angenommen hat. Dasselbe behaupten schon Aretaeus (*Μελαγχολία ἐστὶν ἀρχὴ καὶ μέρος τῆς μανίας.*) und Esquirol S. 414. („Die Wuth ist, wie alle andern Entschliessungen des Deliriums, niemals automatisch"). Vergl. Ideler II. 569.

Auf einem anderen Verhältnisse beruht die consensuell entstehende Manie bei Epilepsie, Veitstanz (s. Krankheitsgeschichte Nr. 13.), Algieen u. s. w. (§. 74.), wo eine anderweitige sensitive Krankheit das Gehirn und besonders das Willensorgan in Mitleidenheit zieht und in erhöhte Thätigkeit versetzt. Das Gleiche findet beim Delirium ferox als consensuellem Zustande beim entzündlichen Nervenfieber, Hirnentzündung u. s. w. statt. Hier ist also ursprünglich nicht Geisteskrankheit vorhanden, sondern nur ein Symptom einer anderen körperlichen Krankheit.

Eben so kann, von der Melancholia maniaca unterschieden, Manie bei Blödsinn entstehen, wenn nach Absterben der Intelligenz und des Gefühls thierische Triebe von einzelnen Gangliencentris (z. B. der Geschlechtsorgane) ausgehen und abnorme Handlungen erzeugen (gleichwie Krämpfe), also antagonistisch. Vergl. §. 122.

Es giebt daher nach den Hauptformen der psychischen Krankheitsprocesse, als Irrfühlen und Irrdenken (§. 43.), zwei Formen der idiopathischen Manie: eine Melancholia maniaca und eine Vecordia maniaca, von denen aber die erste, wie die Melancholie überhaupt, häufiger als die zweite ist.

Bei der Melancholia maniaca tritt also das abnorme Gefühl in der centro-peripherischen (handelnden) Richtung der psychischen Thätigkeit auf, während die empfangende weniger thätig, im höheren Grade (bei der Mania furibunda selbst in den sensiblen Nerven) ganz unterdrückt ist.

Da gewöhnlich ein niederes Gefühl (§. 52.) hier die Triebfeder ist, so sind die Handlungen auch niedere Handlungen, daher im höheren Grade die centro-peripherische Thätigkeit auf Zerstörung der Umgebung des Kranken gerichtet ist, gegen lebende Wesen auf Tödtung derselben, weil das Lebende mehr als das Todte erregend wirkt. Da das gesunde Gefühl des Rechts und Unrechts, das Gewissen (§. 12.) von dem einseitig herrschenden, in's Handeln übergehenden niederen Gefühle unterjocht ist, und die Erkenntniss des Wahren und Unwahren (§. 15.) gleichfalls beherrscht wird, so hat der Maniacus furibundus über seine schädlichen Handlungen weder Gewissensbisse, noch Ueberzeugung des Unrechts; das abnorme Gefühl treibt ihn unmittelbar zur abnormen Handlung, ohne in derselben Befriedigung eines beabsichtigten Zweckes zu finden, noch über dieselbe zu reflectiren und sich des Motivs derselben bewusst zu werden. Im Allgemeinen fehlt daher bei der vollkommenen Mania furibunda die rechtliche und die disciplinarische Zurechnungsfähigkeit.

Im höhern Grade der Manie muss sogar die Vernunft dem abnormen Triebe dienen, der Kranke entwirft einen Plan zur Ausführung seiner schädlichen Handlung, und führt ihn mit Scharfsinn und consequenter Berechnung der Hülfsmittel, mit List und Verschlagenheit, aus.

Die Formen dieser in abnormen Handlungen sich äussernden abnormen Gefühle sind nach Verschiedenheit der Temperamente, Anlage u. s. w. höchst verschieden. Bei manchen Kranken äussert sich die Handlung blos in Worten, als abnorme Zärtlichkeit, oder stete Streitsucht (Manie raisonnante bei Guislain), Tadelsucht, Herrschsucht, Schimpfen, bald in abnormer Handlung selbst, in gewaltsamen Zerstörungstrieb u. s. w. Ueberhaupt gehört hierher alle in Worten und Handlungen sich ausdrückende, aus abnormen Gefühlen entspringende Thätigkeit (bei Guislain, Leçons 1. 154. Manie tranquille sans délire. Vergl. Zeller in seinen Anmerkungen zu Guislain, S. 498, der wüthende und lustige Tollheit unterscheidet). Der besonders bei Laien und Juristen herrschende zu enge, nur gewaltsame und zerstörende Handlungen umfassende Begriff der Manie ist daher mit Guislain im vorstehenden Sinne zu erweitern.

Wie es überhaupt bei der Verrücktheit untypische

Exacerbationen, die mit scheinbar geistesfreien Zuständen abwechseln, Paroxysmen und Lucida intervalla (§. 33. 50.) giebt, so auch hier bei der Melancholia maniaca, und die Anfälle werden oft von äusseren Einflüssen, Sinnesreizen, greller Farbe, spirituösen Getränken, erregender Leidenschaft des Zornes, Hasses u. s. w. hervorgerufen, dauern unbestimmt, längere oder kürzere Zeit, worauf dann in dem Lucidum intervallum relative Ruhe folgt, mit geistiger und körperlicher Schwäche, die dem Grade der vorangegangenen geistigen oder körperlichen Kraftanstrengung an Intensität parallel geht.

Tritt die Manie, als Monomanie (§. 38.) nur kurze Zeit, ohne Vorläufer, oder nur in einem einzigen Paroxysmus auf, so wird die Geisteskrankheit leicht verkannt, der psychisch Kranke für psychisch gesund und moralisch zurechnungsfähig gehalten und der Justiz, wenn sie blind ist, zum Justizmorde überliefert — welche Fälle nicht selten sind.

Der wesentlichste Unterschied der Melancholia maniaca entsteht durch den G r a d d e r A u s b i l d u n g, indem die verschiedenen Formen des abnormen Handelns so verschieden sein können, wie die verschiedenen Formen der abnormen Gefühle in der Melancholie, und jede formell verschiedene Melancholie (§. 54.) giebt, wenn sie in Handlung übergeht, eine formell verschiedene Melancholia maniaca.

Zu dieser g r a d u e l l e n A u s b i l d u n g der Manie gehört die M a n i a o c c u l t a, der aber in der Nomenclatur der Gegensatz, die Mania manifesta, fehlt. Das abnorme Gefühl treibt den Kranken zu abnormen Handlungen, aber der Trieb ist blos ein innerer, geht noch nicht in Handlungen über. Nicht selten beherrscht der Kranke und versteckt seinen Trieb, wo also noch halbes Bewusstsein und Moralgefühl vorhanden zu sein scheint. Ein äusserer Reiz, Zorn, äusserer Widerstand, grosse Hitze u. s. w., bringt dann oft den Trieb zum Handeln und zur offenbaren Manie.

§. 59.

Andere Verschiedenheiten, die theils auf der Verschiedenheit des abnormen Gefühls (§. 54.), theils auf dem Grade der grösseren Ausbildung der Krankheit beruhen, und von denen Guislain (Leçons I, 154) 23 besondere Formen aufzählt, sind:

1. Mania libidinosa, Erotomania; bei Männern als Satyriasis, bei Weibern als Furor uterinus, Metromania, Mutterwuth, Manntollheit.

Ist die centro-peripherische in erhöhter Thätigkeit der Geschlechtsorgane sich reflectirende, nach Geschlechtsbefriedigung strebende Richtung der Melancholia erotica (§. 54. 6.), die aber, bei der idiopathischen Manie, weil in abnormer Thätigkeit der Hirnorgane bestehend, nicht durch Coitus befriedigt wird, wodurch sich der Zustand vom Priapismus und von der Hysteria libidinosa, als örtlicher Krankheit der Geschlechtsorgane, unterscheidet, die jedoch consensuell auch Mania libidinosa erzeugen kann.

Durch die besondere Beziehung und Wechselwirkung einzelner Hirnorgane zu andern Körperorganen entsteht bei Mania libidinosa gewöhnlich Anschwellung der Geschlechtstheile, Congestion nach denselben, Trieb zum Beischlaf, harter, voller Puls, Röthe des Gesichts, übermässige Samenabsonderung und Bocksgeruch.

Im niederen Grade haben die Kranken Bewusstsein und Gefühl des kranken Zustandes, den sie aber nicht durch Vernunftbeherrschung aufzuheben vermögen; im höheren Grade sind Erkenntnissseite und Gefühlsseite unterjocht, daher Mangel des Schamgefühls, Schamlosigkeit. Im noch höheren Grade begehen sie gewaltsame Handlungen, um der Ausführung des Triebes zu genügen, Nothzucht, Mord. — Bei heftiger Aufregung im Blut- und Muskelsystem kann plötzlicher Tod durch Apoplexie oder Lähmung eintreten.

In der idealeren Form erscheint die Mania libidinosa, wenn sie als centro-peripherischer Ausdruck der idealen, oft aus Hochmuth und Eitelkeit entspringenden Form der Melancholia erotica auftritt und in abnorme Handlung übergeht.

Nach Stahl unterscheidet sich Erotomanie von Metromanie, dass bei ersterer die Vorstellungen sich immer auf einen bestimmten Gegenstand richten, bei letzterer die lüsterne Begierde sich ohne Rücksicht auf eine bestimmte Person kund giebt. (Ideler II., 153.) (Letztere ist wahrscheinlich consensuell bei örtlicher Krankheit der Geschlechtsorgane entstandene Melancholie.)

2. Melancholia errabunda s. sylvestris. Rastloser Wahnsinn. Lypemania, Esquirol. — Hydroleros (ein Fisch, der nie an einer Stelle bleibt).

Die verschiedenartigsten Gefühle reflectiren sich vorzüglich in den motorischen Nerven der Extremitäten und treiben den Kranken zu steter körperlicher Bewegung, die Muskeln sind härter, stetig gespannt, die Füsse selbst oft des Nachts in steter Bewegung.

Die Kranken scheinen ihrem Seelenschmerz entfliehen zu wollen, laufen in Wälder, in einsame Gegenden, sind in steter körperlicher Unruhe und können nicht rasten. Ist der formelle Gegensatz der Melancholia attonita. Kommt auch bei Hallucinationen, besonders des Ohres vor (s. unten §. 100), zuweilen bei der Lycanthropie und Cynanthropie (§. 54).

Bei der Mania furibunda, homicida, scheinen die centralen motorischen Hirnorgane, hier, bei der Mel. errabunda, mehr die niederen, peripherischen Gangliencentra das abnorme Gefühl zu reflectiren.

Erscheint der Zustand in der idealeren Form des Handelns, durch die Sprache, so entsteht stete Geschwätzigkeit, Lalomania, ewige Klagen, in denen der Seelenschmerz ausströmt, oder stete verliebte Reden.

3. Mania sine Delirio, Wuth ohne Verkehrtheit (Reil, Rhabsodien. 387). Bei verschiedenen Autoren verschieden beschrieben. Reil stellt hierher die paroxysmenweis gleich der Epilepsie eintretende Manie, die

wohl eigentlich Epilepsia maniaca ist, Krampf der Bewegungsorgane des Gehirns, gleich der Manie bei Veitstanz (vgl. §. 58 b.).

Bei anderen Autoren wird der niedere Grad der Mania furibunda darunter verstanden. Abnorme Handlungen, begründet in abnormen Gefühlen, treten auf, häufig als Monophrenesie und mit Lucidis intervallis. Der Kranke handelt in den Anfällen mit Benutzung seiner scheinbar freien Vernunft, planmässig und mit Ueberlegung und Wahl der Mittel zum Zweck, der nicht selten Mord ist. Aber die Vernunft ist nur scheinbar frei, sie dient zur Befriedigung des abnormen Gefühls; daher der Name falsch ist, indem allerdings nicht Gedankenverwirrung, wie im Irrdenken, wohl aber Unterjochung und Dienstbarmachung der Erkenntnissseite durch das abnorme Gefühl vorhanden ist.

Hierher gehört auch die Melancholia malitiosa, Insana malitia, Moral insanity der Engländer, in welcher die Kranken, scheinbar vernunftfrei, schädliche Handlungen vorbereiten und listig ausführen, oft mit Witz zu entschuldigen suchen, in den Irrenanstalten alle übrigen Kranken necken, die Wärter durch tolle Streiche und boshafte Handlungen ermüden, und zur Entschuldigung derselben immer einen erlogenen Grund zu erfinden wissen.

Ein Kranker in meiner Anstalt, Zeunemann genannt Schumann, erklärte seine muthwilligen Streiche dadurch, dass Schumann vernünftig sei, Zeunemann wahnsinnig.

Schumann habe dumme Streiche gemacht, um zu zeigen, dass Zeunemann wahnsinnig sei. (S. Krankheitsgeschichte Nr. 11.)

Geht der abnorme Trieb auf Uebervortheilung und Betrug Anderer, so nähert der Zustand sich der Kleptomanie.

4. Diebstrieb, Kleptomania. Im niederen Grade Sammeltrieb (Bergmann in Damerow's Zeitschr. 11. Bd. 1. Heft). Ist die centro-peripherische Form der Kleptosyne (§. 54. 5.). Gleich dem Raben, der Elster, die glänzende Dinge in's Nest trägt, bemächtigt sich der Kranke, um der Sucht, zu haben (Habsucht), zu genügen, fremden Eigenthums, häufig ohne auf den Werth oder Unwerth desselben zu achten, ohne andern Zweck, als zu haben, wo dann jeder Gegenstand, altes Eisen, Holz, Stricke u. s. w., in die Tasche gesteckt wird, zuweilen mit Berücksichtigung der Werthes, silberne Löffel u. s. w., wo also die Reflexion beherrscht ist. Erscheint oft nur paroxysmenweis, und nach dem Anfalle wird das Gestohlene zurückgebracht, was als Criterium vom wirklichen Diebstahl dienen kann. Oft periodisch bei Melancholie, oft anhaltend, oft symptomatisch bei Moria.

In einem Falle angeboren bei einem durch Diebe in Nothzucht erzeugten Sohne (vgl. Jacobi in Nasse's Zeitschrift für die Beurtheilung und Heilung der krankhaften Seelenzustände 1. B. S. 179., wo 8 derartige Fälle aufgeführt werden). Ist zuweilen nach Bergmann mit Lügensucht (Pseudologia) verbunden.

Ist bisher psychologisch noch nicht hinlänglich erklärt. — Egoismus in der materiellen Richtung des Strebens nach Besitz. Ein Literat (in Leipzig) sammelte eine grosse Bibliothek, ohne sie zu benutzen, und beging einen Mord, um Bücher zu stehlen.

Eine besondere Art der Manie, deren leitendes Gefühl noch nicht hinlänglich bekannt ist, bildet den Trieb Feuer anzulegen (Melancholia maniaca incendiaria, Pyromania); nicht selten in der Entwicklungsperiode der Mannbarkeit, secundär im Blödsinn. Zuweilen beim Nachtwandeln. (Vgl. J. B. Friedreich, Systematische Literatur der ärztlichen und gerichtsärztlichen Psychologie. Berlin, 1833. S. 403—408.) Zuweilen aber auch im Nachtwandeln und ohne böse Absicht (s. Krankheitsgeschichte Nr. 7. Taf. 10.).

Melancholia autocheiria giebt hier Mania suicida.

5. Raserei, Tobsucht. Mania furibunda, ferox. Furor. Ist die vollkommenste und reinste Darstellung der Manie, daher die niederen Ausbildungsgrade derselben, Mania occulta, sine delirio, bei höherer Ausbildung in sie übergehen. Häufiger bei Männern. Erscheint sie paroxysmenweis mit Lucidis intervallis, so gehen zuweilen dem Anfalle Vorboten vorher, deren die Kranken sich noch bewusst werden, auf Verhütung vor Beschädigung, Einsperrung u. s. w. dringen, weil die Vernunft noch nicht ganz unterjocht ist.

Diese Vorboten sind die einer allmählig sich steigernden Thätigkeit des Blut- und Muskelsystems: harter, voller Puls, maniakalischer Ausdruck im Gesicht, stiere Augen, Röthe des Gesichts, Klopfen der Carotiden u. s. w.

Allgemeine Erscheinungen im Anfalle selbst sind: abnorme, niedere, daher gewöhnlich zerstörende Handlungen, ohne Bewusstsein eines vernünftigen Zweckes, durch abnorme psychische Gefühle erzeugt. Die Vernunft ist ganz unterjocht, muss dem Triebe zu abnormen Handlungen weichen oder demselben dienen.

Die Kranken haben keine Reflexion über ihre Handlungen, das Vernunfturtheil der Unrichtigkeit derselben fehlt, daher auch kein Bewusstsein der Gefahr und keine Furcht vor derselben bei Ausführung ihrer Handlungen.

Ebenso ist das sittliche Gefühl des Unrechts ihrer That unterdrückt, daher sie gewissenlos und schamlos sind, keine Reue nach derselben eintritt.

Der Trieb ist ein niederer, geht auf Zerstörung, bei lebenden Gegenständen auf Tödtung derselben. Der Kranke zerreisst, zerbricht, zerschlägt alle Gegenstände, wirft alle Bekleidung weg, geht nackt.

Aeusserer Widerstand erregt noch mehr die Wuth, die sich besonders gegen lebende Wesen richtet. Werden die Kranken an Zerstörung äusserer Gegenstände gehindert, so wendet sich ihr Zerstörungstrieb gegen den eigenen Körper: sie nagen das Fleisch von den Fingern, beissen in Ketten, zerreissen ihre eigenen Eingeweide.

Als körperlicher Reflex der abnormen handelnden Thätigkeit sind Muskel- und Blutgefässsystem in der höchsten Aufregung. Die Muskeln sind hart, angespannt, die Kraft derselben, wie beim Krampf, übermenschlich, und Hindernisse vermehren die Kraft, so dass die stärksten Banden zerrissen werden und mehrere Menschen den Kranken nicht bändigen können.

Der Puls ist hart, voll, krampfig gespannt, das Auge stier, mit weit aufgerissenen Augenlidern (Oculus bovinus, s. Taf. III. Fig. 2., im Gegensatze der Mel. attonita §. 58 a.), krampfig rollend, die Gesichtsmuskeln gespannt und verzerrt, das Gesicht geröthet, die Carotiden heftig pulsirend. Nicht selten entsteht zugleich Priapismus.

Da die handelnde Richtung einseitig auftritt, so ist die empfindende der sensiblen Nerven vermindert, oder vom Gehirn nicht aufgenommen.

Die Kranken fühlen weder Hunger noch Durst, weder Kälte noch Hitze, keinen Schmerz bei den ärgsten Verletzungen, Arzneimittel erzeugen oft in den grössten Dosen keine Reaction. Alle Sinnesempfindungen sind völlig beherrscht, sie sehen und hören nichts, als was auf ihr abnormes Gefühl Beziehung hat.

Nach individueller Verschiedenheit der Kranken sind die Erscheinungen verschieden. Bei Zornmüthigen zerstörender, bei geduldigem Temperamente gutmüthiger.

In anderen Fällen äussert sich die Manie mehr durch die Sprachorgane (L a l o m a n i a, M a n i a c l a m a t o r i a). Die Kranken schreien, schimpfen, brüllen, lachen, singen (Melomania), declamiren, recitiren Verse (Metromania bei Guislain), schwatzen ohne Unterlass. Als Tanzwuth, Choreomania, epidemisch in Belgien 1373; als Tarantismus in Apulien. Amoenomania bei Guislain I. 183, wenn die Kranken stets höflich sind.

Diese fröhlicheren Formen gehören aber wohl, wie die Melanacholia hilaris (S. 54.), zur Mania ex Vecordia oder ex Moria.

Andere Kranke laufen beständig, verschlingen Alles, was ihnen vorkommt, selbst den eigenen Koth.

Zuweilen gebrauchen die Kranken ihre Vernunft zur Ausführung ihrer Handlung, sind listig und verschlagen, bei der sogenannten Mania sine delirio.

Die Mania homicida (Esquirol II. 50.) tritt oft, scheinbar ohne abnorme Gefühle, paroxysmenweis als Trieb zur Zerstörung des Lebens Anderer auf. — Ist zuweilen symptomatisch bei Epilepsie, wenn die selbstische Thätigkeit der Bewegungsorgane das Centralorgan des Willens ergreift (vgl. §. 58. b.). Die Mania incendiaria, Pyromania, ist häufiger beim Blödsinn.

Die Mania furibunda erscheint häufig paroxysmenweis, zuweilen ohne Wiederkehr (z. B. im Rausche), zuweilen nach Lucidis intervallis wieder eintretend, wenn die Ursache derselben fortdauert. Der Anfall ist in andern Fällen anhaltend, bis die körperliche Erschöpfung den Kranken zu äusserer Ruhe zwingt, und dann tritt mehr ein Zustand von an Lähmung grenzender Schwäche, als ein Lucidum intervallum ein; daher sehr heftige Anfälle mit grosser Steigerung des Blut- und Muskellebens in

Schlagfluss oder Aploplexia nervosa endigen können. In den Lucidis intervallis fehlt gewöhnlich alle Rückerinnerung des Vorgefallenen, oder ist nur unvollkommen, die Kranken sind auch psychisch erschöpft, niedergeschlagen. Die Anfälle dauern Stunden, auch Tage lang, äussere Sinnes- oder psychische Reize rufen den Anfall wieder hervor.

II.

Irrdenken, Vecordia. Monomanie intellectuelle (Esquirol I. 1.). Paraphrenia (Guislain).

§. 60.

Allgemeine und wesentliche Symptome sind: abnorme, irrige Gedankenbilder, Vorstellungen und Ideen, ohne ursprünglich abnorme Gefühle, wie beim Irrfühlen; mit Unterdrückung und im höhern Grade Beherrschung des Gefühlsvermögens, so dass dieses jenem dienen muss.

Die Begriffsdefinition und Pathogenie des Irrdenkens erscheint ohne Noth schwierig, ist aber bisher nicht ausreichend gegeben.

Ist indessen das Erkenntnissvermögen gegenüber dem Gefühlsvermögen nur die nothwendige und höhere Form des psychischen Lebens (§. 8 — 13.), so muss die Definition und Pathogenie des Krankheitsprocesses dieser psychischen Sphäre auch durch die Definition des Krankheitsprocesses des Gefühlslebens mutatis mutandis gegeben sein.

Beim gesunden Denken zieht die Vernunft — als höchster Ausdruck des Erkenntnisslebens — aus richtigen Prämissen richtige logische Schlüsse = Gedanken, vermittelst der Thätigkelt einzelner Hirnorgane, Hirnbläschen und Hirnfasern. — Das bewusstseinlose (nicht zum Vernunftbewusstsein kommende), die Vernunftoperation controlirende (§. 20.) Gefühlsvermögen bestätigt die Wahrheit des Gedankens, so dass beide, Erkenntniss und Gefühl, in ihrem Producte harmoniren und geistige Befriedigung (Frieden der Seele) in Erfüllung des höchsten Zweckes des menschlichen Lebens (§. 1. k. 20.) gewähren.

Beim Irrthum (§. 45.), als Annäherung zum Irrdenken, ist durch abnorme einseitige Thätigkeit einzelner Hirnbläschen oder Fasern in der Gedankenbildung entweder die Prämisse falsch, oder der logische Schluss irrig (es mangelt die logische Consequenz), so dass Unwahrheit des Gedankens (der Idee) entsteht, während das Gefühl, als Controle des Denkens und Correctiv des Irrigen, unterdrückt und unthätig ist. Wird durch äussern Einfluss der Denkprocess zur Wiederholung angeregt, bei neuer Ueberlegung oder auch durch Einfluss der corrigirenden Gefühlsthätigkeit (bei moralischen Handlungen durch's Gewissen) die falsche Idee berichtigt und die falsche Prämisse oder der irrige logische Schluss eingesehen, so wird der Irrthum von der Vernunft erkannt und aufgehoben. Im Irrdenken tritt im Produkte dasselbe wie im Irrthum ein, nämlich irrige Idee. Aber die beim Irrthum einseitig thätig gewordenen Hirnbläschen oder Hirnfasern, deren Product der irrige Gedanke ist, wird beim Irrdenken wegen der Intensität der abnormen Thätigkeit nicht durch äussern Einfluss oder vom Gefühl rectificirt, weil beim Irrdenken das Gefühl unterdrückt ist; das Unwahre der falschen Prämisse, oder das Irrige des logischen Schlusses wird nicht berichtigt und aufgehoben, der irrige Gedanke, die einseitige Thätigkeit einzelner Hirnbläschen oder Fasern bleibt andauernd, beherrscht consensuell alle übrigen benachbarten Hirnorgane, selbst die des Gefühls, und die irrige Idee, die Monophrenesie des Irrdenkens ist die, das ganze psychische Leben beherrschende geistige Thätigkeit.

Die beim Irrdenken auftretende abnorme Erkenntnissthätigkeit ist ferner, wie das Gefühl bei der Melancholie, eine niedere, daher das Produkt derselben ein niederes, wenn dort Seelenschmerz, so hier Irrthum. —

Die andere Hauptseite des psychischen Lebens, die Gefühlsseite ist hier also, wie bei dem Irrfühlen die Erkenntnissseite, unterdrückt, so dass, wenn in der Melancholie das Corrective und die Ergänzung des psychischen Gefühlslebens in der Vernunft und der Erkenntniss des Rechts und Unrechts latent oder sogar dienend war, hier das Corrective und die Ergänzung des psychischen Erkenntnisslebens, das Gefühl des Irrigen und Wahren, unterdrückt und im höheren Grade dienend erscheint.

Sind Gefühl und Vernunft die sich wechselseitig corrigirenden, Seelenfrieden gewährenden, und das psychische menschliche Leben completirenden Hauptformen desselben (§. 20.); muss im Gefühlsleben das Gewissen über Böses und Gutes, im Erkenntnissleben die Vernunfterkenntniss über Irrthum und Wahrheit der Producte des psychischen Lebens entscheiden: so ist bei der Melancholie der Richterstuhl der Vernunft leer, und es mangelt die Einsicht des Irrigen der Gefühle und Handlungen, und hier beim Irrdenken fehlt das richtende Gewissen, welches über das Irrige der Gedankenbilder und Ideen im Gefühle entscheiden soll. Dass diese, den Irrthum des Gedankens corrigirende Thätigkeit des Gefühls (Instinkt, Gewissen) nicht zum Vernunftbewusstsein kommt, unbewusst geschieht, liegt in der Natur des Gefühls, erschwert aber die wissenschaftliche Erklärung.

Wenn bei der Melancholie die Unterjochung der Vernunft sich dadurch zeigte, dass die Vernunftschlüsse nur vom abnormen Gefühle geleitet wurden, so erscheint die Unterjochung des Gefühlslebens hier, indem das unbewusste Gefühl des Irrigen, das Gewissen in ethischer Hinsicht, nicht nur latent, also der Irrdenkende gewissenlos in seinen Handlungen ist, sondern dass sein Gewissen auch das Irrige der Handlungen rechtfertigt.

Beim Irrdenken muss ebenfalls abnorme niedere Bildung in dem der Erkenntnissseite vorstehenden Hirnorgane vorhanden sein, also wahrscheinlich im grossen Gehirn. Vielleicht in dem Chordensystem der beiden

Höhlen desselben, oder der dritten Hirnhöhle. — Sie ist bisher noch nicht nachgewiesen.

Geht Irrdenken durch stete Zunahme in psychischen Tod, Amentia, über, so erscheint dieser vorzugsweise als Dummheit, Stupiditas.

Erschienen die abnormen Gefühle bei der Melancholie in der realen Form, hypostasirt (§. 52.), als Gefühlstraumbilder, deren Irrealität die unterdrückte Vernunft nicht einzusehen vermochte, so erscheinen hier die Produkte des abnormen Erkenntnisslebens in der idealen Form, als abnorme unwahre Gedanken und Ideen.

In den meisten Fällen ist nur eine abnorme Idee vorhanden, die der Kranke ausspricht, wenn er auf dieselbe gebracht wird, Monophrenesie, fixe Idee, während das Denken über andere Gegenstände ursprünglich gesund ist, jedoch auch consensuell abnorm werden kann. Wenn dagegen das ganze Ideenspiel abnorm ist, jede Idee Irrthum enthält, so gehört der Zustand wahrscheinlich zur Complication der partiellen Hirnlähmung mit Irrdenken, zur Moria, oder ist consensuell bei anderen Krankheiten entstanden.

§. 61.

Hinsichtlich des Grades des Irrdenkens lässt sich ebenfalls ein niederer und ein höherer unterscheiden.

Der niedere Grad grenzt an die oft nur momentanen irrigen Ansichten und Ideen bei der Hypochondrie, ist Irrthum (§. 45), der stetig beharrend und vom Gefühle incorrigibel zur fixen Idee zu werden anfängt, die späterhin das ganze psychische Leben beschäftigt und beherrscht.

Ob und inwiefern hier ebenfalls, wie in der Melancholia hypochondriaca (§. 53), bei der Duplicität der Hirnorgane (§. 28.) eine einseitige krankhafte Thätigkeit einer Hirnhälfte anzunehmen sein möchte, bleibt ferneren Untersuchungen vorbehalten.

Im höheren, vollkommneren Grade ist der Irrthum der Erkenntniss vollkommen ausgebildet und das ganze psychische Leben ausfüllend, so dass nun auch das Gefühlsleben in den Kreis der abnormen und irrigen Idee gezogen wird.

Consensuelle Störungen der Function und Bildung anderer, besonders mit dem Erkenntnissleben in näherer Beziehung stehender Körperorgane können auch hier entstehen, müssen jedoch weniger materiell und in den niederen Systemen, mehr in der Sphäre des Gehirns und Rückenmarkes (§. 24.) gesucht werden; daher vorzugsweise in der geistigen Physiognomie und im Gesichtsausdruck des Kranken, in der Art der Bewegung und Haltung des Körpers, in einer Eigenthümlichkeit und Sonderbarkeit derselben (Bizarrerie), die den Kranken oft von der des vernünftig Gesunden unterscheidet.

§. 62.

Die formelle Verschiedenheit des Irrdenkens

entsteht durch die verschiedene Form der abnormen Idee und ist, wie bei der Melancholie, unzählig, daher nur einige beispielsweise zu berühren sind. — (Oft ist dann aber bei der Diagnose vorher die Frage zu lösen: was Irrthum und was Wahrheit sei, vergl. §. 45.) Irrdenken in mathematischen, philosophischen Problemen, deren für unmöglich geltende Lösung der Kranke erreicht zu haben glaubt: Quadratur des Zirkels, Stein der Weisen, Lebenselixir, Perpetuum mobile u. s. w., wenn dies Irrdenken das ganze psychische Leben beherrscht. Irrige philosophische Ansichten, Systeme, philosophische Träumereien, deren Irrthum der Kranke einzusehen unfähig ist. Irrige Lösung physikalischer, physiologischer, astronomischer und anderer wissenschaftlicher Fragen (vergl. Victor Mekarski, Edler von Menk, Skizzirte Andeutungen über willkürliche Ortsveränderungen in den freien Welträumen. Leipz., 1846. 8.), welcher die Möglichkeit eines sich über und ausser der Erdatmosphäre, auf der Grenze zwischen der Anziehungskraft der Erde, der Sonne und des Mondes bewegenden menschlichen Körpers behauptet.

Einseitiges, durch universellere Kenntnisse nicht unterstütztes Studium des Tellurismus, der Pendelschwingungen in demselben erzeugte in zwei Fällen Irrdenken. Falsche Theorie des Tischrückens, des Psychographen gleicherweise.

Hartnäckige, keiner Belehrung zugängige Behauptung irriger physikalischer Ansichten (Luftdruck, Stillestehen der Erde) kann als Irrdenken erscheinen, überhaupt jeder Irrthum, der das ganze Leben beherrscht.

Ebenso können verlorene Processe es erzeugen, wenn der Verlierende Recht zu haben glaubt, seinen Rechtsirrthum aber einzusehen unfähig ist; daher Processsucht als Leidenschaft und besondere Anlage (§. 46.) zum Irrdenken leicht in dasselbe übergeht. — Theologisch-critische Untersuchungen über mystische, der Vernunfterklärung nicht zu unterwerfende Dogmen gehören ebenfalls hierher.

Das aus Irrthum (§. 45.) entstehende Irrdenken scheint am leichtesten zu entstehen bei Menschen, deren wissenschaftliche Bildung dem Gegenstande nicht gewachsen ist, wo also der Irrthum des Resultats des Denkens nicht vermittelst einer höheren wissenschaftlichen Ausbildung und Vernunftentwickelung eingesehen werden kann.

Wird jedoch in solchen Fällen eine Leidenschaft des Gefühls erregt, die in Verrücktheit übergeht, Eitelkeit, Ehrgeiz, Stolz, welche vorherrschend wird, so entsteht Melancholia superba etc., also secundär und consensuell (§. 47.), nicht als Complication (§. 48.).

Da beim Irrdenken, wenn es als Monophrenesie auftritt, das übrige psychische und körperliche Leben oft wenig mitleidet, die Kranken häufig gutmüthig und unschädlich sind (wenn der Zustand nicht in Vecordia maniaca übergeht), so werden sie oft nicht als solche erkannt, daher sie schon deshalb seltener in Irrenanstalten vorkommen. Werden solche Kranke unheilbar, so sind sie in Irrenhäusern nicht selten die besten Krankenwärter.

Da das Vernunfturtheil solcher Kranken nicht blos in dem Felde des Wissens, in welchem sich ihr psychisches Leben bewegt, sondern auch überhaupt als krankhaft und irrig anzusehen ist, so kann dasselbe, wenn es handelnd auftritt, im praktischen Leben ihnen nicht zugerechnet, ihre Vernunft dafür nicht verantwortlich gemacht werden. Daher z. B. ein an Vecordia tranquilla leidender Justizbeamter, der falsche, irrige Justizurtheile erlässt, welche also in's Handeln übergehende Vecordia (Vecordia maniaca) bezeichnen, zwar aus dem Staatsdienste entlassen werden muss, aber nicht zur Strafe eines absichtlichen Vernunftirrthums, sondern als geisteskrank wegen Unfähigkeit des richtigen Urtheils.

§. 63.

Was hinsichtlich der verschiedenen Richtung der Melancholie bemerkt worden, nach welcher diese sich in Melancholia tranquilla (§. 56.) und Melancholia maniaca (§. 58 b.) unterscheidet, gilt nun auch hier; so dass dann in der centro-peripherischen Richtung, bei der Vecordia maniaca, abnorme Handlungen durch abnorme Ideen erzeugt entstehen, die alle graduellen Verschiedenheiten der Manie überhaupt zeigen und zu Zerstörung, Mord u. s. w. führen können; dagegen in der peripherisch-centralen Richtung, bei der Vecordia tranquilla, die abnorme Erkenntnissthätigkeit sich blos in inneren abnormen Ideen bewegt, ohne in abnorme Handlungen überzugehen; daher auch hier eine Vecordia occulta und attonita (Melancholia occ. §. 56. atton. §. 58 a.) möglich ist.

In den concreten Fällen, besonders, wenn örtliches Absterben einzelner Hirnorgane complicirt ist (Moria §. 43.), wird es oft sehr schwer, zu bestimmen, ob abnorme Gefühle oder Ideen den abnormen Handlungen zu Grunde liegen. Die Manie entsteht dann aber oft antagonistisch (vergl. §. 58 b.) und eben so consensuell, ohne ursprünglich abnorme Gefühle oder Ideen.

Zweiter Artikel.

Aetiologie und Pathogenie der Verrücktheit.

---

1. Aetiologie der Verrücktheit.

§. 64.

Jede entstandene Geisteskrankheit setzt grössere Möglichkeit derselben voraus. Daher, wo diese grössere Möglichkeit nicht zugegen ist, auch alle später anzugebenden ursächlichen Momente nicht Geisteskrankheit erzeugen.

Grössere Möglichkeit und leichtere Entstehung des psychischen Krankheitsprocesses ist vorhanden:

1. Bei dem Zustande der allgemeinen und besonderen höheren psychischen Krankheitsanlage (§. 39.), bei jener als dem empfänglicheren Boden, bei dieser als dem schon gebildeten ersten Keim der Krankheit. Ob hierher die grössere Anlage zu Geisteskrankheiten in den Entwickelungsperioden besonders des sexuellen Lebens, die häufig zu Gemüthskrankheiten mit maniacalischen Erscheinungen, z. B. als Pyromanie, Metromanie u. s. w., Gelegenheit giebt, gehört, ist noch näher zu erörtern. Unbefriedigter Geschlechtstrieb beim weiblichen Geschlecht giebt dagegen häufig in den späteren Jahren

zur Melancholie der verschiedensten Form Anlage; daher nicht selten bei alten Jungfern. Bei den wirklichen Entwickelungskrankheiten (Exanthemen, Keuchhusten, Parotitis epidemica u. s. w.) entstehen psychische Krankheiten nur consensuell.

Die Prophylaxis beruht zum Theil auf richtiger Behandlung dieser Zustände (zum Theil auf Abhaltung der die psychische Krankheit bildenden ursächlichen Momente). —

Dass die bisherige allgemeine und specielle Pathologie der psychischen Krankheiten diese beiden Zustände der höheren psychischen Krankheitsanlage ihrem Wesen nach nicht kennt, nur practisch berücksichtigt (z. B. Guislain Phrenop. 1. Cap.) ist die Ursache, dass die ganze Lehre von der Prophylaxis psychischer Krankheiten auf unsicherem Fundamente gebaut ist.

2. Wenn derselbe Krankheitsprocess schon früher vorhanden und unvollkommen geheilt (also die materielle Veränderung in den Hirnhäuten, Hirnbläschen und Fasern nicht aufgehoben worden, daher (wie bei Entzündung) Afterorganisation zurückgeblieben, mithin besondere höhere Krankheitsanlage vorhanden ist.

3. Bei erblicher Anlage, wo entweder angeborne allgemeine höhere psychische Krankheitsanlage, oder besondere psychische Krankheitsanlage und örtliche Missbildung einzelner Hirnorgane als Ursache anzusehen ist. Guislain (Leçons 2, 90.) nimmt 25—29% durch erbliche Anlage entstandene Geisteskranke an,

Esquirol (daselbst) 45%, Jessen (daselbst) 65%. Nach der Erfahrung (Guislain Leçons 2, 91. 92.) geht die erbliche Anlage leichter von der Mutter, als vom Vater über, weil (wie beim Thiere) die materielle Form der Mutter erblicher ist, und bei den Kindern erbt sie häufiger von der Mutter auf die Töchter, und von dem Vater auf die Söhne. (M. Baillarger sur l'hérédité de la folie. S. Baillarger, Cerise et Longet Annales medico-psychologiques. T. III. Paris 1844. S. 328.)

In manchen Familien findet sich anhaltend erbliche Anlage, die sich bei der Anlage zur Melancholie als einseitiges Hervortreten der Gefühlsseite (allgemeine oder besondere höhere Krankheitsanlage derselben §. 102. 110.) darstellt.

(Ein merkwürdiges Beispiel giebt die Familie des Dichters Justinus Kerner (s. dessen Erinnerungen aus den Jahren 1786 bis 1804. Braunschweig 1849.), dessen Grossmutter, zwei mütterliche Tanten und ein Sohn einer derselben dem Wahnsinn verfielen, eine Tochter der Tante an Somnambulismus litt; woraus, wie Kerner selbst bemerkt, „hervorgeht, wie Wahnsinn, Somnambulismus und Dichtkunst mit einander verwandt sind und oft eins aus dem andern hervorgeht.")

Hinsichtlich der Lebensalter giebt das vom 20. bis 40. Lebensjahre die grössere Möglichkeit der Verrücktheit, weil in diesem das psychische Leben vollkommen entwickelt ist. Vor der Mannbarkeit tritt höchst selten, beim Kinde, wie beim Thiere, nie Verrücktheit ein, weil hier das vollkommene psychische Leben noch nicht ausgebildet ist. Eben so selten nach dem 60.—70. Jahre, wo dasselbe zurückzutreten anfängt.

Crescente vita, crescit et sanitas et morbus. Daher nach allgemeinen pathologischen Gesetzen bei höher gebildeten Völkern auch grössere Anlage und Anzahl der Geisteskranken, daher ebenfalls bei geistiger gebildeten Individuen.

Von den Geschlechtern hat das weibliche besondere Anlage zum Irrfühlen, weil bei diesem das Gefühlsleben vorwaltet; das männliche Geschlecht zum Irrdenken, weil hier die Erkenntnissseite prävalirt. Im Allgemeinen ist in Deutschland die grössere Zahl Irrer beim männlichen Geschlechte. In Frankreich und Belgien beim weiblichen. (Guislain l. c.)

Hinsichtlich der Verhältnisszahl der Geisteskranken zur Bevölkerung rechnet man nach den statistischen Krankheitstabellen in verschiedenen deutschen Staaten auf 500—1000 Einwohner einen Geisteskranken. Die Ursache der Unsicherheit solcher Tabellen liegt in der Schwierigkeit der Frage, ob im besonderen Falle Geisteskrankheit vorhanden ist oder nicht, die jeder Arzt auf verschiedene Weise beantwortet *).

---

*) Als Beispiel der Unsicherheit mag Folgendes dienen. Nach Dr. Pedro Marta Rubio, Leibarzt der Königin von Spanien (in seiner vergleichenden statistischen Uebersicht der Geistesabwesenden in den verschiedenen Ländern Europa's) kommt

In Schottland	1	Irrer	auf	417	Seelen
Im Canton Genf	1	„	„	446	„
In Norwegen	1	„	„	550	„

Man sollte nur von dem Verhältnisse der unzurechnungsfähigen und dispositionsunfähigen Geisteskranken (Insania und Amentia) zu den Gesunden sprechen, wo dann aber dennoch das Urtheil verschiedener Aerzte verschieden sein würde.

Nassau hat 1840 auf 386,221 Einwohner 636 Geisteskranke, also 1 : 622. (Snell in Damerow's Zeitschrift 8. B. 1. Heft. S. 80.) Oldenburg zählt 1 auf 351 Einw. Braunschweig 1 : 539. (Die neue Irrenheilanstalt für das Grossherzogthum Oldenburg. Oldenburg 1852. S. 8.). Im Grossherzogthum Darmstadt fanden sich 1854 unter 852,000 Einwohnern 1774 Irre, also 1:480. Im Grossherzogthum Baden im Jahre 1852 1:509. (Correspondenzblatt der deutschen Gesellschaft für Psychiatrie und gerichtliche Psychologie. 1854. Nr. 5. S. 39.)

Insofern die ursächlichen Momente bei vorhandener allgemeiner oder besonderer höherer Krankheitsanlage intensiver und schneller einwirken, sind diese Verhältnisse auch in der Aetiologie und Pathogenie dieser Zustände zu berücksichtigen, auf deren Erörterung (s. 2. Cap. §. 102. 110.), daher hier verwiesen werden muss.

In Belgien	1	Irrer	auf	816	Seelen
„ England	1	„	„	700	„
„ Preussen	1	„	„	1000	„
„ Holland	1	„	„	1233	„
„ Spanien	1	„	„	1607	„
„ Frankreich	1	„	„	1733	„
„ Irland	1	„	„	2125	„
„ Italien	1	„	„	3698	„
„ Piemont	1	„	„	5818	„

(S. Frankf. O.- P.- A.- Ztg. Conv.-Blatt, 1848. Nr. 337. 21. Dec.)

§. 65.

Da dieselben äusseren Schädlichkeiten nach der vorhandenen allgemeinen oder besonderen höheren Krankheitsanlage einzelner Hirnorgane bald Irrfühlen, bald Irrdenken, und nach Verschiedenheit ihrer Wirkungsweise (ob sie direct oder indirect, consensuell oder antagonistisch, unmittelbar oder mittelbar wirken), bald psychischen Krankheitsprocess, bald allgemeine oder besondere höhere Krankheitsanlage, bald örtlichen psychischen Tod erzeugen können; so werden bei Angabe der Wirkung der verschiedenen äusseren Schädlichkeiten alle diese verschiedenen Krankheitsformen berücksichtigt und wird späterhin (weil bei den Heilmitteln dieselben allgemeinen Gesetze herrschen) in der Therapie derselben nur hierher zu verweisen sein. (Vergl. §. 83.)

§. 66.

Da alle äusseren Kräfte und Dinge auf das psychische Leben (direct oder indirect) ihre Wirkung erstrecken und als ursächliche Momente der psychischen Krankheit erscheinen können, so gilt auch hier die allgemeine wissenschaftliche, nach der verschiedenen Lebensqualität der äusseren Einflüsse entworfene Eintheilung der Aetiologie und Iamatologie (s. Kieser allgemeine Therapie in dessen System der Medicin), in mechanische, dynamische (chemische), organische, psychische und diätetische (gemischte) Einflüsse.

§. 67.

Zu den mechanischen Schädlichkeiten gehören die durch mechanische Kraft der Schwere (Druck, mechanische Trennung, Ausdehnung, Zerreissung) wirkenden Einflüsse, z. B. Druck auf's ganze Gehirn oder einzelne Hirntheile durch Exostosen, Geschwülste, Wasser-, Eiter-, Blutansammlung im Gehirn, Knochensplitter, Fissuren der Schädelknochen, Verwachsung einzelner Theile, Aneurysmen, Verknöcherung der Arterien, Verengerung der Schädelöffnungen zum Eintritt der Arterien; welche entweder als mechanischer Reiz unmittelbar wirken und erhöhte Hirnthätigkeit erzeugen oder, der häufigere Fall, consensuell die Thätigkeit des Blutgefässsystems erhöhen und örtliche Congestion oder Entzündung hervorrufen, oder endlich die Thätigkeit des ganzen Gehirns oder einzelner Theile desselben behindern, unterdrücken, lähmen, und dadurch antagonistisch die Thätigkeit anderer Hirnorgane abnorm steigern. — Beispiele der ersten und zweiten Art: Vecordia, Melancholia furibunda durch stetig das Hirn reizende Knochensplitter, durch venerische Anschwellung der Schädelknochen, Verdickung, Verknöcherung, Verwachsung der Hirnhäute, — der dritten Art: Blödsinn durch Blut- oder Wassererguss in die Hirnhöhlen, Tuberkeln im Gehirn, wobei antagonistisch und als Moria Irrfühlen und Irrdenken sich complicirt. Blödsinn durch Commotio cerebri.

Nicht selten wirken mechanische Schädlichkeiten auf andere Körperorgane und erzeugen durch den besonderen

Consensus derselben mit einzelnen Hirnorganen (§. 23.) psychische Krankheiten. Beispiele: Melancholie durch mechanischen Druck von Blasensteinen auf die Unterleibsganglien; Melancholia libidinosa nach dem mechanischen Reiz der Ascariden auf die weiblichen Geschlechtsorgane. — Melancholie durch Aneurysmen grosser Gefässstämme, des Herzens. Verschiebung des Colon transversum, nach Esquirol (1. 269.) bei $1/_5$ der Verstorbenen. Grosse psychische Reizbarkeit, Blödsinn durch Wunden mit grossem Blutverlust. (Die verschiedenen Formen des Traumes werden gleicherweise gewöhnlich durch Reflex körperlicher Affectionen auf's Gefühlsleben des Schlafes erzeugt).

Die Verwandtschaft einzelner Körpertheile zu einzelnen Hirnorganen (§. 22—24.) ist in der Erklärung der Wirkung zu berücksichtigen.

§. 68.

Die dynamischen (chemischen) Einflüsse sind durch die Kraft ihrer chemischen Elemente wirkende Stoffe, welche, als Heilmittel angewendet, die Materia medica pharmaceutica bilden. Ihre Zahl ist unendlich, wie die der pharmaceutischen Heilmittel; sie wirken hier aber, wie dort zur Heilung psychischer Krankheiten, in den bei weitem meisten Fällen nicht direct auf das kranke Hirnorgan und unmittelbar, sondern consensuell oder mittelbar. Auch ist hinsichtlich der specifischen Wirkung der chemischen Elemente und ihrer Verbindungen auf's

Gehirn und auf einzelne Hirnorgane fast nichts erwiesen. Beispiele: Aphrodisiaca erzeugen consensuell durch Erhöhung der Geschlechtsthätigkeit Melancholia nymphomanica. Melancholia maniaca furibunda durch Opium, spirituöse Getränke, die als mittelbare Wirkung in Blödsinn endigt; Melancholia sagarum et daemonomaniaca wurde früher consensuell durch die narkotische Wirkung der Hexensalbe auf's Bauchgangliensystem erzeugt. Suppositoria von Strammonium erzeugten Melancholia sagarum (Esquirol 1. 294.).

§. 69.

Organische Schädlichkeiten nennen wir diejenigen Einflüsse, in denen das Wirkende nicht die mechanische Schwerkraft, noch die Lebenskraft der chemischen Elemente, sondern die von einem höheren Leben ausgehende, aber nicht psychische Thätigkeit ist; welcher sehr weite Begriff indessen ihrer Qualität nach ganz verschiedene Kräfte enthält, und bei denen oft nicht der der Kraft entsprechende Stoff (die beide überall zugleich vorhanden sind §. 2.), sondern das Thätige allein bezeichnet wird, z. B. Licht und Wärme, Electricität, thierisch-magnetische Kraft, Mondseinfluss, Contagium u. s. w. Sie spielen in ihrer Mannigfaltigkeit bei Entstehung psychischer Krankheiten eine grosse Rolle, sind als ursächliche Momente derselben oft schwer nachzuweisen, und ihre Wirkungsweise kann ebenfalls jede mögliche sein.

Hierher gehören als Beispiele: Melancholia Autocheiria der Mädchen in Milet durch psychische Ansteckung; andere Beispiele von Ansteckung wahnsinniger Gefühle führt Esquiros an (A. Esquiros und E. Weil die Irrenhäuser u. s. w. in Paris. Stuttg. 1852. S. 30. 31.). Eine meiner an Melancholie ex menstruatione suppressa leidende Kranke behauptete, im 3. Lebensjahre genothzüchtigt worden zu sein. Eine andere, mit ihr Umgang habende Melancholische klagte sich nach einigen Tagen heftig weinend derselben im 3. Lebensjahre erlittenen Misbandlung an. Durch endemische und epidemische Einflüsse gebildet sind Geisteskranke in manchen Ländern und Zeiten häufiger, z. B. die epidemische Tanzwuth im 14. Jahrhundert in Belgien; die Tarantel-Tanzsucht in Unteritalien (vergl. C. G. Carus über Geistesepidemien der Menschheit. Meissen. 1852.); Melancholie durch den Einfluss des Mondes auf's Ganglienleben; Melancholia maniaca und nachfolgender Blödsinn durch Sonnenstich (Insolatio) vermittelst Hirnentzündung.

Hirnlähmung durch Blitzschlag. Melancholia maniaca durch grosse Hitze, aber auch enorme Kälte (russischer Feldzug der Franzosen). — Erzeugung des Paroxysmus der Mania furibunda durch grelle Farben, grelle Töne, starke Gerüche; wobei eine consensuelle Wirkung durch die Sinnesorgane statt zu finden scheint.

Ebenso gehört hierher die consensuelle Erzeugung psychischer Krankheiten durch Krankheiten anderer Organe, wenn hier die organische (nicht mechanische oder chemische) Thätigkeit derselben (als Organismen) die psychische Thätigkeit einzelner Hirnorgane abnorm steigert oder vermindert, also consensuell oder antagonistisch Geisteskrankheit erzeugt. Z. B. Melancholie durch Lungenkrankheit, Milz-, Leberverhärtung, durch Hämorrhoidal- und Menstrualcongestion, organische Herzfehler, Uterinleiden, Nierenkrankheiten, Würmer u. s. w. Melancholia maniaca im oder nach dem Anfalle der Epilepsie, des Wechselfiebers, der Hypochondrie, des Veitstanzes u. s. w. als Krankheitsprocesse des Nervensystems. Manie bei heftigem Schmerz nach Operationen, Algia maniaca. Manie bei Schwangerschaft (Guislain, 2. 77).

§. 70.

Zu den psychischen Schädlichkeiten gehören streng genommen nur die Einflüsse des psychischen Lebens anderer Menschen auf die Hirnorgane des Kranken, oder einzelner Hirnorgane auf andere desselben Menschen (z. B. wenn Irrdenken consensuell Melancholie erzeugt und umgekehrt).

Da es ferner zwei psychische Hauptvermögen giebt, des Gefühls und der Vernunft, von denen jene ohne intelligentes Bewusstsein, diese mit Intelligenzbewusstsein thätig ist, so giebt es ausser den mit Bewusstsein statt findenden Einwirkungen des vernünftigen Lebens (z. B. Vernunftvorstellungen irriger Ansichten) auch eine instinctmässige unbewusste des Gefühlslebens, die sowohl in der Hirnsphäre des Kranken statt finden, als auch von anderen Menschen ausgehen kann, welche letztere man auch als psychische Ansteckung bezeichnen könnte (z. B. durch Uebertragung religiöser Ansichten, Glaubenslehren u. s. w.). Diese psychische Potenz ist bisher aber weder in der Aetiologie noch in der Materia medica der psychischen Krankheiten hinlänglich erkannt und gewürdiget worden. Die Ursache dieser Verkennung liegt in dem Mangel der Kenntniss des Gefühlslebens in der bisherigen Psychologie.

Im Allgemeinen gehört hierher fehlerhafter religiöser oder wissenschaftlicher Unterricht, durch welchen Gefühls- oder Erkenntnissleben zu abnormer einseitiger Thätigkeit verleitet wird. Mystische Schulen können Melancholia religiosa erzeugen. Psychische Einflüsse verschiedener Art, die zuerst Affecte und Leidenschaften erregen, welche gesteigert in psychische Krankheitsprocesse übergehen. — Uebertriebene Geistesanstrengung kann mittelbar grosse Reizbarkeit des Gehirns, späterhin Verrücktheit, Blödsinn zur Folge haben. Gewissensbisse bei Verbrechern, die nicht durch die Strafe gesühnt worden, erzeugen häufig Melancholia und Taedium vitae, Gefühlshallucinationen u. s. w. (Delbrück, in Damerow's Zeitschrift 11. Bd. 1. Heft. Im Halle'schen Zuchthause waren unter 58 verrückten Züchtlingen 23 in Folge des Verbrechens verrückt geworden).

Insofern man jedoch Affecte und Leidenschaften hierher zählt, sind sie als besondere höhere Krankheitsanlage, schon der Keim der psychischen Krankheit selbst, welcher durch andere Einflüsse genährt und höher entwickelt in Verrücktheit übergeht; sie sind also nur im uneigentlichen Sinne ursächliches Moment der psychischen Krankheiten.

K. W. Ideler, Grundriss der Seelenheilkunde, Berlin 1838, theilt hiernach die psychischen Krankheiten in idiopathische (durch Leidenschaft entstandene) und sympathische (durch Körperkrankheiten gebildete) ein.

Nach Guislain (2, 41), Parchappe, und Hare, entstehen 66 % der Geisteskrankheiten durch psychische Einflüsse (in Frankreich, England. In Deutschland anders). Bei solchen statistischen Angaben werden jedoch gewöhnlich anderweitige zugleich einwirkende Schädlichkeiten übersehen, daher sie kein wissenschaftliches Gewicht haben.

Esquirol I, S. 9. sagt mit Unrecht: „der Ursprung fast alles Wahnsinns findet seinen primitiven Typus in der Leidenschaft.“

§. 71.

Die letzte Klasse, die der sogenannten diätetischen oder gemischten schädlichen Einflüsse umfasst alle die mannigfaltigsten und verschiedenartigsten, oft aus allen übrigen Klassen der Schädlichkeiten zusammengesetzten Verhältnisse, die in der Lebensweise, Erziehung, gesellschaftlichen Verhältnissen, Familienleben, Einsamkeit, in der Beschäftigung des Kranken, Lectüre, Kunst, Sitten und Gebräuchen, Wohnung u. s. w. sich vereinigen. Es ist die Klasse, in die man alle in den übrigen Klassen nicht unterzubringenden Schädlichkeiten einordnen kann, und deren Wirkungsweise ebenfalls verschieden ist.

Die sogenannte Puerperalmanie im Kindbette ist eine Form des Kindbettfiebers, und entsteht bei der allgemeinen höheren Krankheitsanlage im Kindbette als Melancholia puerperarum, am häufigsten durch Entzündung einzelner Hirntheile, also consensuell, oder idiopathisch in der verschiedensten Gestalt bei zu Grunde liegender grosser Reizbarkeit des Gehirns und dann häufig mit Lucidis intervallis, und geht leicht in Moria über. (S. Kieser, Programma de Febr. puerperar. indole, varia forma et medendae ratione Partic. I — VII. Jenae, 1825 — 29. 4.).

Auch gehört hierher unrichtige ärztliche Behandlung der Hämorrhoiden, der Gicht. Kaltwasserkur durch Sitzbäder, kalte Klystiere bei Hämorrhoidariis erzeugte in mehreren Fällen Melancholie durch Hirncongestion, Hirnentzündung u. s. w. Ebenfalls, durch vernachlässigte Anwendung der nöthigen Mittel, Homoiopathische Behandlung. (S. Krankheitsgeschichte Nr. 12.)

Noch fällt hierher die häufige Erzeugung der Manie (als Melancholia und Vecordia maniaca) durch unrichtige Behandlung der Melancholie und Vecordia. Treten abnorme Gefühle oder Ideen mehr in der handelnden Richtung auf und werden diese durch schädliche Einflüsse, z. B. erregende Arzneien, psychische falsche Behandlung, oft durch Isolirung der Kranken und Einsamkeit, Zwangsmittel gesteigert, so entsteht secundär Manie. Man kann behaupten, dass eine grosse Zahl Maniaci in Irrenanstalten durch falsche Behandlung erzeugt werden. Daher Manie in wohleingerichteten Irrenanstalten nur selten vorkommt, und die künstlich erfundenen gewaltsamen Apparate zur Bändigung und Heilung der Manie (Zwangsstuhl, Drehmaschine u. s. w.) selten oder gar nicht in denselben zur Anwendung kommen. Nach der häufigeren oder selteneren Anwendung der Bändigungsmittel der Maniaci kann man den Werth einer Irrenanstalt beurtheilen. Je mehr Maniaci und antimaniacalische Apparate in einer Irrenanstalt vorhanden sind, desto schlechter ist die Psychiatrie derselben *).

Die Analyse der Schädlichkeiten und ihrer Wirkung ist oft misslich, und bei Affecten und Leidenschaften, die, oft Jahre lang verborgen, keine äusseren Symptome geben, oft unmöglich. Andere Schädlichkeiten wirken oft Jahre lang allmählig ein, sind mit andern complicirt und bilden die grösste Schwierigkeit und Aufgabe in der Aetiologie dieser Krankheiten. — Bei chronischen psychischen Krankheiten dürfte jeder Irrenarzt eine verschiedene Aetiologie aufstellen.

---

*) „Seitdem man die Wüthenden mit mehr Wohlwollen behandelt, hat sich die Zahl derselben vermindert, so dass man in gut gehaltenen und passend angelegten Hospitälern auf mehrere Hundert Geisteskranke manchmal nur einen Wüthenden findet." Esquirol, übersetzt von Bernhard, I. S. 135.

2. Wirkungsweise der Schädlichkeiten zur Pathogenesis psychischer Krankheiten.

§. 72.

Indem wir hier die verschiedene Wirkungsweise der äusseren Schädlichkeiten (die nach denselben Gesetzen geschieht, wie bei den übrigen Krankheiten, und gleicherweise bei den Heilmitteln stattfindet, und ihre nähere Begründung in der allgemeinen Pathologie und Therapie hat) aufführen, und eine directe und indirecte, consensuelle, mittelbare und antagonistische Wirkung nachweisen, wird dadurch zugleich die directe, consensuelle, mittelbare und antagonistische Entstehung, also die Pathogenesis der psychischen Krankheiten angegeben.

(In der bisherigen psychischen Pathologie findet sich hier eine grosse Lücke, und es ist ein charakteristisches Zeichen des gegenwärtigen Zustandes der Medicin, dass bei Heilung der psychischen Krankheiten, in denen die freie Vernunftthätigkeit fehlt, die Vernunft des Arztes so wenig und selten nach dem Wie der Erkrankung und Heilung fragt. Man fragt (auch nicht bei Guislain 2. 77.) weder in den psychiatrischen Schriften noch in der Praxis nach der oft complicirten Wirkungsweise der vorhanden gewesenen Schädlichkeiten und nach der hierin begründeten Genesis der Krankheit, und man führt in der Pathogenie der psychischen Krankheiten blos die Schädlichkeiten an, wie man in der therapeutischen Praxis die gleich verschiedene Wirkungsweise der Heilmittel nicht berücksichtigt und deren Wirkung nur empirisch angiebt, obgleich die Gesetze der allgemeinen Pathologie und Therapie auch hier gelten.)

Die Wirkung äusserer Potenzen selbst entsteht, (Kieser's System d. Medicin. 2. Bd.) indem die äussere Potenz ihre Lebensqualität, ihre Idee, auf den Organismus zu übertragen, denselben sich zu assimiliren bestrebt ist, dadurch aber eine Reaction, ein Gegenstreben des Organismus, sich zu erhalten und die äussere Potenz zu assimiliren entsteht, dessen oscillatorischer den Urgesetzen des oscillatorischen Lebens (§. 1. i.) gemässer Verlauf als successive Erhöhung und Minderung der Thätigkeit des Organs, hinsichtlich der Wirkung der äusseren Potenz als primäre, reizende, und secundäre, schwächende Wirkung erscheint. Dieser Veränderung des Thätigen entspricht aber nothwendig eine Veränderung des Leiblichen (der Form und chemischen Mischung), welche nach der Idee des ergriffenen Organismus oder Organes, daher nicht nach rein mechanischen oder chemischen Gesetzen geschieht, welche erst unbeschränkt herrschen, wenn das organische Leben abgestorben ist. (Vgl. §. 5.)

Entsteht die Wirkung unmittelbar im kranken Organe, so ist es directe Wirkung; wenn consensuell in einem anderen als dem ursprünglich reagirenden Organe, consensuelle Wirkung; wenn zuerst in einem anderen und durch Antagonismus in einem entfernten Organe, antagonistische Wirkung; wenn blos die secundäre schwächende Wirkung erscheint, mittelbare (durch die primär reizende vermittelte) Wirkung. Alle diese nicht directen Wirkungsweisen bilden dann die indirecte Wirkung.

Diese verschiedenen Wirkungsweisen können bei jeder Schädlichkeit, wie bei jedem Heilmittel eintreten, also auch in der Aetiologie und Iamatologie der psychischen Krankheiten.

§. 73.

Die directe Wirkung findet selten Statt, vielleicht nur bei psychischen (§. 70) und bei manchen gemischten (§. 71.) Einflüssen, indem alle übrigen Schädlichkeiten wohl nie auf die Hirnorgane ursprünglich oder allein einwirken. —

Von den chemischen Schädlichkeiten (§. 68.) könnten vielleicht nur die flüchtigen, stick- und wasserstoffhaltigen als eine directe Wirkung auf die Primitivkörper und Fasern des Gehirns äussernd angesehen werden.

§. 74.

Consensuelle Wirkung und consensuelle Entstehung der psychischen Krankheiten ist vorhanden, wenn zuerst in einem andern Organe abnorme Thätigkeit entsteht, die sich durch allgemeinen oder besonderen Consensus auch einem Hirnorgane, und nothwendig dem krankheitsfähigeren, reizbareren (§. 39.) am leichtesten, mittheilt. Zur consensuellen Entstehung der Geisteskrankheiten gehört also:

1. Besondere Verwandtschaft des ursprünglich erkrankten Organs zum Gehirn oder einzelnen Organen desselben (§. 22—24.).

2. Allgemeine oder besondere höhere Krankheitsanlage des Gehirns oder einzelner Organe desselben (§. 39).

Beispiele sind: Consensuelle Melancholia maniaca ferox, Vecordia, bei Hirnentzündung, Nervenfieber, Scharlach u. s. w.

Diese ursprüngliche Krankheit, die Entzündung, ist oft ganz örtlich in einzelnen Hirnorganen beschränkt, und wird dann sehr leicht übersehen.

Consensuelles Irrdenken bei Melancholie, bei Algieen, Krämpfen; consensuelle Satyriasis und Nymphomanie durch Priapismus, abnorme Reize der Geschlechtsorgane. Melancholie durch Hämorrhoidal- und Menstrualcongestionen, durch Verhärtung der Leber, Milz, Colon, Ovarien, Steinkrankheit, Aneurysmen, Herzfehler u. s. w.

Consensuelle Manie als periodische Manie im epileptischen Anfalle, also Epilepsia maniaca, die Reil Mania s. delirio nennt (§. 59.) Scelotyrbe maniaca. (s. Krankheitsgeschichte Nr. 13.). Consensuelle Algia maniaca (§. 69.), wo die abnorm gesteigerte Thätigkeit der Empfindungsnerven consensuell abnorm erhöhte Thätigkeit der motorischen Organe des Gehirns erzeugt (Also unterschieden von der idiopathischen Melancholia maniaca, wo abnorme Gefühle die Ursache sind. Consensuelle Manie im Wechselfieberanfalle u. s. w.

Consensuell durch auf die Hirnorgane schwächend und zuerst höhere Reizbarkeit und Krankheitsanlage hervorrufend wirken allgemein schwächende Einflüsse, übermässige Blutungen, Schleimflüsse, Samenverlust, Harnsecretion im Diabetes; Hunger, Kälte u. s. w., denen dann bei Einwirkung reizender Schädlichkeiten Verrücktheit folgt (s. Krankheitsgeschichte Nr. 7. 8. 9. 10.).

Von besonderer Wichtigkeit aber häufig verkannt ist die consensuelle, häufig wohl auch antagonistische Entstehung psychischer Krankheiten durch auf's Gangliensystem zuerst wirkende Schädlichkeiten, also bei Affectionen des Bauchgehirns. Enthalten die Bauchganglien gleiche Nervenzellen, wie das Hirn und Rückenmark, sämmtliche Ganglienzellen nach den neuesten Dorpater Untersuchungen (s. Nachtrag und Taf. II. A.) in ihren Ausläufern sogar sensible, motorische und die Beziehung zu anderen Zellen und zum Gehirn vermittelnde Nervenfasern, sind die Bauchganglien also selbst in ihrem Elementarbau als dem Elementarbau des Kopfgehirns nachgebildete kleine Gehirne zu betrachten; so ergiebt sich die bisher viel zu wenig berücksichtige Bedeutung derselben für die Psychologie und Psychiatrik. (S. Krankheitsgeschichte Nr. 14.)

Man kann diese durch Affection der Bauchganglien entstandene Verrücktheit gangliöse Verrücktheit, im Gegensatz der cerebralen nennen, welche durch primäres Leiden der Hirnorgane entsteht. Theils kann hier eine erhöhte Thätigkeit derselben consensuell erhöhte Thätigkeit des verwandten Hirnorganes erzeugen; theils Minderung der Thätigkeit derselben antagonistisch psychischen Krankheitsprocess erregen. Daher Verrücktheit, besonders als Melancholie, sehr häufig durch Leiden des Gangliensystems erzeugt wird, z. B. bei Melancholia hypochondriaca. Auch erklärt sich hieraus die consensuelle und antagonistische Heilung der Verrücktheit durch auf's Gangliensystem vorzüglich wirkende Mittel (Eckelkur, Visceralklystiere, drastische Abführungen, scharfe Narcotica, vgl. §. 58. a.).

Fehler der Gangliengeflechte: Atrophie des Plexus coeliacus, renalis, Verhärtung, Verwachsung derselben, Erweichung in den Nebennieren, wenn sie nach Bergmann Verrücktheit erzeugen, gehören ebenfalls hierher. Eben so vielleicht perpendiculäre Lage des Colon transversum nach Bergmann und Esquirol (vgl. §. 67).

Bei dieser consensuellen Wirkung bestimmt dann die allgemeine oder besondere höhere Krankheitsanlage einzelner Hirnorgane die Entstehung der besonderen Form der psychischen Krankheit; daher solche Einflüsse und Verhältnisse bei grösserer Reizbarkeit der psychischen Gefühlsseite leichter Melancholie, der Erkenntnissseite leichter Vecordia; bei Zornmüthigen Mania furibunda, bei vorwaltender peripherisch-centraler Hirnthätigkeit Mania tranquilla hervorrufen.

Diese consensuell entstandenen Formen der psychischen Krankheitsprocesse unterscheiden sich dann symptomatisch von den idiopathischen, durch ursprüngliches Hirnleiden gebildeten Formen oft dadurch, dass sie nach Verhältniss jener anderen Krankheitszustände zu- und abnehmen, oft nur in Zwischenräumen eintreten (z. B. bei Hämorrhoidal- und Menstrualfehlern, Arthritis retrograda, Epilepsia u. s. w.), während die letzteren gewöhnlich anhaltend sind; welche Unterscheidung für die Prognose und Cur höchst wichtig ist.

Bei der gangliösen Verrücktheit tritt zuweilen ein Analogon des Typischen ein, Verschlimmerung des Zustandes alle 2—3 Tage, z. B. Melancholie bei Schwangerschaft; bei Hämorrhoidal- und Menstrualcongestionen zur Zeit derselben.

Hinsichtlich der Bezeichnung nennt man alle auch consensuell entstandenen Hirnaffectionen psychische Krankheiten, wenn die anderweitigen sie consensuell erzeugenden Krankheiten nicht bekannt sind (Hirnentzündung, Myelitis, Oophoritis, Tubercula cerebri); hingegen werden sie mit Recht Symptome dieser anderweitigen Krankheiten genannt, wenn letztere bekannt sind, z. B. Delirium bei Nervenfieber, Hirnentzündung, Myelitis, Pneumonia etc. (vgl. §. 47).

§. 75.

Antagonistische Wirkung, und antagonistische Entstehung der psychischen Krankheit, die man, wenn dabei eine frühere andere Krankheit verschwindet, Metaschematismus und Metastase nennt, entsteht, wenn durch die Einwirkung äusserer Schädlichkeiten auf ein Organ nicht in diesem, sondern in einem, in Antagonismus mit dem primär afficirten Organe stehenden Organe Verrücktheit sich bildet, wobei jedoch der Unterschied von consensueller Wirkung oft schwer anzugeben ist. Die besondere Beziehung einzelner Organe zum Gehirn und die grössere Krankheitsanlage einzelner Hirnorgane bestimmt auch hier die Form der psychischen Krankheit.

Am wichtigsten ist hier die metastatische Entstehung, die bei der Heilung die so wichtige antagonistische Heilmethode giebt. Sie findet statt, wenn äussere Schädlichkeiten, Erkältung, Schreck u. s. w., eine vorhandene Hämorrhoidal- oder Menstrualblutung, Blennorrhoe, Durchfall, Parotitis epidemica u. s. w. plötzlich hemmen und dadurch Verrücktheit erzeugen.

Einflüsse, welche Krätze und andere Impetigines, Gichtanfall, Wechselfieber u. s. w. plötzlich heben, können bei vorhandener höherer psychischer Krankheitsanlage ebenfalls psychische Krankheit hervorrufen.

Selbst sensitive Krankheiten, Epilepsie, Veitstanz, Somnambulismus können metaschematisch in Verrücktheit übergehen; Melancholia errabunda in Melancholia attonita, und umgekehrt. — Diese Verwandlung der Krankheit in demselben Systeme (Metaschematismus) kann bei allen psychischen Krankheitsprocessen und besonderen Formen derselben stattfinden, wenn gleich die diese Formumwandlung bedingenden Einflüsse oft schwer ätiologisch nachzuweisen sind.

§. 76.

Zu der durch consensuelle Wirkung äusserer Schädlichkeiten gebildeten Entstehung psychischer Krankheiten gehört auch die Entstehung der Verrücktheit als Nachkrankheit, wenn im Zeitraum der Genesung anderer Krankheiten neue Schädlichkeiten einwirken, und in dem reizbareren Hirnorgane psychische Krankheit erzeugen, z. B. nach Nervenfiebern und andere Exanthemen, nach Cholera orientalis, nach Hirnentzündung, nach Wechselfiebern.

Entsteht die psychische Krankheit durch die Einwirkung der aus solchen Krankheiten zurückgebliebenen Verhärtungen, so wirken diese wohl mehr consensuell (§. 74.)

§. 77.

Wie die Angabe der im concreten Falle vorhanden gewesenen ursächlichen Momente oft sehr schwierig ist (§. 71), so ist es auch die Angabe der Wirkungsweise derselben. Häufig entsteht neben der directen oder consensuellen Wirkung einzelner Schädlichkeiten eine antagonistische anderer, so dass die pathologische Erklärung der Entstehung der Krankheit, die Pathogenesis, oft höchst unsicher wird, obgleich dieselbe zur Cur unentbehrlich ist.

Ganz fehlerhaft ist es, bei dem Ausbruch allmählich sich bildender psychischer Krankheiten nur auf die zuletzt vorhandenen Schädlichkeiten Rücksicht zu nehmen, und der Versuch, die Geisteskranken nach der Entstehungsweise ihrer Krankheit tabellarisch zu ordnen (bei Guislain, Phrenopathien. S. 40.) ist als mislungen zu betrachten.

Dritter Artikel.

Indication, Heilmittellehre und Cur der Verrücktheit.

1. Prognose und Indication der Verrücktheit.

§. 78.

Aus der Kenntniss des Wesens der psychischen Krankheit, ihrer Entstehung und ihres Verlaufes ergiebt sich die practische Aufgabe der Lösung der Frage nach dem bei der Behandlung zu Erwartenden, nach der grössern oder geringern Heilbarkeit und den Folgen derselben für's Leben des Kranken, — was man unter Prognose begreift.

Da jedoch mehr als bei allen übrigen Krankheiten die Kenntniss der Entstehung der psychischen Krankheit schwierig, und die Entwerfung der Genesis und der Aetiologie derselben in den meisten Fällen unsicher ist; so ist die practische Vorhersagung des Ausganges der Krankheit in den meisten concreten Fällen nur sehr vorsichtig zu stellen, und oft erst nach längerer Beobachtung des Verlaufes zu fassen.

Der nothwendige Ausgang jeder stetig zunehmenden Krankheit ist Tod des kranken Organes und Lebens, hier also des kranken Hirnorganes und psychischen Lebens, Blödsinn, Amentia; daher sowohl Melancholie als auch Irrdenken stetig zunehmend in Blödsinn endigen, und zwar zuerst in partiellem, bei Melancholie in Gefühlslosigkeit (Anaesthesia), beim Irrdenken in Dummheit (Stupiditas), und entweder in der unvollkommenen Gestalt, als Geistesschwäche, Imbecillitas animi, oder in der vollkommenen, als Fatuitas (vgl. §. 33.), mit welchem örtlichen Hirntode das übrige Leben noch bestehen kann.

Der Tod des ganzen Körpers erfolgt dann häufig durch Complication mit anderen hinzugetretenen Krankheiten; durch Apoplexia sanguinea oder nervosa, besonders häufig durch Entzündungen innerer Organe, mit ihren Folgen als Vereiterung, Brand, Wassersucht. Diese secundär entstandenen tödtlichen Krankheiten werden häufig verkannt, und um so leichter, da die subjectiven Symptome von dem vernunftlosen Kranken entweder unrichtig angegeben oder verschwiegen werden. Am häufigsten tritt bei Moria chronische Lungenentzündung und Lungenschwindsucht ein, (bei $^{13}/_{100}$ nach Esquirol I. 269.). Aber auch Entzündung und Vereiterung der Unterleibseingeweide, der Hirnorgane mit ihren Folgen, Wassersucht, Brand u. s. w.; bei Melancholia maniaca oft durch Schlagfluss. In andern Fällen der consensuellen Entstehung geht die psychische

Krankheit durch Moria in Lähmung einzelner anderer Organe über, welcher allgemeine Lähmung = Tod folgt. (Vgl. §. 122.).

In einzelnen Fällen tritt dann vor dem allgemeinen Tode wieder Vernunftbewusstsein ein; was nur dadurch zu erklären ist, dass die mit der psychischen Krankheit vorhandenen organischen Veränderungen durch die tödtliche Vereiterung oder Brand beseitigt und das bis dahin unterdrückte Organ der Vernunft wieder momentan frei geworden. Wie bei tödtlichen Nervenfiebern (Morel a. a. O. I. 141 giebt Beispiele).

§. 79.

Entsteht Genesung, so hört die abnorme Hirnthätigkeit allmählig oder plötzlich auf. Wie die Melancholie oft nur ein Traumleben im wachenden Tagleben ist, dessen Traumbilder der Kranke für reale Gestalten hält (§. 54.), und wie mit dem Erwachen aus dem Schlafe das Gefühlsleben des Traumes in das intelligente des wachenden Zustandes übergeht, so erwacht bei der Melancholie mit der Genesung der Kranke aus seinem Traumleben des abnormen Gefühls zum intelligenten Bewusstsein desselben, oft plötzlich, oft allmählig, und der Kranke sieht das Irrige seiner Gefühle ein. Daher diese Einsicht des Irrwahns das nothwendige Criterium der eingetretenen Genesung ist und kein Kranker vollkommen genesen ist, der seinen früheren Krankheitszustand nicht einsieht und zugesteht. Dasselbe findet beim Irrdenken statt. Bei den aus Leidenschaften und Affecten entstandenen Irren geht indessen die Heilung der Verrücktheit oft nur in besondere höhere psychische Krankheitsanlage über, ist unvollkommen und der Genesende sieht seine Krankheit nicht ein (vgl. §. 81).

Waren Paroxysmen und Lucida intervalla vorhanden, so werden erstere mit eintretender Genesung leichter und kürzer, letztere länger und deutlicher, bis beide verschwinden. Es bleibt nun aber mit der Genesung nothwendig noch längere Zeit grössere Reizbarkeit der Hirnorgane als allgemeine höhere psychische Krankheitsanlage und Neigung zu Recidiven zurück.

Da mit jeder abnormen Hirnthätigkeit auch abnorme Bildung vorhanden sein muss, so muss angenommen werden, dass diese mit der vollkommenen Genesung gleichfalls verschwindet, resorbirt, zertheilt wird.

Der Termin der völligen Heilung ist daher schwer zu bestimmen, daher in Irrenanstalten die längere Beurlaubung der Genesenen, wodurch auch dieselben noch in Wechselbeziehung zur Anstalt stehen (§. 99.).

Nach Esquirol I. 12. ist stetig vorhandene völlige Rückerinnerung aus der Krankheit eigenthümlich. Offenbar jedoch mit vielen Ausnahmen (vgl. §. 51.).

War die Krankheit metastatisch entstanden, so treten die früher unterdrückten Krankheiten, Blutungen u. s. w. zuweilen wieder ein (ist aber gewöhnlich antagonistische Heilung). — Nicht selten werden psychische Krankheiten ebenfalls metastatisch oder antagonistisch mit Entstehung anderer Krankheiten gehoben, z. B. durch Wassersucht, Wechselfieber, vorzüglich die Melancholie (wahrscheinlich durch Affection des Gangliensystems im Wechselfieber), Gicht, und besonders häufig wollen Einige furunculöse Hautentzündung mit der Genesung entstehen gesehen haben.

In einem Falle wurde eine Melancholia religiosa, welche bereits 10 Jahre angehalten, durch eine heftige Encephalitis gehoben, die zu ihrer Beseitigung wiederholte örtliche, über 7 Pfund Blut entleerende Blutentziehungen forderte. Es ist anzunehmen, dass in diesem Falle mit der Heilung der Encephalitis auch die schon vorhandenen Missbildungen innerer Hirnorgane aufgelöset wurden, die nothwendig bei der Melancholia chronica entstanden waren, dass also consensuelle Heilung der letzteren eintrat. (S. Krankheitsgeschichte Nr. 6.)

Vermehrte Secretionen in Folge der Genesung, critische Ausleerung, Schweiss, Durchfall, Harnabgang, Speichelfluss, entstehen hier seltener, wohl nur, wenn diese Secretionsorgane in der Krankheit consensuell litten, oder Unterdrückung derselben Ursache der Krankheit, die Verrücktheit also consensuell oder antagonistisch entstanden war.

§. 80.

Hinsichtlich der Prognose des Ausganges sind alle psychischen Krankheiten unheilbar, deren ursächliche Momente stetig einwirken und nicht entfernt werden können; daher die meisten durch organische Fehler im Gehirn, Verwachsung, Verhärtung, Verknöcherung, Exostosen u. s. w. bedingten.

Melancholie und Irrdenken werden unheilbar, wenn der psychische Krankheitsprocess in partielle Hirnlähmung übergeht und sich mit derselben complicirt (Moria).

Schwieriger und langsamer wird die Heilung, je längere Zeit die Krankheit vor Beginn einer richtigen Behandlung gedauert hat, weil mit chronischem Verlaufe auch schwerer zu entfernende materielle Veränderung in dem kranken Hirnorgane entstehen muss, daher Aufnahme des Irren in einer Irrenanstalt, wenn die häusliche Pflege nicht sie ersetzen kann, sobald als möglich geschehen muss, und von Staatswegen gefordert wird *).

---

*) Im Grossherzogthum S. Weimar ist durchs Gesetz vom 29. Mai 1847 bestimmt: „In der Irren-Heil- und Pflegeanstalt finden Geistes- und Gemüthskranke aller Art, welche dem Grossherzogthume angehören, Aufnahme, wenn sie

a) entweder Heilung hoffen lassen, oder wenn

b) deren Unterbringung zur Sicherheit des Kranken oder im öffentlichen Interesse nothwendig erscheint."

„Ist eine der unter a. und b. angegebenen Voraussetzungen vorhanden, so haben sowohl die Verwandten als der Vormund des Kranken und subsidiarisch auch die Vertreter des Heimathsbezirks das Recht, die Aufnahme desselben zu verlangen."

„Zwangweise entgegen dem Willen der eben bezeichneten Berechtigten darf die Einlieferung nur in dem unter a. und b. berührten Falle, oder wenn die Heilung in der Heimath entweder gar nicht, oder in ganz unangemessener Weise versucht wird, Statt finden."

Man hat über die Zunahme der Unheilbarkeit mit dem längeren unbehandelten Bestande der psychischen Krankheiten statistische Tabellen zu entwerfen und das Verhältniss auf Zahlen zurückzuführen versucht. Das Resultat ist im Allgemeinen das angegebene, im Speciellen aber nie ganz sicher, weil Blödsinn häufig mit Verrücktheit verwechselt wird, und weil der Zeitpunkt des Beginns der Krankheit oft höchst schwer zu bestimmen ist, daher solche in verschiedenen Irrenanstalten aufgestellte Tabellen verschiedene Resultate ergeben. Nach den Berechnungen der Engländer werden nach dreimonatlicher Dauer 69 pr. Cent. geheilt, nach sechsmonatlicher Dauer 45 pr. Cent., nach zwölfmonatlicher Dauer 19 pr. Cent.

Nach Jacobi's Angabe (Allgemeine Zeitschrift für Psychiatrie. 4. Bd. 3. Heft, Berlin 1847. S. 465) wurden in Siegburg geheilt:

Wenn 4 Wochen	nach	Beginn	der	Krankheit	aufgenommen	76,7	p. Cent.
— 1—3 Monat	„	„	„	„	„	63,	„ „
— 3—6 „	„	„	„	„	„	47,4	„ „
— 6—12 „	„	„	„	„	„	30,9	„ „
— 1—2 Jahre	„	„	„	„	„	20,5	„ „
— 2—5 „	„	„	„	„	„	12,0	„ „

In manchen Fällen entsteht Genesung scheinbar von selbst, wie Entzündung, Catarrh, Rheumatismus u. s. w. oft ohne ärztliche Behandlung ihren cyklischen Lauf vollenden und in Genesung übergehen. In solchen Fällen muss jedoch angenommen werden, dass die ursächlichen Momente der Geisteskrankheit abgehalten oder entfernt worden, und andere wohlthätige Einflüsse einwirkten, z. B. andere Umgebung des Kranken, andere Lebensweise, Clima, wo also hierin das Heilmittel zu suchen ist.

Nach Esquirol werden in den Irrenanstalten $\frac{1}{3}$—$\frac{1}{2}$ der Aufgenommenen geheilt. Bei sofortiger Aufnahme der Irren in eine wohleingerichtete Irrenanstalt ist jedoch das Verhältniss ein weit günstigeres.

§. 81.

Von den Hauptformen der psychischen Krankheitsprocesse sind die niederen Formen leichter zu heilen als die höheren.

Daher Melancholie leichter heilbar als Irrdenken; daher die in der handelnden Richtung (Mania) auftretenden Formen des Irrfühlens und Irrdenkens leichter heilbar sind als die in der empfangenden Richtung erscheinenden (Melancholia et Vecordia tranquilla, attonita). Die niederen Grade des Irrfühlens und Irrdenkens (§. 53. 61.), wo die Vernunft noch zeitweise das Irrige erkennt, werden schneller geheilt, als der höhere vollkommen entwickelte Grad.

Je anhaltender bei der Manie der Zustand, je weniger Lucida intervalla, desto ungünstiger ist die Prognose, weil dann andauernde materielle Veränderungen in dem kranken Hirnorgane zu fürchten sind.

Bei Monophrenesie giebt richtige Beurtheilung anderer Kranken und ihrer Wahngefühle durch den Kranken eine günstige Prognose. — (Ihre Vernunft ist noch unverletzt, nur in einer Richtung befangen. Bei Moria fällt dies weg).

Wichtig für die Prognose ist die Unterscheidung der idiopathischen und der consensuellen Entstehung der Verrücktheit (§. 74.).

Leichter zu heilen sind die Formen der Verrücktheit, welche consensuell bei Krankheiten anderer Organe entstehen, und um so leichter, je leichter diese zu entfernen sind, und wenn die anderweitige Krankheit richtig erkannt und frühzeitig behandelt wird, z. B. Entzündung, Congestion u. s. w.; schwieriger dagegen die idiopathisch, besonders durch psychische Einflüsse entstandenen Formen, z. B. alle durch gesteigerte Leidenschaften und Affecte erzeugte Verrücktheit. Sie wird oft nie vollkommen geheilt, besonders wenn sie in erblicher oder angeborener Anlage begründet ist, und bleibt oft im niederen Grade, als besondere höhere psychische Krankheitsanlage (§. 98.), als Zornmüthigkeit, Eitelkeit, Hochmuth u. s. w. zurück. Dagegen sind alle durch Leiden des Gangliensystems entstandenen Geisteskrankheiten (Melancholia attonita, Hallucinationes nocturnae u. s. w. §. 74.) leichter zu heilen, als die durch ursprüngliches Hirnleiden gebildeten.

Durch mechanische oder dynamische Schädlichkeiten entstandene Verrücktheit ist leichter heilbar, als die durch psychische Einflüsse, weil im letzten Falle die psychischen Organe unmittelbar afficirt sind.

Ist grosse Reizbarkeit der Hirnorgane der zu Grunde liegende Zustand, die Verrücktheit also secundär entstanden (§. 85. 108. 109.), so wird die Verrücktheit oft mit Beseitigung derselben geheilt. Geht aber die Verrücktheit aus oft angeborenen Affecten und Leidenschaften durch Steigerung derselben hervor, so wird die Prognose sehr ungünstig, weil in diesem Falle angeborene organische Missbildungen einzelner Hirnorgane zu vermuthen sind. Ist sie metastatisch entstanden, so ist sie durch antagonistische Heilung oft sehr schnell zu heben.

Erbliche Anlage, die eine erbliche Missbildung einzelner Hirnorgane voraussetzt (§. 64. 3.), giebt immer sehr üble Prognose.

Hinsichtlich der Geschlechter nimmt man gewöhnlich beim weiblichen Geschlechte grössere Schwierigkeit der Heilung an. Dies gilt bei der Melancholie, besonders der idiopathisch durch Leidenschaften entstandenen, weil beim Weibe die das abnorme Gefühl corrigirende Vernunft weniger als beim Manne entwickelt ist.

Hinsichtlich der Lebensalter ist Verrücktheit in den früheren Lebensjahren leichter zu heilen, als in den mittleren und höheren. In den früheren Lebensaltern ist die Reproduction also auch des Hirn- und geistigen Lebens noch grösser als in den späteren. Im Greisenalter geht die Verrücktheit schneller in Blödsinn über, weil das ganze Leben schon im Absterben begriffen ist.

Recidive nach schon eingetretener Genesung geben

oft üblere Prognose, weil sie in einem noch reizbaren Körper (§. 79.) sich bilden, auch die Missbildung in den Hirnorganen noch nicht ganz gehoben sein kann.

Gedächtnissschwäche, wenn sie anhaltend ist, giebt als Symptom örtlicher Hirnlähmung (§. 121.) bei Melancholie und Irrdenken immer üble Prognose und deutet auf Uebergang in Geistesschwäche oder Blödsinn.

Da jedoch die Prognose von der genauen Kenntniss der Pathogenesis abhängt, diese aber hinsichtlich der ursächlichen Momente und deren Wirkungsweise selten vollkommen erlangt wird (§. 71. 77.), so ergiebt sich hieraus die grosse Schwierigkeit und nöthige Vorsicht in Vorausbestimmung der Heilbarkeit oder Unheilbarkeit und des Ausganges der Krankheit überhaupt.

§. 82.

Da die psychischen Krankheiten sich zu den Krankheiten des übrigen Körpers verhalten, wie das Gehirn zum übrigen Leibe und das psychische Leben zum übrigen Leben, nämlich als die höchste Entwicklung des menschlichen Leibes und Lebens; und da die psychischen Krankheiten nach denselben allgemeinen Normen sich bilden und rückbilden, nach denen die übrigen Krankheiten des Menschen entstehen, so ist die allgemeine Indication des Krankheitsprocesses auch die der Verrücktheit.

Sie zerfällt daher in:

1. Indicatio causalis. Entfernung der ursächlichen Momente der Krankheit.

2. Indicatio radicalis. Beseitigung der bei der Verrücktheit vorhandenen abnormen Steigerung einzelner psychischer Thätigkeiten, wobei die jedenfalls zugleich vorhandene abnorme Bildung in dem kranken Hirnorgane, weil fast ganz durch arzneiliche Wirkung unerreichbar, wenig berücksichtigt wird, und mit der Heilung der abnormen psychischen Thätigkeit pari passu verschwindet.

3. Indicatio palliativa, palliative Beseitigung einzelner heftiger Symptome, deren Ausführung jedoch der zweiten Indication nicht widersprechen darf.

2. Heilmittellehre und Cur der Verrücktheit.

§. 83.

Wie die allgemeine Indication der psychischen Krankheitsprocesse nur die des Krankheitsprocesses überhaupt ist (§. 82), so gilt dasselbe von der allgemeinen Therapie derselben; daher hier nur auf die allgemeine Therapie der menschlichen Krankheiten überhaupt verwiesen werden kann.

Die zur Ausführung der Indicationen (§. 82.) dienenden Mittel, die Heilmittel der psychischen Krankheit, werden, wie in der Cur der Krankheiten des Menschen überhaupt, aus allen Reichen der Aussenwelt gewonnen, und eine besondere Materia medica psychica giebt es nicht; jedoch tritt die Heilung durch psychische Mittel (psychische Heilmethode) hier mehr als bei den Krankheiten des übrigen Körpers in Wirksamkeit.

Da ferner dieselbe äussere Potenz bald ursächliches Moment der Krankheit, bald Heilmittel derselben werden kann, so gilt alles, was über die Eintheilung und die verschiedene Wirkungsweise der Schädlichkeiten gesagt ist (§. 65—75.), auch hinsichtlich der Heilmittel der psychischen Krankheit.

Da endlich die verschiedenen Formen der Verrücktheit (Irrdenken und Irrfühlen) nur durch Anwendung der allgemeinen Grundsätze auf den individuellen Fall behandelt werden können, so lässt sich auch keine besondere Materia medica und Therapie des Irrfühlens und des Irrdenkens aufstellen, und beide Hauptformen der Verrücktheit mit ihren Unterabtheilungen werden hier zusammen berücksichtigt, jedoch mit Angabe der speciellen Formen, wo die Erfahrung eine besondere Wirksamkeit einzelner Mittel gezeigt hat.

Ueberhaupt muss bemerkt werden, dass bei der grossen individuellen Verschiedenheit des psychischen Lebens die individuelle Verschiedenheit der psychischen Krankheit grösser als bei den Krankheiten des übrigen Körpers ist; daher Individualisirung der ärztlichen Behandlung hier mehr als bei allen übrigen Krankheiten nöthig, obgleich höchst schwierig ist. Daher in grossen Irrenanstalten höchstens 20—30 Kranke individuell behandelt werden können, die übrigen nur bei vorkommender Veränderung, ausserdem generell. Der Director einer Anstalt mit 250 Irren erwiederte auf die Frage: wie viel Irre er von diesen wirklich behandele? „une quinzaine.“

§. 84.

Die erste Heilungsanzeige (§. 82.) ist: Entfernung der ursächlichen Momente; was aber bei mangelnder Aetiologie höchst schwierig ist (§. 71 —77.), wohin auch gehört Entfernung aller die abnorme psychische Thätigkeit vermehrenden Einflüsse.

Diese erste Heilungsanzeige ist auch ein Theil der Prophylaxis, welche, neben der Behandlung der allgemeinen oder besonderen höheren Krankheitsanlage zu psychischen Krankheiten alles verhüten muss, was einseitige und allein herrschende psychische Thätigkeit, Verrücktheit, erzeugen könnte. — Besonders wichtig ist diese Prophylaxis bei durch Leidenschaften und Affecte entstandenen Formen, wo diese Prophylaxis noch zum Theil durch den Kranken selbst, in Beherrschung der Leidenschaften durch die noch vorhandene Vernunft ausgeführt und durch den psychischen Arzt unterstützt werden muss. (Vergl. §. 112.)

Bei erblicher Anlage (§. 64) ist daher theils die vorhandene allgemeine oder besondere höhere psychische Krankheitsanlage zu beseitigen, theils die bei früherer Verrücktheit zurückgebliebene besondere höhere Krankheitsanlage zu berücksichtigen, und prophylactisch alles zu verhüten, was diese zur psychischen Krankheit ausbilden könnte. (Vergl. Guislain II. S. 90. Erlenmayer in Damerow's Zeitschrift 10. B. 3. Heft.)

In allen Fällen der Verrücktheit, wo dieselbe consensuell, durch Abnormitäten anderer Organe entstanden ist, ist die Radicalcur unmöglich, so lange nicht diese Abnormitäten beseitigt sind.

Daher bei Verhärtungen, Verwachsungen, Tuberkeln im Gehirn, organischen Herzfehlern u. s. w. die psychische Krankheit unheilbar ist.

Hämorrhoidal-Menstrualcongestionen fordern Entfernung derselben durch Blutentziehungen, wozu Zeller (bei Guislain) bei Menstruatio obstructa vorzüglich Blutegel vor und über der grossen Zehe oder Vesicatorien an die innere Fläche der Schenkel empfiehlt; ausserdem bei Hämorrhoiden Blutegel ad anum, kühlende Mittelsalze, magere Diät und Regulirung der Hämorrhoiden oder der Menstruation.

Verhärtungen der Leber, der Milz, des Colons fordern sogenannte auflösende Mittel, Tart. emetic. als Eckelkur, die aber auch antagonistisch wirken kann.

Abnorm erhöhte Thätigkeit der Geschlechtsorgane und dadurch consensuell entstandene Melancholia maniaca als Nymphomanie und Satyriasis fordert Beseitigung derselben, örtliche Blutentziehungen, sparsame vegetabilische Diät, Campher mit Nitrum u. s. w.

Ist Entzündung der Hirnhäute oder des Rückenmarks vorhanden, die sehr häufig örtlich im einzelnen Hirnorgane und chronisch erscheint, so ist diese zu behandeln. Man kann annehmen, dass in allen Fällen der Verrücktheit, bei denen die Section Verwachsung einzelner, selbst kleiner Hirntheile nachweiset, oder wo Verhärtung, Erweichung, Wasseransammlung u. s. w. derselben gefunden wird, örtlich beschränkte Entzündung derselben vorhanden gewesen, die oft chronisch anhält und sehr leicht verkannt wird. (S. Krankheitsgeschichte Nr. 12.) Die Symptome sind oft undeutlich: circumscripte Wangenröthe, anhaltender, ganz örtlicher Kopfschmerz, Schwindel, Dumpfheit im Kopfe, geistige Aufgeregtheit und Hastigkeit, Zornmuth. Wichtig ist der Puls, welcher häufig frequenter, härtlich ist. Minderung des Stuhlganges, häufig örtlicher Schweiss des Kopfes. Sie fordert wiederholte örtliche Blutentziehungen durch Blutegel am Kopfe, indem allgemeine den ganzen Körper schwächen, ohne die örtliche Entzündung zu heben, und die Grösse der Blutentziehung muss der Intensität und Ausdehnung der Entzündung entsprechen. In einem Falle der mit Myelitis verbundenen Melancholia suicida wurden binnen 6 Wochen gegen 7 Pfund Blut entleert. (S. Krankheitsgeschichte Nr. 10.). In einem andern bei Encephalitis über 7 Pfund. (S. Krankheitsgeschichte Nr. 6.). Späterhin kalte Umschläge, Vesicatorien und die übrigen Mittel gegen Entzündung.

In endemischen Einflüssen bedingt, tritt Verrücktheit durch Hirnentzündung erzeugt in Berggegenden häufiger auf, als in flachen Gegenden, daher z. B. in dem Thüringer Bergklima consensuelle durch Hirn- und Rückenmarksentzündung entstandene Verrücktheit weit zahlreicher sich zeigt, als in Berlin, wo nach Ideler die grössere Zahl Verrückter idiopathisch durch Affecte und Leidenschaften entsteht. (Bei $^1/_3$ der in der Jenaer Anstalt befindlichen Irren liegt Entzündung zu Grunde.)

Diese chronische Entzündung, die sowohl in dem Schädel, als auch in tieferen Theilen, in der Wirbelsäule ihren Sitz haben kann, unterscheidet sich von Congestion dadurch, dass der Zustand anhaltend, höchstens remittirend ist, während bei Congestivzuständen oft wechselnd Besserung eintritt.

Hat ein entzündlicher Zustand schon Verdickung, Verwachsung einzelner Hirntheile erzeugt, so entsteht anhaltende unheilbare Moria.

Epilepsia maniaca (§. 59. 74.) fordert die Behandlung der Epilepsie, ist aber, wenn die Epilepsie aus Mangel an Kenntniss ihrer Entstehung unheilbar ist, auch unheilbar. Chorea Sti Viti maniaca fordert die des Veitstanzes. (S. Krankheitsgeschichte Nr. 13.). Wird die Geisteskrankheit als consensuell entstanden betrachtet (§. 74.), so ist die Behandlung auch als consensuelle Heilung (§. 90.) anzusehen.

Ist die Verrücktheit metastatisch nach Unterdrückung anderer Krankheiten, Krätze, Gicht u. s. w. aufgetreten, so tritt die antagonistische Heilmethode durch Wiedererzeugung derselben ein.

§. 85.

In vielen Fällen liegt jedoch grössere Reizbarkeit der Hirnorgane, oder des Gangliensystems (allgemeine höhere psychische Krankheitsanlage (§. 39. a.) der

Verrücktheit zu Grunde, welche hier also secundär entsteht. Dann ist dieser Grundzustand zu behandeln, und alle schwächenden Mittel, um die vorhandene Aufregung in der Manie zu beseitigen, wirken höchst nachtheilig; daher Blutentziehungen, schwächende, abführende Mittel (z. B. bei Pollutio nimia, die, durch Masturbation erzeugt, leicht übersehen wird), die Melancholia oder Vecordia maniaca oft schnell in Hirnlähmung, Blödsinn überführen.

In diesen Fällen, wohin auch oft die Epilepsia und Chorea Sti Viti maniaca gehören, wo sich der Zustand durch grosse nervöse Schwäche, kleinen frequenten Puls, vermehrte Secretionen u. s. w., charakterisirt und sich durch die oft in maniacalische Anfälle übergehende Herzensangst ankündigt, kann dann nur die Behandlung dieses Grundzustandes, durch stärkende Diät, China, bei gangliöser Schwäche durch kleine Dosen Opium und scharfer Narcotica (Belladonna, Strammonium, Digitalis, Aconit) nützen; dabei psychisch beruhigende Einwirkung, tröstende Zusprache, überhaupt die Behandlung der grösseren Reizbarkeit des Hirn- und Ganglienlebens (S. unten §. 109.). Isolirung solcher maniacalischer Kranken durch Einsperren in ein dunkles Zimmer unterhält nur ihre Gefühlsphantasmata; ebenso alle gewaltsamen mechanischen Bändigungsmittel, dagegen körperliche und psychische Ruhe sie mindert. (S. Krankheitsgeschichte Nr. 8. 9.).

§. 86.

Insofern durch Abhaltung aller die abnorme psychiche Thätigkeit, besonders wenn sie in der handelnden Richtung auftritt, steigernden Einflüsse die Paroxysmen der maniacalischen Verrücktheit verhütet oder beseitigt werden, hat man diese Behandlung negative, beruhigende Behandlung genannt.

Hierher gehört bei Mania furibunda Entfernung aller heftigen körperlichen und psychischen Reize, greller Farben, hellen Lichtes (daher dunkles Zimmer oft beruhigt), reizender Speisen und Getränke; bei Satyriasis und Nymphomanie Entfernung des andern Geschlechtes; bei Melancholie mit hypostasirten Gefühlsempfindungen Abhaltung alles dessen, was das abnorme Gefühl erregt und steigert. Daher Unterhaltung mit dem Kranken über seine Phantasiebilder bei heilbaren Kranken nur nachtheilig wirkt. Vernünftiges Zureden, um dadurch die Vernunftbeherrschung der abnormen Gefühle und Ideen zu erwecken und zu stärken, kann nur bei dem niedern Grade der Verrücktheit nützen, wo die Vernunft noch nicht ganz unterdrückt, noch Vernunftbeherrschung möglich ist. In den höheren Graden der Verrücktheit wirkt dagegen vernünftiges Zureden nur schädlich, erscheint und wirkt als äusserer psychischer Reiz, der, zum Widerspruch auffordernd, die abnorme Thätigkeit nur noch mehr erhöht.

Werden jedoch hierbei andere, neue Gefühle oder Ideen erregt, — Zerstreuung — so ist es zugleich antagonistische Behandlung (§. 96.)

Ueber die psychische Einwirkung durchs Gefühlsleben, die ohne Vernunftbewusstsein, instinctartig statt findet, z. B. hier durch gemüthliche Theilnahme des Arztes, der Wärter, s. §. 70.

Diese in Entfernung aller äusseren, den Zustand vermehrenden Reize bestehende beruhigende Behandlung ist daher bei der Verrücktheit von der grössten Wichtigkeit. Wie bei örtlicher Entzündung das entzündete Organ möglichst ruhig gehalten werden muss, so hier das zur abnormen Thätigkeit aufgeregte kranke Hirnorgan.

Hat die Verrücktheit noch nicht lange gedauert, ist sie nicht consensuell durch andere schwer zu heilende Krankheiten entstanden, hat sie sich momentan aus gesteigerten Leidenschaften gebildet (z. B. Zorn), ist noch nicht partielle Hirnlähmung entstanden; so wird die Krankheit oft allein durch Entfernung und Abhaltung der ursächlichen Momente geheilt; also scheinbar von selbst. (S. Krankheitsgeschichte Nr. 15.)

§. 87.

Die zweite Heilungsanzeige (§. 82.) fordert: Beseitigung der abnormen psychischen Thätigkeit, durch dieselbe herabstimmende oder aufhebende Mittel.

Bei der Verrücktheit, die in der handelnden Richtung (Mania) auftritt, ist indessen oft zuerst Palliativbehandlung des maniacalischen Anfalles nöthig, die nur in den selteneren Fällen, wo die Melancholia maniaca momentan, aus heftigen Leidenschaften (im Rausche, Zorne) entsteht, zugleich Radicalheilung sein kann. Diese Palliativbehandlung fordert:

1) Unschädlichmachung der maniacalischen Handlung für den Kranken und für andere. Ist nur nöthig, wo Zerstörungstrieb vorhanden ist, bei Melancholia maniaca furibunda, suicida etc.

Die Mittel müssen dem Kranken, besonders wenn noch einiges Moralgefühl und disciplinarische Zurechnungsfähigkeit vorhanden ist, als nothwendig und gerecht erscheinen, damit sie nicht Erbitterung und Vermehrung der Aufregung erzeugen.

Daher die Wahl der Bändigungsmittel nach den individuellen Verhältnissen des Kranken anzustellen ist.

Im Allgemeinen müssen bei Mania furibunda diese Mittel die krankhafte Muskelthätigkeit nur in so weit hemmen, dass durch diese Hemmung kein Nachtheil entsteht, indem völlige Behinderung der krankhaften Muskelaction metaschematisch Schlagfluss und Lähmung erzeugen kann; daher es oft für den Kranken am besten ist, wenn man ihn in einem ausgepolsterten Zimmer austoben lässt, wobei Dunkelheit oft beruhigt.

Nächstdem das einfachste und gewöhnlich ausreichende Mittel, die Zwangsweste, die aber von verschlagenen Tobsüchtigen aller Vorsicht ungeachtet abgestreift wird, wo dann der Zwangsstuhl nöthig wird, in welchem Hände und Füsse, Arme und Beine, Brust und Unterleib durch lederne Riemen befestigt werden, und das Sitzbret für die Excremente ausgeschnitten ist; am besten der englische Zwangsstuhl ohne Banden der Extremitäten.

Bei stetig schreienden Kranken die Autenriethsche Maske. Im Allgemeinen schädliche Mittel sind: eiserne Ketten und Fesseln; nur noch in einzelnen Anstalten und bei Layen und gewöhnlichen Aerzten gebräuchlich.

Einstecken in einen Sack, früher in Berlin angewendet, kann Schlagfluss erregen.

Ist noch einige Thätigkeit des Gefühls, also Zurechnungsfähigkeit des Gewissens vorhanden, ebenso bei boshaften Verrückten (Insana malitia), welche für vernünftige Vorstellungen unzugänglich sind, durch dieselben nur heftiger erregt widerstreben, ihr Unrecht aber fühlen, so können auch Strafen helfen, weil sie das Moralgefühl unterstützen, als Disciplin des zum Vernunftbewusstsein unfähigen Gemüths, wie bei Kindern. Daher Entziehung der Speisen, Zwangsjacke, Isolirung der Kranken. In strengerer Form: dunkles Zimmer, kalte Dousche, Zwangsstuhl, Fussschellen. Andere früher gebräuchliche härtere Strafen sind: Einsperren in ein enges Behältniss, Anwendung der Drehschaukel, der Schwungmaschine, (vgl. I. Mason Cox, practische Bemerkungen über Geisteszerrüttung. Aus dem Englischen. Halle 1811. S. 158. E. Horn, öffentliche Rechenschaft über meine zwölfjährige Dienstführung u. s. w. Berlin 1818. 8. S. 224. Taf. 3., welcher die Drehmaschine zuerst in Deutschland einführte, und als Drehbette zu verbessern glaubte und abbildete), Treten des Schwungrades, selbst körperliche Züchtigung. Diese härteren Mittel, welche, unrecht angewendet, erbittern und schädlich wirken, besonders die Psychiatria plagosa, sind aber, als unnöthig und leicht schädlich, in neuerer Zeit (vergl. Pinel a. a. O. S. 200.) mit Recht ausser Gebrauch gekommen. Sicherer und unschädlicher wirkt in einzelnen Fällen das Ferrum candens, theils als Terroristicum, z. B. bei hartnäckiger Onanie, Moria simulata, theils auch als Antagonisticum. Hilft aber einmalige Anwendung nichts, so ist dies Mittel auch unwirksam. Bei wiederholten Entweichungen aus der Anstalt, deren Beispiel andere dazu verführt, wirkt mit Erfolg zweistündiges öffentliches Tragen der Fussschellen zur Abschreckung für die übrigen Pfleglinge. Bei Sitophobie (§. 54), wenn sie nicht in organischer Krankheit (Hirn-, Magenentzündung u. s. w.) bedingt ist, sondern auf abnormen Gefühlen beruht, wirkt oft schnell das gewaltsame Einflössen von Nahrungsmitteln durch Schlundsonde oder Schlundlöffel (vgl. Guislain, Leçons II. 227.).

Taedium vitae fordert palliativ genaue Bewachung des Kranken, Zwangsweste u. s. w.

Einseitig und hyperphilanthropisch hat man in England (Conolly's no restraint system) alle mechanischen Beschränkungsmittel des Maniacalischen zu verwerfen gesucht, und blos durch Wärter zu wirken empfohlen. Ist in der Praxis aber unausführbar.

2. Beseitigung der abnormen handelnden

Thätigkeit, was in einzelnen Fällen zugleich Radicalheilung sein kann.

In vielen Fällen ist Hirn- oder Rückenmarksentzündung oder Congestion vorhanden; dann ist diese zu behandeln (§. 84.), und in solchen Fällen der Congestion mindert zuweilen Compression der Carotis die Manie und bringt den Kranken zum Bewusstsein.

Zuweilen soll der Anfall früher aufhören, wenn man dem Kranken Gelegenheit giebt, seinen innern Trieb nach Kraftäusserung durch Muskelaction zu befriedigen, wie beim Veitstanz; also mittelbar durch Steigerung des Zustandes. Daher durch scheinbar zufällig entstandene körperliche Anstrengung, Ringen, Laufen; wobei aber, wie bei der mittelbaren Heilung der Entzündung durch Reizmittel, Wärme u. s. w., die Berechnung des Nutzens oder Schadens oft schwierig ist.

Antagonistisch wird zuweilen der Anfall der Manie gehoben durch Erregung einer andern körperlichen oder geistigen Affection, durch kaltes Sturzbad, Brechmittel, drastische Purganzen, Drehmaschine, durch Erregung von Furcht oder eines andern Affectes.

Ebenfalls antagonistisch durch Steigerung des Ganglien- und Einschläferung des Hirnlebens hilft bei Maniacis Chloroform. Es wirkt bei sehr reizbaren oder vollblütigen aber leicht nachtheilig und selbst tödtlich.

Zuweilen wirkt schon beruhigend die Autorität des Irrenarztes durch ernstes befehlendes Zureden.

Da jedoch die Manie immer secundär, bei Melancholie und Vecordia als vorwaltende handelnde Richtung erscheint, so ist die Radicalkur der Manie immer in der Behandlung der Melancholie und Vecordia zu suchen.

§. 88.

Zur Palliativbehandlung gehört auch bei Verrücktheit, besonders wenn sie als Monophrenesie auftritt, das oft irrig als Radicalmittel angesehene Eingehen in das abnorme Gefühl des Kranken, und die sogenannte practische Ueberzeugung des Irrwahnes desselben.

Im ersten Falle wird aber das abnorme Gefühl in seiner Aeusserung nur momentan beschwichtigt; im letzten Falle nur zurückgedrängt oder verschwiegen und führt dann zur Melancholia dissimulata (§. 134), oder es tritt in einer anderen Form auf. Betrügt man dabei den Kranken, so kann es sogar nachtheilig wirken. Man führt folgende Beispiele an: Ein Kranker glaubte, die Teufel wollten ihn holen und liessen ihn nicht essen; der Pfarrer segnete alle Speisen ein und der Kranke nahm sie. — Ein anderer, der über seine grosse Nase zu fallen glaubte, wurde beruhigt, als man eine Kalbsleber an seine Nase hielt, und sie stückweise als seine Nase abschnitt. — Der Kranke, der seinen Urin aus Furcht vor einer entstehenden Sündfluth anhielt (§. 54. 1.), liess ihn, als man Feuer schrie und ihn zur Löschung desselben durch seinen Urin aufforderte. — Der Kranke, der Pferde und Wagen in seinem Leibe zu haben glaubte, genas scheinbar, als man ihm einen Einschnitt in die Bauchdecken machte, und den Wagen herausliess. — Erotomanie wird zuweilen durch Beischlaf palliativ geheilt. —

Dasselbe gilt von der practischen Ueberzeugung des Irrwahns. — Ein Melancholicus mit gläsernen Beinen redete nicht mehr davon, als ihm ein Stück Holz an dieselben geworfen wurde, und sie nicht zerbrachen. — Einer ohne Kopf durch Aufsetzen eines bleiernen Hutes. — Einer, der sich für einen Prinzen hielt, durch eine Maulschelle, so oft er diess Gefühl äusserte. In allen diesen Fällen trat wahrscheinlich Melancholia dissimulata ein. — Einen durch Polizeidiener Verfolgten suchte man zu heilen, indem man einen höchsten schriftlichen Befehl simulirte, den Kranken in Ruhe zu lassen. Der Kranke erklärte auch diesen Befehl von den Polizeidienern erzeugt, und blieb verrückt. (Kieser, Klinische Beiträge 1. Bd.)

§. 89.

Die Radicalkur zur Erfüllung der zweiten Heilungsanzeige (§. 82.) geschieht theils schon durch Entfernung der ursächlichen Momente (§. 86.), theils durch die Anwendung der direct oder indirect, im letzteren Falle consensuell oder mittelbar oder antagonistisch wirkenden (§. 72—75.) und die abnorm gesteigerte psychische Thätigkeit beseitigenden Heilmittel; man nennt diess auch wohl verschiedene Heilmethoden.

Die directe Heilmethode findet nur selten statt, wenn man nicht die Heilung der Verrücktheit durch Entfernung der ursächlichen Momente hierher zählen will (§. 84. 86.). Von den pharmaceutischen Heilmitteln könnten nur, als unmittelbar auf das kranke Hirnorgan schwächend, also die abnorme Thätigkeit derselben beseitigend wirkend, angesehen werden die flüchtigsten, stick- oder wasserstoffhaltigen Pharmaca in ihrer secundären Wirkung (§. 72.), analog wie bei den Krämpfen und Algieen; daher Moschus, Castoreum, Ammonium und dessen Präparate. Jedoch ist auch immer (wie in der Aetiologie §. 73.) eine Wirkung dieser Mittel auf andere Organe, also eine consensuelle oder antagonistische Wirkung zu berücksichtigen.

Die Beseitigung des abnormen Gefühls oder Idee durch Erregung und Steigerung der Vernunftthätigkeit vermittelst vernünftiger Vorstellungen (§. 86.), bei der Melancholie bis zur Einsicht des Irrthums im Gefühle, beim Irrdenken durch Erregung des unterdrückten Gefühlsvermögens im Gewissen, also als intelligente oder Gefühlsüberzeugung des Kranken von dem Irrigen, ist eigentlich auch schon antagonistische Heilung.

§. 90.

Da die directe Heilmethode (§. 89.) höchst selten in Anwendung kommt, so geschieht die Heilung der Verrücktheit in den bei weitem meisten Fällen, besonders bei dem idiopathischen Wahnsinn auf indirecte Weise, und zwar entweder durch Consensus oder meistentheils durch Antagonismus, nämlich durch Erregung einer anderen körperlichen oder psychischen Thätigkeit, indem mittelbare Heilung durch primäre Steigerung der Verrücktheit nur in einzelnen Fällen der Manie (§. 87, 2.) statthaft ist und die consensuelle Wirkung (§. 74.) häufig nur in Entfernung der primären, die Verrücktheit consensuell erzeugenden Krankheit besteht (§. 84.), und in anderen Fällen von der antagonistischen Wirkung schwer zu unterscheiden ist.

Man kann den Satz aufstellen, dass, abgesehen von der Heilung der Verrücktheit durch Entfernung anderweitiger als ursächliches Moment derselben erscheinenden Krankheit (§. 84.), welches bei der consensuell entstandenen Verrücktheit der Fall ist, z. B. durch örtliche Entzündung im Gehirn, und wenige Fälle der directen Heilung ausgenommen, die Verrücktheit immer antagonistisch geheilt wird

Wir unterscheiden bei der antagonistischen Heilung, je nachdem durch Erzeugung entweder einer mehr körperlichen oder mehr psychischen Thätigkeit gewirkt wird, eine körperliche und eine psychische antagonistische Heilmethode, die jedoch oft zugleich auftreten.

So lange jedoch die pathologische Anatomie nicht nachzuweisen vermag, welche Hirnorgane und welche Elementartheile und auf welche Weise bei den psychischen Krankheiten und deren Heilung materiell verändert werden, bleibt auch die vollkommene Erklärung des Heilungsvorganges hinsichtlich dieser materiellen Rückbildung der Afterbildung, gleich der materiellen Pathogenie unmöglich. (In der Astronomie kennt man auch nur die Thätigkeiten der Himmelskörper, nicht die nothwendig und gleichzeitig eintretenden materiellen Veränderungen in denselben; letztere sind auch dort telescopisch, wie hier im Gehirn microscopisch wohl schwer zu entdecken.)

§. 91.

Körperliche antagonistische Heilmethode. Sie kann durch mechanische, chemische und organische Heilmittel ausgeführt werden. Manche derselben wirken jedoch auf complicirte Weise.

Hieher fallen: Reizmittel des Darmkanals. — Sie wirken verschieden, theils indem sie eine heftige Erregung des Blutgefässsystems und der Unterleibsganglien erzeugen, daher vorzüglich bei den gangliösen, aus Leiden der Unterleibsnerven consensuell entstandenen Formen der Melancholie (§. 74.). Da hier die Reaction des Darmkanals oft sehr gesunken ist, so werden häufig enorm grosse Dosen ertragen; was als Zeichen des richtig gewählten Mittels dienen kann. — Erzeugen sie zugleich vermehrte Secretion — Durchfall —, so sind sie schädlich, wo Schwäche und grosse Reizbarkeit die Grundlage ist; wie bei der Palliativbehandlung (§. 85.). — Es gehören hierher:

Die Eckelkur. — Durch Tartarus stibiatus, Radix

Ipecacuanhae in steigenden Gaben, bis Uebelkeit, Motus antiperistalticus der Gedärme entsteht. In einem von mir geheilten Falle bei Melancholia errabunda wurden in steigender Dosis zuletzt täglich ℨjj Tartarus stibiatus ertragen, mit Erfolg.

Ferner gehören hierher die abführenden Mittel, theils hinsichtlich ihrer schwächenden, vermehrte seröse, schleimige, gallige Secretion erzeugenden Wirkung, die hier seltener anzuwenden ist, theils die drastischen Purgirmittel, deren primär heftig erregende Wirkung bezweckt wird; daher sie bei Neigung zu Magen- und Lungenblutung, profuser Menstruation u. s. w. auch schädlich wirken können.

Bei den Griechen wurden sie vorzugsweise angewendet, und als Hauptmittel der Helleborus („Mittere in Anticyram", wo der Helleborus vorzüglich wächst). —

(S. Hahnemann, Dissert. de Helleborismo veterum. Lips., 1812. S. Schulz, Dissert. de Elleborismo veterum. Halae, 1717.)

Man wandte ihn empirisch, aber methodisch an, reichte als Vorbereitung der Cur gelinde abführende Mittel, liess den Kranken einen Tag fasten (wodurch also grössere Reizbarkeit des Darmkanals erzeugt und grössere Reaction desselben hervorgerufen wurde). Sodann gab man Radix Hellebori nigri in Pulver oder Decoct in steigenden Dosen, bis zum heftigsten Erbrechen und Purgiren mehrere Tage lang. — Als Nachcur Nervina.

In neuerer Zeit hat man neben den Fibrillis radicis

Hellebori nigri auch andere scharfe Mittel angewendet, Veratrum album, Gratiola, Gummi Guttae, Scammonium, Jalappa, Imperatoria, Aloë etc.

Ebenso Mercurialia bis zum Gallendurchfall oder Speichelfluss.

Nach längerem Gebrauche der scharfen Mittel entsteht Gallen- und Schleimerbrechen, ähnlicher Durchfall, zuweilen, durch die Wirkung auf die Haut, Entzündung des Gesichts, der Nase, der Augen, der Zunge, furunculöse Hautausschläge, Blutwallung mit Blutung aus dem After, Uterus u. s. w.; durch die Reizung des Nervensystems Prickeln in der Haut, krampfige Erscheinungen. — Zuweilen vermehrter Schweiss, Harnabgang; daher diese gewaltsame Heilmethode mit grosser Vorsicht und Beobachtung der Wirkung angewendet werden muss.

§. 92.

Auf gleiche Weise, nur mehr örtlich auf den untern Theil des Darmkanals wirken sogenannte Visceralklystiere von Kämpf, um nach falscher Theorie die materielle Grundlage der Krankheit, die Sordes im Darmkanale zu entfernen.

(Vergl. Kämpf, Abhandlung von einer neuen Methode, die hartnäckigsten Krankheiten sicher zu heilen. Leipzig, 1786.) Seine empirische, nach Umständen zu verändernde Formel ist:

℞. Rad. et Herb. Taraxaci,
— Graminis,
— Valerianae,

Herb. Cardui benedicti,
— Anagallidis,
— Fumariae,
— Marrubii albi,
— Rutae graveol.,
— Flor. et Radic. Arnicae,
Summitat. Millefolii,
Flor. Chamomill.,
Herb. Conii maculati,
— Menth. pip. āā ℥j.

M. f. Spec. S. 2—3 Loth mit 2 Pfund Regen- oder Kalkwasser und einer Hand voll Weizenkleie in einem verschlossenen Topfe bis auf 1 ℔ einzukochen, durchzuseihen, und davon 3—4 Male täglich 4—6—12 Unzen lauwarm anzuwenden. —

Das Klystier darf, damit das Reizmittel längere Zeit wirkt, nicht wieder abgehen. Die Auswahl und Quantität der Substanzen wird jedoch von dem Grade der Reizbarkeit des Darmkanals bestimmt; daher, wenn keine Reaction des Darmkanals entsteht, selbst die stärksten Mittel genommen werden müssen.

In einem Falle von Melancholia superba, wo der Kranke sich reich wie Rothschild glaubte, wurden Klystiere von den möglichst starken Mitteln, Fel Tauri, Aloë, Semen Sinapeos, Ol. Sinapeos, Piper niger et cayennense, Wochen lang ohne Reaction ertragen. Als sie erfolgte, war der Kranke geheilt.

Bei zu heftiger örtlicher Wirkung entsteht zuweilen Proctitis.

Der von Kämpf beabsichtigte Schleimabgang in grossen Massen, der oft erst nach wochen- und monatlichem Gebrauche erfolgt, kann jedoch fehlen, da er in Folge der hier nicht bezweckten secundären Wirkung entsteht, und die Heilung dennoch eintreten. Gleicherweise durch Erbrechen und Durchfall wirkt die Drehmaschine. (§. 87.)

§. 93.

Reizmittel der Harnwege durch scharfe Diuretica scheinen hier wenig zu wirken, erregen leicht zu heftige Affection der Harnwege und Geschlechtsorgane und sind daher weniger im Gebrauch.

Es gehören hierher Canthariden, Squilla, Fumaria, Anagallis u. s. w.

Ein grösseres Feld für die Anwendung antagonistischer Reize bietet die Haut, besonders wenn Unempfindlichkeit der peripherischen Hautnerven vorhanden, oder Erkältung oder Hautkrankheiten die Ursache sind.

Ausser den durch mechanische Kraft wirkenden trockenen Schröpfköpfen gehören hierher die, die Hautsecretion vermehrenden Diaphoretica, die aber verschieden wirken, je nachdem ihre primäre, reizende oder ihre secundäre, schwächende Wirkung vorwaltet. Z. B. von ersteren Camphor, Antimonialia, von letzteren Liquor Mindereri, Liquor. Ammon. succinatus. —

Ferner anhaltende Schwitzkuren, russische Schwitzbäder; anhaltend warme Bäder von 26—30° R., 6—12 Stunden lang. Bei Satyriasis wirken Camphor mit Nitrum oft vortheilhaft. Theils gehören hierher die auch auf die Hautnerven und Blutgefässe reizend wirkenden Mittel: Peitschen mit Nesseln, Reiben mit Flanell, mit scharfen Bürsten, Bürsten der Fusssohlen, scharfe Bäder, heisse Salzbäder bis 40° R., aber auch kalte Sturz- und Regenbäder.

Bei grosser Unempfindlichkeit hat man das Tormentum cum scarabaeo, mure vel capra empfohlen durch Ameisen, Käfer, Mäuse in einem Gefäss, in welches der Kranke seine Glieder stecken muss. Bestreuen der Haut mit Salz, welches Ziegen ablecken. Als zu gewaltsames Mittel ausser Gebrauch.

§. 94.

Opium und dessen Präparate, Morphium, Pulvis Doweri, Extr. Cannabis indicae (Hatschisch), Nux vomica, Strychnin, sowie die scharfen Narcotica: Digitalis, Strammonium, Aconit, Cicuta, Hyosciamus, Belladonna, können theils bei zu Grunde liegender grosser Reizbarkeit der Brust- und Bauchganglien, und in kleinen Dosen gereicht dieselbe direct beseitigen, und dadurch Melancholie heilen (s. §. 109), was auch die Wirkung des Strammoniums bei Hallucinationes auris zu sein scheint (§. 100.); theils wirken sie in grösseren Dosen antagonistisch durch Erhöhung der gangliösen Thätigkeit, selbst bis zur Erzeugung des oft fehlenden Schlafes (daher auch thierischer Magnetismus); theils erzeugen sie erhöhte Thätigkeit des Blutsystems. Opium ist bis 16 Grane p. d. Morgens und Abends gegeben worden (s. Krankheitsgeschichte Nr. 9., Engelken in Damerow's Zeitschrift. 1846. 3. Heft).

Aehnlicherweise wirkt durch Erhöhung des gangliösen Lebens und Erzeugung von tieferem Schlafe mit völliger Aufhebung der peripherisch-centralen Thätigkeit des Gehirns (Empfindungslosigkeit) die Anwendung des Schwefeläthers und des Chloroforms. Man hat glückliche Versuche gemacht bei Selbstmordmonomanie, und bei Mania hydrophobica, 10 Jahre nach tollem Hundsbiss entstanden (Damerow's Zeitschrift für Psychiatrie. 6. B. 3. Heft. S. 547. 549.).

Andere rein scharfe Mittel, Chelidonium majus, Agaricus muscarius, wirken auf die Leber, den Darmkanal (§. 91.). Selbst aromatische und stärkende Mittel, Eisen, können antagonistisch wirken.

Es ist oft schwer, die Art der Wirkung dieser oft nur empirisch angewandten Mittel zu bestimmen (vgl. §. 77.).

§. 95.

Viele andere Mittel wirken theils körperlich durch Erregung einer körperlichen Affection, örtlicher Entzündung, Erbrechen, Purgiren, theils zugleich psychisch, durch Erzeugung von Furcht, Schrecken, Schmerzgefühl.

Hierher fallen kalte Sturzbäder, Drehmaschine, Tropfbäder. Niesemittel von Asarum europaeum, Helleborus, Convallaria, Nicotiana (zu welchen fast bei allen Geisteskranken grosse Neigung vorhanden ist).

Magnetoelectricität bei Melancholia attonita auf die Bauchganglien angewendet, ist zuweilen wirksam.

Chronische Entzündungen durch Unguentum stibiatum, Vesicatore und Sinapismen, Moxa, Fontanelle und Haarseile, Ferrum candens.

Zeller (bei Guislain) empfiehlt Vesicatore bei Melancholia attonita zwischen dem 6—7. Halswirbel als heilsam. Bei unterdrückter Krätze hat man Einimpfung derselben versucht.

Bei Anwendung aller, eine starke Erregung anderer Organe und nachfolgende Schwäche erzeugenden antagonistischen Mittel ist zu verhüten, dass der Kranke durch dieselben nicht zu sehr im Allgemeinen geschwächt werde; daher Uebermaass derselben Lähmung erzeugen kann. Bei zu Grunde liegender grosser Reizbarkeit des Nervensystems sind dagegen alle diese heftigeren Mittel schädlich.

Bei der oft schwierigen Auswahl derselben ist theils die Aetiologie zu berücksichtigen, um bei metastatisch entstandener Verrücktheit einen der unterdrückten Krankheit ähnlichen Zustand zu erzeugen, theils die grössere Unempfindlichkeit einzelner Organe, deren specifische Reizmittel dann gefordert werden und glücklichen Erfolg versprechen. Oft leitet empirisch die Beobachtung der

Wirkung der Mittel die Auswahl, und wenn Erleichterung erfolgt, sind sie fortzusetzen. In einzelnen Fällen leitet das Instinctgefühl des Arztes (§. 20.). Bei chronischem Zustande ist aber oft wochen- und monate-, selbst jahrelange Anwendung derselben nöthig.

§. 96.

Psychisch-antagonistische Heilmethode. (Vergl. J. C. Reil und F. C. Hoffbauer, Beiträge zur Beförderung einer Curmethode auf psychischem Wege. 2 Bände. Halle, 1808. 1812. 8.

J. C. Reil, Ueber die Erkenntniss und Cur des Fiebers. 4 Bände. Halle, 1799. 8.

J. C. Reil, Rhabsodieen über die Anwendung der psychischen Curmethode auf Geisteszerrüttungen. Halle, 1803. 8.)

Ist vorzugsweise bei idiopathischer Verrücktheit anzuwenden. Sie wirkt, indem sie eine andere, als die abnorm herrschende psychische Thätigkeit in einem anderen Hirnorgane erregt, und dadurch die abnorme beseitigt, durch sogenannte Zerstreuung.

Bei grosser Intensität der einseitig erhöhten Thätigkeit und daher entstehendem Mangel der Erregungsfähigkeit anderer psychischer Hirnthätigkeiten ist sie daher oft unwirksam, oder wirkt nur bei dauernder und intensiver Anwendung.

Die zu erregende psychische Thätigkeit kann der Gefühls- oder der intelligenten Seite angehören. — Hierher fallen:

Sinnesreize, sogenannte Sinneszerstreuung, als anhaltende Erzeugung angenehmer oder unangenehmer Reize des Gemeingefühls, des Auges, des Ohres, und der übrigen Sinne. Verrücktheit kann durch diese Mittel verhütet werden, indem sie, besonders wo Prodromi (§. 49.) vorhanden sind, die sich bildende abnorme psychische Thätigkeit antagonistisch heben, Harmonie aller psychischen Thätigkeiten erzeugen.

Eben so wirken sie in der Reconvalescenz zur Verhütung der Recidive in Wiederauftreten des einseitigen psychischen Lebens.

Sinnesreize müssen zugleich neue Gefühle und Ideen erzeugen, nicht blos äussere Sinnesthätigkeit erregen.

Man hat die mannigfaltigsten Mittel empfohlen; die stärker wirkenden sind aber (wie die körperlich antagonistischen §. 91.) mit grosser Vorsicht anzuwenden.

Für's Auge: Theater, Beschäftigung mit Kunstsachen, Reisen in malerische Gegenden.

Für's Ohr: Musikübungen, Concerte. Als gewaltsamer wirkendes Mittel anhaltende Erregung des Ohrs. — Ein Kranker wurde geheilt, als man in sein Zimmer ein tönendes Becken stellte, auf welches von der Decke stets Wasser tröpfelte.

Auf gleiche Weise, doch minder eindringend, können Reize des Geruchs- und Geschmacksorganes wirken.

Manche körperliche Reize, Reiben der Haut, Kitzeln derselben, Drehmaschine, Begiessen mit kaltem Wasser, Peitschen mit Nesseln, wirken zugleich psychisch (§. 95).

Die Anwendung dieser Mittel fordert Vorsicht. Sie dürfen dem Kranken nicht als feindlich, zum Widerstande reizend erscheinen und die abnorme Thätigkeit nur noch mehr erhöhen (§. 90.); daher Absichtlichkeit bei Anwendung derselben verhütet werden muss.

Sie dürfen daher bei Melancholie das abnorme Gefühl — Seelenschmerz — nicht vermehren, sondern nur angenehme Gefühle oder Ideen erzeugen, wonach also auch der Grad des Sinnesreizes abzumessen ist; rufen sie ein entgegengesetztes psychisches Gefühl hervor, z. B. Tanzmusik bei Taedium vitae, so können sie auch eine der beabsichtigten Wirkung entgegengesetzte Wirkung haben. Unangenehme Gefühle erregende Sinnesreize sind daher selten heilsam.

Bei zu Grunde liegender grosser Reizbarkeit des psychischen Lebens und secundär entstandener Melancholie (§. 85.) sind sie, wie jeder heftige äussere Reiz, nur nachtheilig. Beischlaf nach Chiarugi widerspricht dem Moralgefühl und ist schon deshalb, und nicht nur wegen der erblichen Uebertragung der Krankheit zu verwerfen.

§. 97.

Psychische Einflüsse, welche unmittelbar eine andere psychische Thätigkeit erregen, psychische Zerstreuung, sind von der mannigfaltigsten Art, erregen bald mehr das Gefühls- bald mehr das Erkenntnissleben, oft mit körperlichen und Sinnesreizen in Verbindung.

Sie sind vorzüglich bei Kranken von höherer geistiger Bildung anzuwenden, weil niedere geistige Bildung für dieselben unempfänglich ist. Zu nennen ist: Zeichnen, Malen, Schreib- und Rechnenübung, Führung von Rechnungen; Lectüre, Musik, Uebersetzungen aus fremden Sprachen, Studium der Botanik, Mineralogie, Naturgeschichte, Fertigung von Baurissen und Anschlägen, von wissenschaftlichen Abhandlungen, religiöse Uebungen u. s. w.

Manche wirken zugleich körperlich, z. B. botanische Excursionen, oder durch Erregung der Muskelthätigkeit, z. B. Billard, Kegelspiel, Holzsägen, Korbflechten, Tanzen, gymnastische Uebungen, Stechvogelschiessen. —

Sie lassen sich unter der allgemeinen Bezeichnung körperliche und geistige Beschäftigung, Zerstreuung, zusammenfassen, und bilden ein unentbehrliches Hauptmittel in der Behandlung psychischer Kranken. Viele Kranke werden allein durch richtige Auswahl und Anwendung derselben geheilt. (S. Krankheitsgeschichte Nr. 15.)

In Gent arbeiten 75 % der weiblichen und 50 % der männlichen Irren. In Frankreich 40 %. In England 50—80 %. Guislain, II. S. 474. In Jena im Jahre 1854 90—95 % sämmtlicher Irren mit einem Jahresertrage von 794 Thalern auf durchschnittlich 66 Kranke. Macht durchschnittlich 12 Thaler Arbeitsverdienst auf den Kopf. Der Ertrag der Producte der Arbeitskräfte der Anstalt wird durch das Recht erhöht, diese Arbeitsproducte auch ausser der Anstalt zu verwerthen.

Bei Anwendung aller durch körperliche und geistige Beschäftigung zerstreuend wirkenden Mittel ist die verschiedene individuelle Fähigkeit der Kranken, frühere Bildungsstufe, Beschäftigung derselben u. s. w. zu berücksichtigen; der Schuster schustert, der Schneider schneidert, der Maler malt u. s. w. Die geistigen Arbeiten müssen zuerst leichter, allmählig schwerer sein, damit mangelnder Erfolg den Kranken nicht niederdrückt. Die schlummernde geistige Thätigkeit ist allmählig zu wecken, um die abnorme zu vertilgen, und wie bei verschiedenen Kindern verschiedene angeborne Anlagen in der Erziehung zu berücksichtigen und auszubilden sind, so hier bei der Auswahl der körperlichen und geistigen Beschäftigung zur antagonistischen Heilung der Verrücktheit.

Können solche Beschäftigungen von mehreren Kranken gemeinschaftlich ausgeübt werden, daher in Irrenanstalten, so wirken zugleich Beispiel, Nacheiferung, Ehrgefühl, neben dem Gewinnst der Arbeit.

Noch zu nennen sind Vergnügungen bei festlichen Gelegenheiten, Sonntagsbelustigung, Concerte, Weihnachtsbescheerung, gemeinschaftliche Spaziergänge in schöne Gegenden unter Aufsicht der Wärter; alles Mittel, die ebenfalls anderweitig erregend, erheiternd, zerstreuend, also antagonistisch heilend wirken können.

Besuch von auswärtigen Freunden nur, wenn die Wirkung dem Heilplan nicht widerspricht.

Entfernung aus der gewohnten Umgebung und Gegend, Veränderung der Lebensweise, der Gewohnheiten des Kranken, Entfernung aus der oft gegen den Kranken zu nachsichtigen oder ihn falsch beurtheilenden Familie u. s. w., wodurch eine neue Welt in und für den Kranken aufgeht, gehört ebenfalls in die Kategorie der antagonistischen Heilung. Trennung vom Hause und Zerstreuung sind, wie auch Guislain (III, 334.) angiebt, die vorzüglichsten Heilmittel idiopathischer Verrücktheit.

§. 98.

Irrenanstalt. Organisation derselben.

Alle diese Forderungen der Heilung psychischer Krankheiten (§. 84—97) zu erfüllen ist indessen in der Privatbehandlung derselben, selbst mit den grössten Geldopfern zu erreichen oft unmöglich; daher die Nothwendigkeit der Irrenanstalten, öffentlicher sowohl im Staate, als Theil der Staatsheilkunde zur Aufnahme armer Kranken, als auch Privatanstalten für wohlhabendere, immer mehr in den civilisirten Staaten eingesehen worden ist.

Eine Irrenheilanstalt muss, wohl eingerichtet, Alles darreichen, was die Behandlung dieser Krankheiten erfordert, und der Privatarzt muss sich bescheiden, um nicht eine nicht ausführbare Cur der Verücktheit zu beginnen und durch längeren Mangel richtiger Behandlung die Krankheit unheilbar zu machen (§. 80.), sondern den Kranken baldigst an eine gute Irrenanstalt abgeben. Irre, ohne die nöthige Kenntniss und Beschaffung der geforderten Mittel der Heilung behandeln, heisst Verrath an dem Kranken begehen.

Die Irrenheilanstalt (nicht zu verwechseln mit einer Irrenpflegeanstalt zur Verpflegung unheilbarer Irren) unterscheidet sich aber von einer Krankenanstalt für syphilitische, krätzige, chirurgische und andere blos leibliche Kranke, wie die Psychiatrie von der übrigen practischen Medicin.

Wie die Psychologie die höchste Stufe der Physiologie, und die Psychiatrik die Spitze der theoretischen Medicin ist, und wie die Psychiatrie die höchste Form der Krankheitsheilung darstellt, so ist auch die Staatsheilanstalt für Geisteskranke das höchste Product der Staatsheilkunde.

Die wesentlichen Eigenschaften derselben, die nicht, wie bis vor 50 Jahren und noch jetzt in manchen Ländern, eine Anstalt zur Aufbewahrung und Unschädlichmachung der Irren, nicht ein Tollhaus sein soll, welches die Melancholie in Manie überführt, den Irren zum Tollen macht (vgl. §. 71.), auch nicht ein Erwerbszweig sein darf, wie in England, sondern ein Sophronisterium*) darstellt, dessen innere organische Ver-

---

*) Die Bezeichnung „Irrenanstalt" hat im Publicum und bei den Irren noch immer eine abschreckende Nebenbedeutung. Daher wir

fassung alle Forderungen der wissenschaftlichen Psychiatrik zu erfüllen im Stande ist, und deren Leitung von wissenschaftlicher Kenntniss und practischer Erfahrung in der Psychiatrik ausschliesslich abhängt, sind folgende *):

1. Grösse der Anstalt. Als Heilanstalt höchstens für 100 Irre. Ist eine Pflegeanstalt mit der-

---

Sophronisterium für unsre Irrenanstalt gewählt haben. Ein Maniacus furibundus, den 4 Wärter kaum bändigten, weil er nicht in die „Irrenanstalt" wollte, folgte mir willig in's Sophronisterium, als er dessen Inschrift las.

*) Ph. Pinel, Traité médico-philosophique sur l'aliénation mentale. 2. ed. Paris, 1809. S. 193.

J. C. Reil, Beiträge zur Organisation der Versorgungsanstalten für unheilbare Irre. Anhang zu Cox Bemerkungen über Geisteszerrüttung. Halle, 1811, S. 219.

Nostiz und Jänckendorf, Beschreibung der K. S. Heil- und Verpflegungsanstalt Sonnenstein. 3 Thle. Dresden, 1829.

H. Damerow, Ueber die relative Verbindung der Irren-Heil- und Pflegeanstalten. Leipzig, 1840.

F. Jacobi, Ueber die Anlegung und Einrichtung von Irrenheilanstalten, mit ausführlicher Darstellung der Irrenheilanstalt zu Siegburg. Berlin, 1834.

Roller, Die Irrenanstalt nach allen ihren Beziehungen dargestellt. Karlsruhe, 1841.

C. W. Ideler, Grundriss der Seelenheilkunde. 2. Thl. Berlin, 1848. S. 737.

A. Zeller, (in Gruber und Ersch Encyclopädie der Wissenschaften und Künste. 2te Section. S. 137. Art. Irrenanstalten. Irrenhäuser.)

D. E. Meier, Die neue Krankenanstalt in Bremen. 2. Aufl. Bremen, 1850. 8.

J. Guislain, Leçons orales sur les Phrénopathies. III, 350.

H. Falret, De la construction et de l'organisation des établissements d'aliénés. Paris, 1852. 4.

selben verbunden, höchstens für 300—400. Die nothwendige Individualisirung bei der Behandlung lässt bei heilbaren Irren keine Uebersicht über mehr als 100 zu (§. 83.), und dann auch nur durch die Hülfsärzte. In Privatanstalten höchstens 30. Eine ganz unstatthafte Verbindung der Irrenanstalt mit einem Krankenhause für leibliche Kranke findet neuerer Zeit fast nirgends statt.

2. Der Director der Irrenanstalt muss unter der Oberaufsicht des Staates die Seele und das leitende Princip des Ganzen sein. Er muss, in der gesammten Medicin zu Hause, nicht allein die ärztliche Behandlung, sondern auch die öconomische und finanzielle Verwaltung dirigiren, das Bau- und Rechnungswesen in seiner Hand haben und überwachen, da alles Einzelne dem Zwecke der Heilung der Irren dienen muss und Einheit der Verwaltung fordert. Eine Irrenanstalt ist ein für sich bestehender, vom Geiste des Directors belebter Organismus im Staate, der blos der Staatsbehörde untergeben sein kann, und in welchem jede andere selbstständige Einwirkung störend und zweckwidrig ist. Die Wohnung des Directors und seiner Hülfsärzte ist in oder neben der Anstalt. Eben so die des Oeconomieverwalters und des Rechnungsführers. Verwaltungswesen, Inventarien der Anstalt, Rechnungswesen fordern in grösseren Anstalten einen besonderen Controleur.

Der ganze Heilapparat der mechanischen, chemischen, psychischen u. s. w. Heilmittel muss dem Gedächtniss des Directors gegenwärtig sein und ihm zu Gebote stehen. Ebenso Bekanntschaft mit den individuellen Verhältnissen der Kranken durch einen nach besonderem Formular einzureichenden Bericht des früheren Arztes und des Geistlichen. Ohne Anamnese der Krankheit ist kein fördernder Curplan zu entwerfen.

Vom Director muss die Entscheidung über die Nothwendigkeit der Aufnahme, über Beurlaubung, Entlassung der Kranken, Superarbitrium über Vorhandensein und Nichtvorhandensein, über Heilbarkeit oder Unheilbarkeit, über Simulation und Dissimulation, über Insania imputata und ignorata bei Geisteskranken, ausgehen. Ebenso die Anstellung der Hülfsärzte, der Wärter, die Hausdisciplin, Beköstigung, Bekleidung, Arbeit der Irren.

Der Geist der väterlichen Theilnahme und Liebe zu den ihres Vernunftgebrauches beraubten, daher dem Kinde gleich zu achtenden Kranken, aber auch des strengen Ernstes in Ausführung der Anordnungen, muss dem Irrenarzte (und eben so den Hülfsärzten) die leicht zu erwerbende Anhänglichkeit und unbedingte Folgsamkeit der Irren, gleicherweise seine Autorität über dieselben sichern. Unbedingter Gehorsam der Irren ist erste Bedingung der Psychiatrie, und jede Irrenanstalt ist gleichsam eine Erziehungsanstalt Unmündiger. Nur in seltnen Fällen von Widerspenstigkeit, wiederholter Entweichung, boshaften Muthwillens der Kranken ist, solange bei denselben noch Zurechnungsfähigkeit des Gewissens (§. 19.) vorhanden ist, eine Disciplinarstrafe zu verhängen, die aber nie vom Arzte selbst, immer vom dienenden Personal ausgeführt, auch hier das Ehr- und Rechtsgefühl in Anspruch nehmend stufenweis durch Zwangsjacke, Entziehungen von Speisen, isolirte Einsperrung, Strahldousche, nie durch körperliche Züchtigung, auszuführen ist, und beim Bereuenden erlassen wird. — Welcher Erlass oft mehr wirkt als die Ausführung.

Der Irrenarzt schliesst in seiner Person den grössten Theil der psychischen Heilmittel ein. Er sei immer aufrichtig gegen die Irren; falsche Versprechungen, Vorspiegelungen, Unwahrheiten werden von jedem nicht ganz blödsinnigen Irren instinktmässig erkannt und haben Erwiederung der Unwahrheit, Misstrauen und Mangel an Achtung zur Folge. Auch die Mehrzahl der unheilbarsten Irren hat noch Rechts- und Ehrgefühl, was respectirt und gehoben werden muss. — Der Arzt muss der väterliche Freund der unmündigen Irren sein, dessen Vernunft die fehlende derselben corrigirt und ersetzt. Er sei ferner leidenschaftslos oder fähig, seine Leidenschaften (die bei widerspenstigen, boshaften Kranken leicht als Aerger, Zorn, Missmuth u. s. w. sich äussern) zu bekämpfen. Ein leidenschaftlicher Irrenarzt steht schon auf der Stufe der Annäherung zu seinen Kranken. Wie der Richter und der Geistliche, so muss auch der Irrenarzt über der Leidenschaft, also auch sie bei sich selbst beherrschend stehen.

3. Innere bauliche Einrichtung. Sie bildet einen eigenen Abschnitt in der Staatsbaukunst der neueren

Zeit, die daher auch Psychiatrie kennen muss. — Die Anstalten in Halle, Bremen, Illenau, Prag geben einstweilen das Beispiel. Alles und Jedes muss dem Zweck: Erhaltung der körperlichen und Wiederherstellung der geistigen Gesundheit dienen. — Theorie und Praxis sind hier aber noch nicht vollendet. Vgl. D. E. Meier, a. a. O. Guislain, III. S. 350. J. Fischel, Prag's Irrenanstalt. Erlangen, 1853.

Einzelzellen sind nur für Tobsüchtige, Ungehorsame, Unreine, Epileptische anwendbar, welche in einer besonderen Abtheilung der Anstalt errichtet, Störung der ruhigen Kranken verhüten. Man hat in den verschiedenen Anstalten von 4 bis 20 pro Cent Tobzellen auf die Kopfzahl der Irren angenommen. (D. E. Meier, a. a. O. S. 34.) Vgl. §. 71. 87.

Gemeinschaftliche nicht über 12 Betten enthaltende Schlafsäle. (In England rechnet man für jeden Kranken 48 Quadratfuss Fläche, und 576 Kubikfuss Raum. Guislain, III. S. 392 hat 60—70 □' Flächenraum. Damerow's Zeitschrift 6. Bd. 2. Heft S. 329. In den deutschen Anstalten findet man 960 bis 1600 Kubikfuss. D. E. Meier, a. a. O. S. 19.) Gemeinschaftliche Esszimmer, in welchen auch die Wärter mit den Kranken speisen.

Gebildete höhere und ungebildete niedere Stände werden nur durch ihre verschiedenen Beschäftigungen getrennt, daher diese Trennung in grösseren Anstalten gefordert wird.

Völlige Trennung der Geschlechter ist in

grösseren Anstalten unbedingt nöthig, in kleineren nach Umständen, indem in einzelnen Fällen Umgang mit dem andern Geschlecht zerstreuend, also wohlthätig wirkt.

Trennung der Heilbaren von den Unheilbaren ist schwer streng auszuführen, weil das Criterium beider unsicher ist, und von 100 für unheilbar Erklärten nach der Erfahrung noch 5—6 genesen. Sie ist nöthig bei unreinlichen, andere Irre beunruhigenden, maniacalischen, epileptischen Irren. Ruhige Unheilbare dienen dagegen oft zur Zerstreuung und als Krankenwärter für andere heilbare Irre, jedoch unter steter Aufsicht. Guislain (III, S. 348.) rechnet in öffentlichen Anstalten 80% Unheilbare.

Zusammenwohnen von Kranken mit gleichen abnormen Gefühlen oder Ideen kann nachtheilig werden, indem sie sich in denselben wechselseitig bestärken. Kranke mit sich widersprechenden Gefühlen dienen dagegen oft als wechselseitiges Correctiv.

In grossen Staaten müssen Irrenheilanstalten und Irrenpflegeanstalten getrennt sein. In erstere gehören die heilbaren, in letztere die unheilbaren (an Blödsinn und Moria leidenden) Kranken. Die Pflegeanstalten fordern die 2—3fache Grösse der Heilanstalten, weil $^2/_3$ bis $^5/_6$ der Irren eines Landes unheilbar sind. In kleinen Staaten können beide vereinigt sein, jedoch möglichst in getrennten Abtheilungen (vgl. Damerow, a. a. O. H. Laehr, Ueber Irrsein und Irrenanstalten. Nebst einer Uebersicht über Deutschlands Irrenwesen und Irrenanstalten. Nebst Karte. Halle, 1852.).

Trennung der Reconvalescenten von den noch Kranken wird im Allgemeinen und nicht nur bei den Kranken aus den höheren Ständen gefordert, um die dem Genesenden nöthige Ruhe und Entfernung aller auch psychisch schädlichen Einwirkung anderer Kranken zu verschaffen. In der Genesung wird die Psyche, die in der Verpuppung der Krankheit gelegen, wieder frei und erträgt oft nur die zarteste Berührung bei Entfaltung ihrer Flügel.

Hinreichende Lokale für die Arbeitsstätten der Pfleglinge sind ein wesentliches Erforderniss sowohl der Heil- als der Pflegeanstalten, um der Forderung der Beschäftigung der Kranken (§. 97.) genügen zu können. Dasselbe gilt von den Lokalen zu den Vergnügungen der Pfleglinge.

Badeanstalt, Waschanstalt, Küchen- und Kellerräume (mit Eiskeller), Oekonomiegebäude u. s. w. für die Verpflegung der Kranken u. s. w. müssen dem Hauptzwecke entsprechen. Gleicherweise die Lokale für Hausapotheke, die Vorrathsräume für das Arbeitsmaterial, Todtenkammer und Sectionslokal, Betsal, um in der kleinen Welt alle Bedürfnisse der kranken Bewohner zu befriedigen. (Vgl. Zeller, a. a. O.)

Andere hier nur zu berührende Eigenthümlichkeiten eines Sophronisteriums in baulicher Hinsicht sind: Helle luftige Corridore an der Südseite. Die Fensterrahmen überall von geschmiedetem, hell angestrichenem

Eisen, deren Sprossen gleichfalls von Eisen in solcher Entfernung, dass kein Kopf hindurch kann, und mit Schieb- oder Klappfenstern zur Lüftung, die mit einem Uhrschlüssel zu verschliessen sind. Gleiche Schlüssel zu allen Schlössern. — Doppelte Freitreppen für Feuersgefahr. — Berliner oder schwedische, von Innen zu heizende Oefen, als die besten Ventilatoren. — Die heimlichen Gemächer im Inneren mit festen eisernen Rosten versehen. — Feststehende Kübel nur in den Tobzellen und Krankenzimmern. — Für unreinliche Blödsinnige besondere abhängige Construction der Fussböden. — Für Epileptische und furibund Maniacalische ein ausgepolstertes Zimmer.

4. Lage und Umgebung der Anstalt. Isolirte trockene gesunde Lage entfernt von anderer, die Disciplin störender Umgebung, jedoch in der Nähe einer Stadt zur Erleichterung der Lieferung der Nahrungs- und anderer Bedürfnisse, mit hinlänglichem Areal zur Garten- und Feldbeschäftigung (Illenau hat für 400 Irre 43 Morgen; Winnenthal für 100 Irre 16 Morgen; Bremen für 80 Irre 24 Morgen. Meier, a. a. O. S. 26.), mit fliessendem Wasser, welches bis in die oberen Etagen zu führen ist. Abschliessung durch 12′ hohe Mauer ist nicht absolut nöthig, da die Kranken bei guter Hausordnung selten entfliehen (Jena, Kiel, Schleswig haben keine strenge Abschliessung); das Hauptthor vom Pförtner bewacht, und für jeden Fremden ohne Erlaubniss des Directors unzugänglich.

5. *Bekleidung, Beköstigung* müssen dem Heilplan entsprechen, den individuellen Verhältnissen des Kranken angemessen sein. — Daher die verschiedenen Klassen der Beköstigung nur in der Vergütung unterschieden sind. Im Allgemeinen einfache Diät, wenig Fleischspeisen. (In Jena täglich $1\frac{1}{2}$ ℔. Brod für Männer, $1\frac{1}{4}$ ℔. für Weiber, bei dreimaliger Fleischspeise in der Woche von $\frac{1}{2}$ ℔. rohem Fleisch bereitet.) Die Tischmesser der ruhigen Irren kolbig, die Gabeln stumpf. Ob die *Verpflegung* dem Inspector in Accord zu geben oder auf Rechnung zu führen ist, hängt von lokalen Verhältnissen ab, fordert aber die strengste Controle. Unterstützt jedoch nicht innere Gesinnung die Controle, so ist Strafe in jedem Falle unnütz und Betrug nicht zu verhüten. Dasselbe gilt von der Bekleidung, Wäsche und Reinigung derselben.

6. *Die Hausordnung* muss den in der Schrift dargestellten Geist der Anstalt enthalten, in möglichst kurzen Sätzen zum Verständniss für jeden Irren in jedem Zimmer angeschlagen sein und streng befolgt werden. In der Hausordnung spricht sich die, die Anstalt beherrschende Intelligenz aus. Sie ist das Complement des dem Irrenden Fehlenden, und wie sich das Kind instinktmässig der von der Vernunft geleiteten Ordnung der Erziehung unterwirft, so fühlt auch der Irre instinktmässig die höhere Naturgewalt der Intelligenz in der Hausordnung*).

---

*) *Hausordnung* der Grossherzoglichen Irren-, Heil- und Pflegeanstalt zu Jena.

7. Beschäftigung der Kranken. Sie muss im Allgemeinen die körperlichen Functionen kräftigen und psy-

---

1.

Ordnung erhält die Welt und wer sich der Zucht fügt, den hat Gott lieb. Alle Befehle der Grossherzoglichen Direction sind pünctlich zu erfüllen. Zur Direction gehören: der Director und der Hülfsarzt. Die Aufseher und Aufseherinnen handeln im Auftrage der Direction.

2.

Alle Glieder der Anstalt bilden eine Familie. Keinem Fremden ist der Zutritt ohne Erlaubniss des Directors gestattet. Alle Briefe gehen durch die Hände des Directors.

3.

Durch Ruhe gedeiht das Leben und geneset der Kranke. Im ganzen Umfange der Anstalt ist Ruhe nnd Stille allgemeines Gesetz. Lautes Schreien, Rufen, Thürenzuschlagen ist verboten.

4.

Friede ernährt und Unfriede verzehrt. Diese Regel gilt überall und so auch in unserm Hause.

5.

Keiner soll Unrecht leiden noch Unrecht thun. Glaubt sich Jemand über Unrecht beklagen zu müssen, so hat er sich an den Hülfsarzt oder an den Director zu wenden.

6.

Reinlichkeit ist halbes Leben; wonach sich Jeder zu richten hat.

7.

Mässigkeit erhält Leib und Seele. Essen und Trinken geschieht nach der Speiseordnung und in der Speisestunde.

8.

Wer nicht arbeitet, soll auch nicht essen, und nach gethaner Arbeit ist gut ruhen; dess soll Jeder eingedenk sein und in den Arbeitsstunden nach Anleitung der Aufseher sich mit Arbeiten beschäftigen.

9.

Morgenstunde hat Gold im Munde und des Abends ruhen Menschen, Thiere und Wälder. Die Tagesordnung ist: Aufstehen im Sommer um 5 Uhr, im Winter um 6 Uhr.

chisch zerstreuend, also antagonistisch heilend wirken, dabei den Fähigkeiten, Gewohnheiten, Talenten u. s. w. der Kranken angemessen sein. Sie muss einen Geldertrag geben, der dem armen Kranken in seine Sparkasse gelegt zum Theil zu Gute kommt und bei seiner Entlassung mitgegeben wird, damit er nicht leeres Stroh zu dreschen, oder sich in einer Strafarbeitsanstalt zu befinden meint.

Ausser der Allem vorzuziehenden Feld- und Gartenarbeit gehören hierher alle Handwerke; bei geistiger Gebildeten geistigere Beschäftigung durch Uebersetzen, Abschreiben, Rechnungführen, Musik, Zeichnen, Malen, bei ganz Geistesschwachen mechanische Beschäftigung durch Holzspalten, Spinnen, Strohflechten u. s. w. Ein eignes Arbeitsinstitut der Anstalt gehört daher zu den wesentlichen Erfordernissen einer Irrenanstalt.

In demselben muss ein technisch gebildeter Werkführer dasselbe beaufsichtigen und leiten, die Materialien und Geräthe anschaffen, die Auswahl und Ordnung der Arbeit unter der Controle des Arztes überwachen, in derselben unterrichten, die Löhne der Arbeitenden bestimmen, die Arbeitskasse der Pfleglinge füh-

---

Darauf Waschen, Reinigen und Frühstücken. Im Sommer um $^3/_4$6 Uhr, im Winter um $^3/_4$7 Uhr Betstunde. Im Sommer von 7 bis $11^1/_2$ Uhr, im Winter von 8 bis $11^1/_2$ Uhr Arbeitsstunden. Um 12 Uhr Mittagsessen. Von 1 bis 6 Uhr Arbeitsstunden. Um 6 Uhr Abendessen. Abends Erholung oder freie Beschäftigung. Um 9 Uhr Abendgebet und Schlafenszeit. Alle Sonntage Vormittags allgemeiner Gottesdienst.

ren, den Verkauf der Arbeiten an die Anstalt und nach Aussen besorgen, und er wird dadurch ein wichtiges dienendes Glied des Sophronisteriums. (Vgl. §. 97.)

Strenge Ausführung der Hausordnung, moralische Zucht und geregelte Beschäftigung heilen manchen durch Unordnung der Lebensweise irre Gewordenen ohne Anwendung anderer Heilmittel (vergl. §. 97. Krankengeschichte Nr. 15.).

8. Religiöse Uebungen. Durch gemeinschaftlichen sonntäglichen Gottesdienst, Morgen- und Abendgebet, Tischgebet, Vorlesen aus der Bibel oder Erbauungsschriften; besonders, wo die Gefühlsseite zurückgedrängt oder unmoralische Lebensweise die Krankheit erzeugt hat. Daher auch ein Betsaal, oder Kirche in allen Anstalten. — Bei Melancholia religiosa mit Vorsicht anzuwenden.

9. Vergnügungen der Pfleglinge nach vollendeter Arbeit und an Ruhe- und Festtagen, durch gemeinschaftliche Spiele, Blumenzucht im Garten, Pflege von Singvögeln oder zahmen Thieren, Sing- und Musikübungen, Turnen, Kegel-, Billard-, Schachspiel u. s. w., selbst zu Zeiten Tanzübungen, zur antagonistischen Heilung durch Zerstreuung (§. 97.), nach der Hausordnung in den dazu nöthigen Lokalen (3.)

10. Hinlängliche Zahl des Dienstpersonals und hinlängliche Löhnung des schwierigen, oft lebensgefährlichen Geschäfts, welches keine Feiertags- oder Ferienruhe gestattet; mit Pensionsgehalt nach verflossenen

Dienstjahren; dagegen aber strenge Disciplin nach besonderen Instructionen und Hausordnung, deren Uebertretung stufenweis mit Verweis, Geldstrafe und Entlassung aus dem Dienst gerügt wird. (In Jena erhält der männliche Wärter 84, die Wärterin 60 Thlr. jährlich, wovon 24 Thlr. für Beköstigung ohne Brod abgehen. Ausserdem 10 — 15 Thlr. Remuneration, aber keine Pension). Der Irrenwärter bildet einen Theil des Arzneiapparates. — 6—8 männliche Irre fordern einen Wärter, die zu je 40—50 Irren unter dem Oberwärter stehen; die weiblichen Irren 5—7 auf eine Wärterin unter der Oberwärterin. Ausserdem Hausknechte, Botengänger, Pförtner, Badewärter u. s. w.

Je 30 heilbare Irre fordern einen Hülfsarzt (vgl. Nr. 1.).

Der Irrenwärter muss, durch Erfahrung und Instinct belehrt, pünctlich ausführen, was der Dirigent mit Vernunftbewusstsein beschliesst, und in der allgemeinen oder täglichen Instruction anordnet; daher der Wärter unter strengster Disciplin gehalten werden muss, und die Wahl der Wärter eben so wichtig als schwierig ist. Noch ist viel zu oft bei denselben die Ansicht herrschend, dass der Irre einem vernunftlosen Thiere gleich zu behandeln sei. In katholischen Ländern geben religiöse Orden die besten Irrenwärter; sie müssen aber blos dem Director untergeordnet sein.

Die Irrenwärter müssen von kräftiger Constitution, gesund und nicht zu alt sein, um schon durch ihr Aeusseres den Kranken Gehorsam und Achtung einzuflössen und im Stande zu sein, im Nothfalle den Widerspenstigen und Maniacalischen mit Kraft zu widerstehen. Aber der Geist der theilnehmenden Liebe, des Wohlwollens und der Achtung des Unglücks muss auch ihre Handlungen leiten. Sie sind weder Schergen des strafenden Gerichts, noch Wärter unzähmbarer Thiere. — Leidenschaftslosigkeit oder Beherrschung derselben wird auch hier, wie bei dem ärztlichen Personale (2) gefordert. Man hat sie in besonderen Wärterschulen zu bilden versucht. (Vergl. W. Bergsträsser, Ueber Wartung und Pflege der Irren, von dem Vereine der deutschen Aerzte zu St. Petersburg gekrönte Preisschrift. Leipzig, 1844.).

In Belgien hat man seit Jahren eine Irrenanstalt den ländlichen Bewohnern einer ganzen Gemeinde zur Besorgung überlassen, die aber zu manchen Unstatten Gelegenheit giebt. (Vergl. F. Parigot, L' air libre et la vie de famille dans la commune de Gheel. Leipzig, 1852. 9000 Einwohner besorgen 1000 Irre. Aehnliches in Saragossa. Vergl. Esquirol, a. a. O.)

§. 99.

Die Behandlung der Genesenen — die sogenannte Nachcur — fordert die grösste Aufmerksamkeit und Sorgfalt.

Der Genesene befindet sich, wie nach jeder körperlichen Krankheit, im Zustande der grösseren, hier psychischen Reizbarkeit (§. 79.). Daher die Behandlung dieses Zustandes noch längere Zeit eintritt, theils durch diese höhere Reizbarkeit beseitigenden, stärkenden Mittel, theils durch Abhaltung aller Schädlichkeiten, die Recidive erzeugen können. Der individuelle Zustand muss hier das Nähere bestimmen.

Recidive entstehen daher nicht selten, wenn dieselben oder ähnliche ursächliche Momente wie früher einwirken. Da indessen das Gehirn hier das reizbarere und krankheitsfähigere Organ ist, so können auch andere Krankheiten die Verrücktheit zurückführen, wenn sie consensuell oder antagonistisch auf's Gehirn wirken. Wenn aber in einem Falle Wiedererblickung des Irrenhauses, in welchem der Kranke geheilt worden, durch Rückerinnerung an die in demselben erlittene Misshandlung eine, Todtschlag seines Vaters erzeugende Melancholia maniaca homicidia zur Folge hatte, so lag hier offenbar der Grund in früherer unrichtiger Behandlung, indem eine richtige Behandlung vom Gesunden immer anerkannt wird (im Gefühle oder in der Erkenntniss), und dann Rückfällige oft sogar freiwillig sich wieder einstellen (s. Krankheitsgeschichte Nr. 14.), oder geheilt nur ungern die Anstalt verlassen. Eine unserer geheilten Kranken simulirte Sitophobie, um nicht für geheilt zu gelten und in ihre ärmlichen häuslichen Verhältnisse zurückgesendet zu werden. Wegen Ueberfüllung der Anstalt nach Hause beurlaubt, erhenkte sie sich in der ersten Nacht ihrer Ankunft daselbst. In anderen Fällen sind Verrückte, ohne klares Bewusstsein herumirrend, instinctmässig wieder in unsere Anstalt gekommen, um daselbst Genesung zu finden, dankbar, wie der Löwe gegen Andronicus.

Genesende Verrückte sind daher noch längere Zeit unter ärztliche Aufsicht zu nehmen, welche dahin streben muss, theils die noch vorhandene allgemeine oder besondere höhere Krankheitsanlage zu beseitigen, theils alle schädlichen Einflüsse abzuhalten; daher in Irrenanstalten Beurlaubung der Genesenden, statt Entlassung der Geheilten, welche erstere überdem den Kranken noch von dem Irrenarzte abhängig erhält, und Leidenschaften und Affecte verhütet und zügelt.

Da bisher noch gewöhnlich den aus einer Irrenanstalt entlassenen Geheilten eine levis notae macula anklebt, so sind, um durch richtige Behandlung derselben Rückfälle zu verhüten, und den Geheilten den Wiedereintritt in's gesellige Leben zu erleichtern, Vorkehrungen zu treffen, und die Ortsbehörden und Geistlichen durch eine Instruction in dem auch von ihnen abhängenden Beistand zu unterstützen. Pia vota in dieser Beziehung werden auch erst kommende Zeiten erfüllen.

In Frankreich sind indessen in neuerer Zeit besondere Vereine zur Beaufsichtigung aus der Irrenanstalt entlassener geheilter Irren zu gründen versucht worden. Société de patronage en faveur des aliénés etc. Morel, 1. S. 456. Die Ausführung ist aber schwierig, der günstige Erfolg abhängend von der gehörigen Einrichtung.

Vierter Artikel.

Von den Sinnestäuschungen, Sinnesschaubildern. Hallucinationes. (Alucinari, faseln, gedankenlos sein. Cic. Seneca. Columella.) Delusions der Engländer.

§. 100.

Die Hallucinationen bestehen, als krankhafter Zustand, ihrem Wesen nach in Sinnesvorstellungen der Seele, sowohl bei wachendem Zustande des Körpers, als auch bei schafendem, die kein reales Object haben, also durch abnorme Thätigkeit der Sinnesorgane des Gehirns, der sogenannten innern Sinne entstehen. Sie sind mithin idiopathische Krankheitsprocesse derselben, wobei von der Vernunft der Irrthum nicht als solcher erkannt und also secundär Krankheitsprocess der Centralorgane des psychischen Lebens, Verrücktheit erzeugt wird. Gegentheils können sie aber auch symptomatisch bei Verrücktheit entstehen. Sie sind zu unterscheiden von den Illusionen, als falscher Deutung realer äusserer Objecte, wobei blos falsche Beurtheilung der Sinnesobjecte vorhanden ist. Ebenfalls sind sie zu unterscheiden von der abnormen Thätigkeit der äussern Sinnesorgane, welche das Vernunfturtheil als solche erkennt, z. B. im Auge als Lichtkreis durch Druck auf dasselbe erzeugt, nach Ueberreizung desselben durch grelles Licht (wo Farbenkreise, complementäre Farbenbilder entstehen); im Ohre durch Congestion nach demselben, durch heftigen Reiz des Gehörnervens nach heftigem Schall; in welchen Fällen dann blos abnorme Lichtempfindung, Funken-, Farbensehen im Auge, Schallempfindung im Ohr, Klingen, Summen u. s. w., entsteht, also das plastische Gefühlsleben unverletzt ist, nie aber, wie hier der Fall ist, dem Auge objective Gestalten, dem Ohre objective Sprachen, geordnete Töne, Concerte u. s. w. erscheinen, also Sinnesschaubilder der vollendetsten Art durch die *Ποίησις* des Gefühlslebens (§. 52.) sich darstellen.

Dass die wahren Hallucinationen nicht in den psychischen Centralorganen des Erkenntnisslebens, sondern in den innern Sinnesorganen entstehen, geht daraus hervor, dass sie der noch vernünftige Kranke (bei Schlafhallucinationen der Erwachende) als eine abnorme Thätigkeit erkennt. Sie können daher auch consensuell, als hypostasirte in den Sinnesorganen projicirte Gefühle in der Melancholie, durch abnormes, die Sinnesorgane beherrschendes Gefühlsleben erzeugt werden, als secundäre Hallucinationen des sogenannten innern Sinnes (§. 54.), wie diess in den objectiv erscheinenden, zu dem Schlafenden redenden Traumgestalten in jedem Schlafe geschieht, deren Irrthum aber der wachende Mensch einsieht. Daher auch Gesichtshallucinationen bei völlig Blinden, Gehörshallucinationen bei Tauben nicht selten entstehen.

Der Grad der Ausbildung der Hallucinationen ist verschieden. Die vollkommensten Formen der Hallucinationen sind die Gesichte der Somnambulen, welche als objective Traumbilder dem Gesicht und Gehör unter der Form von persönlichen Gestalten ihnen äusserlich erscheinen, mit ihnen reden, Zukünftiges voraussagen u. s. w., und als durch das gesteigerte, Fernes und Zukünftiges ahnende Gefühlsleben des Somnambuls erzeugte individualisirte Traumbilder (hypostasirte Gefühle) anzusehen sind (vergl. §. 54.). So Jacob mit der Himmelsleiter und die prophetischen Traumerscheinungen im alten Testament; die Traumvisionen der Heiligen. Sie entstehen hier also im Schlafe des Körpers und verschwinden im Wachen. In anderen Fällen entstehen die Hallucinationen bei wachendem Zustande des übrigen Körpers, also im örtlichen Schlaf des Somnambulismus, wie dieser Zustand auch im künstlich erzeugten Somnambulismus bei Wachenden auftritt. So bei den Propheten des alten Testaments, bei Tobias, Petrus, im Dämon des Socrates, im zweiten Gesicht der schottischen Hochländer.

In noch anderen Fällen spricht die Stimme im Innern des Kranken, als ein in dem Kranken wohnender, seinen Körper besitzender, unsichtbarer Geist. Daher die vom Teufel Besessenen auch hierher gehören. Bei einer meiner Kranken kam die zu der Kranken sprechende unsichtbare Stimme vom Magen aus (Plexus solaris) nach der Zungenwurzel und redete hier, antwortete auch auf die blos gedachten Fragen der Kranken, nannte sie liebe Schwester, sprach aber nur, wenn die Kranke nicht beschäftigt war (ihr Gefühlsleben nicht gestört wurde), auch nur im Wachen, nicht im Schlafe, erschien aber nicht den übrigen Sinnen. Das Tagleben sprach hier mit dem örtlichen Schlafleben. (S. Krankheitsgeschichte Nr. 14.)

Im weiteren Sinne kann man daher jede Hypostasirung innerer Gefühle bei der Melancholie (§. 52.) Hallucination nennen, sobald sie dem Kranken Sinnesschaubilder darstellt, was bei den Franzosen der Fall ist (vergl. Esquiros und Dr. E. Weil, Die Irrenhäuser u. s. w. in Paris. Stuttg., 1852. 8.) Daher nach Esquirol (a. a. O.) bei 100 Geisteskranken 80 mit Hallucinationen gefunden werden. Im eigentlichen engern Sinne zählt man hierher aber nur die primären und örtlichen Sinnesschaubilder der inneren Ursprünge der Sinnesnerven, indem bei den hypostasirten consensuellen Gefühlsschaubildern ursprünglich das Gefühlsorgan thätig ist, und das Sinnesschaubild consensuell entsteht. (Ist aber oft schwer zu unterscheiden.)

Man muss also die Hallucinationen eintheilen:

1. Nach den Sinnesorganen:

Hallucinationen des Gesichts, Gehörs, Geruchs, Geschmacks, Gestastes und des Gemeingefühls.

2. Nach der Entstehung:

a. Idiopathische Hallucinationen, die primär und örtlich in den Sinnesnerven oder den Ursprüngen derselben sich bilden, die aber secundär und consensuell psychische Krankheit erzeugen können.

b. Symptomatische, die secundär als Symptome der Verrücktheit überhaupt oder anderer Krankheiten entstehen. Prosopopöie der Gefühle §. 52.

3. Die idiopathischen Hallucinationen (2. a.) sind dann zu unterscheiden in

α. Hallucinationen der äussern Sinnesorgane. Sie bilden im Auge und Ohr nur Farben und Geräusch, nie Gestalten und Sprachlaute, und gehören nicht hierher, so lange die Vernunft ihr Wesen erkennt. (S. oben.)

β. Hallucinationen der innern Ursprünge der Sinnesnerven, die bei mangelnder Vernunft nicht als solche erkannt werden und consensuell Verrücktheit erzeugen.

4. Die consensuellen oder symptomatischen Hallucinationen (2. b.) sind bei Geisteskranken wohl immer Symptome des abnormen Gefühlslebens, der Melancholie, und es gehören daher hierher auch die Hallucinationen des Ganglienlebens, besonders des Plexus solaris, also die Erscheinungen und Visionen im Traume beim schlafenden Somnambul. Aber auch die Visionen bei örtlichem Somnambulismus des wachenden Menschen, so lange die Vernunft sie nicht als solche erkennt. (S. oben.) Ebenso die Hallucinationen im Nervenfieber, bei Hysterie und anderen Nervenkrankheiten.

Die Hallucinationen erscheinen in der Form jeder Sinnesperception. Bei den Hallucinationen der Ursprünge der Sinnesnerven im Auge als räumliche Gestalten; im Ohr als abnorme Töne und Sprachen; im Geruchsorgan als abnorme Gerüche; im Geschmacksorgan als fremde Geschmäcke; im Tast- und Gemeingefühl als abnorme Bildungen des eigenen Körpers (§. 54. 1.).

Dem Wesen des Krankheitsprocesses (§. 38.) gemäss erscheinen dem Kranken im Allgemeinen Sinnesscheinbilder niederer Art; im Gesicht Fratzen und schreckende Gestalten, im Ohr Schimpfworte, obscöne Reden, im Geruchsorgane stinkende Gerüche, im Geschmack ekelhafte Geschmäcke, im Gemeingefühl entstellte Bildungen.

Jedoch kommt auch das Gegentheil vor: Engel und Heilige, harmonische Concerte, Wohlgerüche, Wohlgeschmäcke, besonders wenn sie symptomatisch bei abnormer psychischer Thätigkeit erzeugt werden, wo dann die Art des Gefühls sich in der Form der Sinnesphantasiebilder ausspricht.

Es giebt ferner verschiedene Grade der Itensität der Hallucinationen, und je nachdem der krankhafte Zustand mehr oder weniger consensuell die Intelligenz beherrscht.

Im niederen Grade der Ausbildung sowohl des örtlichen und idiopathischen als des consensuellen oder symptomatischen Zustandes, und so lange die Vernunft noch nicht von demselben beherrscht ist, erkennt der Kranke die Sinnesschaubilder noch als Sinnestäuschungen und Phantasiebilder; er weiss, dass nicht wahre, reale Sinnesobjecte, Gestalten, Reden, Riechstoffe, Schmeckstoffe seine Sinne afficiren, er vermag aber nicht die abnorm thätigen, innern Sinnesorgane zur Ruhe, die Sinnesphantasmata zum Verschwinden zu bringen, z. B. bei Melancholia hypochondriaca (§. 53.).

Im höheren Grade hält der Kranke die Sinnesphantasmata für wahr, sie beherrschen auch sein Vernunfturtheil, und es entsteht bei den idiopathischen Hallucinationen consensuelle Verrücktheit. Sucht der Kranke den abnormen Gestalten, Tönen, Sprachen zu entfliehen, so entsteht häufig Melancholia maniaca errabunda, oft Selbstmord, Melancholia suicida; treiben sie ihn zu gewaltsamen schädlichen Handlungen, so bildet sich Melancholia maniaca homicida, z. B. wenn die Gehörshallucinationen dem Kranken gebieten, einen Menschen zu tödten.

Entstehen sie consensuell bei Melancholie, als in Sinnesschaubildern hypostasirte abnorme Gefühle (§. 52.), so erscheinen sie bald in weniger individualisirter Form, tragen aber den Character des abnormen Gefühles, drücken dasselbe durch's Gesichts-, Gehörsbild aus, bald in der ausgebildetsten Gestalt der romantischen Poesie. (Vergl. §. 54.).

Zuweilen sind die Gefühlsphantasmata immer einer und derselben Art (Monopathia). Der Kranke sieht stetig eine und dieselbe Gestalt, hört stetig einen und denselben, von bestimmten Personen ausgehenden Zuruf. Ein Kranker wurde seit 40 Jahren durch dieselben Stimmen gepeiniget. (Fr. Krauss, Nothschrei eines Magnetisch-Vergifteten u. s. w. Stuttgart, 1852. Damerow's Zeitschr. 11. B. 4. Heft.) Oder der Kranke riecht, schmeckt denselben Geruchs-, Geschmacksstoff, und diese Hallucinationen einzelner Sinne sind wahrscheinlich idiopathische Hallucinationen der innern Ursprünge der Sinnesnerven (3. β.); aus welcher ganz örtlichen Affection es sich auch erklärt, dass solche Zustände ohne bedeutenden Nachtheil für den übrigen Körper viele Jahre hindurch bestehen können. — In anderen Fällen variirt die Form der Sinnesschaubilder. Die Kranken sehen die mannigfaltigsten Fratzen, hören die verschiedensten Töne und Sprachen; und diese gehören wahrscheinlich zu den consensuellen Hallucinationen (4.). — Einem Kranken dieser Art rief jeder Baum, jeder Mensch Schimpfreden zu; einem andern sprach seit 38 Jahren jeder Laut, jedes fallende Blatt, jeder Hufschlag des Pferdes, jeder rieselnde Bach, wie er selbst in höchst poetischer Darstellung beschrieb. (Kieser, Melancholia daemonomaniaca occulta etc. in Damerow's Zeitschrift 10. Bd. 3. Hft.) Ein anderer sah und zeichnete den electro-magnetischen Apparat, durch welchen die von ihm gehörten Stimmen erzeugt wurden. (Vgl. Kieser, Klin. Beitr. 1. Bd. Lpz., 1834.)

Hier wird also das durch die hypostasirende Gefühlsthätigkeit erzeugte Sinnesschaubild individualisirter, erhält eine Geschichte und beherrscht auch die übrigen Sinne. Der Kranke hört nicht blos die fremde Sprache, sondern sieht auch den Sprechenden.

Am häufigsten sind die Hallucinationen der höheren Sinne, des Auges und des Ohres; seltener die der niederen, des Geschmacks und des Geruchs. Einem Kranken stank Allles, was er berührte, in Folge einer nach Encephalitis zurückgebliebenen Wassersecretion in der rechten hintern Schädelhälfte. Zugleich war Druck auf's kleine Gehirn vorhanden, unsicherer schwankender Gang. — Vesicatoria perpetua am rechten Hinterkopfe heilten nach 4 Wochen.

Zu den Hallucinationen des Gemeingefühls gehört der Fall, wo die von mir beobachtete Kranke irrig glaubte, von Ungeziefer der Haut geplagt zu werden, das sie aber auch sah und hörte, wenn sie dasselbe an der brennenden Kerze platzen liess.

Hinsichtlich der Prognose scheint der Unterschied wichtig zwischen Hallucinationen, die blos im wachenden Zustande, am Tage, und solchen, die blos während des Schlafes und zur Nachtzeit auftreten.

Einer meiner Kranken, der immer Schimpfreden einer bestimmten äussern Gestalt hörte und sah, träumte des Nachts ruhig von blühenden Feldern und Gärten.

Diese Form scheint also im Kopfgehirn ihren Ursprung zu haben, gehört zu den idiopathischen Halluc. des inneren Ohres (3. β.); sie ruht, wenn das Kopfgehirn schläft.

In anderen häufigeren Fällen sehen die Kranken fremde Gestalten, hören äussere Reden, Zuruf, nur im Traume, nie im Tageswachen; und dann scheint das Nachtgehirn, das Gangliensystem der Krankheitsheerd zu sein; die abnorme Thätigkeit ruht während des Schlafes des Nachtgehirns am Tage. Der Zustand gehört also zu den consensuellen Gesichtshallucinationen (4.).

Welches die leichter, welches die schwerer zu heilende Form, ist nicht entschieden; vielleicht sind heilbarer die Schlafhallucinationen, als weniger abnorm (weil diese Gefühlsschaubilder am Tage durch das intelligente wachende Leben leichter beherrscht werden, am Tage der Vernunftcorrection mehr Raum geben).

Idiopathische primär entstandene Sinneshallucinationen (2. a.) sind oft nur einfach, zuweilen in mehreren Sinnen zugleich.

Paulus sah blos den Himmel offen, und hörte blos den Zuruf: „Warum verfolgst du mich?“ — Belsazer sah blos die Hand, die da schrieb: „Mene, mene, tekel, upharsin.“

Häufig hört der Kranke blos eine Stimme, die zu ihm im Schlafe spricht. Jedoch kommen auch sprechende Gesichtsphantasmata vor, z. B. Luther sah auf der Wartburg nicht blos den Teufel, sondern hörte ihn auch sprechen und roch ihn; der Engel des Tobias, der Pfarrer aus Erfurt (Kieser, Klin. Beiträge) geben gleiche Beispiele. In den Traumbildern des örtlichen Hirnschlafes können also alle Sinne zu Schaubildern angeregt werden. Die consensuellen Gefühlsschaubilder (4.) erscheinen daher häufig in allen Sinnesorganen zugleich. S. Krankheitsgeschichte Nr. 1. Taf. IV.

In psychiaterischer Beziehung muss angenommen werden, dass durch äussern oder innern Einfluss die Thätigkeit und Bildung der Sinnesnerven und ihrer Ursprünge, ohne ein äusseres Object zu haben, abnorm erhöht wird, so dass nun nach der verschiedenen Qualität der Sinnesnerven abnorme Sinnesempfindung: im Gesichtsnerven Gestalten, im Gehörsnerven Töne, im Geruchsnerven abnorme Gerüche, im Geschmacksnerven Geschmäcke, in den Hautnerven Tastgefühle entstehen, wobei dann, wenn Melancholie vorhanden ist oder entsteht, das zugleich ergriffene und in erhöhter Thätigkeit befindliche Gefühlsorgan des Gehirns sie hypostasirt und ausbildet. Sie sind daher rein subjective Erscheinungen, können jedoch, wie Somnambulismus auf Andere übergehen kann, auch die gleichen Sinnesorgane Anderer in Mitleidenheit ziehen, daher in seltenen Fällen mehreren Menschen zugleich sich darstellen. Ein Beispiel giebt das zweite Gesicht (second sight) der schottischen Hochländer. (Vgl. Kieser's Archiv für den thierischen Magnetismus. 6. Bd. 3. Stück.)

Sind sie jahrelang andauernd, und also intensive materielle Veränderungen in den afficirten Nerven erzeugend, so wird der Zustand unheilbar.

Ueber die Aetiologie der idiopathischen Hallucinationen ist wenig bekannt. — Bergmann sucht den letzten Grund der Gehörshallucinationen in Missbildungen des Chordensystems der vierten Hirnhöhle, den Ursprüngen des Hörnervens. (Dann müssten die Gesichtshallucinationen in den Chorden der ersten beiden Hirnhöhlen zu suchen sein). In einem Falle entstanden Hallucinationes olfactus durch Wasseransammlung im hintern Theil des Schädels nach Encephalitis (s. oben). Zuweilen entstehen sie consensuell bei abnormer Thätigkeit anderer leiblicher Organe, durch Congestion nach einzelnen Hirntheilen. — Ohrenklingen, Farbensehen entsteht häufig durch Hämorrhoidalcongestion bei abnormer Nervenreizbarkeit. Diese letztere wird auch in den leidenden Organen zuweilen als Grundzustand angenommen werden müssen. Daher sie häufig nach angestrengten geistigen Arbeiten, nach körperlicher Erschöpfung entstehen.

Dass die Ursachen oft im Ganglienleben liegen, zeigen die Hallucinationen des Somnambuls, die Hallucinationen nach dem Genusse scharfer Narcotica, bei den Hexen des Mittelalters u. s. w.

Hinsichtlich der Prognose hält man die Gehörshallucinationen für schwerer zu heilen, als die des Gesichts; — ob mit Recht, steht dahin. Ob idiopathische Hallucinationen leichter zu heilen sind, als symptomatische, steht in Frage. — Jahrelange unausgesetzte Dauer macht sie gewöhnlich unheilbar.

Die Heilung kann nur nach allgemeinen Grundsätzen der Behandlung des Krankheitsprocesses und der Verrücktheit geschehen; daher theils direct, theils und am häufigsten indirect, consensuell und antagonistisch gewirkt wird. Die Psychiaterie hat aber noch nicht die Empirie ersetzt.

Vorzüglich wichtig ist jedenfalls die Unterscheidung, ob die Hallucinationen örtlichen und idiopathischen Ursprungs sind, oder ob sie consensuell bei anderen krankhaften körperlichen Zuständen, oder bei Verrücktheit entstehen. (S. oben.)

Im zweiten Falle, wo sie als Symptome dieser anderweitigen Krankheit erscheinen, kann nur die Behandlung dieser Krankheit helfen. (S. oben Heilung der Hallucinationes olfactus durch Wasser- oder Eiterbildung im Schädel nach Encephalitis entstanden, vermittelst Vesicatoria perpetua.)

Specifica sind nicht bekannt. Scharfe Narcotica, besonders Strammonium, wirken jedoch oft vortheilhaft bei monopathischen Gehörshallucinationen, also antagonistisch.

Strammonium und ähnliche scharfe Narcotica erzeugen erhöhtes Ganglienleben, angenehme Träume u. s. w. Daher ist es gleich den übrigen scharfen Narcoticis Bestandtheil der Hexensalbe; daher durch erhöhte Thätigkeit des Ganglium ophthalmicum erweiterte Pupille entsteht. Bei Tags- (Hirn-) Hallucinationen verspricht daher Strammonium wohl am meisten, durch Erzeugung gangliösen Traumlebens.

Liegt allgemeine höhere psychische Krankheitsanlage zu Grunde, — stärkende Behandlung.

Joh. Müller, Ueber die phantastischen Gesichtserscheinungen. Coblenz, 1827.

Hagen, Die Sinnestäuschungen u. s. w. Leipzig, 1837.

Griesinger a. a. O. S. 69 giebt die Literatur.

C. G. Ruete, Lehrbuch der Ophthalmologie. Braunschweig, 1853. 8. S. 191—201 (auch die neuere Literatur).

O. Domrich a. a. O. S. 105.

Zweites Kapitel.

Specielle Pathologie und Therapie der allgemeinen und der besonderen höheren psychischen Krankheitsanlage.

---

§. 101.

Wenn die bisherige Darstellung (§. 47 — 100) sich mit den ausgebrochenen Stürmen des psychischen Lebens beschäftigte, so steigt die nun folgende in die verborgenen Höhen und Tiefen des psychischen Lebens, in welchen jene Stürme vorbereitet und erzeugt werden, die aber gewöhnlich den practischen Aerzten und Laien unbekannt sind, oder in Nebel verhüllt erscheinen.

Da jedoch die hier abzuhandelnden Zustände theils den empfänglicheren Boden für die Geisteskrankheit bereiten, theils schon die erste Stufe zu derselben sind (§. 39.), und richtige Behandlung derselben den Ausbruch der Geisteskrankheit verhütet (§. 85.), so sollte nicht nur jeder Arzt, auch wenn er nicht Irrenarzt ist, sondern auch jeder gebildete Mensch sich mit denselben bekannt machen, ersterer um von seinen ärztlichen Pfleglingen, letzterer um von sich und den Seinigen die Geisteskrankheit fern zu halten und zu verhüten.

Erster Artikel.

Allgemeine höhere psychische Krankheitsanlage. Incitabilitas aucta psychica. Ecstasis.

---

§. 102.

Das Wesen derselben ist früher (§. 39.) angegeben worden.

Wenn im psychischen Krankheitsprocesse die fortschreitende Realwerdung des Göttlichen im Menschen auf eine niedere Stufe zurücksank, ein niederes Leben und niederer Leib (Afterorganisation) sich bildete, so wird hier diese nur innerhalb einer gewissen Schranke normale fortschreitende Realwerdung übereilt. (Est modus in rebus, sunt certi denique fines, Quos ultra citraque nequit consistere rectum. Horat.) Es bildet sich in Beziehung auf den ganzen geistigen Menschen ein höheres Leben (in der besonderen höheren Krankheitsanlage in Beziehung auf einzelne Organe), welches aber, als die Schranke überschreitend, abnorm, nicht das vollkommenste, sondern krankhaft ist. Dort entstand ein abnormer Rückschritt, hier ein abnormer Vorschritt.

Da man, wie Faust in der Tragödie, die nothwendige Begrenzung der fortschreitenden Realwerdung Gottes im Menschen auf Erden, und dass der Mensch nicht Gott werden kann, nicht einsah, so liegt hierin der Grund, dass man den Zustand theoretisch nicht als abnorm, dem Krankheitsprocess gegenüberstehend, betrachtete, daher auch practisch häufig verkannte. (Guislain, Phrenopathieen, S. 56 obgleich nicht wissenschaftlich begründend, unterscheidet daher mit Recht: Psychiche Sensibilität, als Anlage zu psychischen Krankheiten, und psychische Reaction, als Rückwirkung der Seele auf das, die sensible Sphäre verletzende Agens, also den psychischen Krankheitsprocess; vermag es aber nicht, diese Unterscheidung in der psychischen Pathologie und Therapie consequent durchzuführen.)

Practisch höchst wichtig wird diese Unterscheidung in allen den Fällen von Irrsein, wo ursprünglich diese höhere psychische Reizbarkeit vorhanden ist, und späterhin, secundär, sich psychischer Krankheitsprocess (Verrücktheit) mit derselben complicirt, weil dann in der Behandlung erstere immer zugleich mit und oft vorzugsweise zu berücksichtigen ist, indem mit der Entfernung derselben durch stärkende Mittel auch oft die secundär entstandene Verrücktheit gehoben wird, während, wenn man letztere (die Verrücktheit) allein, und mit schwächenden Mitteln behandelt, jene nur gesteigert wird, und der Zusand solcher complicirten Vecordia oder Melancholia maniaca schnell in Lähmung (Blödsinn) übergeht. (Vgl. §. 85.) Eben so wichtig ist die Behandlung dieses Zustandes in der Genesung der Verrücktheit (§. 99.), weil dadurch Recidiv der Verrücktheit verhütet werden kann.

Da hier noch moralische Freiheit und Zurechnungsfähigkeit vorhanden (§. 39.), der Kranke sich selbst nicht krank fühlt oder weiss, und vom gewöhnlichen Arzte nicht dafür gehalten wird, so wird die reine (noch nicht mit psychischem Krankheitsprocesse complicirte) Form gewöhnlich nicht ärztlich behandelt; kommt als solche auch in Irrenanstalten selten vor; desto häufiger aber in ihrer Complication mit secundär entstandener Verrücktheit oder anderen körperlichen Krankkeitsprocessen. Auch ist es schwer, die Grenze zu bestimmen, wo die normale höhere Entwickelung des geistigen Lebens in diese abnorme übergeht.

§. 103.

Wie das psychische Leben in zwei Hauptformen erscheint, als Gefühlsleben und Erkenntnissleben, und in zwiefacher, in handelnder und empfangender Richtung, so kann dieser Zustand, den wir mit dem von anderen Irrenärzten anderen psychischen Krankheiten gewidmeten hier passenderen Namen Ecstase bezeichnen, auch mehr örtlich, entweder im Gefühlsleben, oder im Erkenntnissleben ausgebildet auftreten, und giebt die den beiden Hauptformen des psychischen Krankheitsprocesses, der Verrücktheit (Irrfühlen und Irrdenken), psychopathologisch entgegengesetzten Zustände, die sich dann bald mehr in der handelnden, bald mehr in der empfangenden Richtung äussern. — Wir erhalten demnach:

1. Allgemeine höhere psychische Krankheitsanlage, Ecstase, im psychischen Gefühlsleben.
2. Allgemeine höhere psychische Krankheitsanlage, Ecstase, im Erkenntnissleben.

Von den somatischen Krankheiten entspricht diesem Zustande die grössere Reizbarkeit in der Vegetation, als Grundlage der Scrofeln; in den Secretionsorganen die Profluvien; im Blutgefässsysteme die Incitabilitas aucta vasorum; im Nervensystem die grössere Nervenreizbarkeit, als Grundlage der Hypochondrie und Hysterie. — Im ganzen Körper (wie hier in der Sphäre der psychischen Organe) die wesentliche Grundlage der ursprünglichen Phthisis, der Phthisis vegetativa (Atrophia), animalis (Phthisis pulmonum), und sensitiva (Phthisis s. Tabes nervosa). Symptomatisch tritt diese grössere Reizbarkeit auf im Zeitraum der Genesung des Nervenfiebers, der Hirnentzündung und jedes Krankheitsprocesses des Nervensystems. — Die Nachweisung dieses Zustandes in allen Formen des menschlichen Lebens ist also gegeben. (Vgl. Kieser, System der Medicin.)

§. 104.

Da hier das psychische Leben abnorm erhöht ist, so sind die allgemeinen Symptome die einer abnorm erhöhten psychischen (geistigen) Lebendigkeit, zu denen nothwendig die der schnelleren und stärkeren Reaction auf äussere Einflüsse hinzukommen.

Daher im Selbstgefühl und Selbsterkenntniss höheres Wohlgefühl und reineres Selbstbewusstsein (wie Seelenschmerz und Irrthum der Erkenntniss als Gegensatz bei der Verrücktheit), aber grössere Erregbarkeit der Reaction auf äussere, besonders auf psychische Einflüsse; grosse Beweglichkeit und Schnelligkeit der Oscillationen des psychischen Lebens; leichte Erregbarkeit der Affecte und Leidenschaften; grössere Möglichkeit des momentanen Irrthums in der Erkenntnisssphäre. (Wenn Guislain zu den Symptomen dieses Zustandes Seelenverstimmung, Seelenschmerz zählt, so ist von ihm die Reaction selbst, als Folge der grösseren Reizbarkeit, mit letzterer verwechselt.)

Im allgemeinen Ausdruck des psychischen Lebens entsteht Unbeständigkeit des Characters. Im Temperamente nervös-reizbares Temperament, so dass geringer Schmerz oder psychische Widerwärtigkeit eine starke psychische Reaction, Gemüthsverstimmung, erzeugt. Grosse Reizbarkeit der Sinnesorgane, feine Sinne, und bei heftigeren Sinneseinflüssen, Licht, Schall, stärkere Reaction und leicht entstehende Ueberreizung u. s. w.

Im somatischen Leben, und zwar in der Vegetation, schnelle Verdauung und Assimilation, aber geringere Ernährung, Magerwerden. — Neigung zu vermehrter Secretion der Haut, des Darmkanals u. s. w. — Im Blutleben schlechte Blutbereitung, weniger Faserstoff und Blutkörper, mehr Lymphe im Blute (Anämie); daher blasse Hautfarbe. Kleiner, weicher, frequenter Puls, der, leicht erregbar, leicht in das Gegentheil übergeht. Neigung zu Congestionen und Wallungen im Blute, und in Folge derselben zu Blutungen, Neigung zu Entzündungen. Im Nervensystem grosse Reizbarkeit desselben. Heftige Einflüsse erzeugen leicht Krämpfe und Algieen.

Alle schwächenden, das Leben herabstimmenden, körperlichen und psychischen Einflüsse vermehren den Zustand, z. B. Blutungen, Samenverlust, Kummer und andere schwächende Leidenschaften; alle die Lebensthätigkeit erhöhenden Einflüsse mindern ihn, z. B. alle stärkenden Mittel, freudige Ereignisse, Spirituosa; wenn sie aber heftig einwirken, erzeugen sie zu starke Reaction, sogenannte Ueberreizung, deren spätere Folge dann Vermehrung des Grundzustandes ist.

Im Bezug auf die Kraft und Energie des handelnden Lebens erscheint der Zustand als Schwäche; im Bezug auf das materielle leibliche Substrat desselben als Schwinden des Leiblichen.

§. 105.

In der Sphäre des Gefühlslebens sind es die gemüthlichen, mit grosser poetischer Anlage begabten Menschen, die aber nicht Stetigkeit genug zeigen, um hohe Kunstproducte zu bilden; mit leichter Erregbarkeit der Gemüthsthätigkeit zu Affecten und Leidenschaften; mit mangelnder Characterfestigkeit, grosser Wandel-

ɪarkeit der Ansichten und Entschlüsse, die leicht von äus-
eren Einflüssen bestimmt werden. Der charakteristische
Ausdruck ist: Weichheit des Gemüths, leicht entstehende
Rührung, die aber bald verschwindet. — Unruhe des
Gemüths, Bedürfniss des Wechsels der psychischen Zu-
tände. Tollkühnheit in Gefahr; im Glücke oder Un-
lücke die heftigste, aber kurz andauernde Aufregung.

Diese grosse Beweglichkeit und Unstetigkeit des Ge-
ühlslebens zeigt sich auch, wenn Affecte und Leiden-
chaften entstehen, in der kurzen Dauer derselben; leich-
es Aufbrausen zum kurzen Zorn, momentan entstehen-
er Hass und Aerger, Wandelbarkeit in Liebe oder Ab-
eigung.

„Es ist kein Verlass auf sie, obgleich sie höchst
iebenswürdig sind.“ Der Zustand findet sich häufiger
beim weiblichen Geschlechte; auch bei Eunuchen, weil
mit dem Verluste des männlichen Geschlechtsvermögens
ie männliche Psyche (Vernunfterkenntniss) sinkt, die
veibliche (Gefühlsanschauung) vorherrscht.

Tritt secundär und als Complication dann Irr-
ühlen ein, in der verschiedensten Form, so hat diese
benfalls den Character der Unbeständigkeit, Wandel-
barkeit und mangelnden Stetigkeit. Die Formen der
Phantasiebilder wechseln oft, werden schnell durch äus-
ere Einflüsse erregt. Schnelle Steigerung der oft nur
urzen Anfälle, die aber in der peripherischen Richtung
ie heftigste Manie zeigen können. Characteristisches
Kennzeichen dieser Form ist daher, dass bei den ver-

rückten Gefühlen die Vernunft nie ganz und anhaltend unterdrückt, der Kranke zeitweise vernünftig ist. Zur Diagnose dient dann auch noch die Indicatio ex juvantibus et nocentibus und der Erfolg der angewendeten Mittel.

Die Formen dieser secundären Melancholie können höchst verschieden sein und in Handlung übergehend, maniacalische Zustände erzeugen, daher bald die tiefste Melancholie mit den schreckhaftesten Hallucinationen, bald fröhlicher Wahnsinn mit Lalomanie, Lachsucht u. s. w.

§. 106.

In der Sphäre des intelligenten Lebens erscheinen hier die genialen, in der Welt der Ideen sich bewegenden, die höchsten Ideen leicht aufnehmenden und producirenden Menschen, welche Ideen aber wegen ebenfalls mangelnder Stetigkeit der Geistesthätigkeit nicht systematisch verarbeitet werden, kein Kunstproduct der Intelligenz geben.

Scharfsinnige Gedanken, scharfer, spielender Witz in Vergleichung der Objecte, philosophische Anlage ohne consequente philosophische Anschauung der Welt, philosophische Lichtblitze ohne in dauernde, leuchtende Gestalten überzugehen. Wechsel der höchsten Ideen, Bedürfniss der Abwechselung der Ideen. Irrthum entsteht leicht, wird aber bald erkannt. —

Entsteht secundär und als Complication Irrdenken,

so hat dies ebenfalls den Character der Unstetigkeit und Wandelbarkeit.

Im Ganglienleben entseht in beiden Formen dann grosse Reizbarkeit desselben, Neigung zu Krämpfen und Algieen, zu Herzensangst und Melancholia maniaca.

§. 107.

Hinsichtlich der Aetiologie wird der Zustand erzeugt durch Alles, was eine abnorme höhere Entwickelung des psychischen Lebens begünstigt. — Daher leichter bei höherer geistiger Ausbildung sowohl ganzer Völker, als Individuen (vergl. §. 64.); daher mehr in Berggegenden als in flachen Sumpfgegenden. — Daher in manchen Familien erblich. Ausserdem oft angeboren bei Kindern phthisischer, besonders an Tabes nervosa, Syphilis, Hydrargyrosis leidender Eltern; durch während der Schwangerschaft auf die Mutter wirkende, nervenschwächende Einflüsse.

Späterhin kann der Zustand erworben werden, durch Alles, was das leibliche Leben stört, oder das psychische durch Ueberreizung schwächt. Fehlerhafte Erziehung in zu früher Entwickelung der Geisteskräfte, ärmliche Lebensweise bei übermässiger geistiger Anstrengung. — Onanie und Excesse in venere. —

Onanie ist eine der häufigsten und von vielen Aerzten verkannten Ursachen dieses Zustandes, sowie der späterhin secundär entstehenden Melancholie und des Blödsinns. Sie wird um so häufiger verkannt, da die

Folgen nicht überall und oft erst nach jahrelangem Bestande dieses Lasters und allmählig eintreten, und diese Verkennung ist um so nachtheiliger, je mehr schon die secundär entstandene Melancholie sich dem Blödsinn annähert. Häufig entstehen dann auch secundär Myelitis, Encephalitis mit ihren Folgen, oder Melancholia attonita (Sefeloge ist Onanist — Damerow, Sefeloge S. 125 u. folg). In der Jenaer Irrenanstalt fanden sich (1854) unter 43 männlichen Irren 22 Onanisten. (S. Krankheitsgeschichte Nr. 7. Taf. X.)

Andere ursächliche Momente sind: anhaltende seröse, blutige Profluvien. — Zu häufige Wochenbetten bei Nahrungssorgen, Fluor albus, Galactirrhoe durch zu langes Ernähren des Säuglings (Krankheitsgeschichte Nr. 3. 9.), Kummer, andere schwächende Affecte und Leidenschaften. Consensuell und symptomatisch entsteht der Zustand bei Hypochondrie und Hysterie, nach Nervenfiebern, in Acumine der Schwindsucht, nach psychischen schwächenden Einflüssen, secundär nach Hirnentzündung.

Zur Erzeugung der secundär entstehenden Krankheitsprocesse, hier also der Verrücktheit, dienen dann alle früher (§. 64. 71.) angegebenen ursächlichen Momente derselben, und diese psychischen Krankheitsprocesse können nach den individuellen Verhältnissen und der Verschiedenheit der schädlichen Einflüsse von der mannigfaltigsten Form sein, und späterhin in Lähmung und allgemeinem Tod endigen.

§. 108.

Da hinsichtlich der Cur die reine Form gewöhnlich ausser dem Wirkungskreise des Arztes fällt (§. 102.), so ist hier vorzugsweise die Complication dieses Zustandes mit psychischen Krankheitsprocessen und deren Behandlung von practischem, aber desto grösserem Werthe, daher zuerst zu berühren.

In Beziehung auf diese secundären Zustände gilt nun Alles, was früher (§. 83—97.) über die Behandlung der Verrücktheit gesagt worden ist, jedoch mit dem Unterschiede, dass diese Behandlung hier immer mit Berücksichtigung des Grundzustandes der höhern psychischen Reizbarkeit ausgeführt werden muss, diesen nicht erhöhen darf, und dass nicht selten die secundären Krankheitsprocesse verschwinden, wenn der Grundzustand gehoben ist.

Als Grundsatz kann daher angenommen werden, dass bei der Behandlung der secundären Verrücktheit alle schwächenden (direct oder durch Ueberreizung wirkenden) Mittel schädlich sind.

Daher nach der Erfahrung in solchen Fällen der Melancholie Blutentziehungen, drastische Abführungen und alle anderen unmittelbar oder mittelbar grosse Schwäche erzeugenden somatischen und psychischen Einwirkungen zwar palliativ die Melancholie heben, aber häufig nur, indem sie zu intensiveren Recidiven derselben Anlage geben, oder örtliche oder partielle Hirnlähmung zur Folge haben.

Wird daher bei Complication mit maniacalischer Melancholie eine Behandlung nöthig, so muss sie mit den mildesten Mitteln, Trösten, Zureden, Zerstreuung, beseitigt werden, und Blutentziehungen sind nur bei entschiedenen Congestionen oder entzündlichen Zuständen zulässig.

Diese Behandlung der secundär entstandenen Verrücktheit ist also eigentlich nur palliativ (wie des Paroxysmus im Wechselfieber, in der Epilepsie, in den hysterischen Krämpfen); daher bei den leichteren Formen derselben auch oft unnöthig.

Es ist daher der grösste Missgriff der Practiker, bei jeder Manie als erstes Mittel Blutentziehungen, drastische Abführungsmittel, schwächende Mittelsalze, Nitrum u. s. w. unbedingt anzuwenden, und den maniacalischen Handlungen die gewaltsamsten und aufregendsten Mittel, harte Behandlung, Binden, einsames Einsperren u. s. w. entgegenzusetzen, indem in den vorliegenden Fällen statt Heilung nur Verschlimmerung des complicirten Zustandes erzeugt wird.

Ist diese Complication entfernt, so tritt dann die Radicalbehandlung ein.

§. 109.

Die Radicalbehandlung kann nur die des Grundzustandes der Schwäche (§. 104.) und der grösseren Reizbarkeit des psychischen Lebens und consensuell des ganzen Nervensystems und des ganzen Körpers sein.

Sie fordert daher, neben der Entfernung aller schwächenden und aller, die vorhandenen secundären Formen der Verrücktheit steigernden Einflüsse, im Allgemeinen stärkende Mittel, um, da uns die specifische Wirkung einzelner Pharmaca auf's Gehirn unbekannt ist, durch consensuelle Wirkung der übrigen Systeme, besonders derer, die besonders leiden, die Schwäche der cerebralen und gangliösen Organe zu heben.

In einem Falle von Melancholia attonita complicirt mit diesem Zustande, und bei fehlender Menstruation, Abmagerung, Bleichsucht, schwachem, kleinem Pulse wurde mit Eisenmitteln geheilt. — In einem andern Falle von Mania furibunda, die secundär bei grosser psychischer Reizbarkeit und besonders auch des Ganglienlebens mit frequentem, kleinem Pulse, Abmagerung in Folge ärmlicher Lebensart, Ueberreizung des psychischen Lebens, Kummer u. s. w. entstanden war, wirkten Digitalis, Stramonium, China, stärkende Nahrungsmittel, tröstende Zusprache u. s. w. heilend. Eben so Tinct. Opii s. in steigenden Gaben bis zu 70 Tropfen Morgens und Abends. S. Krankheitsgeschichte Nr. 8. 9.

Dieselbe Behandlung, besonders durch Opium, China tritt daher auch beim Delirium tremens (§. 44.) ein.

Die überall nöthige Individualisirung der Krankheit muss dabei auch hier die individuelle Behandlung bestimmen. (Vgl. Krankheitsgeschichte Nr. 3. 7. 11.)

Zweiter Artikel.

Besondere höhere psychische Krankheitsanlage. Propensio major ad dementiam.

§. 110.

Das Wesen des Zustandes ist ebenfalls früher (§. 39.) bezeichnet worden. Wenn bei der allgemeinen höheren psychischen Krankheitsanlage die Realwerdung Gottes im Menschen hinsichtlich des ganzen geistigen Menschen übermässig, und daher abnorm war, so ist sie es hier hinsichtlich derselben Realwerdung in einzelnen Hirnorganen, die hier als besondere Organismen erscheinen, oder, da wir diese nicht kennen, in einer einzelnen Hirnthätigkeit. — Dort wurde die allgemeine Idee des Menschen übermässig entwickelt, hier die besondere Idee des einzelnen Organes oder Seelenthätigkeit, womit dann nothwendig nicht grössere Reizbarkeit, sondern Annäherung zum psychischen Krankheitsprocess entsteht. (Beispiele desselben in anderen Organen des Körpers s. §. 39.) —

Es ist ebenfalls höhere Entwickelung des psychischen Lebens, aber nicht die vollkommenere und normale, welche gleichförmige fortschreitende Ausbildung aller psychischen Thätigkeiten oder Hirnorgane fordert, — sondern einseitige, das Maas des besondern Lebens einzelner Hirnorgane überschreitende.

Es fehlt also bei der allgemeinen höheren psychischen Krankheitsanlage die Festhaltung der nothwendigen mit dem irdischen Leben gegebenen Grenze (Begrenzung) der ganzen psychischen Lebensentwickelung, hier einzelner Hirnorgane, also die Symmetrie in der Entwickelung aller psychischen Thätigkeiten, und weil man, wie dort die Grenze, so hier die Symmetrie nicht beachtete, wird der Zustand auch nicht für krankhaft gehalten. Im Leiblichen entstehen hierdurch die verschiedenen Temperamente, als paralleler Ausdruck des Seelischen im Körper.

Wenn nun jener Zustand sich mit dem entgegengesetzten, mit Krankheitsprocess compliciren konnte (§. 102.), so kann hier nicht Complication mit Verrücktheit, sondern nur Uebergang in dieselbe statt finden, sobald der Zustand bis zur völligen Selbstständigkeit und typischem Verlaufe gesteigert wird.

Practisch kannte man diesen Uebergang bei den Leidenschaften und Affecten (Ira furor brevis est), ohne den wesentlichen Unterschied zwischen besonderer höherer psychischer Krankheitsanlage und Verrücktheit einzusehen und wissenschaftlich festzustellen.

Die Annäherung zu dem vorliegenden Zustande in den Schwankungen des psychischen Lebens zwischen Gefühls- und Verstandesmenschen ist früher (§. 20.) schon angegeben.

Der Zustand kann in jeder Sphäre des psychischen Lebens, und in jeder Richtung desselben auftreten.

Im Gefühlsleben als übermässige einseitige Ausbildung desselben, entweder in der handelnden oder in der empfangenden Richtung, deren Uebergang in Krankheitsprocess Melancholie ist, und zwar in der empfangenden Richtung als Melancholia tranquilla, und in der handelnden als Melancholia maniaca.

Im Erkenntnissleben als einseitige übermässige Ausbildung desselben, gleichfalls in der zwiefachen entweder peripherisch-centralen oder centro-peripherischen Richtung, deren Uebergang in Krankheitsprocess Irrdenken giebt, ebenfalls in seiner möglichen zwiefachen Richtung.

§. 111.

Da es keine absolute Symmetrie im irdischen, also auch nicht im psychischen Leben giebt (§. 20.), selbst im Planeten- und Cometenleben Störungen der Symmetrie eintreten, und nur die Gottheit vollkommen ist, so findet dieser Zustand in mässiger Entwickelung in jedem Menschen statt, und erscheint in seiner Vollendung als die höhere Potenz des früher (§. 20.) geschilderten Vorwaltens eines der Hauptvermögen der menschlichen

Seele. Daher im einzelnen Falle die Grenze zwischen psychischer Gesundheit und diesem Zustande oft schwer zu ziehen ist.

In dieser seiner Vollendung unterscheiden wir aber zwei Formen: eine edle der höheren Richtung, die den Glanzpunkt der psychischen Entwickelung giebt, in welchem der Mensch dem Endzweck alles Lebens und Schaffens auf der Erde: der vollkommeneren Realwerdung und Offenbarung Gottes gemäss (§. 1. k. g.), zu der höchsten Sphäre des Erdenlebens sich erhebt; welche eine anhaltende, stetige, dauernde Entwickelung nach dem Edlen und Höheren darstellt, mit einem von der Weltgeschichte als wahr und gross anerkannten Objecte der Thätigkeit, und die noch das Corrective der weniger entwickelten gegenüber stehenden (§. 20. 60.) Thätigkeit achtet; daher nicht Gegenstand der Psychiaterie ist; und eine unedle der niederen Richtung, die den Menschen in die Nacht der Verrücktheit zu stürzen droht, oder, mit Bewusstsein handelnd, zum Verbrechen führt. In den Affecten und Leidenschaften momentan oder zeitweise ausgebildet, bewegt sie sich in Irrthum und Unwahrheit objectiv; das Corrective der gegenseitigen Thätigkeit verachtend nähert sie sich dem Krankheitsprocesse, und wird daher Gegenstand der Psychiaterie oder fällt der Criminalistik anheim.

Die erste, die edle Form giebt in der Erscheinung die Characterstärke; den eisernen, festen Character, der unablässig, und wenn handelnd auftretend, alle Hindernisse beseitigend, ein edles Lebensziel verfolgt.

Im Gefühlsleben die Reformatoren Huss, Luther („ich kann nicht anders, Gott helfe mir“), die instinctmässig handelnden Politiker und Feldherrn (Blücher); in der Kunst die ihren Kunstanschauungen ihr Leben widmenden Dichter (Sophocles, Aeschylus, Dante, Tasso, Shakespeare), Maler (Raphael, Michel Angelo); Musiker (Beethoven); im intelligenten Leben die eisern consequenten Philosophen (Platon ist zugleich Gefühlsphilosoph vgl. §. 20, Spinoza, vor Allen Fichte). —

Auch hier ist die Möglichkeit der Verrücktheit nicht zu läugnen, und letztere entsteht, wo irrige Phantasiebilder oder Ideen allein herrschend auftreten.

Als Luther auf der Wartburg dem Teufel sein Tintenfass nachwarf, war momentane Melancholia daemonomaniaca vorhanden. Tasso litt an Melancholia erotica. Der Dichter Lenau starb im Irrenhause bei Wien.

Die zweite unedle Form giebt dann das grosse Reich der Erscheinung der Affecte und Leidenschaften, die, wenn sie einem edlen und wahren Ziele zugewendet, also den göttlichen Gesetzen des höchsten Lebenszweckes gemäss (§. 1. k.) auftreten, in jene erste Form hinüberreichen, wenn in Irrthum und Unwahrheit der Gefühle oder Ideen sich bewegen, als Sucht erscheinen und die nächste Uebergangstufe zur Verrücktheit bilden. Sie zeigen sich in der grössten Mannigfaltigkeit und

Complication, daher es unmöglich ist, sie nach ihrer verschiedenen Qualität zu classificiren und auf eine bestimmte Zahl zurückzubringen. Als Beispiele gehören hierher: Zornmüthigkeit, Hochmuth, Liebe, Hass, Rachsucht, Eifersucht, Ruhmsucht, Geiz, Eitelkeit, politische oder Religionsschwärmerei, Pietismus, Furcht, Neid, Heimweh, Traurigkeit, häuslicher Kummer, Streitsucht, Spielsucht, Dichterwuth, (Metromanie), Gewissensbisse, Reue, Aerger, Schrecken, Verzweifelung, Angst. (Vgl. Kieser, Prorectoratsrede in Damerow's Zeitschrift B. 7. Heft 2.) Wird bei den das Eigenthum und Leben Anderer gefährdenden Leidenschaften und Suchten das Vernunfturtheil von ihnen beherrscht und benutzt, so entstehen die Verbrechervirtuosen, Räuber, Diebe von Profession, die Mordmonomanieen der Giftmischer, bei denen es oft schwer wird, Zurechnungs- und Unzurechnungsfähigkeit zu unterscheiden. (§. 15.)

Man hat die Affecte und Leidenschaften psychologisch einzutheilen versucht nach dem ihnen zu Grunde liegenden Gefühl der Befriedigung oder Nichtbefriedigung, der Lust oder der Unlust, als niederdrückende oder erhebende; und nach ihrer Wirkung auf die handelnde Thätigkeit, also in Hinneigung zur Manie, oder nach der Ueberfüllung oder Entleerung des Gemüths mit Vorstellungen, also mit Thätigkeit der Intelligenz; wobei jedoch blos das Gefühlsleben berücksichtigt, das intelligente Leben unberücksichtigt gelassen wurde. In psychopathologischer Hinsicht entsteht bei den erhebenden Affecten eine erhöhte Thätigkeit der übrigen somatischen Organe, bei den niederdrückenden eine geminderte, welche Veränderung dann auch auf das psychische Leben zurückwirkt. (Vgl. Domrich, a. a. O. S. 204.)

§. 112.

Nur in Rücksicht des Ueberganges dieses Zustandes in Verrücktheit, und hinsichtlich der häufig vorkommenden gerichtsärztlichen Frage, ob in einem solchen Falle noch psychische Gesundheit, Vernunftfreiheit und rechtliche Zurechnungsfähigkeit vorhanden gewesen, oder schon Verrücktheit, Unfreiheit der Vernunft und Unzurechnungsfähigkeit eingetreten, ob also eine leidenschaftliche Handlung noch als vernunftfrei oder als maniacalische Handlung anzusehen, ob der Uebelthäter in's Strafhaus oder in die Irrenanstalt gehöre, wird diese besondere höhere psychische Krankheitsanlage Gegenstand der practischen Medicin; indem in psychiatrischer Beziehung auf den Uebergang dieses Zustandes in Verrücktheit die prophylactische Behandlung durch eigene Beherrschung der Affecte und Leidenschaften gilt (§. 84.). In Beziehung auf die gerichtsärztliche Frage kann aber, da beim Irrdenken die Vorfrage: was ist Wahrheit? sehr schwierig zu lösen ist (§. 45.), so hier die Frage nach der Grenze zwischen Vernunftfreiheit und Unfreiheit die grösste Umsicht nöthig machen, und nur die Uebersicht aller individuellen Verhältnisse und eine genaue Kenntniss der Genesis der vorliegenden Uebelthat das psychologisch-psychiaterische Urtheil motiviren.

Entscheidet sich dies Urtheil für vorhanden gewesene Vernunftfreiheit, so ist die Medicin an der Grenze ihrer Wirksamkeit und sie kann dann dem vernünftigen der Strafe anheim fallenden Verbrecher nur mit dem Rathe beistehen, seine psychische Anlage durch die Vernunft zu beherrschen (vgl. §. 15.); entscheidet es sich für anhaltende Verrücktheit, so tritt die Behandlung derselben ein.

Allein die Frage würde, im Falle sich die Antwort auf einige in Zwischenzeiten vollbrachte schädliche Handlungen bezöge, und dieselben als im unfreien Zustande begangen, als Product der Verrücktheit bezeichnen sollte, sich noch dahin ausdehnen: ob nach der Handlung oder in den Zwischenzeiten zwischen derselben der Uebelthäter *völlig genesen*, also gesund gewesen, oder nur in einem *Lucidum intervallum* sich befunden habe, die also keine Sicherheit der Wiederkehr der Paroxysmen garantirt. Im ersten Falle würde der Uebelthäter weder mit Strafanstalt, noch Irrenanstalt zu belegen sein, da der psychisch Kranke nicht wegen seiner schädlichen Handlungen zu bestrafen, der völlig Genesene aber nicht als krank zu behandeln ist; im zweiten Falle aber, also bei der Annahme einer fortdauernden, nur mit Lucidis intervallis abwechselnden Verrücktheit, würde Uebergabe des psychisch Kranken an eine Irrenanstalt nothwendig werden. — Hierher gehören die Fälle von unwiderstehlicher Trunksucht, Zornmüthigkeit, Streitsucht, Processsucht, Spielsucht u. s. w., in deren Anfällen schädliche Handlungen unternommen werden, und in deren freien Zwischenräumen nur Lucida intervalla erblickt werden können.

Drittes Kapitel.

Specielle Pathologie und Therapie des psychischen Todes.

Blödsinn. Amentia. Moria.

---

§. 113.

Das Wesen des Blödsinns, Amentia, ist (§. 40.) örtliches oder allgemeines Absterben des psychischen Lebens.

Der Zustand ist zu unterscheiden von blosser zeitweiser Hemmung oder Unterdrückung aller oder einzelner psychischer Thätigkeiten, z. B. im normalen Schlafe, im Somnambulismus, bei Chloroformirten, in der Catalepsis, bei Melancholia attonita, im Sopor des Nervenfiebers, oder durch mechanischen Druck bei Impressio cranii, Bluterguss, Wassersecretion in der Schädelhöhle; jedoch geht diese Hemmung und Unterdrückung bei längerer Dauer nothwendig in Absterben über, wie Hemmung der Thätigkeit eines peripherischen Nerven durch Druck, Unterbindung u. s. w., zuletzt in Lähmung endiget. Daher die Grenze zwischen Unterdrückung und Absterben der psychischen Functionen oft schwer zu ziehen ist.

Wesentliche Erscheinung ist: Zurücktreten (Schwäche) oder völliges Aufhören einzelner oder aller psychischen Functionen, mit gleichzeitigem Zurücktreten der materiellen Bildung der betreffenden Hirnorgane (Schwinden der Elementarfasern und Bläschen (§. 40.), was jedoch nur bei längerer Dauer des Zustandes oder bei angeborenem Blödsinn bisher anatomisch nachweisbar ist.

§. 114.

Die graduelle Verschiedenheit giebt:

a. Geistesschwäche, Imbecillitas animi et mentis, der unvollkommene Grad, bei welchem die niederen psychischen Thätigkeiten noch ungestört, nur die höheren geschwächt oder erloschen sind.

b. Geistestod, Amentia, in welchem der Mensch psychisch todt, nur noch thierisch und pflanzlich lebt.

§. 115.

Die qualitative Verschiedenheit giebt die partielle (örtliche) und die allgemeine Form.

1. Absterben des Gefühlslebens. — Gefühlsschwäche, Gefühlslosigkeit. Anaesthesia psychica paralytica.

2. Absterben des Erkenntnisslebens. Dummheit. — Stupiditas, — Alogia.
3. Absterben aller psychischen Thätigkeiten. Blödsinn. — Amentia. — Fatuitas. — Mente captus. — Idiotismus.

Das Absterben der verschiedenen Richtungen des psychischen Lebens giebt dann folgende, noch speciellere Formen:

A. Absterben der handelnden Richtung, Willensschwäche, im höheren Grade Willenslosigkeit, und zwar:
  a. in der Erkenntnissseite, Abulia,
  b. in der Gefühlsseite, Athymia.

B. Absterben der empfangenden Richtung, und hier wiederum:
  a. im Gefühlsleben, Apathia, Analgesia,
  b. im Erkenntnissleben, Amentia.

Diese theoretisch nothwendigen speciellen Formen treten aber im practischen Leben selten in ihrer Getrenntheit auf, sind häufiger mit einander verbunden.

Als eigenthümliche Form, da Gedächtniss keine besondere Seelenthätigkeit, sondern nur das geistige Reproductionsvermögen derselben Thätigkeit ist (§. 21.), gehört hierher noch die Gedächtnissschwäche, Memoria debilis, im höhern Grade Gedächtnisslosigkeit, Amnesia paralytica. Memoria deleta, oft nur ganz partiell für zeitliche oder räumliche Verhältnisse.

§. 116.

Mit dem Abtserben einzelner Hirnorgane und deren Thätigkeit, also bei partiellem Blödsinn, wenn er aus Verrücktheit entsteht, bleibt dann diese häufig in der chronischen Form zurück (wie Entzündung bei Brand), oder es tritt antagonistisch eine andere Seelenthätigkeit abnorm gesteigert auf, und der Blödsinn complicirt sich dann mit der secundär entstandenen Verrücktheit. — Moria. — Narrheit. Auf gleiche Weise kann Complication des Blödsinns mit secundärer Epilepsie entstehen, in welcher einzelne Krampfanfälle des ganzen Körpers mit Bewusstlosigkeit erscheinen, oder mit veitstanzähnlichen Krämpfen (Paralysis agitans), wobei in einzelnen Organen unwillkürliche Bewegungen oft stetig sich zeigen. Eine gleiche Complication ist vorhanden, wenn bei allgemeinem Blödsinn blos niedere Triebe in maniacalischer Form auftreten.

Diese secundär entstandene Verrücktheit in der Moria unterscheidet sich also von der primär entstandenen wesentlich, und giebt in der handelnden Richtung die Manie der Blödsinnigen.

Blödsinn an sich und allein, als Negation der psychischen Thätigkeit, kann daher keine Manie geben, sondern diese ist hier immer Folge entweder noch vorhandener Geisteskrankheit, welche handelnd erscheint, oder antagonistisch entstandene neue Geisteskrankheit.

Durch Unkenntniss dieser Complication des örtlichen oder allgemeinen Blödsinns mit secundärer Verrücktheit ist in der Lehre von der Verrücktheit die grösste Verwirrung entstanden, indem man, beide nicht unterscheidend, die ursprüngliche idiopathische Verrücktheit und diese secundäre zusammenwarf und mit einander gleichstellte, die Complication mit dem ursprünglichen Blödsinn dabei aber ganz übersah (so bei Reil, bei Guislain und anderen neueren Irrenärzten).

Gleicherweise antagonistisch tritt besonders bei dem allgemeinen Blödsinn und längerer Dauer desselben das vegetative Leben abnorm gesteigert auf, daher gewöhnlich Fettleibigkeit und zuweilen längere Lebensdauer.

§. 117.

Auf die qualitativ verschiedenen Formen des Blödsinns (§. 115.) hat man bisher viel zu wenig geachtet, theils weil man den Blödsinn, als psychisches Absterben, von der Verrücktheit, als psychischem Krankheitsprocess, nicht seinem Wesen nach unterschied, sondern beide empirisch neben einander stellte, theils weil man in der Angabe der Formen des Blödsinns nicht psychologisch consequent verfuhr; daher selbst Reil (Rhabsod. S. 421.) neben der Amnesia nur zwei Formen des Blödsinnes aufführt: Dummheit, Stupiditas, als Aufhören des Verstandes, und Blödsinn als Aufhören aller Seelenkräfte. Die der Stupiditas parallele Form im Gefühlsvermögen, die Gefühlslosigkeit, Anaesthesia psychica, wurde überdem deshalb leicht von der Empirie übersehen, weil mit Absterben der Vernunft der Mensch dem Thiere gleich wird, mit Absterben des Gefühlslebens bei noch vorhandener Vernunft der Mensch aber noch Mensch bleibt, wenn gleich ein unvollkommener.

Gleicherweise sind die partiellen Formen des psychischen Absterbens in der peripherischen und in der centralen Richtung des psychischen Lebens (§. 115. A. B.) noch viel zu wenig psychologisch gewürdigt und geordnet, indem sie, wenn auch selten isolirt erscheinend, doch psychologisch nothwendig sind.

Aus der Duplicität der Hirnorgane (§. 28.) erklärt sich ferner, dass die krankhaften Störungen einer Hirnhälfte zwar durch die noch gesunde Function der andern Hirnhälfte compensirt werden können, jedoch immer eine Asymmetrie des psychischen Lebens erzeugen, die, andauernd geworden, zur Moria führt (vgl. Bergmann über Kleptomanie in Damerow's Zeitschrift 11. Bd. 1. Hft. S. 24.).

Der geringere Grad des Blödsinns, die Geistesschwäche (§. 114.), sowohl der Gefühls- als der Erkenntnissseite wird überhaupt im socialen Leben selten als Krankheit anerkannt, um so weniger, weil es keine scharfe Grenze zwischen völlig gesundem Leben und Geistesschwäche, und zwischen Geistesschwäche und vollkommenem Blödsinn giebt, auch blosse Unterdrückung des psychischen Lebens bei längerer Dauer zuletzt in psychischen Tod übergeht (§. 113.).

In gerichtsärztlicher Hinsicht kann die Frage daher sehr schwer zu lösen sein, wann und wo bei den verschiedenen Graden und Formen des Blödsinnes

(§. 114—116.) die Freiheit der Vernunft und mit derselben die rechtliche Zurechnungsfähigkeit schädlicher Handlungen und die Dispositionsfähigkeit (§. 18. 19.) aufhört und die Unfreiheit und Dispositionsunfähigkeit beginnt.

In der extremen Form des vollkommenen und allgemeinen Blödsinns, ebenso im partiellen der vollkommenen Stupiditas fehlt die Vernunftfreiheit unbedingt. Hinsichtlich der unvollkommenen Form, der Geistesschwäche und der örtlichen Formen der Anaesthesia und Stupiditas, so wie der Amnesia kann gestritten wernen, und nur das individuelle Verhältniss das Urtheil bestimmen. — Es kann Fälle geben, wo bei unvollkommenen örtlichen Formen des Blödsinnes für einzelne Handlungen (z. B. Vollmachtsertheilung, Zeugenaussage) hinlängliche vernünftige Selbstbestimmung und Dispositionsfähigkeit angenommen werden muss, während bei demselben Individuum, wenn es schädliche Handlungen begeht, die juristische Zurechnungsfähigkeit geläugnet werden kann. Ist indessen vollkommenes psychisches Leben nur bei völliger harmonischer Thätigkeit und Wechselwirkung aller psychischen Kräfte vorhanden (§. 20.); wirkt nothwendig Schwäche oder Absterben einer psychischen Thätigkeit störend auf's ganze psychische Leben ein: so ist, streng genommen, kein vollkommenes freies Vernunfturtheil möglich, wo, wenn anch nur theilweise und unvollkommen, das psychische Leben abgestorben ist (vergl. §. 27.).

Die disciplinarische Zurechnungsfähigkeit (§. 19.)

ist jedoch bei allen Formen des Blödsinnes noch anzunehmen, so lange das Gefühl des Rechts und Unrechts (im Gewissen) nicht ganz abgestorben ist.

§. 118.

Hinsichtlich der Symptomatologie der verschiedenen Formen des unvollkommenen Blödsinns (§. 114.) gilt Folgendes:

Bei der Geistesschwäche, Imbecillitas animi et mentis, wenn sie allgemein ist, fehlt die Fähigkeit zu allen höheren geistigen Functionen, sowohl der Gefühls- als Erkenntnissseite, während die niederen ausgeübt werden. In der Gefühlsseite daher die Fähigkeit der höheren Kunstanschauung und die strenge Controle der Handlungen durch's Gewissen; in der Erkenntnissseite die Fähigkeit zu den höheren Operationen des Verstandes und der Vernunft, scharfer Logik der Schlüsse, zu wissenschaftlicher tieferer Erkenntniss der Aussenwelt, klarem Welt- und Gottesbewusstsein. — Für's gewöhnliche practische Leben bringt Uebung der niederen geistigen Kräfte noch leidliche Brauchbarkeit.

§. 119.

Vollkommener Blödsinn ist Absterben und Negation einzelner oder aller psychischen Thätigkeiten. Hinsichtlich der örtlichen Formen des Absterbens einzelner psychischer Thätigkeiten ist Folgendes anzunehmen:

Vollkommenes Absterben des Gefühlslebens (Anaesthesia psychica §. 115. 1.), am häufigsten wohl nach Melancholie, erscheint in ethischer Hinsicht als moralische Gefühlslosigkeit, Gewissenslosigkeit, Apathia et Athymia, während das Erkenntnissvermögen und der vernünftige Wille unverletzt sind. (Nasse in Damerow's allgem. Zeitschr. für Psychiatrie 6. B. 3. H. S. 375. Moral insanity bei Prichard, On the different Forms of insanity in relation to Jurisprudence. London, 1842.) Es fehlt dem Kranken an Phantasie, Kunstsinn, und am Gefühl für Recht und Unrecht, für's Schöne und Gute, an religiöser Andacht, Mitgefühl und Mitleiden, Liebe und Hass, sowie an allen Affecten und Leidenschaften des Gefühlslebens. Es ist dem Kranken gleich, ob seine Handlungen den moralischen Gesetzen gemäss sind oder nicht, oder andern zum Schaden gereichen, wenn sie nur seinem Verstande genügen. Daher, wenn Staat und Gesetz nicht bändigen, Grausamkeit gegen die Umgebungen und gegen Alles, was seinen Plänen entgegensteht. — Egoismus der Intelligenz. Im höheren Grade gewissenslose, s. g. verstockte Verbrecher. Leidenschaft der Intelligenz.

Das Absterben der Willensseite (im geringeren Grade Willensschwäche, im höheren Grade Willenslosigkeit, Abulia, Athymia §. 115. A.) erscheint als Mangel der handelnden Thätigkeit bei unverletztem Gefühl und Vernunft.

Der Mensch hat Erkenntniss und Gefühl des Rechts

und Unrechts, aber keinen Entschluss zum Handeln. — Er ist daher in seinen Handlungen unsicher, unstet, folgt mehr dem kräftigen Willen Anderer, die ihm an Kenntniss und sittlichem Gefühl oft untergeordnet sind, wird Maschine derselben.

Im höheren Grade kann der Zustand mit Melancholia attonita verwechselt werden.

Absterben der empfangenden Richtung sowohl der Gefühls- als Erkenntnissseite (§. 115. B. Apathia psychica, Amentia) muss als Mangel der Reproductionsfähigkeit der Aussenwelt im innern Leben erscheinen, Mangel der poetischen Anschauung, der philosophischen Erkenntniss.

Das vollkommene Absterben des Erkenntnisslebens, Dummheit, Stupiditas, Alogia (§. 115. 2.), hat seine eigenthümlichen leicht erkennbaren Symptome und ist von Reil (Rhabs. S. 422.) bereits characterisirt. — Dem Kranken fehlt die Aufmerksamkeit, die Reflection und die Combinationsgabe; er fasst einzelne Momente und beurtheilt sie richtig, aber jede Mannigfaltigkeit macht ihn irre und erzeugt falsche Schlüsse. Tägliche Gegenstände beurtheilt er richtig, ungewöhnliche, verwickelte machen ihn verwirrt. Er behält, was er gelernt, kann aber von demselben keinen Gebrauch machen; er kann nachahmen, aber nicht erfinden. Er ist nicht menschenscheu, wie der vollkommen Blödsinnige, aber oft dummdreist, weil er die Gefahr nicht übersieht. Er ist dummstolz auf Vorzüge, die er nicht besitzt oder die kein

Mensch dafür gelten lässt. — Er redet weniger mit sich als der Blödsinnige und nur, wenn er viele Gegenstände beachten will. Er hat Lieblingsideen, an denen er hängt, und die ihn ohne Rücksicht auf Zeit und Ort beschäftigen. Das Urtheil über die zeitlichen und räumlichen Verhältnisse wird ihm schwer. Er kennt im höheren Grade der Dummheit keine Zahlen, weil er die Differenz der Einheit und Mehrheit und die Succession in der Zeit nicht zu unterscheiden vermag; kann höchstens bis drei zählen. Farben unterscheidet er, weiss sie aber nicht zu nennen. Selbstbewusstsein und Selbsterkenntniss fehlen, daher er von seiner Persönlichkeit keinen klaren Begriff hat, oft, wie das Kind, statt „ich" seinen Namen ausspricht, daher er auch seine Dummheit nicht einsieht und erkennt. — Gleicherweise fehlt das Welt- und Gottesbewusstsein (§. 3. 14.). Ueberall also, wo Associationsvermögen, Reflexion, Urtheil und logische Schlüsse nöthig sind, ist bei ihm Tabula rasa. Dabei ist aber sein Wille unverletzt, und sein Gefühlswille oft kräftig, nur nicht von der Vernunft geregelt. — Er ist eigensinnig, weil es ihm an Verstand gebricht, das Unrichtige seines Instinctwillens einzusehen, oder er fühlt sich instinctmässig zu Handlungen getrieben, ohne von dem Grunde derselben Rechenschaft ablegen zu können. Entstehen sinnliche Triebe, Affecte und Leidenschaften, so gehen diese leicht in Manie über. Er ist schamhaft, reinlich, erkenntlich gegen Wohlthäter, Eltern, Geschwister, eifersüchtig auf Andere, die ihm vorgezogen werden. — Er ist practisch brauchbar für Geschäfte, bei denen blos Instincthandlung ausreicht. —

In der Körperbildung tritt die vordere Schädelfläche zurück; der Längen- und Breitendurchmesser des Schädels wird kleiner, das Auge wird stier, der Mund offen stehend, wenn er etwas begreifen will, die ganze Physiognomie characteristisch.

§. 120.

Von dem unvollkommenen Grade des Blödsinnes, der Imbecillitas animi et mentis, bis zum höchsten Grade der vollkommenen Amentia giebt es die mannigfaltigsten Gradationen und Uebergangsstufen, deren Symptomatologie sich aus dem Früheren und Späteren ergiebt.

Die wesentlichen Erscheinungen des höchsten Grades des vollkommenen allgemeinen Blödsinns, Amentia, Fatuitas, Idiotismus (§. 115. 3.), in welchem alle Geisteskräfte abgestorben sind, und das Gehirn nur noch thierisch und pflanzlich lebt, von welchem es aber auch weniger und mehr ausgebildete Formen giebt, sind folgende:

Gefühls- und Erkenntnissseite sind nicht, wie beim neugeborenen Kinde, unentwickelt, auch nicht unterdrückt, wie im Schlafe oder bei Krankheiten, sondern abgestorben, = dem normalen Tode des kindisch gewordenen Greises. Daher Mangel aller intelligenten Kräfte, Aufmerksamkeit, Besonnenheit, Vorstellungsvermögen, Reflexion, Selbstbewusstsein, Weltbewusstsein, Gottesbewusstsein. — Aeussere Gegenstände machen nur sehr schwachen Eindruck auf die Sinne; Gesicht, Gehör, Geschmack sind unvollkommen (stumpfsinnig). — Der Wohlgeschmack der Speisen ist den Kranken unbekannt, und sie essen ohne Lust und Wohlgefühl. Ihr Blick haftet auf keinem Gegenstand und sie stieren ihn gedankenlos an. Sie haben keinen Begriff der Persönlichkeit, der Zahlen, der räumlichen Verhältnisse. Ihr Gedächtniss ist so schwach, dass sie heute nicht wissen, was sie gestern thaten, die Frage vergessen, ehe sie Antwort erhalten.

Ebenso ist ihr psychisches Gefühlsleben todt. Sie sind unempfindlich gegen Kälte und Hitze, gegen Hunger und Durst, gegen Schmerz und psychische Affecte, nicht weil die Empfindungsnerven todt sind, sondern die Centra derselben (Analgesia psychica, Beau bei Leubuscher a. a. O. S. 55.). Sind auch die peripherischen Empfindungsnerven gelähmt, so entsteht Apathia paralytica (vergl. Snell in Damerow's Zeitschrift 10. Bd. 2. Heft.). — Arzneien werden in grossen Dosen ertragen, Harn und Stuhl oft aus Unempfindlichkeit so lange verhalten, bis Mastdarm und Harnblase überfüllt sind. — Sie sind schamlos. Sprache und Zeugungsfähigkeit, diese beiden sich entsprechenden geistigen und körperlichen Productionskräfte, sind unvollkommen. Sie sprechen oft nur einzelne Wörter, oder lallen unarticulirt; im höheren Grade sind sie stumm, oder äussern nur ein thierisches, gellendes Geschrei. — Häufig sind sie taubstumm. Der Geschlechtstrieb fehlt, sie sind bartlos, der Körper klein, weibisch gebildet. Ihre handelnde Thätigkeit ist gleich der empfangenden gelähmt (Abulia), und sie handeln, wie es der Zufall mit sich bringt. —

Ohne Affecte und Leidenschaften haben sie keine sinnlichen Gelüste, keinen Trieb nach den höheren Gütern der Erde, der Familie u. s. w., keine Instinctanschauung der Weltgesetze (Weltgefühl), des Göttlichen (Gottesgefühl in der religiösen Andacht), das Reich des Glaubens ist ihnen gleich dem des Wissens verschlossen.

Sie sind oft gutmüthig, lenksam, selten eigensinnig, sich unterordnend der Intelligenz Anderer.

Bei längerer Dauer dieses Todes des geistigen Hirnlebens, daher auch bei angeborenem Blödsinn, treten dann aber nicht selten antagonistisch die niederen körperlichen Begierden übermässig auf. Das Ganglienleben wird, wie bei den niederen Thieren, das Bestimmende. Daher häufig thierische Gelüste, abnormer Geschlechtstrieb. Sie werden gefrässig, leiden an Priapismus mit grossem Trieb zum Beischlafe, den sie oft mit Thieren ausüben; ihr gewaltsamer, weder von der Vernunft, noch vom ethischen Gefühl beherrschter Geschlechtstrieb artet oft in Mania libidinosa aus, in welcher sie Nothzucht und Mord begehen. — Oder es treten andere niedere Gelüste auf, und eigenthümlich, aber noch nicht erklärt ist der Trieb Blödsinniger, Feuer anzulegen (Mania incendiaria, Pyromania ex amentia). — In anderen Fällen tritt secundär Epilepsie ein, daher nicht selten Complication mit derselben oder mit örtlicher Lähmung.

Ist der Blödsinn angeboren, oder in der Kindheit entstanden, so drückt sich der Zustand des mangelnden psychischen Lebens auch im Leiblichen, im Habitus des ganzen Körpers aus, welcher sich dem des Thieres annähert.

Das Muskelsystem wird schlaff, der Gang schlotternd und ohne Haltung, das Auge leblos, oft schielend, die Physiognomie geistlos, der Blick des Auges unstet, die Backen hängen, der Mund steht geifernd offen, der Kopf wackelt, der Nacken ist gebogen, und selbst der letzte Vorzug des Menschen vor dem Thiere, die aufrechte Haltung, geht in die krumme Haltung des Affen über, mit gebogenen Knieen, wankendem, vorwärts gebeugtem Körper. — Zuweilen werden sie fettleibig. — Gewöhnlich, besonders bei angeborenem Blödsinn, weicht der Hirnschädel von der gewöhnlichen Form und in seinen Dimensionen ab. Das Gehirn ist in allen seinen Durchmessern kleiner, unvollkommener entwickelt, besonders das grosse Gehirn flacher und schmaler, daher die Stirne flach und die zurückgetretene Gesichtslinie nähert sich der des Thieres (das normale Verhältniss des senkrechten Durchmessers des Schädels, beim Apollo 1 : $7^3/_4$, sinkt bis auf 1 : 10, während zugleich der Querdurchmesser des Gehirns verkürzt wird). Gleicherweise sind die Hinterlappen desselben atrophisch geschwunden und verkürzt, daher auch der Hinterkopf verkürzt, der Längendurchmesser des Schädels verkleinert ist. — Das kleine Gehirn ist ebenfalls auch im

Innern unentwickelter und Malacarne (Su i gozzi e sulla stupidita. Turino, 1789.) fand in demselben statt 800 Blättern des Arbor vitae nur 300. S. Taf. III. Fig. 1—4.

§. 121.

Die Gedächtnissschwäche und Gedächtnisslosigkeit als in Lähmung und Absterben einzelner Hirntheile begründet, Amnesia paralytica (§. 115), ist andauernder Zustand, und schon dadurch zu unterscheiden von dem Mangel an Rückerinnerung aus maniacalischen Paroxysmen, aus dem Delirium des Nervenfiebers, der Hirnentzündung u. s. w., aus dem Schlafe und aus dem Somnambulismus (wo ebenfalls Rückerinnerung fehlt, weil früher andere Hirnorgane thätig waren, daher gegentheils im neuen Somnambulismus Rückerinnerung aus dem früheren eintritt). Ebenso von der Gedächtnissschwäche kleiner Kinder aus Mangel an Energie der sich bildenden Thätigkeit.

Man hat sie dem Grade nach in Amnesia levis und Amnesia perfecta eingetheilt, und sie erstreckt sich in seltenen Fällen auf alle Ereignisse des früheren Lebens, häufiger blos auf einzelne Gegenstände. Daher in manchen Fällen das Gedächtniss für räumliche Gegenstände, das Ortsgedächtniss, erlischt, in anderen Fällen das Namen- und Zahlengedächtniss (zeitliche Verhältnisse), oder der Sprachausdruck der Gedanken, die Wörter, nicht gefunden werden kann. In diesem Falle können oft die Kranken leichter die Verba finden als die

Substantiva, sprechen immer im Infinitiv (die Substantiva drücken das räumliche, die Verba das zeitliche Verhältniss der Dinge aus). — Das Denken und Fühlen ist also unverletzt, nur die die Sprachorgane beherrschenden, anatomisch noch unbekannten Hirnorgane sind gelähmt. Vergl. W. Nasse, Ueber einige Arten von partiellem Sprachunvermögen, in Damerow's allgem. Zeitschrift für Psychiatrie 10. B. 4. Heft. 1853. S. 525.

§. 122.

Geht Verrücktheit durch stete Zunahme und lange Dauer oder unrichtige Behandlung endlich in Blödsinn über, so entsteht in vielen Fällen consensuell allmählig zunehmendes nervöses Absterben einzelner Organe (als Lähmung), welches früh oder spät auf alle Organe fortschreitend, endlich Absterben des ganzen Körpers (Tod) zur Folge hat; oft vermittelt durch andere hinzugetretene örtliche Krankheitsprocesse, Entzündung, besonders häufig der Lunge, des Darmkanals, der Leber, der Hirnhäute u. s. w., deren Symptome bei dem blödsinnigen Kranken leicht übersehen werden; oder durch Wassersucht, Hirnerweichung und allgemeine Cachexie u. s. w. (Vergl. §. 78.)

War früher Mania furibunda vorhanden, so tritt mit dem Absterben des psychischen Lebens oft Manie in der scheusslichsten Form aus. Die Kranken rasen stetig, zerreissen Alles, leiden keine Kleider am Leibe, unterscheiden nicht mehr Speise und Trank, verzehren ihre

Excremente, sind ganz schamlos im eigenen Kothe liegend; sie sinken unter das Thier herab, sind maniacalische Thiere; es tritt örtliche Lähmung einzelner Organe hinzu, bis eine örtliche, schnell in Brand übergehende Entzündung oder Schlagfluss das Leben endigt.

In anderen Fällen, besonders bei Monophrenesieen, wo ganz partielles Absterben einzelner Hirnorgane, vielleicht nur einzelner Hirnbläschen oder Hirnfasern in der Sphäre des intelligenten Lebens anzunehmen ist, bleibt die vorhandene Verrücktheit in der ruhigsten Form bestehen, oder metaschematisch oder antagonistisch entstehen, indem andere Hirnorgane einseitig thätig werden, andere consensuelle Formen der Verrücktheit, die also secundär sind. Wir nennen diesen Zustand Complication der Verrücktheit mit partiellem Blödsinn: Narrheit, Moria, Dementia der Neueren, Démence der Franzosen, Anacoluthia bei Bergmann, Alogia (§. 43. 116); in welche Kategorie aber auch nach Umständen alle angebornen Blödsinnigen und die maniacalischen, epileptischen, paralytischen Blödsinnigen gehören. Diese Kranken bilden die grösste Zahl, $^2/_3$ — $^3/_4$, nach Guislain III. 348. $^1/_5$, der Bewohner der Irrenanstalten, welche zugleich Pflegeanstalten für Unheilbare sind.

In der bisherigen Psychopathologie wird diese Form selten richtig ihrem Wesen nach erkannt, mit einfacher Geisteskrankheit verwechselt, unter dem Namen Dementia, Narrheit u. s. w. neben der Melancholie gestellt, und die bei derselben vorhandene partielle Lähmung einzelner Hirnorgane ganz übersehen. Für die Prognose, da diese Form gewöhnlich unheilbar ist, wird die Bestimmung des wesentlichen Unterschiedes derselben von den heilbaren Geisteskrankheiten aber sehr wichtig.

War Monophrenesie vorhanden, so wird der früher oft maniacalische Kranke nun körperlich und psychisch ruhiger, die Exacerbationen und Paroxysmen der Verrücktheit verschwinden, Lucida intervalla fehlen gänzlich, das abnorme Gefühl oder Idee tritt späterhin scheinbar oft ganz zurück, und erscheint nur wieder, wenn der Kranke zu deren Aeusserung eine äussere Veranlassung erhält; oder auch die abnorme psychische Thätigkeit beschäftigt den Kranken stetig, aber nur im Innern. Manche sprechen stetig halblaut mit sich. — Häufig ist das Gedächtniss schwach, die Kranken verwechseln Zeiten und Oerter (Zeit-, Ortsgedächtniss fehlt). In anderen Fällen erinnern sie sich einzelner früherer Vorgänge und diese Reminiscenzen erzeugen Gedankenbilder ohne logische Consequenz. Bei Melancholie verschwindet der allgemeine psychische Ausdruck derselben, das Gefühl der Differenz des niederen Lebens der Krankheit mit dem gesunden, der Seelenschmerz (§. 52.); die Kranken werden ruhig, die Körperfunctionen werden nicht selten wieder geregelter, Appetit, Verdauung, Blutlauf, Secretionen werden normal. Häufig haben sie Bedürfniss der Reize des Geruchsorgans, daher Begierde nach Schnupftabak, Rauchtabak. In manchen Fällen tritt

Anaesthesia der Hautnerven ein. Der Kranke wird zuweilen brauchbar zu manchen Geschäften, besonders zu denen, welchen er früher obgelegen, und die keine Harmonie der geistigen Thätigkeit, keine Logik des Denkens, kein Ueberlegen, Reflectiren u. s. w. fordern, daher brauchbar zu instinctmässig auszuführenden häuslichen Geschäften, als Aufwärter, Krankenwärter. (Vergl. Krankheitsgeschichte Nr. 1. 16, 17. Taf. IV.) Es tritt aber Störung der Harmonie des psychischen Lebens, Ideenverwirrung, ein, sobald das geistige Leben in höheren Anspruch genommen wird, daher manche nicht einmal dahin zu bringen sind, stricken, spinnen, Wolle zupfen u. s. w. zu lernen. Sie beurtheilen den Irrwahn anderer Kranken oft richtig, ohne den eigenen zu erkennen. Dem unmündigen Kinde gleich, leben sie nicht selten mit sich und mit ihren Umgebungen ausgesöhnt, in Ruhe und Frieden mit denselben, ausser wenn ihr abnormes Gefühl oder Idee durch dieselben erregt wird, wo dann im Falle der erregten handelnden Richtung Ausbrüche von maniacalischer Heftigkeit entstehen können. Daher Moria der ruhigsten Art immer die Gefahr der Manie giebt und jeder an Moria leidende Geisteskranke in die Irrenpflegeanstalt von Seiten des Staates verwiesen werden sollte. Ist die empfangende Richtung vorwaltend, so leben sie in sich ruhig (weil der Zwiespalt der verrückten Idee oder des Wahngefühls mit der Vernunft und der Aussenwelt versöhnt und ausgeglichen ist), vergnügt, oft gemüthlich anhänglich an den Arzt, den Wärter, folgsam, wenn der Befehl ihrem innern abnormen Gefühle nicht widerstreitet.

Zuweilen haben sie sogar eine Scheu, ihr abnormes Gefühl auszusprechen, thun es nur auf gemüthliches Zureden.

Man könnte sie genesen glauben, wenn nicht Mangel der Harmonie des höheren psychischen Lebens vorhanden wäre.

Wird indessen die zur Ruhe gekommene kranke Hirnfaser zur Thätigkeit angeregt, die verstimmte Saite der psychischen Tonleiter angeschlagen, so beherrscht der hell anklingende Ton derselben alle übrigen psychischen Thätigkeiten, und die Poesie ihres verrückten Gefühles spielt oft in den schönsten Tönen, Farben und Gestalten (s. Krankheitsgeschichte Nr. 16. 17.), oder geht in der centro-peripherischen Richtung in die blindeste Manie über. Wie hier antagonistisch die peripherische Richtung als Moria maniaca auftritt, so auch oft Krämpfe (vergl. §. 58. b.).

Wie das vernunftlose, wohlerzogene Thier (Hund, Pferd, Elephant) gemüthlich die Vernunft seines Herrn fühlend anerkennt und ihm gehorcht, so der vernunftlose Narr in seinem ruhigen Zustande. Ungebändigte Narrheit giebt es daher in der Regel nur bei mangelnder Zucht. Die Hofnarren in früherer Zeit waren oft Blödsinnige oder Geistesschwache.

In anderen Fällen, bei vorhanden gewesener allgemeiner Verrücktheit entsteht eine stete Folge abnormer

Ideen und Gefühle ohne logischen Zusammenhang und Ordnung, indem jeder neue äussere Reiz neue abnorme Gefühle und Ideen erzeugt. Alogia. Die Kranken schwatzen ohne Unterlass mit sich selbst; und in ihrer Unterhaltung erscheint ein Chaos widersinniger Gefühle und Ideen, in denen jedoch die frühere Form ihrer Verrücktheit noch oft den Grundtypus und den Hauptton angiebt. — Alberne Geschwätzigkeit, Paranoia, Niaiserie der Franzosen. Im höheren Lebensalter entsteht frühzeitiger Marasmus senilis.

Häufig geht im ferneren Verlaufe das Absterben der psychischen Organe auch in Absterben (Lähmung) anderer Körperorgane über; einzelne Organe, sowohl der Bewegung als der Empfindung werden völlig paralytisch, wobei dann nicht selten antagonistisch (§. 116) krampfige Zustände in den motorischen Nerven, als Epilepsie, Starrkrampf, veitstanzähnliche stete Bewegung (Paralysis agitans) sich zeigen. Es entsteht Lähmung der Extremitäten, die schnell fortschreitend in allgemeinen Tod endiget, der Sphincteren der Excretionsorgane mit Incontinentia alvi et vesicae. In anderen Fällen des mehr örtlichen Absterbens der Hirnorgane vegetiren die Kranken, gleich den angebornen völlig Blödsinnigen (§. 120.), oft noch Jahre lang hindurch. — Sie sind zu niederen Thieren herabgesunkene Menschen.

Im Allgemeinen sinkt mit dem Absterben des psychischen Lebens und der Organe desselben consensuell auch die Lebensthätigkeit des übrigen Körpers, daher, wie im

Greisenalter, die Widerstandsfähigkeit gegen äussere Einflüsse und die Reproductionsfähigkeit verletzter Organe abnimmt. Es entsteht grössere Vulnerabilität, allgemeine Cachexie und um so mehr, je allgemeiner das psychische Absterben ist. Mechanische Verletzungen durch Druck und Stoss erzeugen leicht brandige Blutergiessungen und Entzündungen, schnell um sich fressendes Durchliegen (Decubitus). Innere Entzündungen der Lunge, der Baucheingeweide, an sich bei Blödsinnigen schwerer zu erkennen (§. 120.), gehen schnell in Vereiterung und brandige Colliquation, oder in paralytische Wassersucht über. Daher der häufige Tod der Blödsinnigen durch Lungenentzündung und Vereiterung.

§. 123.

Für eigenthümlich und oft für noch unerklärt gehalten und am häufigsten bei in Lähmung übergehender Geisteskrankheit erscheinend ist die Ohrblutgeschwulst, Othaematoma, Haematoma auriculae. S. Fischer in Damerow's Zeitschrift für Psych. 5. Bd. 3. H. Berlin, 1848. S. 1. Tumeur des oreilles bei Morel T. II. p. 526. Sie ist eine Otitis externa paralytica und besteht in einer mit Bluterguss durch Zerreissung der Gefässe entstandenen oder mit demselben verbundenen Entzündung des innern Perichondriums des äussern Ohres, welche bei der grossen Vulnerabilität der unheilbaren Irren (§. 122.) schnell in Brand, paralytischen Bluterguss und Zerstörung des Ohrknorpels übergeht (gleichwie Lungenentzündung bei Moria leicht brandig wird); daher bei der Heilung gewöhnlich Missgestaltung des Ohrknorpels zurückbleibt. — Sie entsteht durch mechanische Verletzung, Contusion, am häufigsten vermittelst Zerren, Reissen, Schlagen durch die Wärter, als traumatische Sugillation und Entzündung, die bei allgemeiner Cachexie der Irren bald in Brand und Vereiterung des nicht reproducirbaren Ohrknorpels endiget. In fünf unter sechs von uns beobachteten Fällen entstand sie bestimmt nachweisbar nach heftigem Zerren und Faustschlägen auf's Ohr durch ungeduldige Wärter, wie das eigne Geständniss der letzteren und die sugillirten Flecken hinter dem Ohre und im Gesicht der Kranken bewiesen; in einem andern durch Fall gegen den Ofen. Der Zustand ist also nichts Eigenthümliches der unheilbaren Verrücktheit. Wir haben ihn bei späterhin geheilten Irren beobachtet. Gleicherweise führt Gaye (Damerow's Zeitschr. 10. B. 4. Hft. S. 583.) einen Fall an, wo der so misshandelte Kranke von seiner Melancholia attonita geheilt wurde. Die Behandlung fordert Umschläge und Einspritzungen in die geöffnete Geschwulst von verdünnter Salzsäure mit Spirituosis.

Dasselbe muss von dem, von manchen Irrenärzten den Geisteskranken als eigenthümlich zugeschriebenen üblen Geruch angenommen werden, der nur bei Unreinlichkeit entsteht (wie der Geruch der unreinlichen Armuth), dagegen in reinlichen Irrenanstalten und bei reinlichen Irren nicht vorkömmt.

§. 124.

Die durch endemische Verhältnisse erzeugte, daher angeborene und oft erbliche Form des Blödsinns giebt den Cretinismus. Im Salzburgischen Fexe, in andern Gegenden andere provinzielle Bezeichnungen.

Der Cretinismus findet sich in den tieferen Bergthälern aller Länder der Erde und der Cretin bildet nicht, wie Manche glauben, eine besondere Menschengattung, sondern der Zustand beruht auf angeborner Lähmung und zurückgebliebener Ausbildung der Hirnorgane, daher es, nach Verschiedenheit des geringeren oder stärkeren Einflusses der ihn erzeugenden Schädlichkeiten, eine grosse graduelle Verschiedenheit des Cretinismus giebt, deren Grundlage aber dieselbe ist.

Die vollkommenen Cretinen haben starken Kopf und Hände, oft einen Wasserkopf; sie saugen nach der Geburt schlecht, weinen wenig, zahnen schwer, lernen langsam sprechen und die Consonanten oft gar nicht. Sie lernen spät gehen, gehen schlotternd, mit gebogenen Knieen, gekreuzten Beinen, vorhängendem Kopf; haben keinen Trieb nach Speisen und müssen oft gefüttert werden.

Das Gesicht ist bleich, aufgedunsen, die Stirn platt, die Pupille träge, das Auge matt und ausdruckslos. — Der äussere Augenwinkel steht, wie bei Thieren, Chinesen, höher als der innere, so dass die horizontalen Durchmesser der Augen in einem Winkel zusammenstossen. — Der Blick ist dumm, stier, dummlächelnd. — Der Hals dick, häufig mit einem Kropf (Struma); der Rumpf kurz, die Brust schmal und platt (wegen geringer Entwickelung der Lungen); Arme und Beine fleischlos. — Sie sind träge, schläfrig, schlafen oft den ganzen Tag. Alle Functionen sind träge, der Stuhlgang selten. Die Mannbarkeit tritt spät ein, die Geschlechtsorgane bilden sich aber dann oft (wie beim Blödsinn) abnorm aus, daher dann Geilheit, Neigung zu Onanie. — Sie sind unempfindlich gegen Kälte und Hitze, Hunger und Durst, haben schwaches Gesicht, Gehör, Geruch. — Viele sind taubstumm. — Sie sind unreinlich, schamlos, gleichgültig gegen ihre Umgebungen. — Gefühlsseite wie Erkenntnissseite des psychischen Lebens sind gleichförmig todt.

V. Malacarne, Su i gozzi e sulla stupidita. Turino, 1789.

E. A. Iphofen, Der Cretinismus, philosophisch und medicinisch untersucht. Dresd., 1817.

P. V. Troxler, Der Cretinismus und seine Formen als endemische Menschengattung in der Schweiz. Zürich, 1836. 8.

H. Demme, Ueber endemischen Cretinismus. Bern, 1840.

Maffei und Rösch, Neue Untersuchungen über Cretinismus. 2 Bde. Erlangen, 1844. 8.

J. Guggenbühl, Die Cretinenheilanstalt auf dem Abendberge. Bern und St. Gallen, 1853. 4.

§. 125.

Die ursächlichen Momente des Blödsinns sind folgende:

a. Beim angeborenen Blödsinn (Fatuitas congenita) im Cretinismus (§. 127.) der Berggegenden muss die Hauptursache (vergl. Kieser, Klin. Beiträge 1. Band) in dem geminderten Einfluss der Sonne in den tiefen Bergthälern gesucht werden, wo die Sonne mehrere Stunden weniger über dem Horizont ist, also weniger auf die höhere Entwickelung des Lebens einwirkt, wobei dann die nothwendigen, gleichzeitigen, anderweitigen Veränderungen des Klimas, Feuchtigkeit der Luft, schlechte Wohnung, ärmliche Lebensweise u. s. w. entstehen, die man als Ursachen des Blödsinns aufführt.

Aus gleicher Ursache, durch mit Vorwalten der Vegetation entstehendem Zurückbleiben des psychischen Lebens, findet sich Cretinismus auch in flachen, höchst sumpfigen Gegenden, z. B. in Ungarn am Plattensee. Eben so die Cagots an den Seeküsten Frankreichs (Esquirol, II. 206.) und einzelne sogenannte wilde Menschen, die in der Jugend in die Wälder verirrt sich thierisch entwickelten. Gleicherweise in allen tiefen Bergthälern, obgleich noch nicht hinlänglich pathologisch gewürdiget und erklärt, entsteht der endemische Kropf durch abnorme Steigerung der Vegetation der Glandula thyreoidea, daher Cretinismus und Kropf häufig complicirt sind.

Daher fand schon Saussure (Voyage dans les alpes. T. II) in den Walliser Thälern Cretinen nicht über einer Höhe von 3000 Fuss, dagegen vorzüglich in den von Osten nach Westen streichenden Thälern (wo die Sonne kürzere Zeit sichtbar ist); daher das Hauptmoment der Cur vermehrter Einfluss der Sonne und Aufenthalt der Kranken auf Berghöhen (Abendberg's Institut unter Dr. Guggenbühl).

Andere Momente des angeborenen Blödsinns sind:

Krankheiten der Mutter während der Schwangerschaft; heftige Affecte derselben, deren Wirkung auf die Bildung des Embryo übergeht. Trunkenheit des Vaters, der Mutter während der Zeugung. — Hirnkrankheiten des Fötus, Hirnentzündung, die Verwachsung, Tuberkeln, Hydrocephalus, Missbildungen zur Folge hat. Myelitis. Abnorme Schädelbildung des Fötus. Mechanische Verletzungen während der Geburt.

Der nach der Geburt entstandene, s. g. erworbene Blödsinn (Fatuitas acquisita) ist immer Folge von vorangegangener mechanischer Verletzung des Gehirns oder von Krankheitsprocessen desselben und seiner Bedeckungen, die mittelbar oder unmittelbar psychischen Tod des Gehirns oder einzelner inneren Organe desselben zurücklassen. Daher nach Contusionen, Wunden, Substanzverlust des Gehirns, Commotio cerebri. Durch Druck auf dasselbe bei Exostosen, Bluterguss, Wassersucht in der Schädelhöhle. Am häufigsten nach Entzündung des Gehirns und der Hirnhäute, des Rückenmarks, die Verwachsung, Verhärtung, Tuberkeln im Gehirn, Wassersucht erzeugt. Malacia cerebri, die bei Sectionen nicht selten gefunden wird, ist ebenfalls wohl immer der Ausgang einer Entzündung in örtlichen Brand, dem nur wegen Mangel des Zutritts der

Luft die Fäulniss fehlt. Ferner entsteht Blödsinn bei syphilitischen, gichtischen, scrophulösen Afterproductionen des Schädels, wodurch, wenn sie im fötalen oder kindlichen Alter statt finden, die normale Schädelform mannigfaltig abnorm wird (vergl. F. K. Stahl über Schädeldifformitäten, in Damerow's Zeitschrift, 11. B. 4. Heft). In Folge von entzündlichen Nachkrankheiten der Exantheme, Nervenfieber, Masern, Scharlach, Blattern. Bei Kindern bleibt dann oft die psychische Entwickelung auf der Stufe stehen, auf welcher sie sich zur Zeit der Krankheit befand. In Folge von Metastasen bei anderen Krankheiten, Hautausschlägen, Keuchhusten u. s. w. Andere ursächliche Momente sind: Ueberreizung der Hirnsubstanz selbst, nach chronischer Epilepsie, Veitstanz, nach heftigen Affecten und Leidenschaften, nach Vergiftungen, nach Missbrauch narkotischer Mittel. Daher bei den Opiophagen. Durch übermässige geistige Anstrengung, Uebermaass spirituöser Getränke. — Als Folge von übermässigem Blut- und Säfteverlust; häufig nach Onanie (§. 107.); nach chronischer, venerischer Krankheit, Hydrargyrosis u. s. w.

Als Ausgang der Verrücktheit entsteht örtlicher oder allgemeiner Blödsinn nothwendig bei jeder Form derselben, wenn sie stetig zunimmt, und nicht in allgemeinen Tod des ganzen Körpers endigt (§. 122.); daher $^2/_3$ bis $^3/_4$ der Geisteskranken im Lande Blödsinnige sind, und in Irrenanstalten die Moria die Mehrzahl der Kranken bildet. Dieser Uebergang wird oft befördert durch unrichtige Behandlung der Verrücktheit; bei Mania furibunda durch Vermehrung derselben durch äussere Reize; bei Verrücktheit überhaupt durch Anwendung zu starker, überreizender Einflüsse. Oertliche Entzündung einzelner Hirntheile geht, wenn sie übersehen oder schlecht behandelt wird, häufig unmittelbar in Moria über, wie bei der Section die Verwachsungen einzelner Hirntheile, die Tubercula cerebri u. s. w. beweisen.

Ebenso häufig wird der Uebergang der Verrücktheit in Blödsinn erzeugt bei den Formen derselben, die secundär, bei vorhandenem Zustande der allgemeinen höheren Krankheitsanlage sich bilden (§. 102. 108.); daher, wie dort angegeben, Blutentziehungen, drastische Abführungen, Säfteverlust, oder überreizende und Schwäche zur Folge habende Einwirkung jeder Art, Narcotica, Electromagnetismus, Drehmaschine, Sturzbäder, Schrecken und andere überreizende psychische Affecte die Verrücktheit oft schnell in Blödsinn oder Moria überführen.

Die Amnesia (§. 121.) entsteht oft nach mechanischen Verletzungen des Gehirns, bei Hirntuberkeln, Hirnwassersucht. — Nach anhaltenden, schwächenden Einflüssen, Blutverlust, häufig nach Onanie; bei Greisen mit Marasmus senilis.

§. 126.

Die Prognose und die Heilbarkeit des Blödsinns ist sehr verschieden, und in den meisten Fällen sehr unsicher.

Die Möglichkeit der Reproduction (materielle und geistige) todter Hirnorgane kann so wenig geläugnet werden, wie die Reproduction der Knochen, durchschnittener Nerven u. s. w. beim Menschen, selbst ganzer Glieder bei niederen Thieren, nur nimmt der Uebergang der Möglichkeit in Wirklichkeit ab mit der höhern Lebensstufe. Daher auch selbst die Möglichkeit der Reproduction einzelner, beim Blödsinn abgestorbener Hirnzellen und Fasern nicht absolut geläugnet werden kann, wenn gleich sie in der Wirklichkeit höchst selten sein möchte. Hierbei muss man jedoch Blödsinn, wie Paralyse der Nerven, nicht als blosse Unterdrückung oder Hemmung (Scheintod des psychischen Lebens) ansehen.

Abgesehen von dieser Möglichkeit der Heilung ist daher practisch als unheilbar zu betrachten jeder Blödsinn, dessen ursächliche Momente noch vorhanden sind und nicht entfernt werden können (Tuberkeln, Exostosen, Verwachsungen u. s. w. im Gehirn, nach früherer örtlicher Entzündung §. 125.), wobei indessen die Diagnose sehr schwierig ist.

Eben so ist unheilbar der angeborene Blödsinn des vollkommensten Grades (§. 120.), der sich schon in der Bildung des Schädels und des ganzen Körpers reflectirt, und wo antagonistisch die Vegetation abnorm auftritt, mit Geilheit, Fettleibigkeit. — Gleichfalls bei Cretinen der vollkommensten Form (§. 124.). — Blödsinn, als Uebergang der Verrücktheit mit oder ohne Moria (§. 122. 125.), ist im Allgemeinen unheilbar, jedoch ist die Diagnose der Moria unsicher, daher von 100 für unheilbar erklärten Geisteskranken nach der Erfahrung noch 5—6 genesen. Gleicherweise unheilbar ist Blödsinn nach anhaltend schwächenden Einflüssen, grossem Blutverlust, Onanie u. s. w., oder nach chronischer Epilepsie, plötzlichen oder anhaltenden, überreizenden Einflüssen, Blitzschlag, bei Opiophagen, Säufern.

Heilbarer sind die Formen, deren ursächliche Momente entfernt werden können, und wo oft nur Unterdrückung, nicht wirkliches Absterben der Hirnorgane vorliegt, z. B. nach Blut- und Wasserergiessung im Gehirn. Ebenso die angeborenen Formen, wenn nur der geringere Grad des Blödsinns vorhanden, oder partieller, und bei Kindern, wo die Möglichkeit fernerer höherer Entwickelung des geistigen Lebens grösser ist; daher Geistesschwäche der Kinder, Dummheit (§. 118.), heilbarer ist, durch Erziehung gemindert werden kann. Daher Cretinen des geringeren Grades durch Entfernung der ursächlichen Momente und richtige Behandlung gebessert und geheilt werden können (Dr. Guggenbühl auf dem Abendberg in der Schweiz). — Ebenso selbst anderer angeborener Blödsinn durch systematische, consequente physische und psychische Erziehung in besonderen Anstalten.

Dieselbe Verschiedenheit der Prognose findet bei der Amnesia (§. 121.) statt.

Der Blödsinn, und so auch die Amnesie, erscheint zuweilen transitorisch, verschwindet scheinbar von selbst, oder nach andern Krankheiten; dann ist aber nicht völlige Lähmung, sondern nur Unterdrückung der psychischen Functionen vorhanden gewesen. — Ebenso können Hirnentzündung u. s. w., wenn sie die vorhandenen ursächlichen Momente der Unterdrückung des Hirnlebens, Verwachsung, Blutergiessung, Wasseransammlung beseitigen, auch scheinbaren Blödsinn heilen. Daher auch zuweilen Blitzschlag, Sturz auf den Kopf, Hirnerschütterung u. s. w. Es fragt sich aber, ob in den letzten Fällen nicht Melancholia attonita mit Blödsinn verwechselt war.

§. 127.

Die Cur fordert zuerst Entfernung der ursächlichen Momente, wenn sie noch vorhanden und zu entfernen sind. Daher bei Blut- und Wassererguss im Schädel Entfernung desselben; bei Onanie Beseitigung dieses Lasters u. s. w. Nächstdem, wie bei der Lähmung der Nerven, Anwendung solcher pharmaceutischer, diätetischer und psychischer Mittel, welche das gesunkene oder abgestorbene psychische Organ wieder zu reproduciren oder zu beleben vermögen.

Da das abgestorbene Organ nicht mehr auf äussere Reize reagirt, so ist diese Wiederbelebung nur consensuell, durch in benachbarten Organen erhöhte Thätigkeit (Reaction) erzeugende Einflüsse möglich, und nur in den Fällen der unvollkommenen Lähmung, der Geistesschwäche, Imbecillitas animi, ist eine, die psychische Thätigkeit direct erhöhende Einwirkung anzuwenden.

Von den diätetischen und pharmaceutischen Mitteln gehören hierher alle auch bei Lähmung der Nerven indicirten durch Erhöhung des vegetativen und animalischen Lebens wirkenden, theils auf den ganzen Körper, theils örtlich am Kopfe anzuwendenden, Reproduction des psychischen Lebens erzeugenden Mittel. Die scharfen, aromatischen Speisen, Meerrettig, Senf, Pfeffer; die scharfen Arzneimittel, Arnica, Imperatoria, Angelica u. s. w., wärmeres Verhalten des Kopfes, öfteres Reiben desselben. Senfpflaster, Vesicatorien, Haarseile, glühendes Eisen an demselben (Glüheisen erzeugt aber leicht Entzündung der Hirnhäute). — Chronische Entzündung der Schädelbedeckung durch Unguentum stibiatum wird bei mit organischen Veränderungen im Gehirn und seinen Häuten verbundener Moria besonders empfohlen von Jacobi (Damerow's Zeitschrift 11. Bd., 3. Heft), dürfte aber wohl nur in leichten und neu entstandenen Fällen nützen. Ist zugleich allgemeine Schwäche des ganzen Körpers vorhanden, allgemein stärkende Mittel.

Ferner Sinnesreize, um ebenfalls consensuell die Hirnorgane zu beleben. Electromagnetismus, örtlich und allgemein angewendet, allgemeine, stärkende Bäder, thierisch-magnetische Behandlung.

Die wichtigste ist aber die psychische Behandlung, indem, wie bei der Verrücktheit, durch pharmaceutische und organische Mittel nur schwer auf das leidende Organ direct, und nur sehr unsicher indirect und consensuell gewirkt werden kann. — Es gelten dann hier die Grundsätze der Erziehung der Kinder, so dass durch stete Erweckung und Uebung der unentwickelten, hier der zurückgebliebenen psychischen Thätigkeit dieselbe allmählig erhöht wird, wobei hinsichtlich der besonderen und örtlichen Formen des Blödsinns auf die mangelhafte psychische Thätigkeit besonders Rücksicht zu nehmen ist; daher z. B. bei Stupiditas vorzugsweise die Verstandeskräfte zu üben und zu vervollkommnen sind (vgl. Reil, Rhapsodien). Diese psychische Behandlung ist jedoch nur bei den unvollkommenen Graden des Blödsinnes wirksam.

In neuester Zeit hat man in eigenen Instituten diess zu erreichen gesucht (Saegert in Berlin). Für die schweizer Cretinen in dem Institut des Dr. Guggenbühl auf dem Abendberge; in Würtemberg zu Mariaberg.

Dr. Guggenbühl a. a. O.

Grundbestimmungen der Heilanstalt Mariaberg. Reutlingen, 1847. 8.

Die Cur fordert aber immer grosse Geduld, Beharrlichkeit und Zeit. —

Viertes Kapitel.

Pathologische Anatomie und Chemie der psychischen Krankheiten.

---

§. 128.

Die pathologische Anatomie und Chemie soll die leiblichen Form- und Mischungs-Veränderungen, die der Veränderung im psychischen Leben bei den psychischen Krankheiten parallel gehen (§. 2. 38 — 40. 42.), also die bei der Krankheit im Raume ausgedrückten Abweichungen des Lebens von der symmetrischen, gesunden Form, bei der Section nachweisen, soll die Krankheitsgeschichte darstellen, wie sie im endlichen Resultate, mit eintretendem Tode im Leiblichen sich gestaltet hat, und in der abnormen Bildung der Hirnorgane sowohl als der Elementarkörper derselben, sowie in der abnormen Zusammensetzung der chemischen Elemente derselben sich nothwendig ausdrückt (§. 42.).

Wie nun aber die Microscopie des gesunden Gehirns, und noch mehr die Microchemie desselben (die psychologische Anatomie und Chemie) noch unvollendet, und letztere noch völliges Desiderat (§. 42.) ist, so ist es im höhern Grade der Fall bei der Microscopie und Microchemie des kranken Gehirns. Daher die Psychiaterie aus Mangel einer psychologischen Anatomie und Chemie hierauf noch nicht hat Rücksicht nehmen können.

Wenn man aber als „constatirtes Factum" behauptet (Griesinger a. a. O. S. 292. nach Parchappe), dass es Fälle von chronischem Wahnsinn gebe, in denen man bei der Section keine Anomalie in den Leichen finde, und daraus schliesst, dass sie nicht vorhanden sei; so ist der Schluss falsch, indem hiermit nun bewiesen ist, dass man die bei Geisteskrankheiten nothwendig vorhandenen Abweichungen in der normalen Mischung und Form (die chemische und organische Veränderung der Hirnorgane) nicht gefunden hat, nicht aber, dass sie nicht vorhanden sind. Wäre das „constatirte Factum" des Nichtfindens auch ein Factum des Nichtvorhandenseins derselben, so würde diess eine Factum das allgemeine und ewige Gesetz aufheben: dass jede besondere Function ein besonderes Organ hat, dass jede Lebensveränderung in zeitlichem und räumlichem Ausdruck erscheint und dass Gott nicht ohne die Welt existirt (§. 1.). — Im Allgemeinen ist hierbei ferner zu gedenken:

1. Dass das psychische Leben, wenn es gleich im Gehirn seinen Centralherd hat, dennoch mit dem ganzen Körper in Wechselwirkung steht (§. 22.); dass mit-

hin psychische Krankheiten theils idiopathisch in einzelnen Hirnorganen ihren Sitz haben, theils aber auch consensuell und antagonistisch bei idiopathischen Leiden andrer, und zwar der verschiedensten Organe des übrigen Körpers entstehen können (§. 23.); dass also die Ursache der psychischen Krankheiten im letzten Falle nicht sowohl in dem consensuell erkrankten Gehirn (obgleich auch hier bei längerer Dauer der Krankheit organische und chemische Veränderungen entstehen müssen) als vielmehr in dem ursprünglich und idiopathisch leidenden anderen Körperorgan liegen kann, und hier also die ursprünglichen, pathologischen, materiellen Veränderungen zu suchen sind; wozu dann noch kommt, dass bei pathologischen Abnormitäten in anderen Organen das Causalverhältniss zwischen solchen anderweitigen Abnormitäten und der psychischen Krankheit oft schwer nachzuweisen ist. Es ergiebt sich hieraus in pathologisch-anatomischer Beziehung, dass bei dieser Möglichkeit der verschiedenartigen Entstehung der psychischen Krankheiten man nur selten im Sectionsbefunde die Genesis und Geschichte der psychischen Krankheit nachweisen kann, und der Schluss von dem genetischen Zusammenhange der vorgefundenen materiellen Abnormität mit der psychischen Krankheit gewöhnlich unsicher bleibt.

2. Berücksichtigt man ferner, dass, besonders bei chronischen psychischen Krankheiten, oft die mannigfaltigsten für sich bestehenden krankhaften Zustände

sowohl im Gehirn als auch in den übrigen Organen auf einander folgen und sich compliciren, dass oft das ganze Leben der Geisteskranken eine ununterbrochene Reihe successiver, somatischer und psychischer Krankheiten ist, die mehr oder weniger auch organische Veränderungen zurücklassen (z. B. spätere Entzündung der Hirnhäute, der innern Blutgefässe des Gehirns mit ihren Folgen, als Verdickung, Verwachsung, spätere Entzündung anderer Organe. Schwinden einzelner Hirntheile durch jahrelang dauerndes Absterben. Organische Fehler der Geschlechtsorgane, des Herzens, der Lunge, des Darmkanals u. s. w.); so ergiebt sich: dass in Fällen, wo die psychische Krankheit schon in partielle Lähmung einzelner Hirnorgane und in secundär hinzugetretene psychische Krankheitsprocesse übergegangen ist (Moria §. 122., welcher Zustand offenbar am häufigsten Gegenstand der Section ist), der Complex der pathologischen Erscheinungen im Leiblichen so gross und mannigfaltig zusammengesetzt sein kann, dass es unmöglich ist, zu bestimmen, in welchem genetischen und causalen Zusammenhange die einzelnen sich zeigenden Abnormitäten mit der psychischen Krankheit stehen (z. B. bei Moria, wo Lähmung einzelner Hirnorgane, Schwinden derselben, früher oder später hinzugekommene örtliche Entzündung einzelner Hirnorgane, Verwachsung u. s. w. derselben, ursprüngliches oder consensuelles Leiden anderer leiblicher Organe die mannigfaltigsten Abnormitäten zeigen kann).

Der Sectionsbefund kann daher höchst complicirt sein, ohne ein klares, in den leiblichen Veränderungen projicirtes Bild der psychischen Krankheit zu geben und ein fruchtbares Resultat für die Gechichte der Krankheit ziehen zu lassen.

3. Die Duplicität aller Hirnorgane, und die Möglichkeit der einseitigen Erkrankung der Hirnhälften und ihrer Organe, wobei die gesunde Hirnhälfte vicariirend die Hirnfunction der erkrankten übernehmen kann (§. 28), erklärt ferner, dass bei Sectionen materielle Veränderungen in einer Hirnhälfte gefunden werden können, ohne dass bei Lebzeiten bedeutende Störungen des psychischen Lebens beobachtet worden wären (§. 42.); woraus sich aber ebenfalls ergiebt, dass der Schluss von den Beziehungen der Ergebnisse der pathologischen Anatomie zu den Geisteskrankheiten die grösste Schwierigkeit darbietet.

4. Endlich ist zu bedenken, dass in den höchsten Organen des menschlichen Lebens die pathologischen Veränderungen im Leiblichen nie so massenhaft und materiell ausgeprägt erscheinen können, wie in den niederen Organen, und dass in der Sphäre des psychischen Lebens die Veränderungen der krankhaften organischen Metamorphose sich in den kleinsten Dimensionen bewegen (vgl. §. 33.). Wenn z. B. in der Struma die abnorme Vegetation des Krankheitsprocesses der Glandula thyreoidea kinderkopfsdick anschwillt, so kann beim Irrdenken, bei Monophrenesie u. s. w., die abnorme ma-

materielle Bildung einer einzigen microscopischen Hirnzelle oder aber Schwinden derselben oder einzelner Chorden (vgl. Bergmann) das materielle Product und oft nur microscopische Residuum der psychischen Krankheit sein. Wer mit microscopischen Untersuchungen des Gehirns vertraut ist, wird zugeben, dass, bei dem zarten Bau der bis auf $^{5}/_{10000}$ Linien Durchmesser (§. 27. S. 73. 75.) zurückgehenden Gebilde der Elementarkörper und Fasern der Hirnsubstanz, in psychischen Krankheiten Veränderungen im Bau und Bildung derselben vorhanden sein können, die dem unbewaffneten Auge der gewöhnlichen pathologischen Anatomie durchaus entgehen müssen.

Man hat daher gewöhnlich darin gefehlt, dass man in der pathologischen Anatomie der psychischen Krankheiten nur auf massenhafte Veränderungen (Erweichung, Verhärtung u. s. w.) der Hirnsubstanz, Verwachsung der Hirnhäute Rücksicht genommen, und nur, wo diese gefunden, sie mit der Verrücktheit in Beziehung gesetzt, dagegen auf microscopische Veränderungen wenig aufmerksam gewesen ist (z. B. Guislain übergeht ganz Bergmann's Chordensystem und dessen pathologische Veränderungen; eben so die so häufigen Verwachsungen der Wände der Hirnhöhlen, der Zirbel u. s. w.).

Das Gehirn ist bis jetzt für uns ein aus unzähligen zarten Organen gebildetes Labyrinth, dessen gröbere Abtheilungen wir nur der Form nach kennen, dessen feinere Gebilde und Organe (in den Chorden und Hirnzellen) uns noch wenig bekannt sind, von deren Function wir jedoch noch gar nichts Ausreichendes wissen, wo aber die kleinste Abweichung vom normalen Bau und Mischung und die hierbei vorhandene Störung der Wechselwirkung mit anderen Hirnorganen die psychische Krankheit begleiten kann. —

In dieser Beziehung sind Bergmann's höchst sinnige Beobachtungen hinsichtlich der pathologischen Veränderungen in den Chordensystemen des Gehirns (§. 34.) von der grössten Wichtigkeit, und lassen in in ihrer weiteren Verfolgung wesentliche Förderung der Psychiatrik hoffen. Sind diese zartesten Configurationen in den Centralorganen des Gehirns nicht ohne psychologische Bedeutung; sind sie constante Bildungen in dem höchsten Organe des menschlichen Körpers, deren Metamorphose und Bewegung mit den psychischen Functionen in Wechselwirkung steht; so müssen die pathologischen Veränderungen in diesen Organen auch von der grössten Bedeutung für die Genesis und die Erklärung der psychischen Krankheiten sein; und gelingt es, nachzuweisen, welche Chorden bei bestimmten und einfachen psychischen Krankheiten (z. B. bei Gehörshallucinationen, bei Melancholia superba u. s. w.) stetig organisch verändert sind (verwachsen, in ihrer Zahl verändert, geschwunden, verdickt u. s. w.), so ist damit für die Concordanz einzelner psychischer Thätigkeiten mit einzelnen Hirnorganen unendlich viel gewonnen, und die bisher keine materielle Basis besitzende Psychologie erhält erst ihre anatomische Grundlage.

Die vergleichende Hirnanatomie, wenn sie die besonderen Fähigkeiten einzelner Thiere und Thierklassen im besonderen Bau einzelner Hirnorgane nachweisen kann, muss dann den Faden der Ariadne in diesem Labyrinthe darreichen. Die Abwickelung desselben dürfte aber Jahrhunderte fordern.

§. 129.

Die bisherige pathologische Anatomie der psychischen Krankheiten giebt kein für die wissenschaftliche Psychiaterie brauchbares Resultat, und die blos empirische Angabe der verschiedenen, bei Geisteskrankheiten gefundenen Abnormitäten im Gehirn ohne Nachweis der Beziehung derselben zu der besonderen Form der Krankheit ist ebenso practisch unfruchtbar, wie die bisherige morphologische Bezeichnung der einzelnen Hirntheile, und die bisherigen Resultate der psychologischen und pathologischen Chemie des Gehirns. Jede der bisher in der pathologischen Anatomie der psychischen Krankheiten aufgeführten Abnormitäten können gefunden werden bei völlig geistesgesunden Menschen, wie umgekehrt bei psychisch Kranken oft keine der angeführten Abnormitäten zu entdecken ist. Ueberdem beziehen sich diese anatomischen Ergebnisse grösstentheils auf consensuelle oder auch idiopathische Krankheiten anderer Organe, daher die Abnormitäten der psychischen Organe (der Hirnfasern und Hirnzellen) ganz unberücksichtigt geblieben sind.

Folgende Auszüge aus den neuesten Zeiten geben den Beweis.

Guislain (Abhandlung über die Phrenopathieen. Stuttgart, 1838. S. 96—179. Desselben Leçons orales) zählt sorgfältig die mannichfachsten Abnormitäten auf, die sich besonders in den Hirnhäuten gefunden haben. Blutergiessungen in den Hirnhäuten, in den Hirnhöhlen, in der Hirnsubstanz, welche oft in Blutcoagulum enthaltende Sackgeschwülste, oder in Entzündung und Abscesse übergehen. Seröse Ansammlungen in den Hirnhöhlen, Gehirnerweichung, der Lähmung einzelner Theile vorangeht, häufiger in der Rinden- als in der Corticalsubstanz; Maceration des Gehirns durch Anhäufung von Serum (also Hydrops substantiae cerebri); — Sand auf der Arachnoidea; Undurchsichtigkeit, Verdickung derselben; Verwachsung der Hirnhäute unter sich und mit dem Gehirn. Erweichung des kleinen Gehirns, welche Störung der Bewegung, aber keine Lähmung zur Folge haben, und häufig bei Leiden der Geschlechtsorgane vorkommen soll; Verhärtung des Gehirns und einzelner Theile, Vereiterung des Gehirns; Atrophie des Gehirns.

Bei welchen besonderen Formen der psychischen Krankheiten jedoch diese Abnormitäten stetig vorkommen, ist Guislain schon deshalb nachzuweisen nicht im Stande, weil er keine psychologisch begründete Classification der psychischen Krankheiten kennt; daher er jene pathologischen Erscheinungen nur mit einzelnen Symptomen der psychischen Krankheiten in Beziehung bringt.

Die organischen Veränderungen der feinern Hirntheile, der Chorden u. s. w. hat er gar nicht berücksichtigt.

§. 130.

Jacobi theilt (Damerow's Allgem. Zeitschrift für Psychiatrie u. s. w. IV. Bd. 3. Hft. Berlin, 1847. S. 461—464.) die Sectionsbefunde von 19 verstorbenen Geisteskranken mit, und zwar sowohl die Abnormitäten in der Schädelhöhle, als auch in den Lungen, dem Herzen, dem Darmkanal und den Geschlechtsorganen, mit Angabe der „Form der psychischen Aberration". — Auch hier ist indessen auf die feineren Abweichungen im Gehirn wenig und auf die in den Chordensystemen gar nicht Rücksicht genommen. Wir finden hinsichtlich des pathologischen Befundes in der Schädelhöhle blos angegeben: Schwinden, Hirnerweichung, allgemeine und partielle einzelner Theile, die zum Theil auf Fäulniss bezogen wird, Hyperämie, feste, derbe Hirntextur; aber die pathogenetische Beziehung dieser materiellen Abnormitäten zu der vorhanden gewesenen psychischen Krankheit ist von Jacobi nicht einmal nachzuweisen versucht, so dass sich auch hieraus durchaus kein Resultat für Bestimmung der den einzelnen psychischen Krankheiten zu Grunde liegenden Organe ziehen lässt.

Dieselbe Unsicherheit und Mangel der Nachweisung der Beziehung der vorgefundenen organischen Veränderungen zu den früheren psychischen Krankheiten findet sich bei Griesinger (Die Pathologie und Therapie der psychischen Krankheiten. Stuttg., 1845. S. 291 — 329.) und eben so bei Esquirol, I., 269.

§. 131.

Leider hat auch Bergmann den Forderungen der pathologischen Hirnanatomie bisher nur unvollkommen entsprechen können, jedoch ist zu erwarten, dass man, auf diesem Wege fortschreitend, durch bestimmte Nachweisung bestimmter Veränderungen in den verschiedenen Hirnorganen und in den Chordensystemen bei bestimmten und einfachen psychischen Krankheiten, für die Topographie der psychischen Krankheiten endlich eine Basis zu gewinnen die Hoffnung haben könne. — Bergmann hat bisher nur Fragmente gegeben, die in mehreren Schriften zerstreut sind, und die wir der Wichtigkeit wegen hier mittheilen und hiernach im Folgenden citiren:

I. G. H. Bergmann, Neue Untersuchungen über die innere Organisation des Gehirns. Hannover, 1831. 8.

II. Holscher und Mühry, Hannöv. Annalen für die gesammte Heilkunde. 6. Jahrgang 4. Hft. 1845. 6. Jahrgang 6. Hft. 1846.

III. Damerow, Allgem. Zeitschr. für Psychiatrie u. s. w. 4. Bd. 3. Hft. Berlin, 1847. 11. Bd. 1. Hft. Berlin, 1854.

Bei einem 50jährigen Blödsinnigen fand sich kein Hirnsand in der Zirbel und im Plexus choroideus, dessen Secretion zur Normalität gehört, indem „das Vierhügelsystem mit der Zirbel und den Chorden das Organon organorum, der Centralpunkt des psychischen Lebens ist“ (I. 15. 30.).

Bei chronischem Blödsinn und „Verrücktheit“ (Moria) findet sich immer Desorganisation im Gebiete des Fornix und der Hinterhörner, Cornua copiae, mit Affection der Centralstelle unter und über der Zirbel (I. 416. II. 653.).

Als Centrum des Selbstgefühls ist das Trigonum pendulum am und im Canal der Vierhügel (Aquaeductus Sylvii) anzunehmen (II. 656.).

Hochmuth und überspanntes Persönlichkeitsgefühl (Melancholia superba) ist Folge eines Erethismus der Centralstelle im Gehirn (daselbst).

Onanie schwächt zuerst den motilen Factor des Gehirns, die Ammonshörner (II. 660.).

Verwachsung der Hinterhörner (Cornua copiae) und der Colliculi findet sich bei Leiden der Intelligenz (II. 670.).

Verhärtung, Erweichung, Dilatation, Contractur des Fornix findet sich bei Leiden der psychischen Bewegung. Gewölbe und Ammonshörner sind die Hebel der Lebensdynamik (Wille?) II. 670.

Fehler des Trigonum magnum, des eigentlichen Gewölbes (Fornix), finden sich bei Fehlern der Denkkraft (II. 671.).

Schwinden der Flabella, der Fasern der Grenzgürtel und der Penicilli (in den Seitenventrikeln) kömmt vor bei Leiden der gegenständlichen Vorstellung und der Erinnerungskraft, des Gedächtnisses in der inneren und äusseren optischen Lebenssphäre (also der räumlichen Vorstellung, Perception und Rückerinnerung). — Schwinden der Flabella bei Abnahme des Namensgedächtnisses. Schwinden der Scala triangularis innen am Grenzgürtel bei Abnahme des Ortssinnes. — Mit Schwinden der Garben geht die optische Vorstellung verloren (daselbst).

(Also Denkkraft [Intelligenz] und optisches Seelenvermögen in den grossen Seitenventrikeln.)

Schwinden der akustischen Fibrillen (in der 4. Hirnhöhle) hat Schwinden des innern Gegensinnes des Gehörs, des tieferen Verstehens und Vernehmens des Gehörten zur Folge (II. 672.). Fehler des Trigonum magnum und der Hinterhörner (Cornua copiae) vermehren den Stumpfsinn. Mangel der Scala rhythmica, der Klangstäbe, der Undae verticillatae, Chordae volubiles (in der Rautengrube der 4. Hirnhöhle) haben stets fehlerhafte Beschaffenheit des Tonsinnes, der Gemüthsstimmung, und beschränkte Sprachfähigkeit zur Folge (II. 672.). Mit Mangel und Atrophie der Tela filipendulina stirbt Leidenschaft und Begierde ab; mit Vergehen der Lyra veli schwindet das akustische Leben, der höhere Tonsinn, die psychische Basis des moralischen Sinnes und Gefühls (II. 672.). Mit der Entartung des Trigonum pendulum (neben der Zirbel), dem Schwinden des Conus, des Polychords und des Harmons (Sistrum im Aquaeductus Sylvii) entsteht völlige Nullität, Leere und Oede des geistigen Lebens (also Fatuitas) (daselbst).

„Der Canal (Aquaeductus Sylvii), diese Fistula pneumatica der Alten, ist als der Centralherd aller psychischen Thätigkeit des Gehirns zu betrachten. Vor diesem Centrum ist die Phase des Lichtlebens, als Träger der Intelligenz; das Hauptorgan ist hier das System des Fornix, wozu die Ammonshörner, die Hügel, das grosse Trigonum nebst dem Delta und seinen Linien gehört.“ — „Hinter dem Canale ist die Phase des Seelenlebens (Gefühlslebens?) zu finden, dessen psychischer Träger und Leiter und Begleiter das Tonleben ist, und die mit dem Ausdrucke der Gemüthsphase bezeichnet werden darf (II. 674).“ —

„Bei Dementia“ (unserer Moria §. 122.) „findet sich stets ohne Ausnahme eine Dislocation der Zirbel. Wo die Dementia mit Uebersichsein vorkommt (Vecordia superba?), ist sie über sich mit dem Plexus des Delta innigst verwachsen; wo sie mit Depression (Melancholia?) verbunden ist, findet sich eine niedergeworfene Zirbel, mit der Richtung nach hinten und Umwucherung und Verwachsung zwischen den Vorderhügeln.“

Immer leidet dabei das System des Gewölbes und der Hinterhörner, und der Centralpunct des psychischen Lebens (der Aquaeductus Sylvii. III. 362.).

Gewöhnlich leidet bei der Dementia die eine Seite der Hinterhörner mehr als die andere (III. 363.).

Im Blödsinn ist die Centralstelle immer wesentlich depotenzirt. Ebenso das System des Fornix mit den Hinterhörnern, und alle grossen Mängel, welche die organische Begleitung der Intelligenz betreffen, sind hauptsächlich in diesen Regionen anzutreffen. — (III. 364.). —

S. 365. „Je mehr daneben (Abnormitäten im Aquaeductus Sylvii) die einzelnen Chordensysteme lückenhaft oder zertört sind, um so stärker ist der Blödsinn. Bedeutende Fehler in der optischen und akustischen Sphäre können schon zu leichter geistiger Beschränkung führen. Am meisten kommt Mangel und Anomalie in der akustischen Sphäre (4. Hirnhöhle) vor; es entwickelt sich dann der innere Gehörsinn, sein polares Gegenstück (also das psychische Hören) nicht, er kommt nicht weiter, als ihn das Thier (bis auf das Pferd) hat; es fehlen die wunderschönen Fibrillen, die Klangstäbe, die Scala rhythmica, die Wirbelchorden u. s. w.“

S. 366. Das Centralorgan der moralischen Gefühle, deren psychisches Element der Tonäther und die Musik ist, ist die Lyra veli.

S. 368. Das Trigonum pendulum, an der Schwelle des Canals, ist das materielle Centrum der Wechselwirkung aller psychischen Thätigkeiten.

S. 369. „Die Beeinträchtigung der Centralstelle, wodurch Blödsinn entsteht, geschieht dadurch, dass durch entzündlichen Reiz, Plethora, Stase, Congestion, die Zirbel und ihre nächste Umgebung umwuchert, mittelst vermehrten Gefäss- und Zellgewebes überladen und bedrängt, sie daher in ihrer Function gehemmt wird."

S. 370. „Mit der luxuriirenden Vermehrung des Gefäss- und Zellgewebes (der Centralstelle 368.) hängt eine gleichzeitige hypertrophische Veränderung des Plexus medius fornicis et deltae, als Fortsatzes des Plexus chorioideus, die sich im Mittelplexus vereinen, zusammen, wodurch die Entartungen des Gewölbes (Trigonum magnum, dessen innerer Raum das Delta bildet) entstehen. In dem Linienaufzug des Delta findet das geistige Element im Denkprocesse seine organische Begleitung."

S. 374. „Bei Melancholie und Wahnsinn, durch Gehörshallucinationen erzeugt, fand sich krankhafte Umwucherung der Zirbel mit Adhäsion am Plexus medius. — Hyertrophisches Haut- und Gefässgewebe um die Rautengrube, die auf lang bestandenem Orgasmus und Erethismus (warum nicht Entzündung?) und so auf die bestimmte Einwirkung auf die hier befindlichen Chordensysteme und die Gehörshallucinationen hindeutete."

S. 378. Bei einem an Kleptomanie lange Zeit leidenden, an Blödsinn gestorbenen Kranken zeigten sich „beide Ammonshörner atrophisch, abgeplattet, gleicherweise die Nebenwindung, die Collectivwindungen der Mittellobi und die Pollices oder Hacken u. s. w. Die rechte viermal kleiner als normal. — Die Zirbel von einem Pseudogewebe umwuchert, die Grenzgürtel (also in den zwei ersten Hirnventrikeln) wie übergossen, verdichtet; das Flabellum links gänzlich, rechts meistens geschwunden. — Das Delta ganz zusammengezogen, Garben, Wellen u. s. w. zum Theil geschwunden. — Incorrectheit in allen übrigen Chordengruppen."

Werden Bergmann's Sectionsbefunde als wahr angenommen, woran nicht zu zweifeln, indem sie das seit 45 Jahren erworbene Resultat von gegen 800 Sectionen sind, so ergiebt sich einstweilen folgendes sehr wichtige Resultat:

1. Die dem Erkenntnissvermögen vorzugsweise dienenden Centralorgane des Gesichtes finden sich in den beiden Seitenventrikeln und vor dem Aquaeductus Sylvii, im System des Fornix. Nach neuerer Behauptung Bergmann's (Damerow's Zeitschrift 11. 1.) ist im Hinterhorn der grossen Hirnhöhlen der Sitz der Vernunft.

2. Die dem Gehörssinne, und nach Bergmann's Ansicht dem Gefühlsvermögen dienenden Organe sind in der Region der 4. Hirnhöhle an der Fläche der Rautengrube.

3. Der Aquaeductus Sylvii und das über demselben liegende System der Zirbel ist der Centralherd aller psychischen Thätigkeit. (Vergl. §. 28. 30.)

§. 132.

Die einzig fruchtbringende Aufgabe der pathologischen Anatomie in vorliegender Hinsicht dürfte demnach sein: in den freilich selten zur Section kommenden Fällen der einfachsten Formen der psychischen Krankheiten (z. B. bei Kleptomanie, bei reinen Gehörshallucinationen, die secundär Melancholie erzeugen, bei Monophrenesieen der einfachsten Art, als da sind Melancholia superba, die sich für göttliche, königliche u. s. w. Person hält, Melancholie der Metempsychose, Vecordia, die mit einem abnormen Gedanken sich beschäftigt) neben den Abnormitäten in den übrigen Organen, besonders des Gangliensystems, der Geschlechtsorgane, der Brustorgane u. s. w., welche consensuell psychische Krankheit haben erzeugen können, die Abweichungen der Form nachzuweisen, die nicht blos in den Hirnhäuten oder in den gröberen Organen des Gehirns vorkommen, sondern auch in den feinsten Configurationen der Chordensysteme und in den Ganglienzellen und Fasern derselben und anderer Hirntheile auftreten. — (Vgl. §. 34.)

Bei allen complicirten Formen der oft Jahre hindurch sich verändernden Zustände der Moria, und wo die materiellen Reste anderer früherer körperlicher oder geistiger Krankheiten noch zugleich vorhanden sind, ist dagegen im Allgemeinen von dem Sectionsbefunde nichts Erspriessliches für die pathologische Anatomie der psychischen Krankheiten und für die psychologische Topographie des Gehirns zu erwarten. — (Vgl. §. 128.)

Hinsichtlich der pathologischen Chemie der Hirnorgane wird aber nicht eher auch nur die Hoffnung eines Ergebnisses durch unsere Microchemie entstehen, als bis das bisherige völlige Desiderat einer psychologischen Chemie erfüllt, und die verschiedene normale Mischung der verschiedenen Hirnorgane stöchiometrisch bekannt geworden ist (§. 32. 42.).

Fünftes Kapitel.

Psychiaterische Klinik.

---

§. 133.

Der psychiaterisch - klinische Unterricht, welcher gleich den Anstalten für Bildung von Irrenwärtern (§. 87.), zur Bildung von Irrenärzten in den cultivirteren Ländern als wesentlicher Bestandtheil der Psychiatrik im Staate neuerer Zeit anerkannt ist, kann nur in Irrenanstalten, und wegen der organischen Verbindung der Psychiatrik mit der wissenschaftlichen Medicin am Sichersten auf Universitäten gegeben werden, die Irrenanstalten besitzen. Daher hier das Nöthige über Wesen und Einrichtung der psychiaterischen Klinik.

Die Klinik der Geisteskrankheiten bildet den Uebergang der Theorie in's practische Leben; sie ist der handelnden Richtung des geistigen Lebens, dem Handeln nach den im menschlichen Geiste geoffenbarten göttlichen Gesetzen (§. 2. 7. 12.), hier hinsichtlich der Abnormitäten des geistigen Lebens, zuzugesellen. Wenn die

25

Theorie die im Geiste offenbar gewordenen göttlichen Gesetze der Natur (§. 15.), welche im Reiche der Krankheiten walten, durch Wort und Schrift darstellt, so zeigt die Klinik die Wahrheit dieser Naturgesetze in der Wirklichkeit des Lebens der Krankheit. Die psychiaterische Klinik ist der Prüfstein der Wahrheit der theoretischen Psychiatrik.

Die Hülfsmittel der medicinischen Klinik überhaupt sind: Krankheitsgeschichten, pathologische Präparate, Untersuchung und Beobachtung der Kranken im Leben; und so auch hier in der Klinik der Geisteskrankheiten.

Krankheitsgeschichten geben indessen nur ein todtes Abbild des Verlaufs der Krankheit. Sie sind Schriftbilder des Lebens, die sich im Bewusstseinsorgane des Beobachters abspiegeln, aber nicht, gleich Photographieen, den getreuen Abdruck der feinsten Züge geben, sondern nur vermittelst der sinnlichen Beobachtung des individuellen Lebens und wiedergegeben in der Darstellung der Krankheitsgeschichte. Daher diese Krankheitsbilder jedem Beobachter anders erscheinen, einen subjectiven Character tragen, und jeder Beobachter dieselbe Krankheit anders beschreibt und abbildet. Sie haben deshalb nur eine relative Treue und sind in der Psychiatrik um so unsicherer, je mehr der Beobachter mit vorgefasster Theorie die Erscheinungen aufnimmt und nach derselben auswählend verzeichnet, und je häufiger ihm die oft im Verlaufe mehrerer Jahre entstandenen Momente der psychischen Krankheit verborgen bleiben, und sich vorzugsweise nur in der geheimen, der sinnlichen Beobachtung unzugänglichen Sphäre des geistigen Lebens bewegen.

Pathologische Präparate sind der abgestorbene materielle Nachlass der lebendigen Krankheit, wie sie sich an ihrem Lebensende gebildet hatte, und sie können daher von den früheren Zeiten des Lebenslaufes der Krankheit kein directes Zeugniss ablegen, sondern nur vermittelst des Schlusses von der Wirkung auf die Ursache. In der Psychiatrik sind sie bisher von um so geringerem Werthe, als die materiellen Erscheinungen der psychischen Krankheit oft den beobachtenden Sinnesorganen ganz entgehen, nur in den Abnormitäten der Hirnbläschen und Hirnfasern gesucht werden können und die pathologische Anatomie und Chemie der Hirnorgane noch embryonisch ist (§. 128.).

Die **Untersuchung** und **Beobachtung**, die **Autopsie** des Kranken, zeigt dagegen die lebendige, nie ruhende (§. 2.), in steter Verwandlung, Vor- oder Rückschreitung begriffene, in Raum und Zeit erscheinende Thätigkeit des kranken Lebens. Sie fordert aber Fähigkeit des vorurtheilsfreien Beobachters, die Erscheinungen des kranken Lebens in seinem Geiste objectiv werden zu lassen und sie auf das Gesetz des Lebens zurückzuführen und zu erklären. Wie der Blinde nichts sieht, so hier der blöde, unwissenschaftlich gebildete Beobachter. Je grösser daher diese Fähigkeit des Beobachters, desto wahrer ist das Product der Beobachtung, sei es im eigenen Geiste, oder in der Sprache und der niedergeschriebenen Krankheitsgeschichte.

Sodann fordert sie Freiheit des beobachtenden Geistes von vorgefassten, einseitigen, irrigen Ansichten und Theorieen, durch welche der Beobachter nicht die Wahrheit, sondern nur sein theoretisches Abbild sieht. Die mechanische Theorie wird nur die materiellen Krankheitsverhältnisse in den Kreis ihrer Beobachtung ziehen, die chemiatrische Theorie die chemischen Erscheinungen u. s. w. — Also vorurtheilsfreie philosophische Bildung, deren nähere Definition uns hier erlassen bleiben mag.

Diese drei Momente der medicinischen Klinik werden nun aber in der psychiaterischen Klinik um so bedeutender und schwieriger zu umfassen, als dieselbe ihrem Wesen nach in ihrer Bedeutsamkeit und Schwierigkeit von der medicinischen Klinik der körperlichen Krankheiten (der chirurgischen, der augenärztlichen, geburtshülflichen u. s. w.) sich unterscheidet, wie die Psychologie von der Physiologie, und die Seele vom Körper. Die Phsychiatrik und deren Klinik bewegt sich in den höchsten Regionen des menschlichen Lebens. Sie gründet sich auf Physiologie und Psychologie des gesunden körperlichen und geistigen Organismus. Sie umfasst in der Pathogenesis die oft verblichenen Phasen des ganzen früheren körperlichen und geistigen Lebens mit seinen Actionen und Reactionen gegen die Aussenwelt. Sie sondirt die geheimen Werkstätten der Seele, in denen sich die Anlage zur psychischen Krankheit entwickelt, und beobachtet die ersten Keime, aus welchen sich die Verrücktheit allmählig bildend das Vernunftleben beherrscht. Sie nimmt in den Schatz ihrer Heilmittel ausser den materiellen Potenzen der Aussenwelt auch die psychischen Potenzen, welche der Irrenarzt selbst in sich trägt, auf, und wirkt in den meisten Fällen nicht unmittelbar (wie die Chirurgie durch's Messer u. s. w.), sondern durch Veränderung der Thätigkeit anderer Organe auf die Stätte des kranken geistigen Lebens.

Die Vorbedingungen der Theilnahme an der Klinik der Medicina psychica sind also:

1. Allgemeine und specielle Physiologie und Psychologie des gesunden menschlichen Lebens und Leibes.

2. Allgemeine und specielle Pathologie und Therapie der menschlichen Krankheiten überhaupt. Da die allgemeinen Gesetze der Entstehung und Heilung der psychischen Krankeiten nur die der menschlichen Krankheiten überhaupt, aber in der Sphäre des geistigen Lebens sind, so ist besonders Kenntniss der allgemeinen Pathologie und Therapie unbedingte Forderung.

3. Allgemeine und specielle Pathologie und Therapie der psychischen Krankheiten, indem ohne Kenntniss der besonderen Gesetze, nach denen psychische Krankheiten sich bilden und rückbilden, nur eine empirische Psychiatrik entstehen kann, die den Anforderungen der Gegenwart nicht mehr genügt.

Hiermit ist also die Eigenthümlichkeit der psychiaterischen Klinik, wodurch sie sich von jeder andern in dem Kreise der medicinisch-practischen Unterrichtsanstalten unterscheidet, nachgewiesen und zugleich angedeutet, welche Schwierigkeiten der Errichtung derselben auf den Universitäten entgegenstehen.

Die Psychiatrik hat jedoch ausser der Erkennung und Heilung psychischer Krankheiten noch eine andere Wirkungssphäre, nämlich im Staatsleben, als polizeiliche und gerichtliche Psychiatrik (Psychiateria politica et forensis), ohne welche die Polizei und Jurisprudenz, wenn sie nicht ausnahmsweise psychologisch-psychiaterisch gebildet ist, mit verbundenen Augen über Dispositions- und Zurechnungsfähigkeit, über Schuld oder Unschuld eines Uebelthäters urtheilt, und erst durch die wissenschaftliche Psychiatrik das ihr fehlende Complement der Urtheilsfähigkeit über Dasein und Nichtdasein der Vernunftfreiheit erhält. Wie die medicinisch-chirurgische Klinik in ihrer vollkommenen Organisation auch Physikatsärzte bilden soll, die in Physikatsgutachten dem Staate ihre Dienste in der Staats- und gerichtlichen Arzneikunde leisten, so bildet die psychiaterische Klinik Psychophysiatriker zur Beihülfe und Leitung des Urtheils der Civil- und Criminalgerichtsbehörden über den geistigen Zustand der Betheiligten und Inculpaten.

Hieraus ergiebt sich, ausser der Anleitung und Unterricht in der Ausübung der Psychiatrik in der Privatpraxis, ein anderer Beruf der psychiaterischen Klinik, nämlich Einführung der jungen psychischen Aerzte aus dem beschränkten Kreise der Privatpraxis in die öffentliche Praxis im Staatsleben, und Unterricht und Uebung derselben in psychiaterischen Berichten und Gutachten, deren Mangel bis jetzt zu den bittersten Klagen Gelegenheit gegeben hat (vergl. Roller in Damerow's Zeitschrift 10. B. 1. Heft. Berlin, 1853. S. 73.).

Die psychiaterische Klinik (wie wir sie mit Erfolg seit einigen Jahren den practisch-medicinischen Lehranstalten der Universität Jena hinzugefügt haben), umfasst daher:

1. Unterricht in der Erkennung und Behandlung psychischer Krankheiten, ihrer verschiedenen Formen, Symptome, Entstehung und Verlauf, Heilmittel und Heilung. Also allgemeine und specielle Pathologie und Therapie der psychischen Krankheiten, nachgewiesen in der Wirklichkeit an den verschiedenen psychischen Kranken. Jedem Klinicisten werden einzelne Kranke zum besonderen Studium übergeben, deren Krankheitsgeschichte sie aufnehmen, ihre Diagnose, Entstehung, Verlauf und Prognose, sowie Curplan aufzeichnen, die Behandlung und deren Erfolg bemerken und darüber in der klinischen Stunde berichten.

2. Uebung in der staatsärztlichen und gerichtlichen Psychiaterie, durch Abfassung von Berichten und psychiaterisch-forensischen Gutachten über einzelne dem Klinicisten übergebene Kranke nach den vorliegenden und mitgetheilten Acten und eigener Beob-

achtung der Kranken; daher diese mit den Krankheitsgeschichten verbunden werden können. Diese Berichte und Gutachten müssen die Fragen beantworten: ob psychische Krankheit vorliegt oder nicht; ob diese verborgen oder simulirt oder imputirt ist; ob Vernunftfreiheit und Dispositions- und Zurechnungsfähigkeit vorhanden, der Kranke einen Vormund bedarf, oder nicht. Die Aetiologie und Prognose muss bestimmen, ob die Sicherheit des Staates Ueberwachung und Behandlung solcher Kranken fordert; ob sie in die Irrenheil- oder in die Irren-Pflegeanstalt gehören.

Diese gutachtlichen Berichte werden in der klinischen Stunde vorgetragen, discutirt, censirt, und in den klinischen Acten aufbewahrt.

3. Unterricht in der pathologischen Anatomie der Geisteskrankheiten. Bei Sterbefällen von Geisteskranken haben die Klinicisten der Section derselben zu assistiren, den Leichenbefund zu beobachten, mit den Krankheitsberichten zu vergleichen, die materiellen die psychische Krankheit begleitenden Veränderungen anzugeben und dadurch bei den ihnen übergebenen Kranken den Kreis der Geschichte der Krankheit zu schliessen, soweit dies nach dem Stande der Wissenschaft unter Beihülfe der Microscopie und Microchemie möglich ist, daher häufig nur ein negatives Resultat entsteht.

4. Unterricht in der Leitung öffentlicher und privater Heil- und Pflegeanstalten für psychische Kranke, zu welcher der junge Arzt dereinst beru-

fen werden könnte. Dieser Unterricht ergiebt sich aus der Kenntniss der Directorialverwaltung der Irrenanstalt, in welcher die Klinik gehalten, und in deren Organisation die Klinicisten eingeweiht werden.

Vergl. H. Damerow, Ueber die relative Verbindung der Irren- Heil- und Pflegeanstalten. Leipzig, 1840. 8. S. 191.

Zeller, a. a. O. S. 149.

Wenn nun, als Vorbedingung des medicinisch-klinischen Unterrichts überhaupt, eine vollendete allgemeine theoretisch-medicinische Bildung bei den Theilnehmern an der Klinik der Geisteskrankheiten vorausgesetzt wird, der klinische Unterricht aber nur am Leben selbst gegeben werden kann, so ergiebt sich daraus der grosse Vortheil und selbst Nothwendigkeit einer Irrenanstalt an der Landesuniversität, als alle Mittel zur vollendeten ärztlichen Ausbildung darreichenden Staatsanstalt. Wie Krankenhäuser für innere und chirurgische Kranke, und Entbindungshäuser für Schwangere und Gebärende, Kinderspitale, physiologische Institute u. s. w. nothwendige Apparate des ärztlichen Unterrichts auf Universitäten sind (gleich den botanischen Gärten, zoologischen Instituten für den naturwissenschaftlichen, landwirthschaftliche Anstalten für den cameralistischen und ökonomischen Unterricht), so erscheinen Irrenanstalten als integrirende Bestandtheile eines wohlorganisirten akademischen ärztlichen Lehrwesens, und um so mehr, je höher hier die Lebensform ist, in deren Kreis sich die ärztliche Technik bewegt und gelehrt werden soll. Allein auch für Juristen in Beziehung auf forensische Psychiatrik, und für Theologen und Pädagogen hinsichtlich der Verhütung und Behandlung der Geisteskrankheiten durch richtige Seelsorge, und selbst für Bautechniker zur Kenntniss der baulichen Bedürfnisse der Psychiaterie würde die Verbindung der psychiaterischen Klinik mit dem akademischen Unterrichte und der Theilnahme an derselben von dem grössten Nutzen sein, und hinsichtlich der hierdurch vermittelten richtigen Behandlung beginnender Geisteskrankheiten und der damit erlangten schnelleren Heilung selbst im finanziellen Interesse des Staates liegen.

Nur in der erst beginnenden Anerkennung des Werthes der Psychiatrik für den Staat ist der Grund zu suchen, dass bisher diese Ansicht nicht überall in's Leben eingegangen ist und dass man nöthig gefunden hat, die gegen den in den Irrenanstalten zu ertheilenden klinischen Unterricht erhobenen Einwürfe zu widerlegen. (Vergl. M. Falret, De l' enseignement clinique des maladies mentales, in den Annales médico-psychologiques. T. X. Paris, 1847. S. 232.) Ebenso, dass nicht überall, weder bei den akademischen Doctorexamen, noch bei der Staatsprüfung der Aerzte und Physiker, das Studium und die Kenntniss der Psychiatrik in gleicher Weise gefordert und zur Bedingung der Ertheilung der Doctorwürde und der Zulassung zur Praxis gemacht wird, wie es hinsichtlich der Chirurgie, Hebammenkunst und selbst Thierarzneikunst geschieht. Reil's (Beiträge zur Organisation

u. s. w. S. 63. Desselben Rhapsodieen u. s. w. S. 27.) Vorschlag: wie man Professoren und Doctoren der Medicin und Chirurgie hat, so auch, als Acquisition der medicinischen Facultäten, in der höchsten Sphäre der Medicin Professoren und Doctoren der psychischen Heilkunde auf Universitäten zu creiren und anzustellen, wird daher wohl noch so lange unausgeführt, und der Doctor psychiateriae ein Pium desiderium bleiben, bis der Vernunftstaat unser hippocratisches Titelmotto sich angeeignet hat, und die psychische Heilung (*Ψυχιατρεῖα*) durch wissenschaftliche Technik (*Ψυχιατηρία* oder *Ψυχιατρική* sc. *Τέχνη*, s. Reil, Beiträge u. s. w. S. 2. Kieser, in Damerow's Zeitschrift. 5. Bd. 1. Heft. S. 136) ausgeübt wird.

Sechstes Kapitel.

Angeschuldigte, vorgegebene, verheimlichte, verkannte Verrücktheit und Blödsinn. Insania et Amentia imputata, simulata, dissimulata, ignorata.

---

§. 134.

Die vorstehend bezeichneten Zustände sind in der forensischen Psychiatrik von der grössten Wichtigkeit, und fordern zur richtigen Beurtheilung und Unterscheidung eine vollendete Kenntniss der Psychiatrik.

Verrücktheit und Blödsinn kann einem Gesunden angeschuldigt werden (Insania et Amentia imputata), oder vom Verbrecher vorgegeben und nachgeahmt (Insania et Amentia simulata), oder absichtlich verheimlicht (Insania dissimulata), oder verkannt werden (Insania ignorata). Erstere und zweite können bei allen Formen der Geisteskrankheiten, letztere beide nur bei der Verrücktheit statt finden.

1. Angeschuldigte Geisteskrankheit (Insania imputata) kommt nicht selten besonders bei Criminalisten und in England vor, wo oft Weiber die ohne Aufsicht des Staates bestehenden Irrenanstalten dirigiren, und jeder legitimirte Chirurg oder Apotheker durch sein Zeugniss den Kranken für geisteskrank erklären und in eine Irrenanstalt schicken kann; ebenso bei Erbschleichung, in England oft bei Majestätsverbrechen u. s. w. Nicht selten aber wird auch von Aerzten ein anderweitiger Zustand: kindische Ungezogenheit, eigensinnige Gesetzesübertretung, momentane leidenschaftliche Aufregung, weibische Geschwätzigkeit des höheren Alters, hysterischer Anfall, Epilepsie, Veitstanz, Hirnentzündung, Myelitis u. s. w. mit ursprünglicher Geisteskrankheit verwechselt, oder Melancholia attonita mit Blödsinn, welche falsche Diagnose ebenfalls hierher gehört und zu falscher Prognose und Behandlung führt.

Eine richtige Psychologie und Psychiaterie muss hier das Remedium geben.

2. Vorgegebene Verrücktheit und Blödsinn (Insania et Amentia simulata), welche Verbrecher und Advocaten zur Vertheidigung der letzteren oft vorschieben (z. B. Kleptomania, Pyromania, Mania homicida), sind oft schwer und häufig erst nach jahrelanger Beobachtung zu erkennen und der wahre Zustand zu constatiren, besonders wenn der Betrüger gewandt, gelehrig, sich in Irrenanstalten oder im Zuchthause befunden, und sich in die Symptome der simulirten Krankheit ein-

geübt hat (wie bei Epilepsia simulata). Sie kommt ausserdem vor bei lebensfertigen Herumstreichern, die in der Irrenanstalt ihr letztes Asyl suchen u. s. w. Daher die Beantwortung der hieher gehörenden Fragen nur von einer vollendeten Psychiatrik gefordert werden kann. Mania simulata, besonders mit Lucidis intervallis, ist am schwersten zu erkennen, und auch hier muss die Uebersicht aller Erscheinungen und die wissenschaftliche Pathogenie des Zustandes aushelfen. Bei Melancholia und Vecordia simulata, ebenso bei Amentia simulata kann oft allein die psychiaterische Kenntniss der wesentlichen Erscheinungen der wahren Krankheit, die der Betrüger oft falsch nachmacht, zur Entdeckung der Wahrheit führen.

3. Verheimlichte Verrücktheit (Insania dissimulata) ist nicht selten eigenthümlich bei Melancholia und Vecordia als Melancholia occulta (§. 57.), wenn der Kranke misstrauisch ist, oder bei partieller Verrücktheit noch unvollkommenes Vernunftbewusstsein hat, sich seiner Krankheit schämt, oder von der Entdeckung derselben Nachtheil fürchtet. — Kann Jahre lang (in zwei Fällen über 40 Jahre vergl. §. 57) dauern, und wenn Verdacht des Zustandes vorliegt, ist die Diagnose nur möglich, wenn durch Erweckung des Zutrauens der Kranke zum Beichten gebracht wird, oder durch die Berichte der Angehörigen des Kranken und die längere Zeit fortgesetzte genaue Beobachtung desselben die krankhaften Gefühle oder Ideen ausser Zweifel gesetzt werden.

Erscheint nicht selten als Melancholia superba, erotica etc., aus unbesiegbarer Leidenschaft entstanden, die der Kranke zeitweise als solche erkennt, aber der Umgebung gegenüber beschönigt oder negirt.

Auch gehören viele der Fälle hierher, in denen man den Kranken durch sogenannte practische Ueberzeugung von seinem Irrwahn geheilt zu haben glaubt (§. 88.), indem der Irre, wenn er die Aeusserung seines Irrwahns oder Irrdenkens verspottet, verlacht, oder bestraft findet, nun diese Aeusserung verbirgt; was besonders bei Moria mit fixen abnormen Gefühlen oder Ideen vorkömmt.

4. Der verheimlichten Verrücktheit steht verkannte Verrücktheit (Insania ignorata) gegenüber, wenn dieselbe vom Arzte oder Criminalrichter verkannt und die maniakalische Handlung für verbrecherische That gehalten wird, besonders bei Monophrenesie, und wenn nur ein einzelner Anfall entsteht, als Mord, Brandstiftung, Diebstahl, Nothzucht (§. 38. 58. b.), wo dann der Kranke durch ein Crimen imputatum anstatt in die Irrenanstalt in's Zuchthaus geräth. In dem Zuchthause zu Halle befanden sich im Jahre 1852 seit 10 Jahren unter 58 verrückten Züchtlingen 7, die schon vor der verbrecherischen That geisteskrank waren (Delbrück in Damerow's Zeitschrift. 11. B. 1. Heft. S. 57.). Auch hier kann nur die Genesis und die genaue Kenntniss aller Umstände das Remedium und ein geregeltes Urtheil des theoretisch und practisch vollendeten Irrenarztes die Entscheidung und den Inculpaten einen Vertheidiger geben.

Nachtrag zu Seite 71 – 79.

Siehe Tafel II. A.

Meine Seite 71 ausgesprochene Hoffnung der zu erwartenden ferneren Entwickelung der microscopischen Hirnanatomie und der vollendeteren Darstellung derselben, sowie meine Seite 74. 87. 88. 95. dargelegte Ansicht, dass die, Primitivzellen enthaltenden Ganglien gleich kleinen Gehirnen betrachtet werden können, welche, als einzelne Organe des Nervensystems, eine individuelle, dem Centralorgane im Kopfgehirn untergeordnete, und zwar dem Gefühlsleben vorwaltend angehörende, daher bewusstseinlose Function haben, erhalten durch diesen Nachtrag ihre einstweilen hinreichende Bestätigung und selbst eine weitere Ausdehnung von der grössten Bedeutung.

Durch die Güte des Herrn Professor Bidder in Dorpat sind uns nämlich, während der Druck unserer Schrift schon bis zur Hälfte vorgeschritten war, die interessanten Ergebnisse der in seinem akademischen Institute angestellten physiologisch - microscopischen Untersuchungen über den vorliegenden Gegenstand in einer Druckschrift mitgetheilt worden, die den Titel führt:

Philippus Owsjannikow, Disquisitiones microscopicae de Medullae spinalis textura, imprimis in piscibus factitatae. Accedunt tabulae tres cupro expressae. Dorpati Livonum, 1854.

Sind nun gleich diese Untersuchungen nur an Fischen, Petromyzon fluviatile (Neunauge), Salmo Salar (Lachs), und Gadus Lota (Aalquappe) angestellt, und ist als Grundgesetz anzuerkennen, dass beim Menschen der höheren psychischen Entwickelung auch die Entwickelung des materiellen Substrats in Form und Mischung parallel gehe (§. 5.), so liegt doch kein Grund vor, die allgemeinen Gesetze der elementaren Formbildung des Nervensystems, wie sie bei Thieren erscheinen, nicht auch im Menschen anzunehmen, bis dahin, dass es der microscopischen Anatomie gelingen wird, auch im menschlichen Gehirne und Nervensysteme den Bau und die Mischung der Elementarorgane vollständig darzustellen, und mit denen der Thiere zu vergleichen.

Somit begnügen wir uns einstweilen mit dem erfreulichen Resultate der neuesten Dorpater Untersuchungen, wie folgt:

1. Dass die mit Ausläufern versehenen Ganglienzellen als die Centralorgane des psychischen Lebens angesehen werden müssen. Die bisher gebrauchte blos formelle Bezeichnung: apolare, bipolare u. s. w. hätten wir gern vermieden gesehen, da sie nur erst gerecht-

fertiget erscheint, wenn nachgewiesen ist, dass eine im wissenschaftlichen Sinne polare Function diesem Baue entspricht. Der Ausdruck unipolar hat überdem keinen Sinn, da jede Polarität zwei Pole haben muss.

2. Dass jede Ganglienzelle eine in Bildung und Thätigkeit ausgedrückte doppelte Richtung und Function besitzt, eine centro-peripherische (handelnde), und eine peripherisch-centrale (empfangende), deren Organe (parallel den motorischen und sensiblen Nerven des Rückenmarks) in zwei aus dem Axencylinder bestehenden Fasern bestehen, die, aus der Substanz der Ganglienzelle entspringend, zu den motorischen und sensiblen Nerven des Rückenmarks führen, oder von ihnen ausgehen; dass also, gleichwie in den morphologischen Hirntheilen (S. 95.), auch hier sich die polare Function und Richtung alles Lebens als centrifugale und centripetale, daher oscillatorische Thätigkeit (§. 1. S. 7. §. 9. S. 31.) wiederholt.

Dass die peripherisch-centrale (empfangende) Thätigkeit der Ganglienzellen nicht nothwendig im Centralorgan des Gehirns reflectirt und hier Hirnempfindung, bei schädlicher Einwirkung Schmerz erregen muss, dass sie vielmehr, gleich der centro-peripherischen (handelnden) Thätigkeit, auf die einzelne Ganglienzelle beschränkt bleiben kann, ergiebt sich aus der höheren den allgemeinen Lebensgesetzen congruenten Bedeutung dieser zwiefachen Richtung aller Thätigkeit (vergl. §. 1. S. 7.). Hiernach möchten die mit den centrifugalen und centripetalen Ausläufern der Ganglienzellen anzustellenden physiologischen Experimente zu leiten und auf ihre Bedeutung zurückzuführen sein.

3. Dass ein d r i t t e r vom Rückenmark und Gehirn ausgehender Ausläufer oder Axencylinder der Primitivzelle diese Ganglienzellen, welche sich als kleine Gehirne verhalten, mit dem Kopfgehirne in Beziehung und Abhängigkeit setzt, gleich dem Nervus sympathicus zwischen Kopf- und Bauchgehirn, also in schönster Form das organische Band der einzelnen Seelen und ihrer Organe mit der Centralseele des ganzen Organismus im Kopfgehirn vermittelt.

4. Dass ein v i e r t e r Ausläufer der Ganglienzelle, entsprechend den Commissuren des Kopfgehirns, die Commissur zwischen beiden Hälften dus Rückenmarks bildet.

Wir erhalten hier ein Resultat der microscopischen Anatomie, das letztere würdig den philosophisch-psychologischen Forschungen anreiht, und wie von diesen wissenschaftlichen Werth erhaltend zugleich die höchsten theistisch-kosmisch-psychologischen Probleme und Ansichten aufklärt und bestätigt.

Es ergiebt sich nämlich mit dieser Entdeckung, dass im successiven Herabsteigen von dem A l l g e m e i n e n der Schöpfung zum B e s o n d e r e n, von dem u n e n d l i c h G r o s s e n des organischen Lebens bis zum u n e n d l i c h K l e i n e n ein und dasselbe göttliche Weltgesetz herrscht; eine stete Wiederholung des Gesetzes der Oscillation zwischen centro-peripherischer (centrifugaler) und peripherisch-centraler (centripetaler) Richtung (Schöpfung der Welt durch den göttlichen *Λόγος*, und Offenbarung des Göttlichen in der Gefühls- und Erkenntnissseite des psychischen menschlichen Lebens, s. §. 1. i. S. 7 — §. 3. S. 13. — §. 9. S. 31. 32.), und nach welchem selben Gesetze die Realwerdung Gottes in der Weltschöpfung (§. 1. d. e.) mit ihren zwei Richtungen (§. 1. i.) hier in der Sphäre des psychischen oder Hirnlebens in folgender speciellerer Individualisirung sich gestaltet:

a. Willensvermögen = centrifugale Richtung, und Gefühls- und Erkenntnissoffenbarung = centripetale Richtung (S. 32. 33.), mit deren uns noch unbekannten Hirnorganen, wahrscheinlich, wie im Rückenmarke, an der vorderen (unteren) und hinteren (oberen) Fläche in den Hirnhöhlen (s. §. 31. d. — S. 95. 96.).

b. Motorische Nerven der vorderen (unteren, tellurischen) Seite des Rückenmarks, und sensible Nerven der hinteren (oberen, solaren) Seite desselben (§. 29. S. 85. 86.), zu den beiden Hirnorganen sub a. führend.

c. In den Bauchganglien (Plexus solaris, renalis etc.) in gleicher Weise und noch genauer anatomisch nachzuweisen, und wenn gleich nicht zur Hirnoffenbarung gelangend, doch mit dem Gehirn durch den Nervus sympathicus und anderen den organischen Zusammenhang vermittelnden Spinalnerven verbunden.

d. In den Elementarorganen des Hirns, Rückenmarks und der Bauchganglien (in den Ganglienzellen oder Nervenzellen) als centrifugaler zum motorischen Strang des Rückenmarks führender Axencylinder der Nervenfaser (Ausläufer derselben), und als centripetaler zum sensiblen Rückenmarksstrang führender Axencylinder; ebenfalls mit dem Gehirn entweder unmittelbar verbunden durch einen dritten von den Ganglienzellen ausgehenden Axencylinder (was jedoch noch specieller nachzuweisen sein dürfte), oder mittelbar durch die motorischen und sensitiven zu dem Gehirn führenden Stränge des Rückenmarks.

Der vierte, die Ganglienzellen beider Seiten des Rückenmarks verbindende Ausläufer ist den Commissuren im Gehirne nachgebildet und Reproduction desselben.

So findet sich also dasselbe oscillatorische, in der Zeit eine Ellipse, im Raume die Eiform bildende Gesetz (s. §. 1. i. S. 8.) im Macrocosmus wie im Microcosmus des Lebens, von den im unendlich Grossen, in elliptischen Bahnen sich umkreisenden Doppelsonnen, und von der centrifugalen und centripetalen Richtung der elliptischen Bahn der Kometen und Planeten, deren Maassstab der Durchmesser der Sonnen und Planeten giebt, bis hinab zu dem unendlich Kleinen in der centrifugalen und centripetalen Thätigkeit und

Bildung der Elementarbläschen des Nervensystems, deren Durchmesser $^{1}/_{100}$ bis $^{8}/_{1000}$ einer Linie ist (S. 72.). Wir glauben nicht zu irren, wenn wir die Entdeckung eines Weltgesetzes im nur microscopisch wahrnehmbaren unendlich Kleinen eben so wichtig für die Erkenntniss der allgemeinen Normen in der Philosophie der Natur halten, wie die Entdeckung desselben, nur telescopisch sinnlich erkennbaren Gesetzes im unendlichen Grossen, in den elliptischen Bahnen der Weltkörper, der Sonnen, Planeten und Kometen.

Wir erlauben uns indessen zu den in vorliegender Schrift erhaltenen Aufklärungen noch folgende Fragen zur geneigten Berücksichtigung bei den ferneren microscopischen Forschungen:

1. Welche Function haben bei den mit mehr als 4 Ausläufern versehenen Ganglienzellen ausser diesen (welche die centripetale und centrifugale, sowie die Beziehung zum Gehirn unterhaltende und die Duplicität des Hirns und Rückenmarks ausgleichende Function ausüben) die übrigen Ausläufer? Dienen sie der Verbindung nach Oben und Unten, und mit anderen Ganglienzellen?

2. Welche Lagerung und welche Richtung haben die centrifugalen und centripetalen Ausläufer der Ganglienzellen in der grauen Substanz des Gehirns, besonders in der Nähe der Hirnhöhlen? Ihre Richtung wird bedeutungsvoll für die Localisirung der beiden Hauptrichtungen des psychischen Lebens (§. 9. S. 31. 32.).

3. Welchen Bau, Function und Richtung der Ausläufer haben die Ganglienzellen in den grossen Nervencentris der Unterleibsganglien, Plexus solaris u. s. w.?

Die besonderen Resultate, denen wir die Original-Abbildungen in treuer Copie auf Taf. II. A. hinzugefügt haben, sind mit den eignen hier aus dem Lateinischen übersetzten Worten des Verfassers (a. a. O. S. 44. 45.) folgende:

„Um in Kurzem Alles das zusammenzustellen, was aus unsern Untersuchungen über den Bau des Rückenmarks bei den Fischen hervorgegangen ist, so können folgende Punkte als erwiesen betrachtet werden:"

„1. Alle Nervenfasern, die in das Rückenmark eingehen, sind mit gangliösen Zellen verbunden."

„2. Zu jeder gangliösen Zelle erstreckt sich ein Faden von der vorderen, ein anderer von der hinteren Wurzel und ein dritter von der anderen Seite des Rückenmarks durch die Commissur."

„3. Von jeder einzelnen Rückenmarkszelle geht ein Faden zum Gehirn, wo er die weisse Substanz bildet."

„4. Die die Fasern und Zellen in sich schliessende Grundsubstanz des Rückenmarks besteht aus Bindegewebe, das, in grosser Menge um das Centralkanälchen gelagert und mit vielen Gefässen versehen, die aschgraue Farbe dieses Theils hervorbringt." (Also etwas abweichend von der S. 79 mitgetheilten Ansicht.)

„5. Die gallertartige oder Rolandsche Substanz ist Bindegewebe."

„6. Die sowohl in den hinteren Hörnern (des Rückenmarks) als in der sie umgebenden Rolandschen Substanz aufgefundenen Zellen sind sogenannte Bindegewebskörperchen."

„7. Die Axencylinder sind von runder Form und bestehen aus derselben Substanz wie die Nervenzellen."

„8. Die Axencylinder in der grauen Substanz sind mit einer ihnen eigenthümlichen Haut versehen, die die Nervenzellen ebenfalls einschliesst und von der aus Bindegewebe bestehenden Grundmasse getrennt ist."

„9. Im Rückenmark des Petromyzon (Neunauge) und des Ammocoeta (Querder) dagegen giebt es nur nackte Axencylinder, indem das Zellgewebe, in welchem sie gelagert sind, keine eigene Umhüllung für sie bildet."

„10. Bei diesen Fischen findet man nächst den sehr breiten Nervenfasern runde ganglïöse Zellen, die nach allen Seiten hin getheilte Aeste abgeben."

„11. Auch bei diesen beiden Fischarten finden sich sowohl vordere als hintere Wurzeln der Rückenmarksnerven."

Krankheitsgeschichten.

Krankheitsgeschichten.

(Die citirten Paragraphen sind die des Textes.)

Nr. 1.

Melancholia religiosa. Hallucinationes secundariae. Moria.

(Zu §. 54. 100. 122.)

Tafel IV.

Die Photographie giebt die charakteristische Physiognomie des an Melancholia religiosa leidenden, gegenwärtig 37 Jahre alten unverheiratheten Handarbeiters Christoph S... aus H...., wie er „über der Stadt Jena sein Auge zum Himmel richtet und Gott den Allmächtigen anfleht.“ Er befindet sich bereits seit dem 12. Mai 1846 in der Grossherzoglichen Irren-Heil- und Pflegeanstalt, gegenwärtig an unheilbarer Moria leidend.

Sein Vater war geistesbeschränkt, zwei jüngere Brüder des Kranken sind geistesschwach geboren, und eine Schwester hat an Geisteskrankheit gelitten. Uebermässiges Bibellesen, Onanie von Jugend auf bis zum 23. Lebensjahre und erbliche Anlage geben die Aetiologie. Seine Natur ist schwächlich, seine Kopfbildung gleicherweise, indem zur Körpergrösse von 5′ 6″ der Querdurchmesser des Schädels 5″ 3‴, der Längendurchmesser 6″ 6‴ hat. Gewöhnlich heiter, frohsinnig und keck, nimmt der Kranke bei Richtung des Gespräches auf religiöse Gegenstände den Ausdruck eines eifrigen Zeloten an.

Seine Geisteskrankheit begann nach anhaltendem Lesen in der Bibel und in mystischen Schriften im Jahre 1845 mit religiösen Visionen, Vernehmung von Stimmen, die ihn aufforderten, das sündhafte Menschengeschlecht zu bekehren und dem Reformator Ronge zu Hülfe zu eilen.

Demzufolge verliess er plötzlich seine Heimath, unternahm eine Rundreise im Grossherzogthum und ausser demselben, überall seine göttliche Berufung verkündend, wendete sich mündlich und schriftlich mit reformatorischen Anträgen an die Regierung, und wurde endlich auf einer solchen Bekehrungsreise, während welcher er vierzehn Tage lang Tag und Nacht im Freien zugebracht hatte, aufgegriffen und im Jahre 1846 an die Grossherzogliche Irrenanstalt abgegeben. Trotz seines neunjährigen Aufenthaltes in der Anstalt ist sein Zustand gegenwärtig noch wie bei seiner Einlieferung. Bei körperlicher Gesundheit ist der Trieb, dem Johannes Ronge in seinem Berufe beizustehen, zwar in den Hintergrund getreten, dagegen sind mannichfache Visionen, Gesichts-, Gehörs- und Geschlechtshallucinationen stetig vorhanden. Gott hat ihm im Traume aufgetragen, die Menschen aufzufordern, Busse zu thun, indem nach Jahresfrist das ewige Gericht erscheine; er müsse von dannen, um Zimmermann, Maurer und dergleichen zu werden und den Menschen auf Gottes Geheiss Wohnungen zu bauen, Tannenzapfen zu sammeln, und Wälder zu den Häusern der künftigen Geschlechter anzupflanzen. Gott habe ihn zu seinem Lieutenant bestimmt, um in Weise der biblischen Patriarchen Städte und Länder für die gläubigen Christen zu erobern. Einmal hob ihn der himmlische Vater im Schlafe in den Himmel: „Im Jahre 1848 im Dezember lag ich im tiefen Schlaf; da nahm ich auf einmal wahr, dass ich mit geschlossenen Augen fest auf meinen Füssen stehend zum Bewusstsein kam. Als ich meine Augen öffnete, stand ich vor Jesus im Himmel und neigte mich vor ihm, den ich ganz so wie den Gekreuzigten in meiner Heimathskirche erkannte, bis tief zum Himmelsfussboden. Mich wieder aufrichtend, betrachtete ich den Herrn Jesus; er hatte einen goldnen, bis tief auf die Füsse reichenden Leibrock an mit umgelegtem Kragen und er sah aus wie ein Bürschchen von 16 Jahren, sein Gesicht wie Milch und Blut, mit fuchsigem Bart um den Mund, und blondem Kinnbart, das blonde Haupthaar mitten auf dem Kopf gescheitelt. Der Fussboden des Himmels ist grün; wie der grüne Schweif im Regenbogen, seine Decke aschgrau, und von einer mit Schneewolken bedeckten Anhöhe strahlte heller wie der Sonne Licht des Himmels Leuchte. Kaum hatte ich diess vernommen, so schloss ich meine Augen, erwachte und befand mich wieder in meinem Bette."

Dabei leidet er an Melancholia erotica, indem er jedes Frauenzimmer zu seiner Maitresse haben will, es für Sünde hält, den Samen, ohne Kinder erzeugt zu haben, zu verlieren, da es Pflicht sei, die Welt mit Menschen zu vermehren, wie ja die Bibel gebiete: Seid fruchtbar und mehret Euch. Er machte selbst Nothzuchtversuche, ist beständig geschlechtlich aufgeregt, wirbt bei jedem Frauenzimmer, das ihm zu Gesicht kömmt, um dessen Hand, macht selbst hochgestellten Personen im Betreff ihrer Töchter Heirathsanträge und hält jedes Kind für das seine. Er ist jedoch fleissiger Garten- und Feldarbeiter, sorgsamer, treuer Krankenwärter, wenn er nicht mit falsch verstandenen Bibelsprüchen in Collision kömmt. In technischen Arbeiten des Arbeitsinstituts unterrichtet, verfertigt er Schuhe, Kleider, Strohdecken, Bürsten, und zeigt, obgleich ein Bauersmann, hierin eine seltene Gewandtheit und Ausdauer. Schlau und listig aber ist er, unterstützt durch seinen eigenthümlichen Kopfbau, der ihm gleich der Katze die schmalsten Räume zu durchbringen gestattet, in der ersten Zeit seiner Detention bald durch die Eisenstäbe der Fenster oder der Retirade kriechend, bald sich durch den Zwischenraum einer losgezwängten Latte drängend, trotz aller Vorsicht siebenmal entwichen, steht indessen jetzt davon ab, nachdem er disciplinarisch bestraft die Nutzlosigkeit seiner Entweichungsversuche eingesehen. Obgleich unheilbar und der Freiheit unfähig, ist er als gutmüthiger brauchbarer Arbeiter ein nützliches Glied in dem Kreise des kleinen Anstaltslebens geworden.

Nr. 2.

Melancholia attonita.

(Zu §. 58. a.)

Tafel V.

Friedrich Sch.... aus T., lediger Schuhmachergesell, war im Jahre 1840, in seinem 29. Lebensjahre, als an Imbecillitas mentis leidend und weil er mehrfach zwecklos im Lande herumgeschweift war, in die Grossherzogliche Irrenanstalt eingeliefert worden. Körperlich gesund, arbeitsfähig, ohne geistige Störung, zuweilen jedoch — wie sich später ergab, wohl in Folge von Onanie — noch an Unbesinnlichkeit leidend, wurde er am 10. August 1841 entlassen. Doch schon am 10. October desselben Jahres wurde er, mit nach eigenem späteren Geständnisse hauptsächlich durch häufige Onanie bedingter Melancholia errabunda behaftet, wieder eingeliefert, nachdem er während beständigen Herumtreibens mehrmals aus fremden Ländern vergeblich in seine Heimath transportirt worden war. Seit Mitte des Jahres 1842 bildete sich allmählich Melancholia attonita aus, die bis zum Jahre 1846 trotz mannichfacher Heilversuche unverändert blieb, ja sich so sehr steigerte, dass der Kranke für völlig blödsinnig gehalten wurde. Er sass, ohne Kleider zu wechseln, stetig mit gesenktem Kopf und zusammengefalteten Händen regungslos auf derselben Stelle, beantwortete keine Frage, oder höchstens einsylbig und mit Widerwillen. Er nahm oft in 2—3 Tagen keine Speise und Trank, und zeigte in Habitus, Haltung und Physiognomie die charakteristischen, leicht mit vollkommenem Blödsinn zu verwechselnden Erscheinungen der Melancholia attonita. Blasse Gesichtsfarbe, trockne Haut, träger Stuhl, langsamer schwacher Puls, eigenthümliche krampfige Contraction des Corrugator superciliorum und der Gesichtsmuskeln, bei gleicher völliger kataleptischer Unthätigkeit aller übrigen willkürlichen Bewegungsorgane, während diese Catalepsis auch im Blut- und vegetativen Systeme eine gleiche Trägheit der lebendigen Oscillationen erzeugte, der Kranke daher abmagerte u. s. w. Dabei war, wie sich späterhin herausstellte, während dieses cataleptischen Zustandes die peripherisch-centrale Thätigkeit des Gehirns, seine Sinnesperception, Reflexion und intelligentes Bewusstsein unverletzt, indem er alles um ihn Vorgehende beobachtete, darüber reflectirte, räumliche und zeitliche Verhältnisse richtig beurtheilte und nur nicht zum Willen der Bewegung kommen und diesen ausführen konnte. Eine ursprüngliche abnorme Thätigkeit des Gefühlslebens, ein bestimmtes Phantasiebild oder Gefühlshallucinationen, wie sie mehrmals von uns als Ursache der Catalepsis des Willensorganes beobachtet worden, war im ganzen Verlaufe seiner Krankheit nicht zu ermitteln. „Ich möchte wohl arbeiten, wohl reden, gehen u. s. w., aber ich darf nicht und kann nicht“, war auf Zureden die gewöhnliche Motivirung seiner Unbeweglichkeit. Bei dieser nicht ursprünglichen Affection des Hirnlebens schien das centrale Ganglienleben des Unterleibes der Krankheitsheerd, und das abnorme Gefühlsleben, welches hier aber keine bestimmten hypostasirten Gefühle darstellte, nur secundär entstanden zu sein. Demgemäss wurde, wie in ähnlichen Fällen mit Erfolg geschehen, durch Reizmittel auf's Ganglienleben des Unterleibes zu wirken und antagonistisch das Hirnleben freier zu machen versucht. Scharfe Narcotica, als Gratiola, Helleborus u. s. w. und allmählig gesteigerte Hautreize: Sinapismen, Vesikantien, reizende Einreibungen in den Unterleib, und schliesslich das Ferrum candens im Nacken brachten allmählig insofern einige Besserung hervor, als der Kranke lebendiger wurde und zu arbeiten anfing. Im Juli 1847 zu einem hiesigen Schuhmacher in Arbeit gegeben, entwich er jedoch heimlich, zeigte seitdem wieder weniger Arbeitslust mit intensiveren Erscheinungen seines vorhandenen Gemüthsleidens und nur erst nach dem Gebrauch von Tartarus stibiatus innerlich als Ekelkur, von warmen Bädern und der auf die Unterleibsnervencentra geleiteten Magneto-Electricität kehrte der frühere leidlichere Zustand zurück.

27

Sehr langsam besserte sich seitdem das Befinden des Kranken, bei zweckmässigem Wechsel zwischen Ruhe und einer energischen Behandlung durch Visceralklystiere, Urtication u. s. w. und bei guter Kost und beständiger Beschäftigung im Freien. In den letzten Jahren zeigte sich die Catalepsis des Willensorganes auf eigenthümliche Weise nur ganz örtlich, indem der Kranke (welcher noch immer schlecht genährt und von geringen Körperkräften war, auch noch immer die nicht völlig beseitigte Krankheit in seiner Physiognomie darstellte, jedoch ein fleissiger Arbeiter ist), nicht den Willen ausführen konnte, eine Hand zu reichen, so sehr man ihn auch darum bat und durch Versprechungen u. s. w. dazu zu bringen sich Mühe gab. In den letzten Monaten hat jedoch eine intensive Anwendung des Electro-Magnetismus die Folge gehabt, dass der Kranke allmählig seinen negativen Willen beherrscht, die Hand reicht u. s. w., so dass derselbe zu Ende Juli 1855 in seine Heimath beurlaubt werden konnte, zum Versuche seiner endlichen Heilung im Kreise seiner Familie und unter theilnehmender Aufsicht des Geistlichen und des Physikus.

Nr. 3.

Melancholia attonita ex Incitabilitate aucta psychica.

(Zu §. 58. a. 107. 109.)

Tafel VI.

Eva H......, 29 Jahre alt, verheirathete Weberfrau

leidet an erblicher Anlage zu Geisteskrankheiten, indem ihr Onkel mütterlicherseits sich 3 Jahre in einer Irrenanstalt befand, ihre Mutter in einem maniacalischen Anfalle ihren Mann, den Stiefvater der Kranken, erhenkte. Die Kranke selbst, früher gesund, war vom 17. Jahre an 7 Jahre lang in Diensten, heirathete im 24. Jahre und gebar in 4 Jahren 3 Kinder, von denen sie die beiden ersten $^5/_4$ Jahre lang nährte und dadurch so geschwächt wurde, dass sie kaum ihre gewöhnlichen Beschäftigungen besorgen konnte. Nach der Geburt ihres dritten Kindes im Januar 1853 nahm die Körperschwäche mit jedem Tage bei schlechter Kost (Kartoffeln und trocknem Brod) so zu, dass völlige Abzehrung eintrat. Sie klagte über brennende Schmerzen in der Magengegend, konnte in Folge derselben nur noch im Bette sitzen, war gänzlich schlaflos und wurde von Kopfschmerzen und tollen Träumen geplagt. Trotzdem nährte sie ihr Kind fortdauernd. Im Verlangen nach göttlicher Hülfe las sie 8 Tage lang anhaltend in der Bibel, sprang dann plötzlich aus dem Bett, lief nur mit einem Mantel bekleidet zum Nachbar und legte starren Auges in verworrener Weise Bibelsprüche aus. Seitdem nahm ihre Geisteskrankheit täglich zu, sie ass nicht, trank viel, sprang in's Freie, einmal sogar mit ihrem jüngsten Kinde, welches sie in einen Bach warf, zerschlug Fenster, sprach fortwährend verwirrt, recitirte Bibelstellen, einmal 5 Tage lang in Reimversen, die sie mit kräftiger Simme sang, war ganz schlaflos und wurde endlich völlig maniacalisch am 9. Juli 1853 in die Grossherzogliche Irrenanstalt eingeliefert. Bis zum 2. Juli 1854, während welcher Zeit ihre Melancholia maniaca ex Incitabilitate aucta psychica mit guter stärkender Kost und Roborantien behandelt wurde, genas die körperlich und geistig Kranke so weit, dass sie, sich nach den Ihrigen sehnend, am 2. Juli 1854 in ihre Heimath versuchsweise beurlaubt werden konnte. Allein zu Hause von den Ihrigen vernachlässigt, in grösster Armuth lebend, und trotz der bei ihrer Beurlaubung gegebenen Anordnung weder polizeilich noch ärztlich beaufsichtigt, hatte sich ihr Zustand allmählig wieder verschlimmert. Die bei ihrer Beurlaubung in jeder Beziehung normalen Menses waren ausgeblieben, und die Kranke war träg, unreinlich und schweigsam geworden. Zuletzt unterliess sie jede Körperreinigung, Waschen, Wechseln der Wäsche, so dass ihre Atmosphäre den übelsten Geruch verbreitete und Ungeziefer sie bedeckte. Sie schlief oft im Viehstalle, war zuweilen ganze Tage vom Hause entfernt, misshandelte ihre Kinder und sprach durchaus kein Wort mehr. In diesem Zustande wurde sie am 19. April 1855 der Anstalt wieder zugeführt.

Das Charakteristische der Melancholia attonita zeigt sich bei ihrer Wiederaufnahme schon in ihrer Physiognomie und ganzen Haltung. Körperlich abgemagert und kraftlos sitzt sie den Tag über kauernd auf einem Fleck oder legt sich zusammengeknäuelt auf den Fussboden oder lehnt sich in einen möglichst verborgenen

Winkel. Nur auf wiederholtes Zureden hört man ein Ja oder Nein, während jedoch aus ihrem ganzen Benehmen die relative Freiheit ihrer Intelligenz zu erkennen ist. Sie isst nur, wenn sie gefüttert wird, ist weich und weinerlich gestimmt, hat sehr trägen Stuhl und sammelt stundenlang im Munde den Speichel an. Zu jeglicher Beschäftigung unfähig, muss sie gewaschen, angekleidet und zu allen körperlichen Verrichtungen, selbst zur Entleerung der Excremente durch Drohungen mit Dousche und Glüheisen getrieben werden, zeigt dabei aber, einmal in Bewegung oder in Thätigkeit gesetzt, eine solche Ueberlegung, indem sie z. B. die kalte Wäsche sich wärmt, verwechselte Kleidungsstücke austauscht u. s. w., dass an einen dem Blödsinn ähnlichen Zustand noch nicht gedacht werden kann.

Ihre Haut ist kalt, die Füsse ödematös angeschwollen, der Puls weich, langsam. Wie bei ihrer ersten Einlieferung wird auch jetzt die mit ihrer körperlichen Schwäche vorhandene grössere Reizbarkeit des psychischen Lebens durch stärkende Diät und Arzneien zunächst zu beseitigen gesucht; Electro-Magnetismus wird angewendet, und bereits ist einige Besserung erreicht, so dass die hydropischen Erscheinungen gewichen sind, die Kranke zu antworten und sich zu beschäftigen anfängt, körperlich etwas zugenommen hat und der hohe Grad der Schwäche und Reizbarkeit etwas verringert zu sein scheint. Trotzdem steht es noch dahin, ob nicht statt der gehofften Genesung Blödsinn zurückbleiben werde.

Nr. 4.

Melancholia attonita

(Zu §. 58. a.)

Tafel VII.

Auguste R....... aus O., Landwirthstochter, 23 Jahre alt, am 25. Juli 1853 in die Privatirrenanstalt (Sophronisterium) aufgenommen, war früher mit Störung der Menses chlorotisch, und verfiel in Folge von beschimpfendenden Misshandlungen durch ihren Liebhaber, die nicht näher zu ermitteln waren, in einen melancholischen Zustand, in welchem sie, ihren Gefühlen nachhängend, aber sie verhehlend, nicht spricht, arbeitslos in der Ecke sitzt oder liegt. Appetit, Se- und Excretionen, Schlaf sind ungestört. Menstruation fehlt oder tritt nur in Zwischenräumen mehrerer Monate und schwach ein. Der Puls ist gewöhnlich klein und frequent; ihre Blutbereitung und Respiration schwach, daher geringe Wärmeerzeugung und Bedürfniss äusserer Wärme. Sie vernachlässigt ihren Körper in Kleidung, Wäsche, und ist apathisch. Zuweilen tritt beim Anblick von Kindern jedoch Aufregung ein, in welcher sie, wie es scheint in geschlechtlicher Affection, dieselben zu misshandeln sucht. Die Melancholia attonita concentrirt sich vorzüglich in den Sprachorganen, daher die Lippen krampfhaft zusammengekniffen sind und die Kranke stets schweigend jede Antwort verweigert, obgleich sie Alles sinnlich beobachtet, percipirt, Fragen versteht, aber nicht den

Willen zum Sprechen gewinnen kann. Alle Vorstellungen ihrer Mutter, des Arztes, der Wärterin, sich über ihr Leiden auszusprechen, bleiben erfolglos, und der Reflex der abnormen Gefühlsthätigkeit, des Seelenschmerzes, ist in der cataleptischen Affection der Sprachorgane nicht zu verkennen.

Da vorzüglich Störung der Gangliengeflechte des Unterleibes und consensuelle, nicht idiopathische Affection des Gehirns angenommen werden musste, so wurden im Verlaufe mehrerer Monate theils Emmenagoga, theils allgemein stärkende Mittel, theils Antagonistica durch reizende Klystire, mit Einreibungen von Unguentum stibiatum auf den Kopf, Drohung mit dem Glüheisen u. s. w., ohne dauernden Erfolg angewendet. — Ihr körperlicher Zustand besserte sich, ohne wesentliche Veränderung ihres geistigen, und sie wurde am 8. August 1854 wegen Mangel an Subsistenzmitteln von der Mutter ungeheilt zurückgenommen.

Nr. 5.

Melancholia attonita.

(Zu §. 58. a.)

Tafel VIII. IX.

Johann L......., 28 Jahre alt, verheiratheter Oeconom, aus S., seit dem 21. Januar 1854 Pflegling der Grossherzoglichen Irrenanstalt, zeigte seit dem Frühjahre 1853 die ersten Spuren von Geisteskrankheit. Früher von kräftiger Constitution mit starkem Knochenbau und Muskulatur, von blühendem Aussehen, heiterem Temperamente und reger Thätigkeit, wurde der einfach ländlich erzogene, wohlhabende Bauer allmählig zänkisch, misstrauisch, eifersüchtig, heftig und menschenscheu. Er bekam eine bleiche, gelbliche Gesichtsfarbe, magerte ab, lag ganze Tage und Nächte bei immer mehr zunehmender Unthätigkeit im Bette oder sass schweigend in einer Ecke der Wohnstube, beging einzelne Verkehrtheiten in der Wirthschaft, hatte nicht selten Gefühls- und Gehörshallucinationen. Frühere Hämorrhoidalblutungen blieben aus und kehrten ungeachtet der ärztlichen Behandlung mit drastischen Purganzen, Blutegeln ad anum, während gleichzeitig abergläubige Mittel angewendet wurden, nicht wieder. Dagegen litt die Verdauung und die Ernährung des Körpers bedeutend. Klagen über zeitweise eintretenden Kopfschmerz traten hinzu; der Kranke wurde übelaussehend, schwach und hinfällig, isolirte sich gänzlich von seiner Familie, sprach kein Wort mehr, verweigerte 8 Tage lang hartnäckig Speise und Trank und beging Thätlichkeiten, sobald man ihn dazu überreden wollte. Nachdem eine Venäsection bis zur Ohnmacht ohne Erfolg angewandt worden, wurde Patient in die Anstalt eingeliefert.

Hier erkannte man schon aus der eigenthümlichen Physiognomie (s. Tafel VIII.), dem äussern Habitus, und dem ganzen Benehmen des Kranken die Form der Krankheit als Melancholia attonita. Durch die Neuheit der Verhältnisse und gemüthliches Zureden zum Sprechen bewogen, waren die Reden des Kranken vollkommen klar und vernünftig, sein Gedächtniss ungetrübt und sein Erkenntnissleben in allen, seine Krankheit nicht berührenden Verhältnissen völlig normal, seiner Bildungsstufe entsprechend, und es liess sich nur annehmen, dass in Verbindung mit Hämorrhoidalcongestionen nach dem Kopfe ein auf abergläubigem Boden entstandenes abnormes Gefühl, welches in der allgemeinen Form der Herzensangst, des Seelenschmerzes sich darstellte, vorlag. Schon nach 3 Tagen, während welcher er mit Appetit gegessen, gut geschlafen, nach Kräften gearbeitet und willig und der Hausordnung folgsam sich gezeigt hatte, verstummte er indess wieder, verweigerte hartnäckig Essen und Trinken, welche Sitophobie nur nachgab, wenn Anstalten gemacht wurden, ihm durch die Schlundsonde Nahrung einzuflössen. Er ergab sich einer träumerischen Unthätigkeit, trieb einige Male — was nach seinem Geständnisse schon früher geschehen — das Laster der Onanie, so dass ihm Nachts bei strenger Ueberwachung während des Tages die Jacke angezogen werden musste, und seine Physiognomie zeigte wieder das charakteristische Bild der Melancholia attonita. Nach Beseitigung der Onanie und körperlicher Kräftigung durch stärkende Kost und beständige Beschäftigung im Freien, sowie durch geeignete psychische Behandlung besserte sich allmählig der Kranke in jeder Beziehung, so dass er Ende Mai 1854 der Reconvalescenz entgegenzugehen schien. Allein plötzlich trat, ohne anzugebende Ursache ein neuer heftiger Rückfall ein; der Kranke magerte bei beständiger hartnäckiger Verweigerung von Speise und Trank wieder ab, sprach selten ein Wort, arbeitete mit Unlust, wurde leutescheu, schlief Nachts wenig, hielt die Speisen in der Anstalt für vergiftet, wies sie zurück und erbettelte sich dagegen von Fremden ein Stückchen Brod, benagte weggeworfene Knochen, und ein Uebergang in Blödsinn schien zu fürchten. Erst nachdem ein mehrere Monate lang fortgesetzter Gebrauch eines Chinadecoctes (ʒjj China mit Rad. Zingiberis ʒß auf ℥IV Flüssigkeit, und Syr. cort. aurant. ℥ß 3mal täglich 1 Esslöffel voll) den Kranken bei sehr guter Kost etwas gekräftigt, die Hautthätigkeit durch Regendouche erhöht, und das Pfortadersystem wegen seiner Hämorrhoidalcongestionen durch Pillen aus:

℞ Extr. aloës aq. ℈jj
— Tarax. ʒj
Pulv. rad. Rhei ʒß
— — alth. ℈jj

M. f. pil. pond. grjj. DS. 3male täglich 2—10 Stück in steigender Dosis geregelt war, und diese ganze Zeit hindurch der Kranke zum regelmässigen Genusse der Speisen und Getränke und zur Thätigkeit im Freien angehalten worden, besserte sich Ende August 1854 der Zustand wesentlich, und anfangs October trat geistig und körperlich völlige andauernde Genesung ein. Mit derselben nahm die Reproduction des abgemagerten Körpers schnell zu. Ein geistiger Frohsinn belebte das früher niedergeschlagene, trübsinnige Auge und alle geistigen und körperlichen Functionen wurden normal. Der frühere Krankheitszustand war in dem, nun sich zeigenden blühenden, freundlich gutmüthigen, wohlgenährten Gesichte kaum wieder zu erkennen und der Geheilte wurde am 22. October 1854 aus der Ansalt entlassen. Anfangs Februar 1855 besuchte er in dankbarer Erinnerung und der besten körperlichen und geistigen Gesundheit sich erfreuend in Begleitung seiner Frau die ihm werth gewordene Anstalt, und nahm zum Andenken für seine Familie die jetzt gefertigte Photographie mit, deren Duplikat wir zum Vergleiche mit der früheren (Taf. VIII.) mittheilen (Taf. IX.).

Hämorrhoidalcongestionen nach dem Kopfe schienen bei anzunehmender allgemeiner höherer psychischer Krankheitsanlage hier die Veranlassung der psychischen Krankheit zu sein. Allgemeine Blutentziehungen hatten nicht vortheilhaft gewirkt; mit Beseitigung der Hämorrhoidalcongestionen wurde durch allgemein stärkende Mittel schnell Genesung herbeigeführt.

Nr. 6.

Melancholia religiosa. Encephalitis.

(Zu §. 79. 84.)

Johann Carl Sch .... 32 Jahre alt, Cand. Theol. aus K., wurde am 12. März 1846 wegen Geisteskrankheit in die Anstalt aufgenommen. Mit Anlage zu Geisteskrankheit behaftet — denn ein Bruder von ihm ist ebenfalls geisteskrank — war der von Natur weiche und zur religiösen Schwärmerei sich hinneigende Gemüthsmensch während seiner akademischen Ausbildung, in welcher Zeit er in grosser Dürftigkeit durch Stundengeben sich nährte, dem religiösen Mysticismus völlig anheimgefallen.

Zwei Jahre darauf, im Jahre 1838, nachdem er durch einen längeren Umgang mit einem pietistischen Geistlichen in Sachsen in seiner abnormen Geistesrichtung bestärkt worden war, kam er als Hülfsprediger in der Schweiz zu einem streng orthodox-mystischen Geistlichen, der einen solchen Einfluss auf den lenksamen jungen Mann ausübte, dass derselbe, einem ascetischen Leben ganz hingegeben, keine Cigarre zu rauchen, keine öffentlichen Lokale zu besuchen wagte und sich beständig in einem zur Verdüsterung seines Charakters ganz gemachten Logis, wie er sich späterhin ausdrückte, einsam aufhielt. Aus der Schweiz zurückgekehrt, aber ganz mit sich zerfallen, ohne Gemüthsruhe und Seelenfrieden bei einem der gläubigen Richtung angehörenden berühmten Theologen auf der Universität H. zu finden, kehrte er nach einem einjährigen Aufenthalte auch von H. unbefriedigt und mit zerrissenem Gemüthe nach Hause zurück. Er zeigte nun grossen Eigensinn, Misstrauen, Furchtsamkeit, Arbeitsunlust, Schlaflosigkeit. Er trieb sich unstät und arbeitslos herum und nannte sich selbst verrückt.

In die Anstalt eingeliefert, war er körperlich bis auf träge Darmausleerung und unruhigen, oft fehlenden Schlaf gesund; psychisch dagegen zeigt er eine Melancholia religiosa in charakteristischer Form, indem er sich beständig mit religiösen Scrupeln plagte, sich Vorwürfe wegen seiner Verblendung in Sachen Christi machte, von Jedermann Schaden und Nachtheil fürchten zu müssen glaubte und sich zu jeglicher Beschäftigung und jedem Berufe für unfähig und unnütz hielt.

Obgleich die anhaltende Obstructio alvi (welche, soweit nicht Erblichkeit die Krankheit bedingte, in ihrer Beziehung zum Ganglienleben mit der Ursache zur Geistesstörung zusammenzuhängen schien) durch auf vermehrte Darmthätigkeit wirkende Mittel: Merkurialien, Senna mit Magnesia sulphurica, Gratiola u. s. w., beseitigt wurde, so trat doch bis Juni 1847 keine Aenderung seines Zustandes ein. Im Gegentheil verlor der Kranke die Lust zu jeglicher Beschäftigung gänzlich, sass mit untergeschlagenen Armen und starr vor sich hinblickend und ohne ein Wort zu sprechen oft Tage lang, nicht selten an einem Stück Leder oder dergleichen in stumpfem Hinbrüten kauend. Alle Menschen schied er in Verdammte und Beseligte, denen er, beim Begegnen den Ersteren zur rechten, den Letzteren zur linken Seite, auswich.

Im Juni 1847 wurde der Kranke plötzlich ohne anzugebende Veranlassung von einer Encephalitis der heftigsten Art befallen. Bei vollem, hartem und frequentem Pulse, hochgeröthetem Gesichte, stark injicirter Conjunctiva oculi, mit aufgerissenem, glänzendem Auge, zitternden Füssen, sprach er viel und eifrig, aber ohne allen Zusammenhang, lauter verkehrte Dinge. Zeitweise lief er im Kreise herum, verunreinigte sich mit seinen Excrementen, war ganz schlaflos, wurde zuletzt furibund maniacalisch und es zeigten sich unter zeitweisem Auftreten von Ohnmachten Krampferscheinungen in den Armen und den Gesichtsmuskeln. Nur einer sehr energischen antiphlogistischen Behandlung gelang es im Verlauf mehrerer Wochen die Encephalitis zu heben. Neben dem Gebrauche von anderweitigen antiphlogistischen Mitteln, kalten Sturzbädern, kalten Umschlägen auf den Kopf, Vesicatorien auf den Kopf und innerlich Natr. sulph. mit Kali nitr., Calomel mit Jalappe u. s. w. wurden als Hauptmittel wiederholt örtliche Blutentziehungen durch Blutegel und Schröpfköpfe am Kopfe und Nacken angewendet, welche vom 15. bis 21. Juni nach genauer Berechnung über 7 ℔ Blut entleerten. Sein psychischer Zustand erschien jedoch nicht besonders gebessert, und eine geistige Aufregung mit Verwirrung der Ideen und Verkehrtheit der Handlung hielt noch an. Allmählig indessen, während die in Folge der Encephalitis entstandene Schwäche durch stärkende Diät und Arzneimittel gehoben wurde, trat Besserung seiner Geisteskrankheit ein. Der Kranke war gegen Weihnachten 1847 ruhiger, besonnener, vernünftiger. Er unterhielt sich mit Anderen, dachte über seine heimathlichen Verhältnisse nach, und kam zu völliger Einsicht und Bewusstsein seines früheren geisteskranken Zustandes. Er begann seinen bisherigen Lebenslauf und Krankheitsgeschichte niederzuschreiben, schrieb Briefe an die Seinigen, und gewöhnte sich allmählig immer mehr an ein thätiges Leben. Sein Benehmen war freundlich und theilnehmend an dem Leiden Anderer. Seine frühere Furcht und Aengstlichkeit, seine religiösen Scrupel und seine Seelenangst waren verschwunden, und er predigte mehrmals zur allgemeinen Zufriedenheit seiner Zuhörer ausserhalb der Anstalt. Nachdem er noch mehrere Wochen der Pflege der Anstalt genossen, wurde er endlich von seinem länger als zehnjährigen psychischen Leiden völlig geheilt am 12. März 1848 aus der Anstalt entlassen und auf Verwenden des Directors derselben als Substitut bei einem Geistlichen angestellt. Späterhin seit einigen Jahren als Pfarrer in N. in pfarramtlicher Thätigkeit, lebt er, verheirathet, als glücklicher Gatte und Vater inmitten einer ihn verehrenden Gemeinde und erinnert sich noch alljährlich mit Liebe der Anstalt, welcher er sein Glück verdankt, indem er durch Besuche oder Briefe seinen Dank ausspricht.

Die offenbar durch zehnjähriges idiopathisches oder consensuelles Leiden des psychischen Lebens nothwendig entstandenen materiellen Veränderungen in den Hirnorganen schienen hier durch die intensive, antiphlogogistische Behandlung der Myelitis mit der Crisis und Heilung dieser beseitiget, und der normalen psychischen Thätigkeit wieder Raum gegeben worden zu sein.

Nr. 7.

Melancholia pyromaniaca ex Onania et Incitabilitate aucta psychica.

(Zu §. 59. 74. 85. 107.)

Tafel X.

Carl August L.... aus V..............., Pferdeknecht, 20 Jahre, versuchte in der Nacht des $^{11}/_{12}$. Februar 1853 eine Brandstiftung an einem feuchten Strohwisch im Schafstalle seines Dienstherrn, die aber nicht zum Ausbruch kam, meldete diess an demselben Morgen seinem Dienstherrn, und gestand nach einigem Läugnen, dass er die Brandstiftung in Schlaftrunkenheit unternommen habe. Er wurde in Haft genommen und in Untersuchung gezogen, in deren Verlaufe über seine Zurechnungsfähigkeit drei verschiedene Gutachten Sachverständiger abgegeben wurden, von denen sich zwei ohne weitere Kenntniss der Anteacta für die Zurechnungsfähigkeit erklärten, eines für das Gegentheil aussprach.

Der Irrenanstalt am 22. März 1853 überliefert, ergab sich aus dem eignen Geständnisse desselben, sowie aus den Anteactis und durch jetzt eingeholte glaubwürdige Zeugnisse als unzubezweifelndes Resultat, dass der Inculpat, bisher des besten Leumunds geniessend, und mit seinem Dienstherrn in dem friedlichsten Vernehmen stehend, seit seinem zwölften Lebensjahre durch einen Schulkameraden (welcher, vernommen, diese Aussage bestätigte) zum Laster der Onanie verführt worden, und ohne den Nachtheil desselben zu kennen, dasselbe fortwährend in einem enormen Grade, besonders am Abend vor der That, getrieben hatte, und dass neben scrofulösen Erscheinungen schon früher Anfälle von Bewusstlosigkeit und vernunftlosen Handlungen besonders zur Nachtzeit eingetreten waren, in welchen der Kranke unter anderen des Nachts schlafwandelnd aufgestanden, seine Pferde angeschirrt und erweckt keine Rückerinnerung aus dem Anfall gehabt hatte. Der Zustand des Kranken während der supponirten Brandstiftung wurde in der Irrenanstalt, nach sorgfältiger Erwägung der früheren und späteren Erscheinungen und nach mehrwöchentlicher Beobachtung des Benehmens des Inculpaten, da kein Grund einer böswilligen absichtlichen Brandstiftung vorlag, als in vermittelst des genannten Lasters entstandener grösserer Reizbarkeit (Incitabilitas aucta psychica) begründete Melancholia pyromaniaca erkannt, und mit gründlicher Widerlegung der eine entgegenstehende Ansicht aussprechenden Gutachten in einem neuen Gutachten die Unzurechnungsfähigkeit bei der versuchten Brandstiftung nachgewiesen. Der Inculpat hatte wahrscheinlich mit in seiner Tasche befindlichen Schwefelhölzchen, mit denen er des Morgens das Küchenfeuer anzuzünden gewohnt war, und in dem vorliegenden Falle das Gleiche zu thun vermeinte, den feuchten Strohwisch angezündet, also nicht einmal Brandstiftung auszuüben im Sinne gehabt. Es wurde die Voraussage hinzugefügt, dass bei längerer einsamer Untersuchungshaft der Kranke wahrscheinlichst in das Laster mit seinen Folgen zurückfallen werde und dann völliger Blödsinn zu befürchten sei.

Auf Anstehen der Staatsanwaltschaft und Beschluss der Justizbehörde wurde der Inculpat der Criminaluntersuchung am 23. October 1853 zur demnächstigen Entscheidung durch das Geschwornengericht zurückgegeben, und es traf nach dreimonatlicher Untersuchungshaft mit Rückfall in das frühere Laster und dessen Folgen am 31. Januar 1854 die Voraussagung, mit einem 14 Tage anhaltenden Anfalle von Mania furibunda ein. Nach Beendigung desselben wurde hierauf der noch an Geistesschwäche leidende Kranke am 3. April 1854 vor die Assisen gebracht, von den Geschwornen aber die Ansicht der Irrenanstaltsdirection adoptirt, die Unzurechnungsfähigkeit während der That anerkannt, der Inculpat freigesprochen und als geisteskrank der Irrenanstalt zur Behandlung zurückgegeben.

Diese hatte durch die neben der Hausordnung angewendete pharmaceutische und psychische Behandlung den günstigsten Erfolg. Der Kranke genas nicht nur von seinem moralischen, sondern auch von seinem geistigen und körperlichen Leiden bis auf einige Reste seiner Scrofulosis vollkommen, so dass derselbe nach überstandener Probezeit am 14. October 1854 als geheilt entlassen und als Irrenwärter in der Anstalt in Dienst genommen werden konnte, welchem Dienste er bis Mai 1855, in dankbarer Anerkennung der Rettung seines jungen Lebens mit Treue und Sorgfalt vorstand und dann in andere Dienste überging.

Der durch jahrelang getriebenes Laster in den Zustand der allgemeinen höheren psychischen Krankheitsanlage versetzte Kranke, bei welchem nun secundär Nachtwandeln entstand und den bewusstseinlosen Kranken dem Criminalverfahren zuführte, welcher sodann in der Untersuchungshaft in sein früheres Laster zurückfallend von Neuem den gleichen in Blödsinn überzugehen drohenden Krankheitscyclus durchlebte, giebt in seinem Criminalgerichtsprocesse für Criminalisten und Aerzte ein zu sorgfältiger Erforschung der Genesis solcher Zustände aufforderndes, in mehrfacher Beziehung lehrreiches Beispiel.

Nr. 8.

Incitabilitas aucta psychica cum Melancholia maniaca religiosa secundaria.

(Zu §. 74. 85. 102 – 109.)

G. W. K..... aus W., 44 Jahre alt, verheiratheter Schneidermeister, ohne erbliche Anlage zu Geisteskrankheiten, aber Vater von 6 Kindern, von denen zwei in den frühesten Lebensjahren an Krämpfen und eines an Blutungen aus dem Munde gestorben waren, ist von mittlerer Statur, mager, von blasser Gesichtsfarbe und geringen Körperkräften. Streng religiös erzogen, genoss er den Ruf eines ehrlichen, biedern Landmannes und war von gutmüthigem, aber reizbarem Temperamente. In seiner

Jugend litt der Kranke öfter an Nasenbluten, überstand das Scharlachfriesel, in dessen Folge längere Zeit Augen- und Ohrenentzündung, und noch gegenwärtig häufiges Ohrensausen zurückblieb. In seinem neunzehnten Jahre will er nach einer Erkältung von Hirnaffection befallen gewesen sein, mit heftiger Fieberraserei, welche Krankheit längere Zeit grosse Reizbarkeit, Mattigkeit, verbunden mit Furchtsamkeit und Aengstlichkeit, zurückliess.

Seit jener Zeit blieb er schwächlich und reizbar, und dieser Zustand steigerte sich durch frühe Heirath, sowie durch Gemüthsaffecte, und seit einem Jahr durch die höchste Armuth und Mangel an Nahrungsmitteln so sehr, dass am 18. Mai 1854 eine heftige Gemüthsaufregung bei einem Grenzstreit mit seinem Schwager Veranlassung zum Ausbruch seiner Geisteskrankheit gab, indem er, der eben so geachtete, wie religiös gesinnte und von Rechtsgefühl durchdrungene Mann öffentlich Betrüger genannt wurde. Er weinte heftig und griff zur Bibel, um in derselben neben einer Tröstung für sich eine Strafpredigt für seinen Schwager zu finden. Nachdem er mehrere Nächte schlaflos zugebracht und sich beständig mit Bibellesen und mit der Strafpredigt, die er hier und da seiner Umgebung und einigen Dorfbewohnern recitirte, beschäftigt hatte, wurde er, kurze Zeit nach jenem Wortstreit mit seinem Schwager und eben begriffen in geschwätziger Darlegung des erlittenen Unrechts, von dem Ortsgeistlichen auf barsche Weise an den Schultern geschüttelt, und in seiner Rede mit den Worten unterbrochen: „Du bist ein Störer, halte Ruhe.“ Diese schmerzhafte Gefühlserregung zog den vollständigen Ausbruch seines Irrfühlens mit secundärer Manie nach sich, so dass sein Vernunftbewusstsein von jetzt an nur in immer seltener werdenden Lucidis intervallis unverletzt erschien. Sein Irrfühlen wie die secundäre Manie trug seiner Gemüthsrichtung gemäss das Gepräge religiöser Schwärmerei. Im Dorfe herumlaufend knieete er auf der Strasse nieder, betete mit gefaltenen Händen zum Himmel, forderte die Leute zur Busse auf, verlangte Kirche zu halten und recensirte den Gottesdienst; beging auch in Folge seiner auf Widerstand vermehrten Aufregung mehrfache Thätlichkeiten: er vergriff sich an dem Geistlichen, jagte den etwas ängstlichen, zur Untersuchung seiner Krankheit abgesendeten Physikus durch Steinwürfe in die Flucht und legte Hand an seine Wärter, die ihn dagegen auf unverantwortliche Weise durch Schläge misshandelten.

Am 25. Mai 1854 wurde er in die Grossherzogliche Irrenanstalt gebunden und geknebelt eingeliefert.

Zur ferneren Diagnose dienten folgende Erscheinungen: Grosse Volubilität der Sprache, exorbitante Beweglichkeit des Geistes und Körpers, selten ein Moment der Ruhe. Bei der vorhandenen grossen psychischen Reizbarkeit entstehen in Folge von Widerspruch und Aerger selbst maniacalische Handlungen der gefährlichsten Art, so dass er um sich schlägt u. s. w. In dem Zustande der Aufregung chaotische Aufeinanderhäufung von Wörtern ohne Sinn, meistens religiösen Inhalts, während in der Zeit der Ruhe, welche durch gütliche Zusprache leicht herbeizuführen ist, die Vorstellungen allmählig sich ordnen und seine Aeusserungen wieder Zusammenhang und Logik gewinnen. Die Sinne fungiren normal, keine Klage über Schwindel, Kopfschmerz oder andre Schmerzempfindung; die Physiognomie bietet den Ausdruck leidenschaftlicher Erregtheit. Der Kranke erscheint körperlich ausser einiger Hartleibigkeit völlig gesund, aber schwächlich, übelaussehend und mager; der Schlaf meist unruhig und durch lebhafte Traumbilder unterbrochen, und der leicht erregbare, sonst kleine und weiche Puls hat im Mittel 64 Schläge.

Die hiernach gleich bei der Aufnahme des Kranken erkannte Incitabilitas aucta psychica mit secundärer Melancholia religiosa maniaca wurde ihrem Wesen gemäss durch psychische und diätetische Mittel behandelt. In erster Beziehung leisteten aufheiternde Pflege, Ruhe, freundliche tröstende Zusprache und das ganze Regimen der psychischen stärkenden Heilmethode das Nöthige; in letzter Beziehung hatte eine gute nährende Kost mit Bier und Wein ohne weitere Anwendung stärkender Arzneimittel die gewünschte Wirkung. Es trat allmählig Ruhe ein, der Kranke erholte sich körperlich, und nach Verlauf von einigen Wochen waren kaum noch Spuren der überstandenen Melancholie vorhanden, während auch die psychische Reizbarkeit von Tag zu Tag abnahm. Ungeachtet ein durch Erkältung hervorgerufener Bronchialcatarrh die fortschreitende Genesung etwas verzögerte, so konnte K..... doch bereits am 23. Juli 1854 als Reconvalescent in seine Heimath entlassen werden, wo er sich gegenwärtig (Juli 1855) körperlich und geistig vollkommen wohl befindet.

Der an sich höchst einfache Fall ist gerade durch seine Einfachheit für Theorie und Praxis von dem grössten Interesse.

Nr. 9.

Incitabilitas aucta psychica cum Melancholia maniaca secundaria.

(Zu §. 74. 85. 94. 102—109.)

Christiane K........ aus A., 38 Jahre alt, ledige Botengängerin, wurde am 15. August 1854 in die Grossherzogliche Anstalt eingeliefert. Sie ist von mittlerer Statur, leucophlegmatischem Habitus, dürftig genährt, eine lebhafte Brünette. Alle körperlichen Functionen waren in Ordnung, der Appetit indess verhältnissmässig sehr gering. Sie war bei ihrer Aufnahme stets in Bewegung, welche sich durch den geringsten Reiz zur heftigsten Aufregung steigerte: beständiges Herumlaufen in ihrem Zimmer, Springen von und auf ihren Sitz, Niederwerfen auf den Boden, Hin- und Herwiegen des Oberkörpers, ununterbrochenes Gesticuliren, Lalomanie mit zeitweisem Reimsprechen, wobei sie mit heiserer Stimme ganz verworrene, meist sinn- und zusammenhangslose, oft obscöne, bald aber auch religiöse, bald gewöhnliche Dinge betreffende Reden mit höchst beweglicher Zunge führte; dabei abwechselndes Singen, Lachen und Weinen. Ihr gewöhnlich blasses Gesicht wurde in der Zeit der Unruhe hochgeröthet, die Conjunctiva oculi röthlich gefärbt, die Stirnadern angeschwollen. Der Schlaf meist fehlend, höchstens einige Stunden dauernd. Bei Verrichtung ihrer Stuhl- und Urinausleerungen war sie zeitweise unreinlich. Der Puls härtlich, frequent, klein. Bei geringfügigem Geräusch u. dergl. entstand heftiges Zusammenfahren. Appetit, Se- und Excretionen waren normal. Schmerzempfindungen wurden nirgends wahrgenommen.

Ihre Krankheit bildete sich angeblich seit dem 25. Juli 1854, nachdem sie mit ihrem Miethsherrn, der ihrem Geliebten das Haus verboten hatte, in heftigen Zank gerathen war. Sie hatte ausserdem in dem verflossenem Winter und später bei ihrem anstrengenden, sie allen Witterungseinflüssen aussetzenden Botendienste mit der herbsten Noth und Mangel um so mehr zu kämpfen gehabt, als ihr gleichzeitig die Sorge für ihre geistesschwache Mutter, an der sie mit Liebe hing, oblag. Auch ihre Grossmutter soll Zufällen von Geistesstörung unterworfen gewesen sein. — Ihr psychisches Leiden hatte sich zuerst durch verwirrtes Reden und verkehrte Handlungen bei beständiger Aufregung gezeigt und war allmählig zur völligen Tobsucht übergegangen. Nach dem Physikatsberichte hatte eine Ekelkur mit Tart. emet. und eine Venäsection von ℔jβ einen höchst ungünstigen

Erfolg gehabt und auch Extractum Belladonnae in kleinen Dosen keine dauernde Besserung bewirkt. Das Wesen des kranken Zustandes, als Incitabilitas aucta psychica (§. 102.) war hiernach leicht ermittelt.

Nach ihrer Aufnahme in die Grossherzogliche Irrenanstalt erhielt die Kranke Tct. digit. purp. ℈j, Elix. ac. H. ℥j. Aq. font, ℥jjjβ, viermal täglich $1/_2$ Esslöffel, jedoch ohne bedeutenden Erfolg. Nach einigen Tagen wurde von einem Chinadecoct von ℥jj Cort. Chinae auf ℥IVβ Colatur dreimal täglich 1 Esslöffel gereicht, worauf einige Ruhe eintrat. Sodann erhielt die Kranke vom Anfange October an Opium in allmählig steigenden Dosen. Anfänglich täglich zweimal Opium purum grj, täglich $1/_2$ Gran pro dosi mehr, bis sie am 21. October täglich zweimal 6 Grane erhielt, während die Stuhlexcretionen durch Ol. Ricini geregelt wurden.

Da bei scheinbarer gänzlicher Unwirksamkeit des Opiums, indem auch in keiner Beziehung irgend ein Effect wahrzunehmen war, der Verdacht gerechtfertigt erschien, dass das Mittel unassimilirt bleibe, so wurde vom 22. October an Tinct. Opii simpl. zweimal täglich je 25 Tropfen, und jeden folgenden Tag die Dosis um 5 Tropfen steigend, gegeben, bis am 31. October zweimal täglich 70 Tropfen gereicht wurden.

Symptome einer Narcosis, oder Blutwallungen entstanden nicht, dagegen trat allmählig völlige Ruhe und geistigere Freiheit ein. Nachdem die Kranke am 1. und 2. November noch täglich zweimal 70 Tropfen Tct. Opii erhalten hatte, wurde die Dosis täglich um 10—15 Tropfen vermindert, und vom 7. November an ganz weggelassen. Die reconvalescirende Kranke erhielt kräftige, nährende Diät und Pflege, und wurde am 25. November geheilt nach Hause entlassen. Sie hat seitdem ihr Geschäft als Botenfrau wieder übernommen und befindet sich körperlich und geistig gesund.

Der häufig erkannte und falsch behandelte Zustand der Incitabilitas aucta psychica bedarf in der vorstehenden Darstellung keines erläuternden Commentars. Die Indication zur Anwendung grosser Dosen Opiums ist gleichfalls in derselben nachgewiesen.

Nr. 10.

Melancholia suicida ex Onania. Myelitis.

(Zu §. 54. 74. 84. 85. 107.)

Gottlob D..... aus K., 30 Jahr, lediger Strumpfwirkergeselle, von untersetzter, mittlerer Statur, muskulösem Körperbau, cholerischem Temperamente, schwarzen Haaren, gerötheter Gesichtsfarbe, kam am 21. Juni 1851 zu dem Director der Grossherzoglichen Irrenanstalt und bat um Aufnahme in dieselbe, weil er verrückt sei. Er komme, wie seine durchnässten Kleider bezeugten, aus der Saale, in welche er sich, um sich zu ertränken, gestürzt habe. Auf Befragen erzählt er ferner, dass er am 20. Juni, nachdem er einige Tage vorher in einer hiesigen ärztlichen Anstalt (wo er, wie sich ergab, über häufige Pollutionen, Mattigkeit im linken Beine und zeitweiligen Rückenschmerz bei ziemlich confusen Reden geklagt hatte) nicht Hülfe gefunden, zu Mittag seinen Meister in Apolda verlassen habe, um sich in der Ilm zu ersäufen. Beim Anblick des Wassers habe ihn jedoch der Gedanke der eben zu begehenden Sünde zurückgescheucht. Er habe hierauf, sich halb bewusstlos herumtreibend, die Nacht vom 20. auf den 21. Juni im Walde unter freiem Himmel zugebracht und sich seit 3 Uhr früh wieder auf die Beine gemacht. Ermattet und von innerer Seelenangst gefoltert, habe er versucht, im Walde sich mit seinem Hosenträger zu erhenken, was ihm jedoch durch Zerreissung desselben missglückte. Sodann weiter irrend an die Saale bei Camburg, 3 Stunden unterhalb Jena, gelangt, habe er sich dreimal in die Saale gestürzt, deren Strom jedoch, „als wolle er den Verdammten nicht haben," ihn jedesmal, das letztemal mit seinem offnen Taschenmesser in der Hand herausgeworfen, während die krächzenden Raben, ihr Opfer umschwirrend, ihn in Furcht und Angst über das ihm drohende Geschick weiter getrieben. Er habe sich nun auf dem Felde einige Stunden in die Sonne gelegt, und suche jetzt Hülfe in der Irrenanstalt.

In dieser sofort aufgenommen, wurde er der völlig durchnässten Kleider entledigt, zu Bette gebracht, und durch tröstende Zusprache beruhigt. Jeder Zweifel an der Wahrheit seiner Aussage, wenigstens was das Ertränken betraf, erledigte sich, indem sogar seine Schnupftabacksdose voll Wasser war.

Bei näherer Erforschung seiner Verhältnisse ergab sich: dass der Kranke seit dem neunten Lebensjahre bis jetzt das Laster der Onanie mit Kenntniss der üblen Folgen desselben und trotz der besten Vorsätze ausgeübt hatte. Ziemlich entkräftet und ausserdem an häufigen Pollutionen leidend, verfiel er ohne Rath und Hülfe in Melancholie und secundäre Hallucinationen, so dass er allerlei Zeichen und Färbungen am Penis wahrzunehmen glaubte, und dadurch in den Wahn gerieth, er leide an tödtlicher Syphilis, welcher Wahn ihn in die heftigste Angst und Lebensüberdruss versetzt und am 20. Juni aus dem Hause getrieben hatte.

In der Anstalt entwickelte sich, wahrscheinlich in Folge einer heftigen Erkältung während seines Nachtschlafes im Walde (wenn nicht als Ursache seiner maniacalischen Handlung schon früher allmählig entstanden), am 24. Juni eine äusserst heftige Myelitis. Grosse Angst und Zittern, frequenter, harter, voller Puls von 120 Schlägen, brennend heisse Haut, trockne Zunge, gänzliche Appetitlosigkeit, träger Stuhl, hochgeröthetes Gesicht, heftiges Herzklopfen, so dass man die Herzschläge von Aussen hörte. Dabei grosse Aufregung, Unruhe, Schlaflosigkeit, beständiges Sprechen von Sterben u. s. w. Häufige Delirien, beängstigende Gehörs- und Gesichtshallucinationen; — welcher Zustand nur selten durch ein Lucidum intervallum unterbrochen wurde. Der Kranke klagte entsprechend der am meisten afficirten Rückenmarksstelle über brennenden Schmerz unter den Schulterblättern mit Krampfziehen in der Brust und dem Unterleibe.

Es war nun vor allen Dingen die Myelitis zu beseitigen, welches auch durch streng antiphlogistische Behandlung, allein erst nach 14 Tagen, gelang. Die mit Erfolg angewendeten Mittel waren, nebst antiphlogistisch wirkenden salinischen Mitteln, vorzüglich örtliche Blutentziehungen durch wiederholt neben den Rückenwirbeln angesetzte Schröpfköpfe, welche bis zum 10. August 108 Unzen (genau gewogen) und späterhin bei wiederholt eingetretenen Recidiven im Verlaufe des Monats August noch 39 Unzen Blut entleerten, so dass der Kranke in einem Zeitraume von 5—6 Wochen 147 Unzen Blut verlor. Erst jetzt war die Myelitis dauernd gehoben, und zugleich sein psychisches Leiden gebessert. Von der zurückbleibenden körperlichen Schwäche erholte sich der Kranke bei guter Pflege und fortgesetzter ärztlicher Behandlung und nachdem das Laster der Onanie glücklich bekämpft war, sehr bald, jedoch blieb noch mehrere Monate hindurch eine weiche, melancholische Verstimmung und Lebensunlust zurück, welche erst, nachdem der Kranke am 5. Mai 1852 zu liebevollen und verständigen Anverwandten in seine Heimath beurlaubt worden war, sich gänzlich verlor. Nach mehrmaliger Urlaubsverlängerung wurde der Genesene am 18. Februar 1853 auf Antrag seiner, auf ein Physikatsgutachten sich beziehenden Behörde für völlig gesund erklärt und aus der Anstalt entlassen seinem Strumpfwirkergewerbe zurückgegeben, welches er noch gegenwärtig, Julius 1855, besorgt.

Der erfreuliche Ausgang einer mehrfache Selbstmordversuche erzeugenden Mania suicida, entstanden in Folge der häufig unerkannten Selbstbefleckung, hat nicht nur das Zutrauen, welches den Kranken in die Anstalt instinctmässig führte, sondern auch durch den Verlauf und die Heilungsweise der Krankheit Theorie und Praxis genugthuend belohnt.

Nr. 11.

Melancholia superba et malitiosa ex Incitabilitate aucta psychica.

(Zu §. 54. 59. 63. 102—109.)

Gottlieb Z .... genannt Sch..... aus W., Buchdruckereifactor, 54 Jahre alt, befand sich vom 28. December 1850 bis 11. März 1852 in der Irrenanstalt. Er hatte in einem Erziehungsinstitute eine gute Erziehung und Bildung genossen, war früher nie bedeutend krank gewesen und hatte auch bis October 1850 sich geistig beständig wohl befunden. Erbliche Anlage zu Geisteskrankheit lag nicht vor. Durch übermässiges, namentlich nächtliches Arbeiten geschwächt, und durch die politischen Zeitverhältnisse, während welcher er eine beliebte

Volkszeitung im Grossherzogthume B. redigirte, schon aufgeregt, exaltirte ihn eine Verhandlung in einer Freimaurerloge dergestalt, dass er, nach Hause zurückgekehrt, seine Lehrburschen und seine Frau und Kinder thätlich misshandelte. Deshalb gefänglich eingezogen, gerieth er in einen maniacalischen Zustand und wurde in das academische Hospital zu H. gebracht.

Hier liess er sich über seine vermeintlich ungerechte Verhaftung nicht belehren und beruhigen, erzählte unglaubliche Geschichten, schrieb verworrene Briefe und glaubte über Millionen zu disponiren. Seine ihn besuchende Frau misshandelte er, wurde deshalb in den Zwangsstuhl gebracht und endlich, nachdem dieser Zustand stetig zunahm und in völlige Mania furibunda überging, in seine Heimath transportirt und in die Irrenanstalt abgeliefert.

Der Zustand des Kranken bei seiner Einlieferung, welcher sich bis Ende des Jahres 1851 nur wenig besserte, war folgender:

Von mittlerer Statur, zwar geringer Musculatur, aber guten physischen Kräften hat der Kranke ein etwas verlebtes Aussehen, aber einen, Willensenergie und Eigensinn kundgebenden Gesichtsausdruck. Er ist in Sprache, Schrift und Benehmen gewandt und körperlich ganz gesund. Ohne gröbere Thätlichkeiten zu begehen, verübt er mit Raffinerie alle möglichen Possen, Ränke und Schliche. Er spielt bald den Blödsinnigen, bald den Lehrer der Blödsinnigen, stiehlt den Kranken und Wärtern neckend alle möglichen Gegenstände, zieht seine Kleidungsstücke verkehrt an, oder bekleidet sich mit den Kleidern anderer Pfleglinge, oder diese mit den seinigen. Er leidet an einer eigenthümlichen Art von boshafter Kleptomanie, so dass er nur werthlose Gegenstände entwendet, um Unfrieden, Unordnung und Strafe für Andere herbeizuführen. Er wäscht sich mit Urin und trinkt denselben, malt sich, oder Anderen die widerlichsten Fratzen, wirft seine und Anderen gehörende Effecten zum Fenster hinaus und beklagt sich dann über das Fehlen derselben. Er zerstört Fenster, Schlösser, Thüren; entweicht einmal mit unglaublicher Schlauheit und Kühnheit aus der Anstalt u. s. w. In seinem Gespräche zeigt er Selbstbewusstsein und Ueberlegung; weiss Recht und Unrecht wohl zu unterscheiden, hat ein treues Gedächtniss und nicht geringe Geistesfähigkeiten. Wird ihm irgend eine Ungereimtheit seiner Handlungen vorgehalten, so weiss er sie mit einer grossen Redegewandtheit und Schärfe der Dialektik zu vertheidigen und zu beschönigen; er schiebt sie mit frecher Lügenhaftigkeit auf Andere, oder erklärt sie als unbedeutend, nicht der Rede werth. Gelingt es ihm nicht, auf diese Weise die Sache zu erledigen, so beklagt er sich mit grosser Entrüstung über den Z........, der die That begangen, während Sch..... unschuldig sei. Auf Vorhalt, dass Z........ und Sch..... eine Person sei: erwiedert er: der zur Linken, der Z........ sei der Antichrist, der böse Geist, und gehe ihn nichts an; der rechte, Sch....., sei der gute Geist. Wurde nun demgemäss der Z........ bestraft, so beklagt sich der Kranke, dass er Unrecht habe leiden müssen, und behauptet nun umgekehrt: der Sch..... sei der böse und der Z........ der gute Geist gewesen. (Die Wigan'sche Theorie (§. 28.): dass die eine Hirnhälfte gesund, und mit der anderen kranken Hälfte in Opposition treten könne, ist also hier zur Erklärung nicht anwendbar.) Dieser Zustand dauerte ungeachtet der Anwendung verschiedener Mittel, sowohl somatisch wirkender: Ekelkur, Helleborus, Visceralklystiere, Douche u. s. w., als auch psychischer: Vorstellungen, Drohungen, Strafen durch Entziehung der Nahrung u. s. w., bis Ende des Jahres 1851; und erst nachdem man sich lediglich auf strenge Ausführung der Hausordnung beschränkt hatte, zeigte sich allmählig Besserung. Mit der Hausordnung wurde der Kranke zu steter leichter Arbeit angehalten, und mit der Gewöhnung an dieselbe verschwand auch die Sucht zu neckenden, boshaften Handlungen und ging in ein freundliches und ordnungsliebendes Benehmen über. Er konnte bald zum Abschreiben, zum Unterrichtgeben anderer Pfleglinge u. s. w. verwendet werden, fertigte selbst kleine Gedichte und zeigte hierbei, wie früher in seiner Krankheit, gute Geistesanlagen. Nachdem längere Zeit hindurch keine Spuren seiner früheren Geisteskrankheit erschienen waren, wurde er als genesen am 11. März 1852 in seine Heimath entlassen, und lebt gegenwärtig (Juli 1855) als fleissiges und geachtetes Glied einer glücklichen Familie in seiner Heimathstadt W.

Nicht jeder Gebrauch der Vernunft ist vernünftig. Auch die Unvernunft kann scheinbar vernünftig handeln und fällt, unverstanden, dann der Criminalistik zum unschuldigen Opfer.

Nr. 12.

Melancholia superba maniaca ex Myelitide neglecta. Homoiopathiae victima infelix.

(Zu §. 84.)

August L...... aus W....., 36 Jahre alt, verheiratheter Lithograph, mittlerer Grösse, schlaffer Muskulatur, kaum mässig genährt und von geringen Körperkräften, Vater von zwei gesunden Kindern, ohne erbliche Anlage zu Geisteskrankheiten, hatte bis zum 17. November 1853 sich körperlich und geistig wohl befunden. Nach einer heftigen Erkältung empfand er plötzlich Angst, Schwindel, Beklemmung mit Herzklopfen, unerträglichem und heftigem Kopfschmerz. Die Sprache war fast unverständlich. Es entstand zitterige Schwäche im linken Arm, Gefühl von Ameisenlaufen und Taubheit in den Fingern, mit Unfähigkeit, etwas mit denselben festzuhalten. Nachdem der Kranke mit homoiopathischen Mitteln und Dosen behandelt worden, war scheinbare Besserung eingetreten und der Kranke als geheilt aus der Behandlung entlassen worden. Aber schon im Januar 1854 zeigten sich Spuren geistiger Verwirrung. Er entzweite sich mit seinem Arbeitsgeber, lief Tag und Nacht von Angstgefühlen geplagt herum, besuchte gegen seine Gewohnheit Bier- und Weinhäuser mit toller Planmacherei und grosser Schwatzhaftigkeit, misshandelte seine Angehörigen. Er war zerstreut, konnte oft den angefangenen Satz aus Vergessenheit nicht vollenden, und sprach stotternd und lallend in ungereimtester Weise. Das Hauptthema seines Gespräches war sein zu errichtendes, grossartiges Geschäft und die zu erwerbenden immensen Reichthümer. Dabei war sein Puls frequent, hart, fieberhaft, mit beständiger Angst, Brustbeklemmung und steter Unruhe, die ihn keinen Augenblick weder ruhig stehen noch ruhig sitzen liess. Die Conjunctiva der Augen stark injicirt, die eine Pupille erweitert, das Gesicht hochroth aufgetrieben. Die Stuhlexcretion hart und selten. Der Urin hochroth.

In diesem durch erneuerte homoiopathische Behandluug nicht zu hebenden Zustand mit gänzlicher Verwirrung der Ideen und völliger Mania furibunda wurde der Kranke am 12. Februar 1854 in die Grossherzogliche Irrenanstalt abgegeben, also 12 Wochen nach eingetretener unbehandelter Myelitis. Es lag Melancholia maniaca, consensuell bei heftiger, schon 12 Wochen vorhanden gewesener Myelitis entstanden, vor, welcher Zustand nur sehr unsichere, ungünstige Prognose zuliess. Die nun angewendeten Mittel waren: oft wiederholte lokale Blutentziehungen, kalte Umschläge auf den Kopf, bei Regelung des Stuhles durch Abführsalze, und wegen secundär, aus Rückenmarksreizung hinzugetretener Onanie mit Kampher und Nitrum. Ungeachtet dieser Behandlung waren bis Mitte Mai 1854 die Erscheinungen der Myelitis nur wenig verringert, der Kranke wurde sogar noch höchst unreinlich, und zeitweise im höchsten Grade zerstörungssüchtig, maniacalisch. In einem solchen Anfalle stiess er sich an die Stirn, verletzte die Stirnschlagader und verlor dadurch eine beträchtliche Quantität Blut. Hiernach und nach beseitigter Onanie besserte sich der Zustand auffallend, so dass er im folgenden Monate zeitweise im Freien mit leichten Gartenarbeiten, zeitweise mit Lithographiren im Hause beschäftigt werden konnte, während die Erscheinungen der Myelitis allmählig wichen, und die Melancholia superba maniaca fast gänzlich beseitiget war. Die Sprache hatte sich gebessert, die vergrösserte Pupille aber war noch nicht zur Norm verkleinert. In allmählig fortschreitender Besserung, während welcher die zurückgebliebene Schwäche mit einem schwachen China-Decocte gehoben wurde, entstand nach einem vorausgegangenen, durch seine ihn besuchende Frau herbeigeführten körperlichen und geistigen Insulte plötzlich im September 1854 ein heftiges Recidiv der Myelitis. Wiederholte örtliche Blutentziehungen am Kopfe, kalte Umschläge, innerlich antiphlogistische Mittel, die grösste Ruhe und eine passende Diät, später Vesicatore im Nacken führten allmählig wieder zur Genesung, so dass der Kranke sich Ende 1854 wieder in dem früheren relativ günstigen Zustande der Reconvalescenz befand. Bei der Wiederanwendung der China abwechselnd mit Digitalis und Säuren, wurde er am 18. März 1854 versuchsweise in seine Heimath beurlaubt, beschäftigt sich dort zur Zufriedenheit seiner Arbeitsgeber als Lithograph und es liegt bis jetzt (Juli 1855) kein Grund vor, ihn wieder einzuberufen.

Der schnelle Gang zum Verderben, den eine wahnsinnige Theorie nicht aufzuhalten vermocht hatte, wurde glücklicherweise noch vor dem Ablauf der Verrücktheit in Blödsinn gehemmt, die Verrücktheit geheilt, der Blödsinn verhütet.

Nr. 13.

Chorea Sancti Viti. Melancholia et Mania secundaria.

(Zu §. 58. b. 74. 84.)

Der Soldat Franz T....... aus Z...... war wegen angeblich muthwilligen Zerreissens seiner Montirungsstücke zu Militär-Arrest verurtheilt, welche Strafe zu einem vierzehntägigen Arreste dritten Grades verlängert worden war, als sich aller Vorstellungen, Drohungen und Strafen ungeachtet die zerstörenden Handlungen wiederholt hatten. T....... hatte angegeben, er bekomme zeitweise Anfälle, in welchen er nicht wisse, was er thue. Der Arzt glaubte dagegen bei Zunahme dieser Anfälle aus der äusseren Erscheinung des Menschen und dem ihm gegenüber gezeigten Benehmen desselben keine Geisteskrankheit, sondern eine Simulation derselben annehmen zu müssen, hatte jedoch zur Constatirung dieser Ansicht die Einlieferung in die Grossherzogliche Irrenanstalt beantragt, welche am 27. März 1851 erfolgte. Schon nach der ersten genauen Untersuchung und Beobachtung des 22. Jahre alten, schlank gebauten, schwächlich genährten Menschen mit blasser Gesichtsfarbe, blauen Ringen um die Augen und geringen Körperkräften ergab sich, dass T......., welcher früher bereits als Dienstknecht oft krampfiges Zucken der Extremitäten gezeigt und ohne Grund Laternen und Fenster eingeschlagen und seine Kleidungsstücke zerrissen hatte, wahrscheinlichst in Folge einer heftigen Erkältung an Chorea Sancti Viti mit consensueller Manie litt. Demgemäss trat die Behandlung des Veitstanzes ein. Jedoch nur allmählig nach Wiederkehr mehrerer heftigen Paroxysmen und nachdem neben Diaphoreticis mehrere Nervina vergeblich angewendet waren, gelang es durch ein Monate lang unterhaltenes Setaceum im Nacken neben dem innerlichen Gebrauche der China den Kranken, welcher vom 27. März 1851 bis 29. April 1852 in der Anstalt behandelt worden, völlig zu heilen.

Noch jetzt (Juli 1855) befindet er sich, aus dem Militärdienste entlassen, vollkommen wohl und als Knecht in der nächsten Umgebung Jena's im Dienste. —

Die hier nach Kenntniss der Anteacta und Beobachtung des Kranken nicht schwierige Diagnose führte, nachdem diese festgestelt worden, zur, wenn auch durch die inveterirte Krankheit und falsche Behandlung derselben verspäteten Heilung.

Nr. 14.

Melancholia hypochondriaca. Hallucinationes auris secundariae.

(Zu §. 53. 74. 100. 102.)

Die unverheirathete Christiane S....., 49 Jahre alt, aus L.........., ist Mutter von vier ausserehelichen Kindern. Ohne erbliche Anlage zu Geisteskrankheiten erlitt sie schon Anfangs der vierziger Jahre einen Anfall von Tobsucht, der indess nicht lang anhielt und der Kranken wie früher wieder in Dienste zu gehen gestattete. Seitdem soll sie sich wohl befunden haben. Plötzlich wurde sie jedoch Mitte Juni 1845, ohne dass etwas Näheres über den Ausbruch der Krankheit ermittelt werden konnte, geisteskrank in ihre Heimath gebracht. Durch „ergiebige Aderlässe“ und ein (nach dem Physikatsgutachten) „passendes Heilverfahren“ im höchsten Grade geschwächt, wurde die Kranke endlich am 7. Juli 1845, entkräftet und abgemagert, mit ungesunder, cachectischer Gesichtsfarbe, tief in ihren Höhlen liegenden Augen, kalter Haut, kleinem langsamen Pulse, während sie in geistiger Beziehung ganz das Bild vollkommener Verwirrtheit mit apathischer Ruhe und Besinnungslosigkeit darbot, in die Grossherzogliche Irrenanstalt eingeliefert. Der Zustand wurde als Melancholia hypochondriaca ex Incitabilitate aucta psychica entstanden erkannt.

Schon Ende August desselben Jahres war die Kranke durch reichliche, besonders Fleisch - Nahrung und gute

Pflege körperlich und geistig so weit wieder gekräftigt, dass sie als in der Reconvalescenz befindlich betrachtet werden konnte. Sie war ruhig, fleissig, reinlich, ass und schlief gehörig, die Leibesöffnung normal, während ihre Ernährung zugenommen, ihr Aussehen sich verbessert hatte und ihre psychischen Functionen ganz zur Norm zurückgekehrt waren, so dass sie am 30. April 1846 nach Hause beurlaubt wurde.

Aber schon am 27. October desselben Jahres wurde sie von ihrer Tochter wieder in die Anstalt zurückgebracht, weil sie mehrere Male ohne Ursache aus dem Dienste gelaufen sei und auch sonst allerlei abnorme Handlungen begangen habe. Die Kranke klagte über Herzklopfen mit grosser Präcordialangst, welche sie zu ihren verkehrten Handlungen getrieben habe. Der Blick war melancholisch zur Erde gerichtet, das Gemüth tief verstimmt und traurig, Puls klein und etwas frequent, Appetit gut, Stuhl träge, Katamenien häufig und übermässig reichlich. — Melancholia hysterica. — Sie blieb jetzt $1\frac{1}{2}$ Jahre in der Anstalt, und erst nach Regelung der Menstruatio nimia und der Stuhlexcretionen, sowie nach Kräftigung ihres Körpers verlor sich die Geisteskrankheit, so dass sie zum Wiedereintritt in Dienste am 3. Juni 1848 fähig schien, und beurlaubt werden konnte.

Am 19. November desselben Jahres kehrte sie indessen abgemagert und körperschwach in die Anstalt freiwillig zurück, angebend, sie höre, was sie früher verschwiegen hatte, unter der Zunge ihr „Brüderchen“ sprechen, mit dem sie sich fortwährend fragend und antwortend unterhalte. Nur Nachts schweige es, sofort aber am Morgen beim Erwachen spreche es mit ihr, oft das tollste Zeug ihr vorredend, so dass sie nicht darauf hören dürfe. Für wahr halte sie aber die Mittheilung des „Brüderchens,“ dass sie in ihrer Heimath eine Erbschaft von 300 Thalern zu machen habe, dass sie ein untergeschobenes Kind des Pastor H. aus N. und ihr Name S..... ein im Kirchenbuche durch ihren wirklichen Vater verfälschter sei, dass ihr Bruder, ein Sohn ihres wirklichen Vaters, ein hiesiger Geistlicher K......... sei, dessen Name gleichfalls verfälscht worden u. s. f. Dabei war die Kranke äusserst reizbar, im hohen Grade misstrauisch und so körperschwach, dass die geringste üble Einwirkung sie auf das Krankenbett führte. Wenngleich es durch eine kräftige Kost und eine zweckmässige Pflege allmählig gelang, die Kranke wieder körperlich zu stärken, so widerstanden diese secundären Gehörshallucinationen doch jedem Heilversuche, und sie wurde, ihrem Wunsche gemäss und zu einem leichten Dienste tauglich erscheinend, am 26. April 1850 wiederum beurlaubt.

Ohngefähr unter denselben Erscheinungen, wie am 19. November 1848, bat sie jedoch am 24. November 1850, freiwillig in die Anstalt zurückgekehrt, um Wiederaufnahme, und auch diessmal erreichte man, dass die Kranke am 16. April 1851 körperlich wieder hergestellt, aber noch immer von ihrem „Brüderchen" geplagt, wieder in ihren Dienst entlassen werden konnte. Sie gab nun an, seitdem sie wisse, dass die Erscheinung ihres Brüderchens etwas Krankhaftes sei, lasse sie sich durch dasselbe in ihren Geschäften nicht mehr stören. — Es war jetzt das Vernunftbewusstsein und Erkenntniss des kranken Zustandes und relative Heilung eingetreten. —

Seit dieser Zeit kehrt sie von Zeit zu Zeit, Rath und Hülfe suchend, auf Stunden in die Anstalt zurück, erzählt ihre mannichfachen Erfahrungen von Seiten ihres „Brüderchens" und es ist ein interessanter Gegenstand der psychiaterischen Klinik, die Eigenthümlichkeit dieser Hallucinationen gewissermassen experimento darzulegen. Wie beim Psychographen (S. 45.) tritt das Schlafleben des Gefühls in hypostasirter Traumsprache aus der Deckung durch das wachende intelligente Leben momentan thätig auf. Das „Brüderchen" ist der beim Tischrücken und Psychographen citirte angebliche Geist eines Verstorbenen, hier der in der Kranken wohnende, ihr freiwillig erscheinende angebliche persönliche Geist, das Traumproduct ihres wachenden Lebens; sie ist eine Besessene der Neuzeit.

Es sind mit der Kranken in Bezug auf ihre Gehörshallucinationen als Sprechen unter der Zunge mannichfache Versuche angestellt; es wurden z. B. allerlei Fragen direct an das „Brüderchen" gerichtet, welche es nicht beantwortete, während Fragen durch die Kranke an jenes gestellt, nach einigen Minuten beantwortet wurden. Richtig und sachgemäss waren die Antworten, wenn die Fragen den geringen Verstandeskräften der Kranken adäquat waren; entgegengesetzten Falles waren sie einseitig, falsch oder: „das Brüderchen wisse es nicht.“ Auf die Frage, wo es wohne, erwiedert es gegenwärtig: „Im Leibe,“ während es früher unter der Zunge seinen Sitz haben wollte. Die Stimme steige, wie die Kranke behauptet, vom Unterleibe zur Zunge herauf. Auch äusserte das Brüderchen jüngst: „ein Heilmittel gegen das Leiden der S. gebe es nicht; sie müsse dies mit ins Grab nehmen.“

Die Kranke traut übrigens jetzt der Stimme selbst nicht mehr, die nur, wenn sie selbst daran denkt, laut wird; denn sie spricht ihr „tolles Zeug vor, wovon sie ganz wirr im Kopfe werde, redet jetzt anders wie früher, der hiesige Geistliche solle nicht mehr ihr wirklicher Bruder sein“ u. s. f. Die S. ist also im Stande, zeitweise das Krankhafte dieser Sinnestäuschung zu erkennen, ihre Intelligenz ist aber zu beschränkt und zu schwach, um die durch die Hallucinationen erzeugten Gefühle und Vorstellungen völlig zu bekämpfen, zu regeln und zu beherrschen, und die jahrelange Dauer des Uebels, welches, wie es scheint, in den Unterleibsganglien ihren Centralsitz hat, wird wohl ohne besondere heilende Vorfälle die Kranke unheilbar machen.

Nr. 15.

Melancholia religiosa maniaca.

(Zu §. 54. 86. 97. 98.)

Drechslergeselle Elias F... aus R..., 29 Jahre alt, ledig, ist von mittlerer Grösse, mehr schlankem als breitem Wuchse, zarter Constitution, sanguinischem Temperamente und einnehmenden Gesichtszügen. Er hat geringe Geistesanlagen und verräth nur mittelmässige Schulbildung und Erziehung.

Von seinem Vater oft gemisshandelt hatte er nach Vollendung seiner Lehrjahre als Kammmacher seine Heimath bald verlassen, vertauschte später die Kammfabrication mit dem Drechslerhandwerk und vervollkommnete sich in demselben in hohem Grade, konnte aber leider auf seiner jahrelangen Wanderschaft wegen Incontinentia urinae nirgends lange bleiben. Von Jugend auf in sich gekehrt, kränklich, die Freuden des Knaben- und Jünglingsalters und des kindlichen Glücks im elterlichen Hause entbehrend, hatte er frühzeitig Ersatz und Trost in der Religion gesucht, las desshalb von jeher viel in der Bibel, ohne sie zu verstehen und lehnte sich gern an Menschen an, die seinem ängstlichen Drängen nach Aufschluss und Belehrung Genüge leisteten. So kam er im 22. Jahre auch nach Elbingen, wo er von einem mystischen Schuster ein Stück Birkenreis zum Einnähen in sein Hemd gegen seine Incontinentia urinae angeblich mit glücklichem Erfolg erhielt. Bei diesem

Schuster fand er ferner nach seiner Angabe das 6. und 7. Buch Mosis und einen Triangel, der ihm als Schlüssel zu einem Perpetuum mobile bezeichnet wurde. Auch lernte er hier Gold aus in Töpfen gesammeltem Thau verfertigen. Hierauf wurde er von einem „Weisen“ der Stadt Hamburg, wohin ihn seine Wanderschaft führte, für den „Elias“ mit der angeblich im Matthäus Cap. XII. V. 14. näher beschriebenen Narbe erklärt und als ein zu grossen Werken bestimmtes Werkzeug Gottes bezeichnet. Hierdurch, sowie durch übermässiges nächtliches Bibellesen namentlich der Offenbarung Johannis, wurde seine, durch ein krankhaftes, allmählig bis zur Melancholie gesteigertes Gefühl immermehr getrübte Intelligenz endlich so unfrei, dass er, als er in Berlin sich wegen Anfertigung eines Perpetuum mobile schriftlich an das Ministerium der geistlichen Angelegenheiten gewendet, auch an öffentlichen Orten Störung erregt und sonstige Unfertigkeiten begangen hatte, eingezogen, für geisteskrank erklärt und in die hiesige Irrenanstalt am 19. Mai 1846 abgeliefert wurde. Er führte stets die Offenbarung Johannis mit sich in der Tasche, aus welcher er Trost, aber auch Nahrung für seine Verrücktheit erhielt.

Sein Zustand war Melancholia religiosa maniaca und wurde demgemäss behandelt. Ein körperliches Leiden, welches consensuell seine Geisteskrankheit erzeugt haben könnte, lag nicht vor, daher letztere als idiopathisch entstanden angesehen werden musste. Eindringliche vernünftige Vorstellungen seines Irrwahnes hatten durchaus keinen Erfolg. Vor Allem wurde ihm daher die Offenbarung Johannis genommen, worüber er in die heftigsten Schimpfreden gegen den Director und das Wärterpersonal ausbrach. Dagegen wurde er als sehr geschickter Drechsler in der Anstalt stetig zur Arbeit und strenger Zucht der Hausordnung angehalten, und so gelang es allmählig lediglich durch Arbeit und Hausordnung, dass sein Vernunftbewusstsein zurückkehrte und er, nachdem er am 7. August 1848 versuchsweise aus der Anstalt beurlaubt worden war, am 3. April 1849 als geheilt entlassen werden konnte und auswärts in Arbeit ging. Sein während der Zeit seines Aufenthalts in der Anstalt erworbenes Arbeitsverdienst betrug circa 32 Thaler, welches er bei verschiedenen späteren Besuchen in der Anstalt ausgezahlt erhielt.

Nr. 16.

Moria.

(Zu §. 54. 122.)

Peter E....., unverheiratheter Schneidergesell aus B......., kam, 26 Jahre alt, am 2. Januar 1844 in die Grossherzogliche Irrenanstalt. Ueber seine früheren Lebens- und Krankheitsverhältnisse war nichts Wesentliches berichtet worden. Er hatte gesund seine Heimath verlassen und kehrte nach achtjähriger Wanderschaft mit unzweifelhaften Zeichen einer in partiellen Blödsinn übergegangenen Verrücktheit zurück. Im Uebrigen ordentlich, friedfertig und fleissig, erzählte er die verkehrtesten Dinge mit beständiger Beziehung darauf, dass er höherer Natur und mit vorzüglicheren Kräften ausgerüstet, in näherer Beziehung zu den Thieren stehe, die er seelig machen müsse. Wegen mehrerer verkehrter Handlungen, z. B. dass er aus einem Stück Tuch, zu Rock, Hose und Kamaschen bestimmt, nur Kamaschen für den Arbeitsgeber fertigte u. s. w., wurde er zur Heilung in die Anstalt gebracht.

Jeder frühere oder spätere Heilungsversuch war misslungen und sein Zustand zeigte bei seiner Aufnahme den vollendeten Uebergang der Verrücktheit in unheilbaren Geistestod (Amentia), in partiellen vollkommenen Blödsinn mit noch zurückgebliebener Melancholia superba, Moria; ein Geisteszustand, der, in sich beruhiget und abgeschlossen von der Aussenwelt, sich innerlich befriedigt fühlt.

Er war ein kleiner, gutmüthiger, immer freundlich aussehender Mensch, stets ohne Sorgen, lebendig und rege, immer thätig im Schneiderhandwerk und redselig während der Arbeit — eine ächte Schneiderseele. Ohne körperliche Störung, jedoch mit phthisischem Habitus behaftet, waren alle somatischen Functionen normal, Se- und Excretionen in Ordnung, Schlaf gut und der Kranke behauptete selbst, es fehle ihm Nichts und er sei vollkommen wohl. Seine krankhafte Poesie producirte aber unaufhörlich die schönsten Traumgebilde und Phantasiespiele, denen jede Spur von Vernunfturtheil fehlte. Er war ein steter poetischer Träumer.

Er erzählte mit der grössten Gemüthsruhe: „es gebe drei Christus — einen ächten wahren, einen Napoleons- und einen Schneiderchristus; letzterer sei er. Die Sonne lasse er scheinen; er könne auch drei Monde scheinen lassen; durch ihn wachse der Wein; er verstehe mit den Thieren, die ihn alle kenneten, zu reden u. s. f. Er bestand fest auf seinen Aussprüchen, achtete vernünftige Gründe nicht, sondern lächelte darüber, sammt den sich über ihn belustigenden anderen Kranken.

Im Verlaufe der Jahre zeigte sich jedoch ein Wechsel in seinen krankhaften Gefühlsanschauungen. So hielt er sich schon im Jahre 1846, wohl auch deshalb, weil die Anstalt inzwischen mit einem zweiten Christus beschenkt worden war, für Gott und Christus, machte als solcher allerlei Versprechungen und Schenkungen, regierte Wind, Wetter und Welt, und ärgerte sich nicht wenig bei Witterungswechsel, weil er es nicht befohlen. Später (1848) gehörte nach seinen Anschauungen ihm Alles; denn er sei Gott und Teufel, daher geschehe Alles, was sich ereigne, auf seinen Befehl. Er habe die Welt entsündigt als Christus, sich selbst und alle Menschen geschaffen und gab doch zu, dass er nur 30 Jahre alt sei. Er kannte keine Zeitrechnung und mitten im Sommer war es bei ihm Winter, da ja bei ihm — dem HerrGott — kein Ding unmöglich sey. Trotzdem war er, seiner friedlichen Individualität gemäss, nicht etwa der verzehrende, flammende Gott der Juden, sondern der schaffende und ernährende Erhalter der christlichen Welt. Im Jahre 3060 nach seiner Zeitrechnung hat, seiner Behauptung nach, Gott die Welt geschaffen, ehe Adam und Eva waren. Er ist Schneiderchristus, denn er hat die Wundmalen an Händen und Füssen, er lebte schon einige Male, ein Mal vor Adam und Eva, als er sich erschuf. Er hebt ein Sandkorn von Boden auf, und sagt, ein verrückter Spinozist: „In diesem Steinchen ist die ganze Welt enthalten.“ Menschen werden auf zweifache Weise erzeugt, einmal auf die gewöhnliche Art, dann aber, indem ein Lehmstück zum Menschen geformt und ihm die Seele durch des Menschen Hauch eingeblasen wird. Er macht Gewitter, indem er an den vier Weltenden goldene Pfeiler mit diamantenen Knöpfen aufstellt, über dieselben ein blaues Tuch, „aber nicht die Elle für 6 Pfennige,“ aufspannt, und ein feines oder gröberes Netz, je nachdem Schlossen oder Regen entstehen soll. Die Zahlenverhältnisse sind ihm ganz entschwunden. Eine Elle Tuch taxirt er einmal richtig $3\frac{1}{2}$ Thaler, ein andermal 400,000 Millionen Thaler werth; wie er denn auch gleiche Summen im Vermögen hat. Er besitzt alle Reichthümer der Erde und mehr, ja er weiss nicht, wie reich er ist, denn Himmel und Erde, die Mauer und sein Geld (bestehend in 6 Knöpfen, resp. Zahlpfennigen, die er stets bei sich herumträgt und täglich unendliche Male zählt, bis sie zu Tausenden und

Millionen geworden) sind von reinem Gold und Silber geschaffen, und gehören ihm allein.

Am 1. August 1851 starb der Kranke an Phthisis pulmonum, zum grossen Leidwesen der Anstalt, die er, von der Aussenwelt unbeirrt und innerlich beseeligt, mit seiner farbenreichen, heitern Poesie unterhielt und ergötzte.

Die Section ergab: reichliche, im Zerfliessen begriffene Tuberkelmassen in beiden Lungen, hauptsächlich in der linken, neben den Folgen einer schnell in Brand übergegangenen Entzündung. — In der Bauch- und Rückenmarkshöhle liess sich eine besondere Abnormität nicht nachweisen. — Das Gehirn war relativ klein, und im Allgemeinen etwas geschwunden; aber auch die graue Masse sowohl der Corticalsubstanz, als auch in einzelnen Hirntheilen zeigte einen unverkennbaren Mangel. Balken und sämmtliche die Corpora quadrigemina umgebende Theile waren sehr weich und fast breiartig. —

Sein psychisch partiell abgestorbenes Hirnleben hätte noch lange vegetiren können, wenn nicht bei der mangelnden Energie und Harmonie seines ganzen Lebens die intensive Lungenentzündung schnell durch Brand sein Lebensende herbeigeführt hätte.

Nr. 17.

Moria.

(Zu §. 54. 122.)

Heinrich J..., lediger Goldschmiedegesell aus W....., kam am 9. Juni 1828, neunzehn Jahre alt, in die Grossherzogliche Irrenanstalt, woselbst er sich jetzt noch als Hausknecht Dienste leistend befindet. Er arbeitete im Auslande. Durch jahrelang getriebene Onanie geschwächt und heftig in Schrecken gesetzt durch die Nachricht, dass sein bisher als braver Bürger geachteter Vater wegen Falschmünzerei in's Strafarbeitshaus abgeliefert sei und seine Mutter sich deshalb erhenkt habe, zog er sich, in übermässiger Anstrengung nach seinem Geburtsort eilend, eine heftige Gehirnentzündung unter den Erscheinungen furibunder Manie zu. Der Ausgang derselben war trotz energischer während mehrerer Jahre hindurch angewendeter ärztlicher Behandlung endlich vollkommene Moria, die sich allmählig ausbildete. Mehrere Jahre hindurch litt er an unregelmässig auftretenden maniacalischen Anfällen, während welchen er oft nicht ungefährliche Handlungen beging. Allmählig schwanden diese Anfälle, es trat dauernde Ruhe ein und mit dieser ein krankhafter Frohsinn, Arbeitsamkeit und Folgsamkeit. Allein seine Logik war gestört, er verband in seinen Gesprächen Worte von der verschiedenartigsten Bedeutung ohne allen Zusammenhang zu einem Satze und brachte dann oft die lächerlichsten Combinationen zu Stande. Körperlich gesund war er noch lange äusserst reizbar, zeigte zeitweise erhöhten Geschlechtstrieb und gewöhnte sich nur langsam an die Vorschriften der Hausordnung. Anstellig und gutwillig wurde er jedoch allmählig ruhiger und zum Hülfswärter und Hausknecht herangezogen. Sein gegenwärtiger Zustand ist folgender:

Der Kranke ist körperlich vollkommen wohl, gut genährt, kräftig und mit der der Narrheit eigenthümlichen Physiognomie. Man sieht ihn selten traurig, er singt, lacht, ist folgsam und anhänglich an Arzt, Wärter und Anstalt. Sein Gedächtniss ist schwach, namentlich in Bezug auf die vor seiner Krankheit stattgefundenen Erlebnisse. Auch jetzt noch vermag er nur zwei Aufträge auf einmal zu behalten, ein Mehr notirt er sich in das von ihm geführte Taschenbuch. So besorgt er als Botengänger alle Aufträge auf das Gewissenhafteste. Nicht minder pünktlich versieht er das Amt eines Glöckners in der Irrenanstalt: kaum tönt der Schlag der Uhr und auch die ihm anvertraute Hausglocke verkündet das Aufstehen, das Gebet, die Tischzeit, das Schlafengehen u. s. f. Er erhält dafür aber auch ein monatliches Taschengeld von 4 Sgr. zu kleinen Bedürfnissen baar ausgezahlt, während ihm gleichfalls als Hausknecht ein Monatslohn von 5 Sgr. in sein Pfleglingssparkassebuch zu besseren Kleidungsstücken u. s. w. gut geschrieben wird. Mit einem Capitalschlüssel versehen, geht „der Grossherzogliche Herr Hausknecht“ Corridore,

Stuben und sonstige Räume durch, besorgt die Beleuchtung und Heizung der Anstalt und verrichtet mit Ordnung und ängstlicher Sorgfalt die ihm obliegenden Geschäfte. Unglücklich würde er sich fühlen, wollte man ihm die Beihülfe bei den Sectionen entziehen. Uebrigens erlaubt er sich auch unnachsichtliche Anmassungen: Die Oberwärterin der weiblichen Abtheilung erklärte er einstmals für seine Frau, hatte deshalb auch ein wachsames Auge auf sie und verfehlte nicht, dieselbe in ehemännlicher Eifersucht einmal zu züchtigen, als sie mit einem Anderen schön gethan. Nachdem ihm diese Unstatthaftigkeit aus dem Kopfe gebracht, wusste er sich hinlänglich dadurch zu entschädigen, dass er einen Puppenbalg, aus Leinwand roh gefertigt und das Gesicht mit Tinte gemalt, zu seiner Frau erkor, in liebender Verehrung in seinem Bette barg, sie aber auch bei ihm getroffenem Missgeschick mit häufigen und heftigen Schlägen züchtigte. Seine Gedanken spricht er laut aus, so dass man ihn weiter hört, als sieht und stets weiss, was er denkt und was er zu besorgen hat. Am merkwürdigsten ist die Metempsychose durch die Pflanzen und Thierwelt, die er durchlebt hat, sowie auch der Umstand, dass er zu wiederholten Malen Mensch gewesen. Er war Hund, Schaf, Wolf, Bär, Schwalbe, Fisch, Schmetterling, Lilie, Maiblume, Doktor, Zimmermann, Dachdecker, Gurke, das Aroma einer von ihm zerbrochenen Flasche mit wohlriechendem Oel u. s. w. An jede dieser Lebensformen knüpft sich aber ein kleines dramatisches Lebensstück. Als Hirschkuh wurde er im Gehölze bei W. erschossen und dann als lahmes Postpferd von seinem rohen Kutscher zu Tode gehetzt und geprügelt. Als Schwalbe erfreute er sich, auf dem Schlossdache in Weimar sitzend, der schönen Aussicht; als Fisch des reinen Wassers in der Ilm, bis ihn ein Hecht auffrass. Fragt man ihn, was er noch werden kann, so antwortet er: „Wie Gott will, und je nachdem man es sich im Geiste fest vorgenommen hat.“ Jedoch handelt er auch oft nach dem Naturell des ihm metempsychotisch gewordenen Leibes. Als Katze schlich er sich einmal auf den Taubenschlag und riss sämmtlichen Tauben die Köpfe ab, sowie er noch vor einigen Jahren als Jäger eine Katze zu erschlagen sich für berechtigt glaubte. Jetzt als Hausknecht ist er durchaus unschädlich, muss aber immer in strenger Zucht und Aufsicht gehalten werden, damit er nicht etwa dereinst als Scharfrichter oder dergleichen den mit diesem Amte verbundenen Obliegenheiten nachkomme.

Seit seiner wahrscheinlich in Hirnentzündung begründeten Manie sind ihm die Hirnzellen und Fasern seines vernünftigen Lebens abgestorben. Es fehlt ihm an vernünftigem Selbst- und Weltbewusstsein. Es ist partieller unheilbarer Blödsinn der Vernunft (Amentia) vorhanden, wodurch nun sein antagonistisch noch thätiges Gefühlsleben sich in seinen phantastischen Traumbildern ergeht, seine Handlungen leitet, und sein ganzes psychisches Leben erfüllt, ohne durch Vernunftcontrole in seinem Irrwahn gestört und zum Vernunftbewusstsein erweckt zu werden. Diese ganz örtliche Störung seines Hirnlebens wirkt aber nicht auf die übrigen niederen Functionen seines Körpers zurück, daher er, körperlich gesund, nur im Centralgebilde des Gehirns einen unersetzlichen Verlust erlitten hat. Gänzlich vernunftunfrei und rechtlich unzurechnungsfähig und dispositionsunfähig, hat er jedoch noch vernunftbewusstseinloses Gefühl von Recht und Unrecht, wenn nicht sein vorherrschendes Gefühlsbild sein Rechtsgefühl beherrscht, daher er auch nur relativ disciplinarisch zurechnungsfähig erscheint.

Wir haben die Aussicht, ihn noch lange als dienendes Mitglied der Anstalt zu besitzen.

Erklärung der Tafeln.

Tafel I.

Zu §. 27.

Figur 1. Segment der Rinde eines Gyrus des kleinen Gehirns des Menschen, 150 Male vergrössert.

A. Marksubstanz mit ihren Fasern, ausstrahlend in B., die rostfarbene Schicht.

C. Reingraue Lage. 1. grosse vielstrahlige Zellen in C. 2. Kerne in B. 3. Fasern in B. 4. Grundsubstanz und kleine Zellen in C. — Die Nervenröhren oder Fasern in einem Theile von C. sind nicht gezeichnet, um die Figur nicht zu überladen.

(Nach Kölliker, Microsc. Anatomie. Taf. 4. Fig. 4.)

Fig. 2. Aus den inneren Theilen der grauen Schicht der Windungen des Menschenhirns, 350 Male vergrössert; a. grössere Nervenzellen mit Nucleis und Nucleolis; b. kleinere, mit verästelten Ausläufern oder Fortsätzen; c. Nervenfaser mit Axencylinder.

(Nach Kölliker, a. a. O. Fig. 146.)

Fig. 3. Grosse Zellen der grauen Schicht der Rinde des kleinen Gehirns des Menschen, 350 Male vergrössert (s. Fig. 1. C. 1.). a. Nucleus und Nucleolus der Zelle; b. verästelte, gegen die äussere Oberfläche der Windungen des Gehirns gerichtete Ausläufer oder Fortsätze.

(Nach Kölliker, a. a. O. Fig. 135.)

Fig. 4. Nervenzelle aus der grauen Schicht der Rinde des kleinen Gehirns des Menschen, 0,037 Millim. ($=\frac{1}{61}'''$) im Durchmesser haltend, 250 Male vergrössert. Dieselben sind grobkörnig, oft von etwas faserigem Ansehen, meist gar nicht pigmentirt. Meist geht von der einen Seite ein sehr starker Fortsatz ab, der sich bald weiter theilt. Auf der entgegengesetzten Seite sieht man entweder keinen oder, wie hier, einen viel zarteren Ausläufer (a.) abgehen.

(Nach R. Wagner, Icones physiol. Taf. XIV. Fig. IV.)

Fig. 5. Nervenzelle aus der Ala cinerea des menschlichen Gehirns. Dieselben sind nicht, oder nur schwach pigmentirt, rauh, körnig. 250 Male vergrössert.

(Nach R. Wagner, Icones phys. Vaf. XIV. Fig. V.)

Fig. 6. Nervenzelle der grauen Hirnsubstanz am Boden der vierten Hirnhöhle (Substantia ferruginea oder Locus coeruleus des Menschen), 250 Male vergrössert. Die Zelle hat mehrere Ausläufer, welche sich verästeln. Sie ist stark pigmentirt, und daher schon mit der Lupe oder selbst mit blossem Auge als dunkles Körnchen zu erkennen. Die Ausläufer sind blass, homogen und enthalten nur hin und wieder einzelne der Körnchen, welche sich im Innern der Zelle finden. Durchmesser der Zelle: 0,050 Millim. ($= {}^{1}/_{45}'''$), des Kerns: 0,022 Millim., des Nucleolus: 0,005 Millim. ($= {}^{1}/_{102}'''$ und ${}^{1}/_{451}'''$).

(Nach R. Wagner, Icones phys. Taf. XIV. Fig. I.)

Fig. 7. Knorpelzellen aus einem faserigen, sammtartigen Gelenkknorpel der Condyli ossis femoris des Menschen. 350 Male vergrössert; a. einfache Zelle mit verdickter Wand und zwei Kernen (Nucleis); b. Tochterzellen, mit Nucleus und Nucleolus in der Mutterzelle; c. viele Tochterzellen in der Mutterzelle.

(Nach Kölliker, a. a. O. Fig. 100.)

Fig. 8. Ependyma der Hirnhöhlen des Menschen. 1. Epitelzellen des Corpus striatum von der Seite. a. Epitelzellen. b. Nervenfasern, die darunter liegen. 2. Dieselben von der Fläche.

(Nach Kölliker, a. a. O. Fig. 148.)

Tafel II.

Zu §. 27.

Fig. 9. Nervenfasern, 350 Male vergrössert; 1. vom Rückenmark des Menschen, frisch mit Serum; a. Hülle; b. Markscheide doppelt contourirt; c. Axencylinder; 2. doppelt contourirte Faser des Ventriculus quartus des Menschen; a. der Axencylinder, hervorstehend und in der Faser sichtbar.

(Nach Kölliker, a. a. O. Fig. 122.)

Fig. 10. Eine Nervenzelle der grauen Hirnsubstanz am Boden der vierten Hirnhöhle (Substantia ferruginea) des Menschen, 250 Male vergrössert. Einer der Ausläufer (a) geht als Axencylinder in eine dunkelrandige Nervenröhre (b) über.

(Nach R. Wagner, Icones physiol. Taf. XIX. Fig. III.)

Fig. 11. Nerven eines Fingers mit den ansitzenden Pacinischen Körperchen, in natürlicher Grösse.

(Nach Kölliker, a. a. O. Fig. 156.)

Fig. 12. Pacinische Körperchen aus der Hohlhand des Menschen, 6 Male vergrössert.

a. Hautästchen des N. medianus nahe der Theilungsstelle in die Nervi digitales volares, an welchem das ganze Träubchen Pacinischer Körperchen hängt, 1,128 Millim. ($= \frac{1}{2}'''$) im Durchmesser haltend.

b. Nervenzweigchen von circa 0,113 Millim. ($= \frac{1}{20}'''$) Dicke. An solchem hängen die einzelnen Körperchen (c.) von $\frac{1}{2} - \frac{1}{3}'''$, sie sind elliptisch, gurkenförmig, prall gespannt, bläulich durchscheinend bei auffallendem Lichte.

(Nach R. Wagner, Icones phys. Taf. XIII. Fig. X.)

Fig. 13. Einfaches Pacinisches Körperchen aus dem Gekröse der Katze bei durchfallendem Lichte vergrössert gezeichnet. Es besteht aus concentrischen, zwiebelartig um einander gelagerten Schichten von kernhaltigem Bindegewebe, die nach aussen durch grössere (a.), nach innen durch kleinere (b.) eine helle Flüssigkeit enthaltende Räume von einander getrennt sind. Ein innerer, mit einer Zellenlage ausgekleideter und ebenfalls mit Flüssigkeit erfüllter Raum (c.) ist im Centrum des Körperchens. Es besitzt einen Stiel (d.), in welchen die Hautschichten sich fortsetzen. In dem Stiel ist eine Nervenfaser (e.) enthalten. Diese tritt in die centrale Höhle, verliert hier ihre dunkeln Contouren, wird blass, marklos und endet zweigespalten mit unregelmässigem Knöpfchen.

(Nach R. Wagner, Icones phys. Taf. XIII. Fig. XI.)

Tafel II. A. (Nachtrag Seite 400.)

(Nach . . Owsjannikow a. a. O. S. 46. Hier aus dem Lateinischen in's Deutsche übertragen.)

Die Abbildungen stellen die Objecte ungefähr 100 Male vergrössert dar.

Fig. 1. Querschnitt aus der Mitte des Rückenmarks von Gadus Lota (Aalquappe).

A. Vordere Längsspalte. In derselben Zellgewebe als Fortsetzung der Pia mater.

B. Zellgewebe um das Centralkanälchen mit den zur vordern und hintern Längsspalte reichenden Fortsätzen der Pia mater verbunden und auch selbst viele Scheidewände bis zur Peripherie hin bildend.

C. Centralkanälchen von Epitelialzellen umgeben.

D. Hintere Längsspalte, mit Zellgewebe ausgefüllt, welches sich aber der Peripherie zu in viele sehr schöne Bündelchen theilt.

E. Vordere Wurzeln der Rückenmarksnerven.

F. Nervenzellen, die auf Querschnitten meist von dreieckiger Form sind, da sie nach 3 Seiten hin Aestchen abschicken. Sie bestehen aus einer sehr feinkörnigen Masse und sind mit einem Zellenkern mit Kernkörperchen versehen.

G. Graue Commissur durch Nervenfasern gebildet, die beide Hälften des Rückenmarks verbinden. Nur diese Fasern allein können mit Recht immanente Rückenmarksfasern genannt werden.

H. Aestchen der Zellen, nach hinten zu den hintern Rückenmarksnerven abgehend.

I. Blutgefässe, von Zellgewebe umgeben und mit Blutkörperchen angefüllt.

K. Angehäuftes Zellgewebe, welches die Roland'sche Substanz vorstellt. Durch stärkere Vergrösserung sehen wir in diesem Gewebe nur Blutgefässe und die dem Zellgewebe eigenthümlichen Körperchen.

L. Sogenannte weisse Substanz, aus querdurchschnittenen Längsfasern bestehend.

Fig. 2. Längsschnitt aus dem Rückenmark des Salmo Salar (Lachs), nicht weit vom verlängerten Mark, und zwar von der vordern und linken zur hintern und rechten Seite in der Richtung geschnitten, in welcher die Fasern der vordern Wurzeln verlaufen.

A. Blutgefässe mit Blutkörperchen angefüllt. Auch im Zellgewebe oberhalb findet man Aestchen von Blutgefässen.

B. Zellgewebe und Centralkanal.

C. Centralkanälchen auf beiden Seiten mit einer Schicht Cylinderepitelium überzogen.

D. Gangliöse Zellen.

E. Längenfasern der weissen Substanz, die aus den Zellen entspringend zum Gehirn in die Höhe steigen.

F. Fasern der vordern Wurzeln des Rückenmarks, die durch die weisse Substanz in die gangliösen Zellen übergehen.

G. Pia mater.

Fig. 3. Längsschnitt aus der Mitte des Rückenmarks von Petromyzon fluviatile (Neunauge). Es ist die rechte Hälfte.

A. Zellgewebe zwischen den breiten Rückenmarksfasern, auf verschiedenen Entwickelungsstufen.

B. Zellgewebe zwischen den Nervenzellen, in dem man die ihm eigenthümlichen Körperchen in grosser Anzahl findet.

C. Breiteste Fasern.

D. Gangliöse Zellen, anscheinend bipolar, nächst den breitesten Fasern. Ihre beiden Aeste theilen sich in eine unzählige Menge sehr feiner Aestchen. Aus der obersten Zelle sieht man ein mit einer spindelförmigen Zelle communicirendes Aestchen austreten.

E. Fasern von mittlerer Breite.

F. Spindelförmige gangliöse Zelle; in ihrer Mitte ein Kern mit Kernkörperchen.

a. Eine aus der Zelle abgehende Faser, die die hintere Rückenmarkswurzel darstellt.

b. Ein nächst der Zelle selbst durchschnittenes Aestchen, bevor es noch in die vordern Rückenmarkswurzeln übergegangen ist.

c. Eine Faser der Commissur.

d. Ein schwer zu verfolgendes Aestchen, das ich einmal mit einem andern Aestchen einer in Mitten des Rückenmarks gelegenen runden gangliösen Zelle communiciren sah.

e. Eine aus der Zelle entstandene Faser, die sogleich nach oben steigt.

G. Aufsteigende Fasern, der weissen Substanz entsprechend, wie man sie bei andern Fischen findet.

Fig. 4. Querdurchschnitt durch das Rückenmark des Salmo Salar (Lachs), ungefähr 2 Zoll vom Gehirn.

A. Vordere Längsspalte.

B. Hintere Längsspalte.

C. Centralkanälchen, von Cylinderepitelium umgeben.

D. Zellgewebe, welches das Centralkanälchen umgebend zur vordern und hintern Längsspalte des Rückenmarks Fortsätze abschickt.

E. Vordere Wurzel.

F. Fasern der Commissur.

G. Nach hinten abgehende Wurzeln, die die hintern Wurzeln des Rückenmarks bilden.

H. Zellgewebe.

I. Aufsteigende Fasern der weissen Substanz, auf dem Querschuitt gesehen.

K. Oeffnung eines querdurchschnittenen Blutgefässes.

L. Gangliöse Zellen.

Fig. 5. Querdurchschnitt aus dem mittleren Theil des verlängerten Markes von Petromyzon fluviatile (Neunauge).

A. Vordere Längsspalte, nur mit dem Microscop erkennbar und mit Zellgewebe angefüllt.

B. Hintere Längsspalte.

C. Centralkanälchen.

D. Zellgewebe mit darin enthaltenen Nerven und Nervenzellen.

F. Querschnitte breiter Längsfasern, die nichts weiter als nackte Axencylinder sind.

G. Umhüllungen der Axencylinder, die aber ganz und gar mit der Grundmasse des Rückenmarks zusammenhängen.

H. Gangliöse Zellen mit Kernen.

a. Aestchen, das in die vordere Spinalwurzel übergeht.

b. Aestchen, in die hintere Spinalwurzel übergehend.

c. Faden der Commissur.

I. Querschnitt der Längennervenfasern, gewöhnlich sehr zart, zuweilen grösser.

Fig. 6. Querschnitt durch die eine Hälfte des oben nicht geschlossenen vierten Ventrikels von Petromyzon fluviatile.

A. Vordere Längsspalte.

B. Pia mater.

C. Cylinderepitelium, welches die innere Oberfläche des vierten Ventrikels überzieht.

D. Querdurchschnittene Längsfasern.

E. Zellgewebe, welches bewirkt, dass diese die ganglïosen Zellen enthaltende Partie des verlängerten Markes durchsichtiger erscheint. Durch verstärkte Vergrösserung findet man hier die eigenthümlichen Zellgewebskörperchen.

F. Ganglïose Zellen.

a. Ein auf die vordern Wurzeln des Rückenmarks zu beziehendes Aestchen.

b. Ein Aestchen unter dem Epitel, zur äussern Partie gehörig, wie man sie auch bei G. sieht, als ein den hintern Wurzeln des Rückenmarks analoges Gebilde.

c. Ein zur Herstellung der Verbindung mit der andern Seite bestimmtes Aestchen.

G. Nervenbündel, analog den hintern Wurzeln der Rückenmarksnerven.

Tafel III.

Fig. 1. Melancholia maniaca bei einer 6 Jahre lang geisteskranken Frau.

Zu §. 59.

Fig. 2. Melancholia maniaca furibunda, durch Trunksucht entstanden und mehrere Jahre hindurch bis zum Tode anhaltend. Oculus bovinus.

Zu §. 59.

(Beide nach A. Morison, Outlines of lectures on mental diseases.)

Fig. 3. 4. Angeborener, vollkommener Blödsinn (Amentia) mit Verkürzung aller Durchmesser des Kopfes, so dass der Schädel in der Länge, Breite und Höhe kleiner als normal ist.

Zu §. 120. 122.

(Nach Pinel, a. a. O. S. 471. Pl. II. Fig. 5. 6.)

Fig. 5. Kopf eines 11jährigen Blödsinnigen (Amentia).

Zu §. 120.

Fig. 6. Schädel desselben. Ein Vergleich der Durchmesser desselben mit dem eines siebenjährigen gesunden Kindes ergab folgende Verschiedenheiten zwischen beiden:

	gesundes,				blödsinniges Kind.			
Längendurchmesser	1	Decimeter	8	Centimeter :	1	Decim.	3	Cent.
Breitendurchmesser	1	—	3	— :	0	—	9	—
Höhe	1	—	6	— :	1	—	3	—

Zu §. 120.

(Nach Pinel, a. a. O. S. 476. Pl. I. Fig. 5. 6.)

Tafel IV.

Melancholia religiosa. Moria.

(Krankheitsgeschichte Nr. 1.)

Tafel V.

Melancholia attonita.

(Krankheitsgeschichte Nr. 2.)

Tafel VI.

Melancholia attonita.

(Krankheitsgeschichte Nr. 3.)

Tafel VII.

Melancholia attonita.

(Krankheitsgeschichte Nr. 4.)

Tafel VIII.

Melancholia attonita bei der Aufnahme in die Irrenanstalt.

(Krankheitsgeschichte Nr. 5.)

Tafel IX.

Melancholia attonita desselben Kranken nach der Heilung.

(Krankheitsgeschichte Nr. 5.)

Tafel X.

Melancholia pyromaniaca ex Onania.

(Krankheitsgeschichte Nr. 7.)

Register

der citirten Schriften. Nur das erste Citat ist angegeben.

Aretaeus, De causis et signis morborum. Seite 187

M. Baillarger, Sur l'hérédité de la folie, in Baillarger, Cerise et Longet, Annales médico-psychologiques. T. III. Paris, 1844. — 212

C. G. H. B. Bergmann, De glandulis suprarenalibus. Goetting., 1839. — 67

H. G. Bergmann, in Damerow's Zeitschr. IV. 1. — 104

— —, — — — XI. 1. — 33

— —, Untersuchungen über die innere Organisation des Gehirns. Hannover, 1831. — 98

W. Bergsträsser, Ueber Wartung und Pflege der Irren, von dem Vereine der deutschen Aerzte zu St. Petersburg gekrönte Preisschrift. Leipzig, 1844. — 291

F. H. Bidder, Zur Lehre von dem Verhältniss der Ganglienkörper zu den Nervenfasern. Leipzig, 1847. — 4

H. Burmeister, Geschichte der Schöpfung. 5. Aufl. Leipzig, 1854. — 6

C. G. Carus, Vorlesungen über Psychologie. Leipzig, 1831. — 60

— —, Grundzüge der Cranioscopie. Stuttgart, 1841. — 80

— —, Psyche, zur Entwicklungsgeschichte der Seele. Pforzheim, 1846. — 60

— —, Ueber Geistesepidemieen der Menschheit. Meissen, 1852. — 219

V. Chiarugi, Della pazzia in genere e in specie. Fier., 1793. 94. — 273

Correspondenzblatt der deutschen Gesellschaft für Psychiatrie u. s. w. 1854. — 214

J. Mason Cox, Praktische Bemerkungen über Geisteszerrüttung. Aus dem Englischen. Halle, 1811. — 256
H. Damerow, Flemming und Roller, Allgemeine Zeitschrift für Psychiatrie u. s. w. Berlin. — 33
H. Damerow, Ueber die relative Verbindung der Irren-Heil- und Pflegeanstalten. Leipzig, 1840. — 278
— —, Sefeloge, eine Wahnsinnsstudie. Halle, 1853. — 49
Delbrück, in Damerow's Zeitschrift XI. 1. — 221
H. Demme, Ueber endemischen Cretinismus. Bern, 1840. — 356
O. Domrich, Die psychischen Zustände, ihre organische Vermittelung und ihre Wirkung in Erzeugung körperlicher Krankheiten. Jena, 1849. — 59
Fr. Engelken, in Damerow's Zeitschr. X. 3. — 269
A. Erlenmayer, in Damerow's Zeitschr. X. 3. — 248
E. Esquirol, Die Geisteskrankheiten in Beziehung zur Medicin und Staatsarzneikunde, übersetzt von Bernhard. Berlin, 1838. 2 Bde. — 166
A. Esquiros und E. Weil, Die Irrenhäuser u. s. w. in Paris. Stuttgart, 1852. — 219
H. Falret, De la construction et de l'organisation des établissements d'aliénés. Paris, 1852. — 278
M. Falret, De l'enseigement clinique des maladies mentales, in den Annales medico-psychologiques, T. X. Paris, 1847. —
E. v. Feuchtersleben, Lehrbuch der ärztlichen Seelenkunde. Wien, 1845. — 49
J. Fischel, Prag's Irrenanstalt. Erlangen, 1853. — 282
H. Fischer in Damerow's Zeitschrift. V. 3. Berlin, 1848. — 353
J. B. Friedreich, Systematische Literatur der ärztlichen und gerichtlichen Psychologie. Berlin, 1833. — 196
— —, Allgemeine Diagnostik der psychischen Krankheiten. 2. Aufl. Würzburg, 1842. — 83
Gaye, in Damerow's Zeitschr. X. 4. — 354
Griesinger, Die Pathologie und Therapie der psychischen Krankheiten. Stuttgart, 1847. — 107
J. Guggenbühl, Die Cretinenheilanstalt auf dem Abendberge. Bern und St. Gallen, 1853. — 356
J. Guislain, Abhandlung über die Phrenopathien. Aus dem Französ. von Dr. Wunderlich mit Vorwort und Zusätzen von Dr. Zeller. Stuttgart und Leipzig, 1838. — 129

J. Guislain, Leçons orales sur les phrénopathies. Gand, 1852. 3. Tom. — 86
Hagen, Die Sinnestäuschungen u. s. w. Leipzig, 1837. — 307
S. Hahnemann, Diss. de Helleborismo veterum. Lipsiae, 1812. — 264
Holscher und Mühry, Hannöver. Annalen für die gesammte Heilkunde. —
J. Haslam, Illustrations of madness etc. London, 1810. — 169
— —, in F. Nasse's Zeitschrift für psych. Aerzte. 1. — 169
F. C. A. Heinroth, Lehrbuch der Störungen des Seelenlebens. Leipzig, 1818. 2 Thle. — 136
E. Horn, Oeffentliche Rechtfertigung über meine 12jährige Dienstführung u. s. w. Berlin, 1818. — 256
E. Huschke, Schädel, Hirn und Seele des Menschen und der Thiere, nach Alter, Geschlecht und Raçe. Jena, 1854. — 79
F. Jacobi, Ueber die Anlegung und Einrichtung von Irrenheilanstalten, mit ausführlicher Darstellung der Irrenheilanstalt in Siegburg. Berlin, 1834. — 278
— —, in Nasse's Zeitschr. 1. — 195
— —, in Damerow's Zeitschr. IV. 3. — 241
— — — — — XI. 3. — 364
C. W. Ideler, Grundriss der Seelenheilkunde. Berlin, 1848. 2 Bde. — 165
P. W. Jessen, Beiträge zur Erkenntniss des psychischen Lebens im gesunden und kranken Zustande. Schleswig, 1831. — 44
Johannes, Evangelium. I. 1. — 4
E. A. Iphofen, Der Cretinismus, philosophisch und medicinisch untersucht. Dresden, 1817. — 356
Kämpf, Abhandlung von einer neuen Methode die hartnäckigsten Krankheiten sicher zu heilen. Leipzig, 1786. — 265
J. Kerner, Erinnerungen aus den Jahren 1786—1804. Braunschweig, 1849. — 212
D. G. Kieser, System der Medicin. Halle, 1817. 19. — 110
— — System des Tellurismus oder thierischen Magnetismus. Leipzig, 1826. — 18
— —, in den Verhandlungen der Leopold.-Carolin. Akademie. 1. Band. Erlangen, 1818. — 35

der Frankf. O.-P.-A.-Zeitung, Correspondenzblatt 1848 Nr. 337. Seite 213
C. G. Ruete, Lehrbuch der Ophthalmologie. Braunschweig, 1853. — 307
F. Runge, Neueste phytochemische Entdeckungen. Berlin, 1822. — 20
F. v. Sallet, Layenevangelium. 3. Aufl. — 15
Saussure, Voyage dans les Alpes. — 357
Schulz, Diss. de Elleborismo veterum. Halae, 1817. — 264
L. Snell, in Damerow's Zeitschr. VIII. 1. — 214
— —, — — — X. 2. — 343
T. Solly, The humain brain, its structure, physiology and diseases. 2. Ed. London, 1847. 8. — 87
F. J. Stahl, Philosophie des Rechts. 2. Band. Rechts- u. Staatslehre. 3. Aufl. Heidelberg, 1854. — 47
F. K. Stahl, Ueber Schädeldifformitäten, in Damerow's Zeitschr. X. 4. — 359
P. V. Troxler, Der Cretinismus und seine Formen als endemische Menschengattung in der Schweiz. Zürich, 1836. — 356
Valentin, in Sömmerring's Anatomie. — 99
R. Wagner, Handwörterbuch der Physiologie. 3. Bd. 1. Abth. Braunschweig, 1848. — 74
— —, in Götting. gel. Anz. 1850. Nr. 4. — 49
— —, Damerow's Zeitschr. VII. 3. — 99
— —, Icones physiologicae etc. Neu bearbeitet von A. Ecker. Leipzig, 1854. — 74
A. L. Wigan, The duality of the mind proved by the structure, functions and diseases of the brain etc. London, 1844. — 83
A. Zeller, Anmerkungen zu Guislain. — 67
— —, Irrenanstalten, in Gruber und Ersch, Encyclopädie der Wissenschaften u. s. w. 2. Section. — 278
Zimmermann, Von der Einsamkeit. Frankfurt u. Leipzig, 1785. 2 Thle. — 170

Prospect
der
Privatheilanstalt für Geisteskranke
zu Jena.

Die Lage der seit Johannis 1848 eröffneten und in Thätigkeit befindlichen Heilanstalt ist in dem höchsten und daher gesundesten Theile der nordwestlichen Vorstadt, gegen 100 Fuss über dem Saalspiegel, an dem unter der Anstalt vorbeifliessenden Mühlkanal des Leutrabaches. Nach Norden und Westen sanft ansteigend, wird sie von den Bergwänden des Saalthales vor Nord- und Westwinden geschützt, und aus dem Hauptgebäude überschaut man nach Süden und Osten die Stadt Jena und das romantische Saalthal von Kahla bis gegen Dornburg mit seinen Burgschlössern und Ruinen: Leuchtenburg, Fuchsthurm, Kunitz. Zwei Gärten, der eine für männliche, der andere für weibliche Kranke, beide zusammen gegen $2^1/_2$ Acker haltend, umgeben nebst zwei kleinen Höfen das Wohnhaus, welches fern von andern Gebäuden und von allen Seiten frei stehend, keine Störung durch die Bewohner benachbarter Wohnungen zulässt und nebst den Gärten einen in sich abgeschlossenen wohnlichen Ruhesitz darbietet. Lebendige, 7 Fuss hohe grüne Wände von Weissbuchen umschliessen die Anstalt, die, ausserdem nach Norden durch hohe Planken und mit Weinreben bekleidete Mauern geschützt, eine Entweichung der Kranken verhütet. Die Gärten senken sich nach Südosten, und bieten so dem belebenden Einfluss der Sonne ihre ganze Fläche dar. Lauben und schattige Sitze wechseln in den Gärten ab mit den von Gängen durchschnittenen fruchttragenden Ländern und Blumenfeldern und nehmen den Kranken auf, wenn er Ruhe im Freien sucht.

Das hell und freundlich gelegene Wohnhaus enthält in zwei Stockwerken und dem Parterre die Wohn- und Schlafzimmer und die Corridors. Es zeigt durch die Inschrift: Sophronisterium über der Hauptthüre seine Bestimmung: Weisheit und Mässigung der Seele wieder zu gewinnen, wo sie durch körperliche Krankheit oder durch unbezähmte Leidenschaften und Affecte getrübt oder verloren gegangen. Nach den Ergebnissen der Erfahrung und den Bekenntnissen der Directoren grösster Irrenanstalten behindert eine übergrosse Zahl heilbarer Kranken die ihren individuellen Verhältnissen gemässe Behandlung, und die Mehrzahl verfällt dann gleich den für unheilbar zu haltenden einer summarischen Behandlung nach practischen Normen. Desshalb, da nur Heilung der Zweck der Anstalt sein soll, ist die Anlage derselben auf eine nur mässige Zahl Kranker berechnet worden. Fenster, Thüren, Oefen und alle Schlösser der Zimmer, Treppen und Corridors sind durch eigenthümliche Vorrichtung nur von dem Oberen und den Wärtern der Anstalt zu öffnen. Die Fenster der Wohnzimmer der Kranken sind ganz von Eisen, welches, farbig verdeckt, den Eindruck eines vergitterten Gemachs vermeidet, und dennoch selbst bei geöffneten Fenstern völlige Sicherheit gewährt. — Die Hintergebäude werden zur Badeanstalt, Holz- und andern Räumen benutzt.

Die Grundsätze der Behandlung stützen sich auf die Resultate einer langjährigen reichen Erfahrung und eines tiefen Studiums der lebendigen Natur überhaupt, so wie insbesondere des geistigen Lebens und seiner Störungen. Das weite Feld, welchem erst die neuere Zeit mehr Aufmerksamkeit und wissenschaftliche Forschung zugewendet, und dessen Pflege den höchsten Genuss gewährt, kann hier nur angedeutet werden. — Sind anderweitige körperliche Leiden die Ursache der geistigen Disharmonie, — die im allgemeinen leichteren

Fälle, — so tritt mit Beseitigung derselben oft schnelle Heilung ein. Aber die Erkennung dieser materiellen Basis und ihrer Wechselwirkung mit den geistigen Lebensformen, so wie die Entfernung derselben ist oft mühsam, und setzt völlige Beherrschung der ganzen Medicin voraus, an deren Mangel die symptomatische Psychiatrik scheitert. Bilden dagegen — der ebenso häufige Fall, — ungeregelte Lebensweise, ungezügelte, durch Lebensunglück oder bewegte Zeiten genährte Begierden und Leidenschaften, welchen die Vernunftbeherrschung erliegt, die Grundlage, auf welcher der Irre sein oft kaleidoscopisches Phantasie- oder Gedankenspiel erbaut, so findet die psychische Heilmethode vorzugsweise ihre Anwendung, um durch Wiederbelebung und Stärkung des vernünftigen Seelenlebens jene Störungen der Harmonie zwischen Geist und Gemüth zu beseitigen und das Gleichgewicht aller Seelenkräfte wieder herzustellen, in welcher die Gesundheit des geistigen Lebens beruht. — Der Weg zur Heilung ist jedoch gewöhnlich schwierig zu finden und nur eine gesunde, das psychische Leben in allen seinen Formen umfassende Psychologie giebt den sicheren Führer auf den verschlungenen Pfaden. Entfernung aus den bisherigen, die störenden Einflüsse enthaltenden oder fördernden Umgebungen und baldige Anwendung einer rationellen Heilmethode, wie sie nur eine diesen Kranken allein gewidmete Anstalt gewähren kann, sind daher die ersten Bedingungen eines schnellen und glücklichen Erfolges.

Arzneimittel der Apotheke werden im Allgemeinen nur gefordert, wo durch dieselben zu beseitigende körperliche Leiden vorhanden sind. Im Uebrigen und im Allgemeinen soll der Geist der Anstalt, wie er, vom Director ausgehend, durch Hülfsarzt und Krankenwärter hindurch das Ganze belebt und in allen Anordnungen seinen realen Ausdruck findet, die mangelnde Vernunft des Kranken ersetzen, und ihn leiten und führen, wo die eigene Vernunft strauchelt und fällt. Das ist der Geist des Wohlwollens und der thätigen Liebe, welcher instinctmässig und unbewusst jeden Irren anzieht, seinen Seelenschmerz mindert, seinen leidenschaftlichen Ausbrüchen Zaum und Zügel anlegt, und ihn allmählig zur Wahrheit, Weisheit und zufriedenen Ruhe des Lebens zurückführt. — Da tolle Wuth (Manie) meistens nur sekundär, durch abnorme Gefühle oder Ideen, die nach Aussen thätig werden, entsteht, und da Beseitigung und Beherrschung dieser Wahngefühle in der Melancholie und dieser Wahnideen im Irrdenken jeden Wuthausbruch verhütet oder aufhebt; so sind bei heilbaren Kranken mechanische Zwangsmittel fast nie, höchstens zeitweise als Zwangsweste im Gebrauch. Liebevolle Theilnahme und ernster Zuspruch des Arztes, dessen wohlwollender Autorität auch der tolleste Kranke noch nachgiebig ist, so wie humane Behandlung durch die Wärter besänftigen bei heilbaren Kranken auch die wildeste Aufregung. Ist, wie häufig der Fall, die Manie erzeugt durch innere Angst des Gemüthslebens, so findet das geängstete Gemüth seine Ruhe wieder, indem es sich dem tröstenden Zuspruche anschmiegt; und selbst der unbändigste Irre gehorcht nach dunklem Gefühle der Vorschrift, welche die Vernunft des Arztes ihm zur Linderung darbietet. Somit sind mit der Raserei auch deren gewaltsame Bändigungsmittel aus unserer Anstalt verbannt und einsame Tobzellen gleicherweise nicht für nöthig erachtet.

Eine hinlängliche Zahl von Wärtern und Wärterinnen unterstützt die Behandlung. Sie gehören zu den Mitteln der Heilung und werden daher sorgfältig ausgewählt, besonders unterrichtet und mit strengen Instructionen versehen.

Die Kranken leben in geselligem Verkehr mit einander, wodurch Einseitigkeit und Egoismus sich am leichtesten ausgleichen und oft ihr Correctiv finden. Eine gedruckte und angeschlagene Hausordnung bringt den Kranken in fasslichen kurzen Sätzen die Regeln zur Anschauung, nach welchen das äussere Leben in der Anstalt sich bewegt und welchen unbedingt zu gehorchen erste Forderung der Cur ist. Die Hauptnormen sind: Friede und Verträglichkeit unter einander; Ruhe und Stille in der Anstalt des Friedens. In bestimmten Stunden eintretende Abwechselung zwischen geregelter Beschäftigung und Erholung von der Arbeit.

Strenge Eintheilung der Tageszeiten zur Thätigkeit und Ruhe; Reinlichkeit in jeder Hinsicht; Maass und Ziel im Genuss. — Unbewusst und stillschweigend unterwirft sich der Kranke dem ihn stetig zur Selbstbeherrschung mahnenden Gesetze.

Ein Hauptelement der Cur ist die der Individualität des Kranken angemessene Beschäftigung; besonders wenn ungeregelte Lebensweise, Mangel an Selbstbestimmung und Beherrschung bei Lüsten und Leiden des Lebens die Ursachen der Trübung der geistigen Existenz sind. Solche Aufforderung zur Thätigkeit ist in vielen Fällen zugleich ein Mittel, den Kranken zu zerstreuen, und von seinen abnormen Gefühlen oder Ideen abzulenken. Hierzu dienen theils die geräumigen Gärten mit ihrer dargebotenen Gelegenheit zu wohlthuender leichter Gartenarbeit, theils erheiternde gesellige Spiele, gymnastische Uebungen, theils passende Lectüre, zu welcher eine kleine Bibliothek des Sophronisteriums Gelegenheit giebt, theils endlich nach Verschiedenheit des Bedürfnisses sowohl körperliche als geistige Thätigkeit fördernde Beschäftigungen, von denen manche, wie Zeichnen, Musik und Gesang in geselligen Vereinen ausgeführt werden können. Religiöse Andachtsübungen finden nach Umständen in gemeinschaftlichen Morgenbetstunden im Hause statt; bei Genesenden durch Besuch der Stadtkirche.

Freunde und Verwandte des Kranken werden nur auf besondere Erlaubniss des Directors zugelassen; bei Genesenden bietet aber die schöne Natur Gelegenheit zu Ausflügen in weitere Entfernung, unter Begleitung des Directors, des Hülfsarztes oder des Wärters.

So bildet das Ganze ein ruhiges Zusammenwohnen in Frieden und Eintracht, um fern vom Geräusch der Welt und deren störenden Einflüssen durch Hülfe der heilenden Kunst die Ruhe des Gemüths und die Haltung und Klarheit des Geistes wieder zu gewinnen, welche im Getreibe des äussern Lebens durch die Wogen des Innern verloren und in gesetzloses Walten übergegangen war.

Die Bedingungen der Aufnahme in unsre Anstalt sind:

1) Mitbringung eines vollständigen Bettes, jedoch ohne Bettstelle,

gleicherweise der nöthigen Kleider, nebst Leib- und Bettwäsche, deren Reinigung auf Rechnung des Kranken geschieht. Beim Abgang des Kranken werden diese Effecten zurückgegeben.

2) Für besondere Bedürfnisse des Kranken, Unterricht in Musik, Zeichnen u. s. w., wozu die Universitätsstadt reiche Gelegenheit darbietet, wird besonders gezahlt: gleicherweise für die nöthigen Arzneimittel. Für bemittelte Kranke steht auf Verlangen eine Equipage zu Dienste.

3) Dagegen liefert die Anstalt gegen ein, nach den besondern Verhältnissen und Bedürfnissen des Kranken billig zu berechnendes und vierteljährlich vorauszubezahlendes Honorar die ärztliche Pflege und Wartung, Heizung und Beleuchtung, Beköstigung zu Morgen, Mittag und Abend, nach den persönlichen diätetischen Bedürfnissen des Kranken. Ein besonderer Tarif regelt die nach den verschiedenen Bedürfnissen des Kranken verschiedene Vergütung.

4) Nothwendig zur Erleichterung der Diagnose und zur Feststellung des Curplanes ist bei Anmeldung des Kranken ein Bericht des Arztes, welcher den Kranken bisher behandelte, so wie des Geistlichen, mit möglichst vollständiger Angabe der Entstehung, Ursachen und Verlaufs der Krankheit.

Jena, Januar 1851.

Dr. **D. G. Kieser,**

Director der Grossherzogl. Irren-, Heil- und Pflegeanstalt, und der Privatheilanstalt für Geisteskranke.

Druck von Friedrich Mauke in Jena.

Taf. IV.

Jena

Melancholia religiosa. Moria.

Christoph S , 57 Jahre alt 1854.

„Ich sehe im Geiste den Herrn des Himmels und der Erde über der Stadt Jena im Himmel.“

Taf. V.

Jena
Melancholia attonita.

Friedrich S , 44 Jahre alt
1854.

Nach ein. Photog. v. Dr. J. Schrauls in Jena — auf Stein gez. v. C. Ad. Fonjer — Henry & Cohen in Bonn

Taf. VI.

Jena

Melancholia attonita

Eva H , 31 Jahre alt

1855.

Taf. VII.

Jena.
Melancholia attonita.

Auguste R......, 23 Jahre alt
1853.

Nach ein. Photog. v. Dr. J. Schmauß in Jena. — auf Stein gez. v. C. Ad. Poegen. — Lith. Inst. v. Henry & Cohen in Bonn.

Jena

Melancholia attonita

Johann L. , 28 Jahre alt

bei seiner Aufnahme in die Anstalt

28 Febr. 1854

Taf. IX

Jena

Melancholia attonita

Johann L.   ,

von der Melancholia attonita geheilt

12 Febr. 1855 vergl Taf VIII

Taf. X.

Jena

Melancholia pyromaniaca

Carl August L.

1854

CPSIA information can be obtained
at www.ICGtesting.com
Printed in the USA
LVHW112010030423
743357LV00006B/447

9 783382 008505